Spis treści

Zapisane w gwiazdach

Amazonki z Ridgewater
Tom 4

CAITLYN LYNCH

shenaniganspress.com/PL

Podziękowania

Ta seria nie mogłaby powstać bez hojności ekspertów od koni ze wszystkich obszarów branży, którzy dzielili się ze mną swoją wiedzą, w większości przypadków nie mając bladego pojęcia, dlaczego zadaję te najwyraźniej szalone pytania.

Charlotte, znakomita weterynarka od koni

Caleb, kowal, który jest i w rozsądnej cenie, i niezawodny (skarb!)

Emma, terapeutka metody Mastersona o naprawdę magicznych dłoniach

Tamara, trenerka OTTB i instruktorka

A mieszkańcom społeczności jeździeckiej w Elimbah, którzy obecnie walczą o swoje domy z molochem Main Roads — batalii, która stała się inspiracją do walki o obwodnicę, którą toczą McKenzie'owie.

Rozdział
pierwszy

KATE MCKENZIE WSUNĘŁA ZBŁĄKANY blond kosmyk
z powrotem w elegancki kok i ogarnęła wzrokiem białe
krzesła ustawione w równych rzędach nad jeziorem
Ridgewater. Idealnie, poza trzecim krzesłem w drugim
rzędzie, które odstawało od sąsiadów o dwa centymetry.
Poprawiła je szybkim, sprawnym ruchem, ignorując
trzepot nerwów w żołądku. Wiosenne słońce lało się
z nieba, sprawiając, że tafla jeziora mieniła się jak
czyste srebro, a girlandy chorągiewek rozwieszone między
starymi eukaliptusami wyglądały jeszcze piękniej. Sarah i
Marcus nie mogli sobie wymarzyć lepszego dnia na ślub.

— Kate! Potrzebujemy cię! — Głos Emmy poniósł
się przez trawnik, podszyty lekką histerią, jaką to wesele

wyzwoliło nawet w jej na ogół rozsądnej, najmłodszej siostrze.

Kate zerknęła na zegarek: do ceremonii zostało czterdzieści siedem minut, po czym ruszyła w stronę Big House, a jej buty zostawiały równe ślady na świeżo skoszonej trawie. Stary dom typu Queenslander tętnił życiem, a jego szerokie werandy służyły za centrum dowodzenia na dzisiejszy dzień. Dostrzegła dwoje dzieci sąsiadów pędzących za róg i zanotowała w pamięci, że trzeba je przechwycić, zanim odkryją tort weselny.

— Kryzys w pokoju panny młodej — wyjaśniła Emma, spotykając ją na schodach. Na policzkach młodszej siostry wystąpiły rumieńce, z ciemnych włosów wymknęło się kilka wsuwek. — Welon się rozdarł i Sarah udaje, że jej nie zależy, ale wiesz, jaka jest.

Kate skinęła głową. Doskonale wiedziała, jaka jest Sarah: spokojna na zewnątrz, kipiąca w środku. — Zajmę się tym. Widziałaś dzieci Carmichaelów? Pędzą prosto na tort.

— Mama kazała im pakować upominki dla gości. Kryzys zażegnany. — Emma wsunęła Kate w dłoń mały zestaw do szycia. — Zrób swoje czary. Ja muszę sprawdzić fotografa.

Znajomo zaskrzypiały pod stopami Kate stare, drewniane schody, gdy szła do sypialni rodziców. Zatrzymała się przed drzwiami, wzięła głęboki oddech i odsunęła na bok myśli o papierach kwalifikacyjnych, rozmowach ze sponsorami i zbliżającej się decyzji rady w sprawie obwodnicy. Dziś był dzień Sarah. Reszta mogła poczekać.

Zapukała dwa razy i weszła, zastając starszą siostrę siedzącą nienaturalnie nieruchomo przy zabytkowej toaletce mamy, z rozdartym welonem rozłożonym na kolanach. Truskawkowoblond włosy Sarah upięto w elegancki kok, makijaż był subtelny, ale doskonale podkreślał rysy. Wyglądała pięknie i absolutnie wściekle.

— Słyszałam, że mamy kryzys z welonem — powiedziała Kate lekko.

Sarah uniosła wzrok, mrugając kilka razy, jak zawsze, odkąd wypadek odebrał jej widzenie przestrzenne. — Nic się nie stało. Welon nie jest mi potrzebny.

— Oczywiście, że nie jest ci potrzebny — zgodziła się Kate, podchodząc, by obejrzeć delikatny materiał. — Ale chcesz go, a to tylko małe rozdarcie. — Szybko znalazła uszkodzenie: pięciocentymetrowe pęknięcie przy krawędzi. — To drobiazg. Dziesięć minut, góra.

Przez twarz Sarah przemknęła ulga. — Na pewno? Pomyślałam, że to może znak.

— Znak czego? Że welony się o coś zaczepiają? — Kate usiadła na łóżku i zaczęła nawlekać białą nitkę na igłę. — Jedyne, co widzę, to znak, że zaraz wyjdziesz za mąż za faceta, który patrzy na ciebie, jakbyś była jedyną gwiazdą na niebie, na naszej ukochanej rodzinnej ziemi, w obecności wszystkich, którzy cię kochają, w tym siostry, która, tak się składa, świetnie radzi sobie z naprawami awaryjnymi.

Kąciki ust Sarah uniosły się w małym uśmiechu. — Kiedy tak to ujmujesz.

Gdy Kate stawiała na welonie maleńkie, delikatne ściegi, zerkała od czasu do czasu na siostrę, która robiła ostatnie poprawki makijażu, pochylając się do lustra. Dwa lata po wypadku, który zakończył sportową karierę Sarah i zabił jej ukochanego konia, blizny fizyczne zbladły, ale Kate wciąż dostrzegała czasem te niewidzialne. Ostrożny sposób, w jaki Sarah poruszała się w przestrzeni. Przelotny cień straty w jej oczach, kiedy patrzyła, jak inni jeżdżą.

— Denerwujesz się? — zapytała Kate.

— Przed ślubem z Marcusem? Nie. — Sarah odwróciła się do niej całkiem. — Przed tym, że potknę się w drodze do ołtarza, bo nie umiem ocenić odległości między stopami a podłożem? Absolutnie przerażona.

— Od tego jest tata. Nie pozwoli ci upaść.

— Wiem. Tylko chciałabym... — urwała Sarah, a jej spojrzenie odpłynęło ku oknu, zza którego było widać dachy stajni.

— Wiem — szepnęła Kate. Naprawdę wiedziała. Sarah chciała znów galopować bez lęku przez pastwiska Ridgewater, skakać przez powalone pnie bez cienia strachu. Chciała nie stracić Fire. Chciała, by jej życie nie dzieliło się na przed i po.

— Przynajmniej ty nadal reprezentujesz McKenzie w zawodach — powiedziała Sarah, przerywając chwilę. — Jak idzie z Misty?

Kate odcięła nitkę i uniosła naprawiony welon do inspekcji. — Jest genialna. Wymagająca, ale genialna. Dostaniemy się do LA, Sarah. Wiem to.

— Ani przez moment w to nie wątpię. — Sarah przyjęła welon i ostrożnie wpięła go we włosy przy pomocy grzebyków. — No i jak wyglądam?

— Jak McKenzie u progu nowego rozdziału — uśmiechnęła się Kate, a przez jej zwyczajową rezerwę przebiło się ciepło. — Marcus ma szczęście.

— Nawet jeśli jest weterynarzem? — droczyła się Sarah, nawiązując do wiecznie żywych żartów ich ojca o weterynarzach.

— Nawet wtedy.

Pukanie do drzwi poprzedziło wejście ich matki. Ingrid McKenzie weszła z rozmachem, jak zawsze elegancka w bladoniebieskiej sukience, która podkreślała jej platynowy bob i odejmowała jej przynajmniej dekadę.

— Dziewczyny — powiedziała, a w jej głosie pobrzmiewał ledwie wyczuwalny ślad szwedzkiego akcentu, mimo ponad czterdziestu lat spędzonych w Australii. — Już prawie czas. — Jej chłodne, błękitne oczy oceniły sytuację. — Welon wygląda idealnie. Dobra robota, Kate.

Kate wyprostowała się pod aprobatywnym spojrzeniem matki. Uznanie Ingrid nadal znaczyło dla niej wszystko.

— Sarah, twój ojciec czeka na dole. Już dwa razy się popłakał, więc bądź gotowa. — Ingrid zwróciła się do Kate: — Lepiej zejdź do niego.

Kate skinęła głową i ścisnęła dłoń Sarah, po czym wyszła.

— A, Kate? — zawołała za nią Ingrid. — Nie zapomnij zmienić butów!

Kate uśmiechnęła się, zerkając w dół. Zakurzone buty wystające spod rąbka sukienki zdecydowanie nie pasowały. Zgarnęła po drodze ładne, paskowe sandałki i wyszła. Miała jeszcze kilka minut, więc zamiast schodzić nad jezioro do gromadzących się gości, Kate zrobiła szybki skok do stajni sprawdzić Misty. Siwa klacz zarżała cicho na jej widok, wysuwając elegancką głowę nad drzwi boksu.

— Żadnych kłopotów dziś — ostrzegła Kate, sunąc dłonią po lśniącej szyi klaczy. — To dzień Sarah.

Misty prychnęła, jakby rozumiała wagę dobrego zachowania, choć Kate wiedziała, że lepiej nie ufać tej psotnej koniśce. Dwa razy sprawdziła zasuwę w drzwiach boksu — Misty była notoryczną mistrzynią ucieczek — po czym pospieszyła z powrotem na miejsce ceremonii, na moment przystając, by zmienić buty.

Kiedy Kate dotarła, goście zajmowali miejsca. Zobaczyła Marcusa stojącego z osobą udzielającą ślubu — jednocześnie przerażonego i uszczęśliwionego w formalnym garniturze. Wysoki, ciemnowłosy weterynarz co chwila przeczesywał włosy dłonią, nerwowym gestem, który zdążył już zniweczyć staranne uczesanie.

Kate dogoniła Emmę. — Wszystko idzie zgodnie z planem?

— Tata jest z Sarah. Marcus wygląda, jakby miał zemdleć. Obrączki są bezpieczne. Jest dobrze. — Emma zerknęła na zegarek Kate. — Dwie minuty. Lepiej zajmijmy miejsca.

Kate i Emma ustawiły się na swoich miejscach obok osoby udzielającej ślubu, naprzeciw Marcusa, który stał ze swoim świadkiem — a właściwie świadkową — siostrą Zoe.

Kwartet smyczkowy zaczął grać i nad zgromadzeniem zapadła cisza. Ośmioletnia córka Emmy, Jemima, wyglądająca jak aniołek w mniejszej wersji sukienki, którą miała na sobie Kate, ruszyła w dół przejścia, sypiąc z koszyczka płatki kwiatów, z uśmiechem na twarzy, po czym dołączyła do mamy. Kate patrzyła, jak jej ojciec podąża za Jemimą z Sarah pod rękę, a naprawiony welon lekko falował wokół pięknej twarzy siostry. Jim McKenzie wyglądał na jednocześnie dumną i wzruszoną; jego spracowana dłoń pewnie prowadziła najstarszą córkę w dół prowizorycznego przejścia.

Kate uchwyciła spojrzenie, jakie wymienili Sarah i Marcus — czysta, nieskażona radość i pewność — i poczuła niespodziewane ukłucie. Choć miała na koncie tyle sukcesów na czworoboku, takiego rodzaju więź zawsze jej umykała. Może dlatego, że nigdy nie znalazła na nią czasu, zawsze wybierając konie i treningi zamiast związków.

W miarę jak ceremonia postępowała, myśli Kate na moment odpłynęły ku jej własnym sprawom. Kwalifikacja olimpijska wydawała się w zasięgu ręki dzięki talentowi Misty, ale nieprzewidywalny temperament klaczy pozostawał wielką niewiadomą. A wisząca nad nimi decyzja w sprawie obwodnicy wciąż spędzała sen z powiek — jeśli zatwierdzą wschodni wariant, całe Ridgewater zostałoby wywłaszczone spod ich stóp. Prawdę mówiąc, Kate ucierpiałaby najmniej, mając tylko jednego konia w treningu; mogłaby nawet zabrać Misty do Europy, by startować na najwyższym poziomie, ale reszta rodzinnej działalności zostałaby zrujnowana. A Kate nawet nie umiała sobie wyobrazić utraty Ridgewater, swojej bezpiecznej przystani i jedynego domu, jaki znała.

— Katherine?

Głos osoby udzielającej ślubu sprowadził ją na ziemię. Obrączki. Racja. Kate podeszła, podając prostą złotą obrączkę, którą jej powierzono. Patrzyła, jak Marcus wsunął ją na palec Sarah dłońmi, które drżały tylko odrobinę, a jego głos brzmiał pewnie, gdy wypowiadał przysięgę.

Gdy osoba udzielająca ślubu ogłosiła ich mężem i żoną, zgromadzeni wybuchli oklaskami. Starannie utrzymywana powściągliwość Kate na ułamek sekundy puściła, kiedy Sarah i Marcus przypieczętowali związek pocałunkiem. Jej stoicka starsza siostra, która stawiła czoła utracie kariery i ukochanego konia z ponurą determinacją, wyglądała na naprawdę szczęśliwą. Wystarczyło, by nawet praktyczne serce Kate zabiło mocniej.

Nowożeńcy odwrócili się do gości, a w tej chwili Sarah uchwyciła wzrok Kate. Pomiędzy siostrami McKenzie przemknęła niema wymiana — wdzięczność, miłość i niewypowiedziana obietnica, która zawsze je łączyła: cokolwiek przyjdzie, stawimy temu czoła razem.

Kiedy orszak ślubny ruszył w stronę namiotu na przyjęcie, Kate pozwoliła sobie na jeden prywatny moment, by spojrzeć na Ridgewater — konie spokojnie pasące się na padokach, krytą ujeżdżalnię, w której spędziła niezliczone godziny, doskonaląc rzemiosło pod wprawnym okiem matki, jezioro odbijające idealnie błękitne niebo. To miejsce było warte walki. Dziedzictwo jej rodziny było warte ochrony.

Ktoś pociągnął ją za sukienkę i Kate spojrzała w dół na małe dziecko, jedną z młodszych zawodniczek Pony Clubu, wpatrującą się w nią szeroko otwartymi oczami.

— Pani Kate, jakiś wielki siwy koń zjada kwiaty.

Chwila zadumy Kate prysła. — O rany, Misty — mruknęła, przyspieszając kroku i pędząc w stronę namiotu. Jeśli coś było stałe w Ridgewater, to fakt, że konie miały nieomylne wyczucie czasu, by narobić kłopotów.

Kate weszła do namiotu i zobaczyła Misty, która z czułością wybierała białą różę z jednego z bukietów, a jej ogromna, siwa łebka zawisła nad elegancko nakrytymi stołami niczym mityczne stworzenie zstępujące na wioskę. Kilku gości patrzyło z mieszanką niepokoju i rozbawienia, kieliszki szampana zatrzymane w pół drogi do ust. Nikt, zauważyła Kate z błyskiem irytacji, nie robił absolutnie nic, by powstrzymać tak dużą klacz, ponad 170 cm w kłębie, przed zdemolowaniem weselnych dekoracji.

— Misty! — Głos Kate zabrzmiał z tą samą stanowczością, której używała na czworoboku. Uszy klaczy drgnęły w jej stronę, ale inteligentne, ciemne oczy błyszczały wyraźnie bezczelną skruchą, gdy Misty przeżuwała różę.

Kate porwała jabłko z kompozycji owocowej i uniosła je. — Zamiana.

Klacz natychmiast porzuciła kwiaty, stawiając kroki wokół stołów z zaskakującą delikatnością jak na tak duże zwierzę. Choć nie miała ani kantara, ani ogłowia, Kate nie potrzebowała ich, by ją poprowadzić — nie z jabłkiem w dłoni.

— Powinnaś być zamknięta w swoim boksie — mruknęła Kate, wyprowadzając konia z namiotu i zbierając po drodze kilka zszokowanych spojrzeń oraz śmiechów gości. — I właśnie dlatego nie mogę mieć ładnych rzeczy. Nie wierzę, że już rozgryzłaś tę nową zasuwę. Przedstawiciel handlowy przysięgał, że jest odporna na konie.

— Pomóc? — obok niej pojawił się Marcus, a jego świeżo nabyty status pana młodego najwyraźniej nie zwalniał go z weterynaryjnych obowiązków.

— Nie powinieneś przypadkiem wznosić toastu za swoją pannę młodą zamiast ganiać za końmi? — uniosła brew Kate.

Marcus uśmiechnął się, a ten uśmiech odmienił jego poważną twarz. — Sarah mnie przysłała. Powiedziała dosłownie: masz przekazać Kate, że jeśli nie ogarnie tego cholernego konia i nie wróci na moje przyjęcie w pięć minut, sprzedam Misty do cyrku.

— Nie odważyłaby się — odparła Kate, choć przyspieszyła kroku. — Pięć minut. Muszę tylko przynieść moją specjalną, Misty-odporną kłódkę. — Czyli zwykłą kłódkę. Nigdy więcej ufania żadnym przedstawicielom handlowym, to pewne.

Słowa dotrzymała: wróciła na przyjęcie dokładnie po czterech minutach i trzydziestu sekundach, lekko zdyszana, ale z misternym kokiem wciąż nienagannym. Zabawa była już w pełnym rozkwicie. Nieopodal zespołu na żywo ustawiono parkiet, choć większość gości wciąż raczyła się kanapkami i szampanem roznoszonym przez obsługę.

Kate chwyciła kieliszek szampana i zajęła strategiczną pozycję, z której mogła ogarnąć wzrokiem cały teren. Sarah i Marcus byli otoczeni przez składających życzenia, a Sarah się uśmiechała — szczerze szczęśliwa. Kate poczuła przypływ czułej, opiekuńczej miłości do swojej silnej, upartej siostry, która nie pozwoliła, by tragedia ją zdefiniowała.

— Pięknie wygląda, prawda? — Emma przysunęła się do Kate, a jej kieliszek szampana był już prawie pusty.

— Pięknie — przytaknęła Kate. — I Marcus nie może od niej oderwać wzroku.

— A propos oczu, zauważyłaś, że ten kolega Marcusa taksuje cię wzrokiem? Ten nowy weterynarz od bydła w ich lecznicy? — szturchnęła ją Emma łokciem.

Kate zauważyła, ale zaklasyfikowała tę informację jako nieistotną. — Nie przyjechałam tu flirtować z kolegami Marcusa.

— Broń Boże, żebyś przypadkiem dobrze się bawiła na weselu — westchnęła Emma. — O czym myślisz? Masz ten swój wyraz twarzy.

— Jaki?

— Taki, w którym w myślach układasz cały świat, podczas gdy wszyscy inni się bawią.

Kate upiła łyk szampana zamiast odpowiadać. Rzeczywiście w myślach przeglądała listę zadań: wysłać zgłoszenia na kilka dużych zawodów, których termin mijał w tym tygodniu, przygotować się do poniedziałkowej rozmowy ze sponsorem, opracować punkty do następnego wystąpienia przed radą w sprawie obwodnicy.

— Panie i panowie — ogłosił lider zespołu — prosimy zająć miejsca na kolację i przemówienia.

Kate odnalazła swoje miejsce przy stole prezydialnym, siadając między Emmą a Pip. Obsługa podała pierwsze danie – krewetki z Queensland z salsą z mango, których Kate ledwie skosztowała, bo w myślach wciąż powtarzała plan na nadchodzący tydzień.

Jim McKenzie wstał, by wznieść pierwszy toast, a jego poorana słońcem twarz ściągnęła się od wzruszenia, gdy witał Marcusa w rodzinie. — Kiedy Sarah miała wypadek — powiedział chrapliwym głosem — martwiliśmy się o wiele rzeczy. Czy znowu będzie jeździć. Czy odnajdzie drogę naprzód. Ale nie musieliśmy się martwić, bo zawsze była najsilniejsza z moich dziewczyn.

Kate złapała wzrok Sarah po drugiej stronie stołu i skinęła lekko głową. Ich ojciec nie mijał się z prawdą.

— A potem pojawił się ten angielski weterynarz — ciągnął Jim, unosząc kieliszek w stronę Marcusa — który spojrzał na naszą Sarah i zobaczył nie to, co straciła, lecz wszystko, czym wciąż jest. Już za to miałby moje błogosławieństwo. Ale jest też cholernie dobrym weterynarzem, który uratował więcej niż jednego naszego konia, więc jak dla mnie jest w porządku.

Śmiech przebiegł po zgromadzonych. Jim uniósł kieliszek jeszcze wyżej. — Za Sarah i Marcusa. Niech wasze partnerstwo będzie tak silne jak koń z hodowli McKenzie.

Gdy oklaski ucichły, Ingrid powstała z gracją. W przeciwieństwie do lekko niedbawego wyglądu Jima, Ingrid wyglądała, jakby właśnie wyszła z żurnala mody; jej bladoniebieska sukienka była nienagannie gładka, a w platynowych włosach nie sterczał ani jeden kosmyk.

— Kiedy wyjechałam ze Szwecji do Australii, myślałam, że ze wszystkiego rezygnuję — zaczęła, a jej akcent pod wpływem emocji stał się odrobinę wyraźniejszy. — Z domu, rodziny, marzeń. A jednak to, co znalazłam tutaj w Ridgewater, okazało się jeszcze cenniejsze. — Uśmiechnęła się do Jima. — Nowe marzenia i tego mężczyznę, który dał mi czworo cudownych dzieci i wspierał każdy szalony pomysł, jaki kiedykolwiek miałam.

Kate uśmiechnęła się, myśląc o wszystkich szalonych pomysłach, które jej mama wcieliła w życie przez lata — większość z nich zamieniła Ridgewater w prężnie działającą hodowlę i ośrodek treningowy, jakim był dziś. Jej uśmiech miał jednak nutę smutku, gdy matka zawiesiła głos, wspominając swoje najstarsze dziecko, brata Kate, Kita, który zginął w Afganistanie.

Wesołe towarzystwo na moment spoważniało, oddając cichą chwilę szacunku. Kątem oka Kate zobaczyła, jak Pip wyciąga rękę do mężczyzny siedzącego po jej drugiej stronie. Pip i Kit byli małżeństwem zaledwie kilka miesięcy, gdy on zginął; McKenzie'owie zatrzymali Pip przy sobie, przyjmując ją jak własną, i była integralną częścią Ridgewater. Ostatnio jednak Pip znów znalazła miłość, z Jakiem Harrisonem, policjantem. Zamiast odsunąć Pip, McKenzie'owie po prostu wzruszyli zbiorowo ramionami i dopisali Jake'a do rodziny. Teraz trzymał Pip za rękę, z twarzą pełną szacunku, gdy wszyscy oddawali hołd pierwszemu mężowi Pip.

— Sarah, moja pierworodna córko — podjęła wtedy Ingrid — zawsze stawiałaś czoło życiu, nawet gdy próbowało cię powalić. Marcusie, jesteś partnerem, na jakiego zasługuje — kimś, kto stoi u jej boku. — Wzniosła kieliszek. — Za Sarah i Marcusa, niech zbudujecie życie tak piękne, jak to, które Jim i ja stworzyliśmy tu w Ridgewater.

Kieliszki zabrzęczały wokół stołu. Kate upiła łyk szampana, czując ukłucie sentymentalności.

— A skoro już mowa o Ridgewater — wspomniała Ingrid ciszej, siadając — powinnam dodać, że z ojcem wreszcie wynajęliśmy The Shack na czas naszej podróży. Miły pisarz, który potrzebuje ciszy i spokoju przez sześć miesięcy, by dokończyć nową książkę. Wprowadza się w przyszłym tygodniu.

Łyk szampana Kate poszedł nie tą drogą. Zakrztusiła się gwałtownie, łzy stanęły jej w oczach, gdy Emma przyłożyła rękę między jej łopatki.

— Nie tą dziurką? — zapytał ktoś ze współczuciem.

Kate skinęła głową, niezdolna mówić, gdy w głowie układała sobie mimochodem ogłoszenie matki. The Shack to pieszczotliwa nazwa eleganckiego domku nad jeziorem, który rodzice zbudowali jako dom na emeryturę, ale gdy Jim i Ingrid byli w rozjazdach, Kate przejęła go jako swoją osobistą oazę do rozmów ze sponsorami i nocnych sesji strategicznych. Wynajęty obcemu na sześć miesięcy? Trudno o gorszy moment.

— Wszystko w porządku, Kate? — zawołał Jim z drugiego końca stołu.

— W porządku — wydusiła Kate nieco zachrypniętym głosem. — Po prostu się nie spodziewałam.

Spojrzenie Ingrid spotkało się z jej wzrokiem; w chłodnoniebieskich oczach błysnęła znajoma przenikliwość. Oczywiście, że matka zauważyła jej reakcję. Ingrid McKenzie nie umykało nic.

Przemówienia toczyły się dalej, ale Kate ledwie je słyszała. Myśli galopowały: liczyła alternatywne miejsca do wideorozmów, zastanawiała się, czy da się podciągnąć internet w biurze stajni, rozważała, gdzie jeszcze mogłaby przejąć jakiś cichy kąt.

Gdy tylko część oficjalna dobiegła końca i zaczęły się tańce, Kate skierowała się do miejsca, gdzie Ingrid rozmawiała ze starymi przyjaciółmi rodziny.

— Mamo — odezwała się cicho — czy mogłabym zamienić z Panią słowo?

Ingrid z gracją się pożegnała i obie wyszły na zewnątrz, gdzie było odrobinę ciszej, stając z widokiem na jezioro.

— Zakładam, że chodzi o The Shack? — rzuciła Ingrid z wiedzącą miną.

— Mogła mi Pani o tym wspomnieć, zanim załatwiła Pani sześciomiesięczny najem — powiedziała Kate, starając się nie zabrzmieć jak maruda. — Planowałam korzystać z domku do rozmów ze sponsorami i omówień treningów. Tam jest idealny zasięg, a różnica czasu z Europą oznacza, że potrzebuję cichego miejsca o dziwnych porach.

Ingrid spojrzała na swoją średnią córkę z mieszaniną czułości i zniecierpliwienia. — Katherine, The Shack stoi puste, podczas gdy twój ojciec i ja hulamy po Australii naszym kamperem. Brak wynajmu po prostu nie ma sensu finansowego. Wiem, że ucięliśmy pomysł krótkoterminowych najemów wakacyjnych, bo pranie i sprzątanie tworzyłyby wam, dziewczynom, zbyt dużo dodatkowej roboty, ale to co innego.

— Rozumiem, tylko że...

— Poza tym — ciągnęła Ingrid, sięgając do eleganckiej kopertówki — już podpisałam umowę. Ben to uroczy młody mężczyzna; potrzebuje spokoju, by dokończyć powieść, a za całe sześć miesięcy zapłacił z góry. — Wyjęła małą wizytówkę i podała ją Kate. — Tu masz jego dane. Jestem pewna, że jakoś się dogadacie w sprawie okazjonalnego korzystania z miejsca.

Kate przyjęła wizytówkę, uznając porażkę, choć jeszcze nie gotowa całkiem się poddać. — A jeśli nie uda nam się dogadać?

— To znajdziesz inne rozwiązanie — odparła Ingrid prosto. — Zawsze to robisz, Katherine; właśnie to czyni z ciebie tak groźną zawodniczkę — nigdy nie pozwalasz, by przeszkody cię zatrzymały. — Poklepała Kate po policzku. — A teraz przestań się martwić i ciesz się ślubem siostry. Świat się nie zawali, jeśli na jeden wieczór odłożysz plan podboju świata.

Tym powiedziawszy, Ingrid z gracją wróciła na przyjęcie, zostawiając Kate z narastającą frustracją. Dobrze, jutro napisze e-mail — grzeczny, ale stanowczy — wyjaśniając, że choć rodzice nieco się pospieszyli z propozycją, w okolicy jest kilka uroczych miejsc noclegowych, które mogą lepiej odpowiadać potrzebom pisarza. Była w stanie zwrócić z własnych oszczędności wszystko, co pisarz zapłacił.

Kate układała w głowie treść maila, wpatrując się w ciemną taflę wody. Oczywiście będzie rozsądna. Profesjonalna. Wyjaśni sprawę kwalifikacji olimpijskich, europejskich kontaktów, sytuacji z obwodnicą, która wymagała starannego planowania. Każdy rozsądny człowiek zrozumie.

— Co jest?

Kate odwróciła się i zobaczyła, jak Sarah ostrożnie podchodzi, z wyciągniętą lekko dłonią, by w półmroku lepiej ocenić odległość.

— Tylko myślę — odparła Kate, przesuwając się nieco, by wyraźniej zaznaczyć swoją pozycję. — Nie powinnaś tańczyć ze swoim świeżo upieczonym mężem?

Słowo mąż wywołało uśmiech na twarzy Sarah. — Upija Tatę. Najwyraźniej to obowiązek zięcia. — Stanęła obok Kate, niemal dotykając ramieniem jej ramienia. — Dlaczego się kryjesz na moim weselu?

— Wcale się nie chowam — zaprotestowała odruchowo Kate, po czym westchnęła. — Mama wynajęła The Shack.

— Aha — skinęła Sarah, natychmiast łapiąc kontekst. — Twoje centrum dowodzenia.

— Dokładnie. Na sześć miesięcy, jakiemuś pisarzowi.

— Tragedia — skwitowała sucho Sarah. — Może będziesz musiała zadzwonić z własnej sypialni jak normalny człowiek.

Mimo frustracji Kate się uśmiechnęła. Sarah zawsze potrafiła przebić się przez jej nadmierne analizowanie spraw trafnym, prostym komentarzem. — To nie tylko telefony. To... wszystko. W tym tygodniu zamykają zgłoszenia do kwalifikacji, zbliża się decyzja w sprawie obwodnicy, a ja muszę sprawdzić, jakim ogierem powinniśmy pokryć Duchess. Potrzebuję przestrzeni, żeby myśleć, planować.

— I nie możesz myśleć ani planować nigdzie indziej na naszej posiadłości liczącej 1 200 akrów? — uniosła brew Sarah. — Najmniejsze skrzypeczki świata grają teraz właśnie dla ciebie, Kate.

Kate niechętnie parsknęła śmiechem. — Dobra. Przesadzam.

— Trochę. — Sarah odwróciła się ku wodzie, a jej profil rozświetliły lampki zawieszone na drzewach nad nimi. — Pamiętasz, jak byliśmy dzieciakami i Tata zbudował domek na drzewie?

— Ten, z którego mnie zepchnęłaś?

— Nie zepchnęłam cię. Spadłaś, bo próbowałaś poukładać wszystkie nasze figurki koni według rozmiaru i koloru i straciłaś równowagę. — Głos Sarah zmiękł. — Chodzi mi o to, że zawsze musiałaś mieć wszystko pod kontrolą. A czasem najlepsze rzeczy dzieją się właśnie wtedy, gdy nie możesz.

Kate rozważyła to. — Na przykład twój wypadek? To było coś z tych najlepszych?

Sarah zamilkła na moment. — Nie. To było jedno z najgorszych. Ale pojawienie się Marcusa? To było jedno z najlepszych. — Odwróciła się z powrotem do Kate. — Nie mówię, żebyś nie próbowała dogadać się z tym pisarzem. Mówię: nie przegap tego, co masz tuż przed nosem, bo jesteś zbyt zajęta ustawianiem wszystkich pionków.

Zanim Kate zdążyła odpowiedzieć, Sarah dodała: — A teraz wracaj na moje wesele, zanim ludzie pomyślą, że masz jakieś załamanie nad jeziorem.

Kate dała się poprowadzić z powrotem na przyjęcie, a słowa Sarah wciąż dźwięczały jej w głowie. Siostra miała rację, oczywiście. Miała tendencję tak mocno skupiać się na celach, że umykały jej inne możliwości. Ale to właśnie to skupienie uczyniło z niej mistrzynię kraju w ujeżdżeniu. Gdzieś pośrodku musiała być równowaga, choć dotąd zawsze jej umykała.

Wesele było w pełni rozkręcone; goście, rozluźnieni alkoholem, tańczyli z rozmaitą dozą koordynacji. Kate dostrzegła ojca pogrążonego w rozmowie z Marcusem i Harrym Kittredge'em przy barze; wszyscy trzej gestykulowali zawzięcie.

— Lepiej uratuję mojego męża, zanim Harry namówi go na kupno konia wyścigowego — powiedziała Sarah, ruszając zdecydowanie w ich stronę.

Zostawszy sama, Kate ogarnęła wzrokiem salę, sprawdzając, czy wszystko idzie jak należy. Tort został pokrojony, przemówienia wygłoszone, a zespół grał mieszankę klasyków, które zapełniały parkiet. Wydarzenie idealne, mimo wcześniejszej próby kwiatowych przetasowań w wykonaniu Misty.

— Czas na rzut bukietem! — Głos Emmy przebił się przez muzykę, wyrywając Kate z zamyślenia.

Patrzyła, jak Sarah staje na krześle, szykując się do rzutu w tłum singielek, który Emma z zapałem organizowała. Kate trzymała się z tyłu, nie mając ochoty na tę tradycję, ale Emma ją wypatrzyła.

— Kate! Chodź tutaj! — zawołała młodsza siostra.

— Dobrze mi tu — odparła Kate.

— Nie bądź nudna! Taka tradycja!

Żeby nie robić sceny, Kate niechętnie dołączyła do grupy, stając z tyłu. Sarah odwróciła się do tłumu, policzyła do trzech i rzuciła bukiet przez ramię. Odruch zdradził Kate, gdy kwiaty poleciały prosto na nią. Ręka wyskoczyła w górę automatycznie — złapała bukiet, zanim zdążyła się powstrzymać.

— Wygląda na to, że jesteś następna, Katie! — zawołał Jim, co wywołało ogólny śmiech i oklaski.

Sarah złapała jej wzrok z drugiego końca i posłała jej wymowne spojrzenie, jakby mówiło — Widzisz? Nie na wszystko masz wpływ.

— Pozwolę sobie zauważyć, że Emma i Pip są zaręczone, a ja wciąż jestem singielką — odparła Kate sucho.

— Szkoda. To może zatańczymy? — zapytał z zapałem kolega Marcusa, a Kate musiała się roześmiać.

— Sama się o to prosiłaś! — wtrąciła Zoe, siostra Marcusa, z typowym dla siebie brakiem filtra.

— Wiesz co? Dobra. Trzymaj! — Kate wepchnęła kwiaty w dłonie Zoe i przyjęła propozycję tańca. Nie było żadnej szkody w tym, by odpuścić sobie na godzinę czy dwie, a radość na twarzy Sarah, gdy Kate dołączyła do niej na parkiecie, była warta nawet nadepniętych palców przez entuzjastycznego młodego weta od bydła.

Kiedy wieczór posuwał się naprzód i zabawa zaczęła zwalniać, Kate stała z siostrami przy stole z tortem, patrząc, jak ostatnie pary kołyszą się na parkiecie. Sarah oparła się o nią, zmęczona, lecz szczęśliwa.

— Dziękuję — powiedziała cicho. — Za wszystko dzisiaj.

— Od czego są siostry? — odparła Kate, czując przypływ szczerej czułości.

— Siostry McKenzie — oznajmiła Emma, zarzucając ramiona na ich barki. — Jedna mężatka, jedna w drodze na igrzyska, a jedna — cóż, ja jestem tą ładną.

Roześmiały się razem, w chwili doskonałej jedności. Kate spojrzała na promieniejącą szczęściem Sarah i poczuła zarówno radość za siostrę, jak i odnowioną determinację, by rozwiązać własne wyzwania. Kwalifikacje olimpijskie, zagrożenie obwodnicą, sytuacja z The Shack — poradzi sobie ze wszystkim, bo właśnie to robiła.

Światła przygaszano, baśniowy wieczór dobiegał końca. Kate stała na werandzie i patrzyła, jak Sarah i Marcus odjeżdżają na miesiąc miodowy, z puszkami klekoczącymi za samochodem i napisem Just Married na tylnej szybie. Lecieli do Tajlandii na dwa tygodnie, zasłużony wypoczynek na plaży... zostawiając Kate odpowiedzialną za Ridgewater, gdy tylko Jim i Ingrid rano polecą z powrotem do Zachodniej Australii, by wznowić swoją wyprawę kamperem.

Westchnąwszy, Kate schyliła się, by zdjąć eleganckie sandałki na paskach i wsunąć z powrotem zakurzone robocze oficerki. To było więcej niż tradycja — w Ridgewater panowała zasada, że ktoś zawsze robi ostatnią wieczorną rundę, żeby sprawdzić wszystkie konie. Goście już się rozjechali, rodzina położyła się spać. Kate była ostatnią stojącą na nogach, a jutro będzie pierwsza na nogach, wcisnąwszy jeszcze trening przed odwiezieniem rodziców na lotnisko.

Bo, jak każdy, kto ma konie, aż nadto dobrze wie, dni wolne zdarzają się tylko innym.

Rozdział drugi

Palce Kate wystukiwały niecierpliwy rytm na kierownicy, gdy wracała znajomymi drogami do Ridgewater. Poranna podróż na lotnisko w Brisbane trwała dłużej, niż się spodziewała, a pożegnanie z rodzicami okazało się bardziej emocjonalne, niż przewidywała. Teraz pragnęła już tylko spokoju w The Shack, swoich teczek i błogiej ciszy po dniach ślubnego zamieszania.

Poruszyła ramionami, próbując rozluźnić napięcie, które ciężarem zalegało na karku. Ślub był piękny, wręcz idealny, pomijając kwiatowe roszady Misty, ale ten wysiłek wycisnął z niej ostatnie soki, a życie w Ridgewater było zbyt intensywne, by mogła wziąć wolne i dojść do siebie. Kate zerwała się o piątej rano, zaliczając trening z Misty przed wyjazdem na lotnisko, a w głowie żonglowała bez przerwy dziesiątkami zadań, które na nią spadną, gdy Sarah wyjedzie w podróż poślubną, a rodzice wznowią swoją wyprawę kamperem.

— Dwa tygodnie — mruknęła do siebie, przeliczając dni do powrotu Sarah i Marcusa. Dwa tygodnie prowadzenia codziennych spraw Ridgewater, przy jednoczesnym utrzymaniu własnego planu treningowego, nauczaniu uczniów, nadrabianiu papierkowej roboty i ogarnianiu stu jeden innych pozycji z listy rzeczy do zrobienia. Do udźwignięcia. Miała plan.

A sercem tego planu było The Shack.

Kate skręciła w prywatną drogę prowadzącą do położonej nad jeziorem chaty, którą rodzice zbudowali jako dom na emeryturę. W odróżnieniu od Big House, gdzie ciągle coś się działo, The Shack oferowało samotność, której Kate potrzebowała do pracy wymagającej największego skupienia. Smukły, drewniany budynek krył się wśród eukaliptusów, a jego szeroka weranda wyglądała na jezioro, które wyznaczało zachodnią granicę Ridgewater. W środku czekały starannie uporządkowane teczki, doskonały internet, a przede wszystkim — cisza. Bez Emmy, która nuciłaby przy radiu, gotując. Bez Jemimy trajkoczącej o swoich kucykach. Bez Pip, która przywlekłaby kolejny przypadek do ratowania z dramatyczną historią w tle.

Tylko spokój, porządek i przestrzeń do myślenia.

Kate zmarszczyła brwi, gdy zbliżała się do ostatniego zakrętu na ścieżce. Coś było nie tak. Popołudniowe słońce odbijało się od samochodu, którego nie rozpoznawała, zaparkowanego w cieniu werandy — smukłego, ciemnego sedana, rażąco niepasującego do wiejskiego krajobrazu. A między drzewami dostrzegła światła palące się w The Shack, mimo jasnego dnia.

— Co u licha? — wymknęło jej się, gdy mocniej wcisnęła gaz. Mama wspominała, że wynajęła The Shack jakiemuś pisarzowi, ale przecież on nie mógł być tutaj już teraz? Nie dzień po ślubie, ledwie kilka godzin po wyjeździe rodziców? Planowała wysłać po południu maila, odwlec to, powiedzieć, że będzie musiał znaleźć inne miejsce... ale on już tu był!

Kiedy wysiadła ze swojego pick-upa i podeszła do schodków na werandę, Kate dostrzegła więcej śladów zajęcia domu: para męskich butów przy drzwiach, znacznie większych niż ojca. Kurtka przerzucona przez poręcz. Uchylone drzwi.

— Halo? — zawołała, ostrzej, niż zamierzała. Z wnętrza nie padła żadna odpowiedź.

Kate zawahała się, czując, jak w piersi wzbiera fala oburzenia. To była jej przestrzeń, a przynajmniej była nią do momentu wczorajszej, mimochodem rzuconej ślubnej zapowiedzi mamy. Na myśl, że obcy rozgaszcza się w miejscu, które uważała za swoje terytorium, przez jej ciało przeszedł dreszcz niechęci.

Pchnęła szerzej drzwi i weszła do środka, chłodne powietrze dało chwilową ulgę od gorąca. — Halo? — zawołała głośniej.

Wnętrze The Shack miało otwarty plan: główna część dzienna płynnie łączyła się z kuchnią i jadalnią. Okna od podłogi do sufitu wychodziły na jezioro, a drewniane belki podtrzymywały wysoki sufit. Kate uwielbiała elegancką prostotę tego miejsca; nowoczesną, ale ciepłą, wyrafinowaną i praktyczną zarazem.

Teraz tę prostotę burzyły ślady czyjegoś życia. Pudła ustawione byle jak na podłodze. Walizka rozłożona na stole w jadalni, z której wysypywały się ubrania, jakby właściciel zaczął się rozpakowywać i coś go rozproszyło. Książki porozrzucane po stoliku kawowym, niektóre otwarte z zagiętymi rogami — na ten widok Kate aż się skrzywiła.

Jej równiutko ułożony plik dokumentów konkursowych został przesunięty z centrum stołu do rogu, zepchnięty, by zrobić miejsce dla walizki. Biurko, na którym starannie rozłożyła teczki sponsorów, teraz trzymało obcą ładowarkę do laptopa i najwyraźniej do połowy opróżnioną butelkę whisky.

Kate aż zacisnęła szczękę. To nie był ktoś, kto tylko zajrzał lub podrzucił rzeczy — ktoś się właśnie wprowadzał. Dziś. Bez uprzedzenia. Nie dając jej ani chwili, by się przygotować albo znaleźć alternatywę.

Weszła głębiej do salonu, wyłapując kolejne detale, od których zaciskały jej się zęby: kubek z fusami po herbacie na stoliku, okulary do czytania położone na stercie papierów, kurtka rzucona niedbale na jedno z krzeseł w jadalni.

Poczucie naruszenia rosło z każdym krokiem. Ta przestrzeń, jej azyl przed nieustannymi wymogami Ridgewater, była kolonizowana przez obcego, który najwyraźniej nie miał pojęcia o porządku ani o szacunku do cudzej własności.

A gdzie w ogóle podział się ten tajemniczy pisarz? Samochód na zewnątrz sugerował, że jest na miejscu, ale w środku panowała chwilowa cisza. Może poszedł obejść posiadłość? Myśl, że ktoś obcy swobodnie krąży po Ridgewater, być może niepokojąc konie albo wtrącając się w codzienne działania, tylko podsyciła narastającą frustrację Kate.

Wyciągnęła telefon, z pełnym zamiarem zadzwonienia do mamy i zażądania wyjaśnień. Ale zawahała się, kciuk zatrzymał się nad numerem Ingrid. Co by to dało? Mama jasno dała do zrozumienia wczoraj, że decyzja jest ostateczna. Umowa podpisana, pieniądze przelane. A... zerknęła na godzinę. Samolot rodziców już wystartował. Przez kilka najbliższych godzin będą nieosiągalni.

Kate wzięła głęboki oddech, próbując odzyskać panowanie nad sobą. To była przeszkoda, ale przeszkody da się obejść. Będzie musiała się dostosować, znaleźć inne wyjście. Da się przeorganizować biuro w stajni. Może mogłaby korzystać z pokoju Sarah w Big House, póki siostra jest na wyjeździe.

Z bliższa jeszcze wyraźniej widać było, jak mocno naruszono jej drobiazgowo ułożony porządek. Stolik kawowy, na którym trzymała dzienniki treningowe w porządku chronologicznym, teraz uginał się pod chaotyczną stertą notesów, niektóre otwarte na gęstych, ręcznie zapisanych stronach, pełnych skreśleń i notatek na marginesie. Starannie ułożone teczki sponsorów zostały zepchnięte na bok biurka, by zrobić miejsce materiałom wyglądającym na dokumentację — wycinkom prasowym, wydrukom i stercie książek true crime.

Nawet biała tablica, na której rozrysowała strategię kwalifikacji, ucierpiała; przesunięto ją z honorowego miejsca i oparto o ścianę, a jej kolorowy harmonogram częściowo starto, by wygospodarować przestrzeń na coś w rodzaju szkicu fabuły nabazgranego niechlujnym pismem.

I patrząc na rzeczy obcego, wdzierające się w jej pieczołowicie uporządkowaną przestrzeń, Kate poczuła, jak w niej twardnieje upór. Tu nie chodziło tylko o znalezienie innego miejsca do pracy. Tu chodziło o zasadę.

The Shack było jej sanktuarium. I nie zamierzała oddać go bez walki.

Z tyłu werandy rozległ się odgłos, który przyciągnął uwagę Kate — cichy zgrzyt krzesła po drewnianych deskach, po którym nastąpiło westchnienie zadowolenia. Odwróciła się gwałtownie w stronę dźwięku, przeszła przez kuchnię szybkim, zdecydowanym krokiem. Drzwi na werandę stały otwarte, wpuszczając ciepły podmuch, który poruszył papiery na blacie. Gdy przekroczyła próg, Kate znieruchomiała, a przygotowane żądania zgasły jej na ustach.

Na jej ulubionym fotelu rozłożył się mężczyzna, długie nogi oparte na wiklinowym podnóżku, który ustawiła idealnie tak, by łapać cień i widok na jezioro. Na kolanach trzymał laptop, obok parował kubek, a na jego twarzy malowało się całkowite skupienie, gdy palce szybko stukały w klawiaturę. Wyglądał, jakby był tu od lat, a nie od kilku godzin.

Był bardzo wysoki — widać to było nawet w siedzącej pozycji — o szerokich barkach, które lekko napinały spraną koszulkę. Brązowe włosy miał potargane, jakby co chwila przeczesywał je dłonią, a kilka dni zarostu przyciemniało szczękę. Na oko po trzydziestce, z twarzą człowieka, który więcej myśli, niż sypia: drobne zmarszczki przy oczach i trwała bruzda między brwiami.

To zapewne był ten pisarz.

Kate stanęła sztywno w progu, a w jej wnętrzu narastała burza oburzenia. Ten obcy nie tylko bez uprzedzenia wprowadził się do jej przestrzeni, ale jeszcze zawłaszczył konkretnie jej miejsce: fotel ustawiony tak, by najlepiej widzieć jezioro, podnóżek pod idealnym kątem, który wybierała do nauki na pamięć programów ujeżdżeniowych, stolik pomocniczy, na którym zamiast jej starannie rozłożonych materiałów stał teraz jego kubek.

Jakby wyczuwając jej obecność, mężczyzna uniósł wzrok. Orzechowe oczy spotkały się z jej spojrzeniem, na moment rozszerzyły ze zdziwienia, po czym w kącikach zarysował się uśmiech, który przemienił poważną twarz w zaskakująco ciepłą.

— Musi Pani być Kate — odezwał się głosem głębszym, niż się spodziewała, z ledwie wyczuwalnym akcentem, którego nie umiała od razu umiejscowić. — Wygląda Pani jak Ingrid; mówiła, że jest Pani tą córką, która najbardziej ją przypomina.

Beztroska swojskość powitania i uwaga o jej matce wytrąciły Kate z równowagi. Przygotowała się na konfrontację, na obronę terytorium, ale jego łatwe rozpoznanie ją kompletnie zbiło z tropu.

— Ja... — zaczęła, po czym urwała, zbierając się w sobie. — Tak, jestem Kate McKenzie.

— Ben Crossley. — Odstawił laptop i półwstał, wyciągając rękę, którą Kate odruchowo uścisnęła, po czym cofnęła dłoń. Uścisk miał pewny, dłoń ciepłą przy jej chłodnych palcach. — Pani mama wspomniała, że może Pani wpaść. Mówiła, że czasem korzysta Pani z The Shack do pracy.

Czasem? Kate poczuła przypływ irytacji. Od ośmiu miesięcy korzystała z The Shack wyłącznie, odkąd rodzice wyjechali w podróż. To nie było *wpadanie*, tylko kluczowy element jej codziennej rutyny.

— Ben Crossley — powtórzyła Kate, a nazwisko nagle wskoczyło na miejsce. — Pisarz kryminałów.

Skinął zadowolony. — Czy czytała Pani moje książki?

— Nie — odparła Kate bardziej szorstko, niż zamierzała. — Ale moja siostra, Emma, ma Pana książki.

To akurat była prawda. Emma pożerała thrillery w zastraszającym tempie, często siedząc po nocach z myślą „jeszcze jeden rozdział". Kate pamiętała jej ekscytację przy premierze najnowszej powieści Bena i to, jak próbowała wcisnąć ją Kate do rąk, zapewniając, że jej się spodoba. Kate odmówiła, zbyt zajęta harmonogramami treningów i zapisami na zawody, by pozwolić sobie na beletrystykę.

Teraz, skonfrontowana z samym autorem, poczuła ukłucie żalu, że tak to zbyła. Nie dlatego, że szczególnie obchodziły ją jego książki, ale dlatego, że entuzjazm Emmy sugerował, że to ktoś znaczący, a nie przypadkowy pisarz, któremu mama wynajęła dom pod wpływem kaprysu.

Ben nie dał się wytrącić jej wyznaniem, z powrotem rozsiadł się w jej fotelu z naturalną swobodą. — Proszę powiedzieć Emmie, że mi miło. Zawsze fajnie spotkać czytelnika. — Wskazał niedbale na laptop. — Choć w tej chwili wolałbym nie spotykać zbyt wielu. Terminy gonią i te sprawy.

Jego swoboda, sposób, w jaki całkowicie zawłaszczył jej przestrzeń, wywołały w Kate kolejną falę frustracji. Nie chodziło tylko o fizyczne rozbicie jej systemu, choć to też. Chodziło o założenie, że może po prostu wpasować się w jej rutynę, w jej azyl, nie zastanawiając się nad konsekwencjami.

— Nie wiedziałam, że wprowadza się Pan dziś — powiedziała, starając się utrzymać neutralny ton. — Mama wspomniała o tym dopiero wczoraj, na ślubie mojej siostry.

Na twarzy Bena przemknęła iskra szczerej troski. — Aha, to wiele wyjaśnia. — Przeciągnął dłonią po i tak potarganych włosach, potwierdzając podejrzenie Kate co do przyczyny tego nieładu. — Ingrid powiedziała, że dziś będzie w porządku, bo wszyscy i tak będą zajęci sprzątaniem po weselu. Powiedziała, że The Shack i tak stoi puste.

„Stoi puste". Jakby przestrzeń przestawała istnieć, gdy fizycznie jej tu nie było. Jakby jej cel, jej potrzeba, nie miały znaczenia.

Kate rozejrzała się, wyłapując kolejne szczegóły, które gryzły się z jej poczuciem porządku. Misa na owoce, którą trzymała wypełnioną jabłkami na szybki zastrzyk energii między rozmowami, teraz pełna była batoników energetycznych i czekolady. Nawet poduszki na sofie zostały poprzestawiane, już nie leżały w idealnym ułożeniu, które preferowała.

To było jak patrzeć, jak ktoś w środku partii przestawia figury na szachownicy — dezorientujące i zasadniczo nie w porządku.

A jednak była w niej cząstka — mała, niechętna — która dostrzegała, że to nie byle kto. Ben Crossley był autorem bestsellerów, jego książki dumnie eksponowano w księgarniach w całym kraju. Emma wspominała coś o ekranizacji. To nie był ktoś anonimowy; to profesjonalista z najwyższej półki.

Tak jak ona w swojej dziedzinie.

Co czyniło sytuację tym bardziej frustrującą. Bo mimo instynktownej potrzeby bronienia terytorium, Kate nie mogła go po prostu zbyć jako nieistotnego. Jego obecność wymagała innego podejścia, niż planowała — takiego, które uzna jego status zawodowy, a jednocześnie ochroni jej własne potrzeby.

Ta świadomość tylko wzmocniła jej determinację, by znaleźć rozwiązanie, które nie będzie oznaczało oddania The Shack na następne sześć miesięcy.

Kate wyprostowała ramiona — gest, o którym mama zawsze mówiła, że sprawia, iż wygląda jak amazonka nawet poza czworobokiem. — Panie Crossley — powiedziała chłodno i miarowo. — Myślę, że zaszło nieporozumienie. — Przesunęła się tak, by stanąć dokładnie przed nim, celowo zasłaniając widok ekranu. — Jest Pan w moim domu.

Ben uniósł wzrok, bardziej zaciekawiony niż zaniepokojony. Kącik ust drgnął mu w półuśmiechu, jakby jej stwierdzenie raczej go bawiło, niż prowokowało do sporu.

— *Mój* dom — odparł tonem równie swobodnym, jakby rozmawiali o pogodzie. — Na najbliższe sześć miesięcy. — Machnął lekko ręką. — Zapłacone z góry i wszystko. Ingrid bardzo na tym nalegała.

Kate poczuła, jak policzki oblewają się gorącym rumieńcem — nie ze wstydu, lecz od wysiłku utrzymania zimnej krwi. Spodziewała się obrony, może nawet poczucia winy z powodu wtargnięcia. Tymczasem on wyglądał na całkiem zadowolonego z sytuacji, jakby jej sprzeciw był drobną niedogodnością, nie zaś uzasadnionym roszczeniem.

— Potrzebuję tej przestrzeni — powiedziała, cedząc słowa i walcząc, by nie stracić panowania. — Zbliżają się kwalifikacje do Mistrzostw Świata. Prowadzę międzynarodowe wideorozmowy z europejskimi zawodnikami o dziwnych porach przez różnice czasu. Analizuję nagrania treningowe, przygotowuję materiały dla sponsorów...

— Brzmi fascynująco — wtrącił Ben, choć ton sugerował co innego. Przymknął laptop do połowy, obdarzając ją połowiczną uwagą. — Ale ja mam umowę i termin. Mój redaktor oczekuje finalnego maszynopisu przed świętami i muszę to dowieźć. — Wzruszył ramionami gestem jednocześnie przepraszającym i zbywającym.

— Ale... to prywatny dom, którego używam od miesięcy jako biura.

— A teraz to mój dom i moje biuro — odparł Ben, wciąż rozparty w jej fotelu, w wyraźnym kontraście do jej spiętej postawy. — Zgodnie z umową, którą podpisałem z Pani rodzicami. To oni są właścicielami.

Kate zacisnęła dłonie w pięści po bokach, paznokcie wbiły się w skórę. Każdy mięsień w ciele napiął się, gdy powstrzymywała się, by nie powiedzieć, co naprawdę myśli o tym układzie. Zastygła w bezruchu, jak przy demonstracji stój w czworoboku — skumulowana siła trzymana w ryzach samą dyscypliną.

Ben tymczasem siedział swobodnie w jej fotelu, z kostką założoną na kolano, rozluźniony do granic impertynencji. Gdy Kate miała wrażenie, że pęknie od napięcia, on wyglądał na całkiem wyluzowanego, obserwując ją czujnymi, orzechowymi oczami, które zdawały się rejestrować każdy szczegół jej reakcji.

— Mama nie poinformowała mnie, że przyjedzie Pan zaraz po ślubie — powiedziała, trzymając się faktów, nie emocji. — Planowałam przez najbliższe dwa tygodnie intensywnie korzystać z The Shack, podczas gdy siostra będzie na podróży poślubnej.

— Ach, świeżo po ślubie — rzucił Ben, jakby zaprosiła go do pogawędki, a nie sporu o terytorium. — Wczoraj mignęła mi nad jeziorem aranżacja. Ładnie wyglądało.

Ta swobodna uwaga znów wytrąciła Kate z rytmu. — Był Pan tu wczoraj?

— Tylko żeby podrzucić kilka rzeczy. Nie chciałem wchodzić w sam środek imprezy, a Pani rodzice wciąż tu spali, więc wziąłem pokój w hotelu w mieście na noc. — Przejechał dłonią po potarganych włosach. — Pani mama powiedziała, że dzisiaj będzie lepszy dzień na właściwą przeprowadzkę.

Oczywiście, że tak. Ingrid McKenzie — zawsze dziesięć kroków do przodu, zawsze reżyserująca rzeczywistość po swojemu. Kate niemal słyszała głos matki: — *Jesteś zbyt sztywna, Katherine. Elastyczność w życiu jest tak samo ważna jak w ujeżdżeniu.*

Kate znów rozejrzała się po wnętrzu, dostrzegając, jak gruntownie Ben zaznaczył już swoją obecność. Jego laptop, książki, notatki — wszystkie narzędzia jego pracy — leżały rozrzucone po powierzchniach, na których dotąd znajdowały się jej starannie uporządkowane materiały. Uderzyła ją wtedy równoległość ich sytuacji: dwoje profesjonalistów z najwyższej półki, oboje potrzebujący przestrzeni i samotności, by wykonywać swoją pracę.

Ta myśl nie zmniejszyła frustracji, ale złagodziła ton. Choć najchętniej kazałaby mu się spakować i natychmiast wyjść, rozumiała, że to daremne. Mama podpisała umowę. Pieniądze przeszły. I to nie był byle jaki pisarz; to był Ben Crossley, którego ostatnia powieść, jak mówiła Emma, spędziła trzydzieści siedem tygodni na liście bestsellerów. A ekranizacja była właśnie w produkcji z hollywoodzkimi aktorami.

— Rozumiem — powiedziała wreszcie, nieco mniej konfrontacyjnie. — Niemniej ta sytuacja jest nie do przyjęcia. Moja praca wymaga prywatności i stałości.

— Moja również — odparł Ben, a uśmiech trochę złagodził ostrość słów. — Ale jestem skłonny pójść na kompromis, jeśli Pani też. The Shack jest większy, niż wygląda — spokojnie znajdzie się tu miejsce dla dwojga profesjonalistów, żeby współistnieć bez większych zakłóceń.

Kate uniosła brew, sceptyczna. — Prowadzę wideorozmowy z europejskimi sponsorami o 3.00 nad ranem.

— Prawie co noc piszę do 4.00. Wczesny ranek to dla mnie właśnie cisza.

— Potrzebuję absolutnej ciszy, żeby analizować nagrania treningowe.

— Zakładam słuchawki z redukcją hałasu, kiedy szkicuję.

Na każdy zarzut Kate Ben miał gotową odpowiedź, podaną z tą samą irytująco spokojną pewnością. To było jak próba wykonania skomplikowanej figury na koniu, który co chwila zmienia scenariusz; frustrujące i dziwnie wymagające.

— To nie są negocjacje — ucięła w końcu Kate, czując, jak cierpliwość się kończy. — The Shack było moim miejscem pracy od miesięcy. Nie mogę ot tak przebudować całej zawodowej rutyny tylko dlatego, że mama wynajęła je bez konsultacji ze mną.

— A ja nie mogę ot tak znaleźć nowego lokum, bo przywykła Pani mieć to miejsce dla siebie — odpowiedział Ben tonem twardszym, choć wciąż nie nieuprzejmym. — Wybrałem tę lokalizację właśnie ze względu na odosobnienie i ciszę. Idealna, gdy trzeba kończyć maszynopis pod presją terminu.

Spojrzeli na siebie, docierając do impasu. Kate z narastającą niechęcią uświadomiła sobie, że nie będzie szybkiego rozwiązania. Ben miał prawo tu być i mimo frustracji nie mogła go po prostu wyrzucić.

Ale to nie znaczyło, że się podda.

— Porozmawiam z mamą — powiedziała w końcu, a ton dawał jasno do zrozumienia, że to nie ustępstwo, tylko taktyczny odwrót.

— Niech Pani tak zrobi — odparł Ben, a wyraz twarzy sugerował, że doskonale wie, jak potoczy się ta rozmowa.

— A tymczasem spróbuję ograniczyć mój twórczy chaos

do tej części The Shack, jeśli Pani zrobi to samo ze swoimi...
— wykonał nieokreślony gest dłonią — ...jeździeckimi
ambicjami.

Lekceważący gest w stronę jej życiowej pracy wywołał w
Kate świeżą falę irytacji. Ten mężczyzna nie miał pojęcia,
ile dyscypliny, poświęcenia i czystej determinacji wymaga
dojście do poziomu Grand Prix w ujeżdżeniu. Żadnego
rozeznania, ile lat treningu, jak precyzyjna dbałość o
szczegóły, jak bezlitosne dążenie do perfekcji się w tym
kryje.

Ale nie da mu satysfakcji zobaczenia, jak bardzo ją to
dotknęło.

— Zobaczymy — tylko tyle powiedziała, odwracając się
na pięcie.

Odchodząc, Kate złożyła w duchu cichą przysięgę. Ten
układ nie przetrwa. Ben Crossley może i ma umowę, ale
Kate McKenzie ma determinację i przewagę gospodarzy.
Tak czy inaczej odzyska swoje sanktuarium — i to prędzej,
niż później!

Nawet jeśli miałoby to oznaczać konfrontację nie tylko
z autorem bestsellerów, ale i z własną matką.

Rozdział trzeci

Tej nocy sen omijał Bena, myśli nie chciały się uspokoić po konfrontacji z Kate McKenzie. Wstał o szóstej, zrobił śniadanie i usiadł do pisania, ale słowa nie przychodziły, więc o dziewiątej postanowił zrobić przerwę i zaczerpnąć świeżego powietrza. Zaparzył kawę tak mocną, że mogłaby zedrzeć farbę, i wyszedł na zewnątrz ze skwierczącym kubkiem zaciśniętym w dłoniach jak lina ratunkowa. Posiadłość rozciągała się przed nim w ostrym porannym świetle — krajobraz padoków, drewnianych ogrodzeń i celowo wzniesionych budynków, których jeździeckie przeznaczenie pozostawało dla niego tajemnicą. Zawsze wierzył, że pisarze powinni zanurzać się w nieznanych światach. Tego ranka, z wciąż żywą w pamięci wrogością Kate, przyciągnął go dźwięk kobiecego głosu wydającego krótkie komendy w dużej, krytej ujeżdżalni.

Ben zatrzymał się przy wejściu, chłonąc widok. Ujeżdżalnia była ogromna, piaszczysta nawierzchnia zagrabiona w idealne wzory przypominające mu japoński ogród. Górne lampy rzucały ciepłe światło, uzupełniając poranne promienie wpadające przez wysokie okna wzdłuż jednej ściany. W powietrzu czuć było konie, skórę i eukaliptusy.

W centrum tego nieskazitelnego otoczenia stała Kate McKenzie, przemieniona z wczorajszej poirytowanej współlokatorki w kogoś zdecydowanie bardziej onieśmielającego. Miała na sobie dopasowane beżowe bryczesy, wysokie czarne oficerki lśniące w świetle oraz obcisłą granatową bluzkę z elastycznego materiału, ze złotym logo wyszytym na piersi. Jej blond włosy były gładko ściągnięte w surowy kok, podkreślający ostre kości policzkowe i skupiony wyraz twarzy. Wyglądała — pomyślał Ben — jak ktoś we własnym żywiole.

Krążyła wokół niej na wspaniałym kasztanowatym koniu młoda kobieta — według Bena o kilka lat młodsza od Kate. Nawet jego niewprawne oko dostrzegało uderzający kontrast między amazonką i trenerką. Kate stała z cichym autorytetem, podczas gdy postawa jeźdźczyni zdradzała napięcie. Strój do jazdy wyglądał na zupełnie nowy i drogi, i koszula, i bryczesy białe jak śnieg, a czarne buty, choć wypolerowane jak u Kate, sprawiały wrażenie sztywniejszych, mniej rozchodzonych. Koń pod nią zapierał dech: błyszczący, rudozłoty, z czterema białymi skarpetkami i strzałką na pysku, poruszający się z powściągniętą mocą samochodu sportowego ledwie utrzymywanego w ryzach.

Zafascynowany, Ben oparł się o ogrodzenie, by patrzeć. Wyciągnął z tylnej kieszeni mały notes — nawyk tak silny, że często nie uświadamiał sobie, co robi, dopóki nie łapał się na notowaniu obserwacji.

— Jeszcze raz, Vanessa. Od H do F ze zmianą nogi w locie na X, potem od K do M z kolejną zmianą — zawołała Kate, a jej głos bez trudu niósł się po hali. — Pamiętaj, żeby najpierw przygotować dosiadem, a potem przyłożyć zewnętrzną łydkę za popręgiem tuż zanim noga wiodąca zetknie się z ziemią, w rytmie trójtaktowym.

Amazonką była Vanessa. Skinęła krótko i poprowadziła konia do tego, co Ben rozpoznawał jako galop — choć niezwykle kontrolowany. Badania do pomniejszej postaci w poprzedniej powieści dały mu trochę podstawowej terminologii jeździeckiej — tyle, by rozumieć, co się dzieje, choć nie wszystkie niuanse.

Gdy para jechała po przekątnej między literami, które wskazała Kate, Vanessa przesiadła się i poruszyła nogami w jakiejś sekwencji, której Ben nie potrafił śledzić. Krok konia zadrżał, ale nic się nie stało. Twarz Vanessy pociemniała z frustracji.

— On nie słucha — poskarżyła się, szarpiąc wodze na tyle ostro, że koń wyrzucił głowę i przeszedł do kłusa. — Dałam mu prawidłowe pomoce.

— Spóźniła się Pani — odparła spokojnie Kate. — I zaciska Pani uda, co blokuje jego ruch. Proszę rozluźnić dolną część nogi i pomyśleć o zmianie *przed* X, nie w X.

Ben z coraz większym zainteresowaniem śledził tę dynamikę. Instrukcje Kate były zwięzłe, techniczne, pozbawione emocji. Odpowiedzi Vanessy stawały się coraz bardziej lakoniczne, ramiona widocznie się usztywniały przy każdej próbie. Koń, uwięziony między nimi, wydawał się z każdą rundą coraz bardziej zdezorientowany.

— Cavalier zna ten element — upierała się Vanessa po trzeciej nieudanej próbie. W jej głosie pojawiła się nadąsana nuta, która przypomniała Benowi bogatych klientów z podpisywań — tych, którzy uważali, że pieniądze uprawniają do specjalnego traktowania. — Ma to w genach. I ojciec, i matka byli mistrzami świata!

— Pochodzenie daje potencjał, a nie gwarancje — odpowiedziała Kate, niewzruszenie cierpliwa. — A teraz daje mu Pani sprzeczne sygnały. Dosiad i łydki mówią mu: zmień, ale Pani usztywnione lędźwie mówią: zostań.

Drogie skórzane rękawiczki Vanessy zaskrzypiały, gdy zacisnęła mocniej dłonie na wodzach. — Po prostu dziś nie reaguje. Może go coś boli albo siodło go uwiera.

Pióro Bena poruszało się po stronie niemal samo: *Wyparcie. Winić sprzęt, winić konia. Nigdy siebie.* To był ten rodzaj szczegółu, dla którego żył jako autor — drobne odsłony charakteru, których nie da się wyczytać z żadnych opracowań.

— Kręgarz był tu w zeszłym tygodniu i jego grzbiet jest w idealnym stanie — przypomniała Kate. — A jeździ Pani w tym samym siodle, w którym w poniedziałek wykonał to perfekcyjnie.

Taniec trwał dalej: Vanessa szukała wymówek, Kate proponowała korekty. Koń, Cavalier, był coraz bardziej poirytowany; uszy mu chodziły, ruchy traciły płynność. Ben współczuł zwierzęciu, wciśniętemu między frustrację jeźdźczyni a oczekiwania trenerki.

— Możemy spróbować czegoś innego? — zapytała w końcu Vanessa tonem sugerującym, że to wcale nie było pytanie. — Może po prostu nie ma dziś nastroju na zmiany w locie.

Wyraz twarzy Kate się nie zmienił, ale coś w jej postawie sugerowało, że to znajomy dialog. — Musimy przez to przejść, jeśli chce Pani startować na poziomie Prix St. George. Zmiany są elementem obowiązkowym.

Vanessa zatrzymała Cavaliera przed Kate, tak blisko, że Ben widział pot na ciemniejącej szyi konia i napiętą linię szczęki jeźdźczyni. — Każdemu zdarzają się gorsze dni — rzuciła, choć ton wskazywał, że nie zalicza siebie do „każdego".

— Prawda — przyznała Kate. — Ale to już trzecia sesja, na której zmagamy się ze zmianami. W którymś momencie trzeba się zmierzyć z kwestią techniki.

W oczach Vanessy mignęło coś ostrego, krótki błysk szczerej złości, który szybko przykryła wymuszonym uśmiechem. — Może gdybym jeździła konie z adopcji, sędziowie mieliby dla mnie więcej współczucia — powiedziała słodko słowami, których sens był wszystkiemu winien. — Pani siostra Emma zbiera przecież mnóstwo pochwał za te wyścigowe odrzuty.

Ben o mało nie zakrztusił się kawą. Komentarz ewidentnie celował w czuły punkt — precyzyjny cios w rodzinną dumę. Zerknął na Kate, spodziewając się eksplozji, ale jej twarz pozostała zawodowo niewzruszona, choć zauważył, jak palce lekko jej się zwinęły przy bokach.

— Sędziowie nie przyznają punktów za współczucie, Vanessa — odparła Kate chłodniej niż wcześniej. — Zwłaszcza nie w skokach przez przeszkody, w których startuje Emma. A w *naszej* dyscyplinie nagradza się poprawność techniczną i harmonię konia z jeźdźcem. — Zerknęła na zegarek. — Zostało nam piętnaście minut. Spróbujmy jeszcze raz zmian, a potem schłodzenie.

Ben patrzył, zafascynowany napięciem wibrującym między kobietami. Vanessa siedziała na swoim lśniącym, drogim koniu jak królowa na tronie, z uniesioną brodą, w nieskazitelnie czystych, kosztownych ubraniach mimo porannej pracy. Kate stała na ziemi wyprostowana jak struna, z twarzą nie zdradzającą tego, co z pewnością buzowało pod powierzchnią.

To było teatralne — cichy pojedynek o władzę rozgrywany za pośrednictwem wspaniałego zwierzęcia między nimi. Pisarstwo Bena rejestrowało każdy detal, już przerabiając scenę pod potencjalny użytek, zastanawiając się, jakie sekrety kryją się pod błyszczącą fasadą ich interakcji.

Przyjechał do Ridgewater szukać cichej izolacji, by dokończyć manuskrypt. Zamiast tego wpadł w świat bogaty w ten rodzaj złożonych międzyludzkich relacji, które napędzały jego najlepsze pisanie. Mimo oczywistej niechęci Kate do jego obecności Ben nie mógł się oprzeć wrażeniu, że znalazł dokładnie to, czego potrzebował.

— Mogę? — zapytała niespodziewanie Kate; pytanie brzmiało grzecznie, lecz intencja była bezsprzecznie stanowcza. Ben pochylił się lekko, wyczuwając moment zwrotny. To nie była zwykła propozycja demonstracji — to była Kate McKenzie odzyskująca kontrolę nad sytuacją, która zaczynała się wymykać.

Vanessa zawahała się, zacisnęła usta w wąską kreskę, po czym z widoczną niechęcią skinęła głową. — Oczywiście — powiedziała tonem sugerującym, że nic jej mniej nie odpowiada.

Ben patrzył, jak Vanessa zsiada, podając Kate wodze ze sztywnością mówiącą więcej niż słowa. Przekazanie konia z rąk uczennicy do rąk trenerki niosło ciężar wykraczający poza fizyczny gest — było niechętnym oddaniem władzy, którego Vanessa wyraźnie nie znosiła.

Kate nie traciła czasu — wskoczyła na Cavaliera płynnym, atletycznym ruchem, który skojarzył się Benowi z gimnastyczkami. Różnica była natychmiastowa, nawet dla jego niewprawnego oka. Gdzie Vanessa siedziała na koniu jak ozdoba, Kate jakby stawała się jego częścią — jej ciało stapiało się z końskim w partnerstwie, nie w hierarchii.

— Zademonstruję przygotowanie i timing do zmian w locie — powiedziała, zwracając się do Vanessy tak, jakby to była zwyczajna lekcja, a nie to, czym w istocie było: pokaz mistrzowski, jak to powinno wyglądać. — Proszę patrzeć na moment zmiany.

Cavalier ruszył naprzód na niewidzialną komendę Kate, przechodząc ze stój w zebrany galop jakby jednym płynnym ruchem. Ben mrugnął, zaskoczony natychmiastową przemianą. Ten sam koń, który przed chwilą podrzucał głową i kłócił się z poleceniami Vanessy, poruszał się teraz z ochoczą precyzją, z uszami czujnie nastawionymi do przodu.

— Widzisz, jak myślę o zmianie tutaj — zawołała Kate, gdy jechali w poprzek ujeżdżalni — ale czekam z faktyczną pomocą tuż przed.

Ben nie miał pojęcia, o jaką konkretnie pomoc chodzi, bo w przeciwieństwie do Vanessy Kate w siodle niemal się nie poruszała, ale nawet on dostrzegł coś niezwykłego. Krok Cavaliera zmienił się w powietrzu — jak tancerz przeskakujący w nowy układ bez utraty rytmu. Ruch był tak gładki, że zdawał się bezwysiłkowy, choć Ben podejrzewał, że to tylko pozór.

— I jeszcze raz — mówiła Kate dalej; postawa, o ile Ben mógł stwierdzić, pozostawała niezmienna, a jednak coś niewidzialnego przemknęło między nią a koniem, bo Cavalier wykonał kolejną bezbłędną zmianę, zamieniając nogę wiodącą w galopie. A potem, po czterech foulee, następną — równie łatwą i płynną jak dwie pierwsze.

Patrzenie na jazdę Kate było jak oglądanie zupełnie innego konia. Cała aparycja Cavaliera się zmieniła; szyja dumnie się zaokrągliła, ruchy stały się bardziej ekspresyjne, całe ciało zaangażowało się w pokaz jednocześnie atletyczny i artystyczny. Przemiana była tak kompletna, że Ben mógł tylko patrzeć. Kate i Vanessa były podobnego wzrostu i budowy — obie wysokie i szczupłe — ale sygnały, które Kate dawała koniowi, były tak subtelne, że Ben ich nie widział. Kontrast między stylem obu jeźdźczyń był po prostu niewiarygodny.

— Zwróć uwagę, że jego grzbiet pozostaje uniesiony podczas zmiany — wyjaśniła Kate, wracając na koło w stronę Vanessy stojącej przy bandzie. — To pozwala mu utrzymać równowagę i wyrazistość.

Uwaga Bena przeniosła się na Vanessę, której reakcja okazała się jeszcze ciekawsza niż demonstracja Kate. Stała z jedną dłonią tak mocno ściskającą ogrodzenie, że Ben podejrzewał, iż kostki zbielały jej pod rękawiczką; druga ręka była zaciśnięta w pięść przy boku. Szczęka lekko pracowała, jakby musiała fizycznie powstrzymywać się od komentarza. Kiwała głową na słowa Kate, ale wzroku nie prowadziła za koniem — trzymała go na samej Kate, oczy zwężone z nieudawaną niechęcią.

Co kilka sekund przenosiła ciężar z nogi na nogę — cielesny przejaw dyskomfortu niezwiązanego z bezruchem. Oddech stał się zauważalnie szybszy, klatka piersiowa unosiła się i opadała pod naporem ledwie trzymanych emocji. W oczach Bena wyglądała jak postać, która za chwilę pęknie — powie lub zrobi coś, czego nie da się cofnąć.

Znów wyciągnął notes i szybko nabazgrał: *Ukryte rywalizacje. Zazdrość. Konie jako broń... $$$?* Te skróty miały mu później przypomnieć działające tu siły: jak umiejętności i talent rodzą urazę, jak koń staje się jednocześnie polem bitwy i trofeum w niewypowiedzianych zawodach. I, co jeszcze ciekawsze, jak pieniądze — bez względu na to, ile ich miała Vanessa — nie są w stanie kupić tego, co posiadała Kate.

Gdy Kate prowadziła Cavaliera przez sekwencje ruchów płynnie przechodzących jeden w drugi, Ben zaczął się zastanawiać nad finansową stroną tego świata i zapisywać pytania do późnych badań. *Ile kosztują takie lekcje? Jaką wartość ma koń, który potrafi poruszać się jak Cavalier, ale tylko pod odpowiednim jeźdźcem? Ile ktoś zapłaci — lub zrobi — żeby wyglądać na równie bezwysiłkowo utalentowanego jak Kate McKenzie? Ile czasu zajęło Kate dojście do tego poziomu, ile godzin w siodle? Kto szkolił Cavaliera, bo na pewno nie Vanessa, i ile to szkolenie kosztowało? Czy to szkolenie można zaprzepaścić, jeśli jeździec nie dorasta do poziomu konia?*

Kryminalne odruchy ludzkiej natury były chlebem powszednim Bena — mroczne impulsy, które pchają zwykłych ludzi do niezwykłych czynów. Patrząc na twarz Vanessy w chwili, gdy Kate pokazywała wyższość swoich umiejętności, niemal widział, jak te impulsy się formują — toksyczną mieszankę zawiści i upokorzenia, która niejedną jego postać zaprowadziła do morderstwa.

— I właśnie tak powinno wyglądać przygotowanie — podsumowała Kate, zatrzymując Cavaliera idealnie w środku hali. — Sama zmiana przychodzi niemal mimochodem, gdy przygotowanie jest właściwe.

Zsiadła z tą samą płynną gracją, z jaką jeździła, zatrzymując się, by pogładzić lśniącą szyję konia i wyszeptać mu parę ciepłych słów, po czym odprowadziła go do właścicielki. Cavalier szedł chętnie, z nisko opuszczoną, rozluźnioną głową — wyraźny kontrast do jego wcześniejszego rozdrażnienia.

— Jest bardzo zdolny — powiedziała Kate, oddając wodze Vanessie. — To tylko kwestia timingu i precyzji.

Nawet dla Bena podtekst był jasny: problemem nie był koń. Vanessa przyjęła wodze z napiętym uśmiechem, który nie sięgał oczu — te pozostały chłodne, gdy patrzyła na Kate.

— Łatwo, kiedy jeździ się, zanim nauczy się chodzić — rzuciła komplement, który tonem unieważniła.

— To nie kwestia lat w siodle — odparła równo Kate. — Moja znajoma z holenderskiej kadry, Greta van Beek, zaczęła jeździć dopiero w wieku czternastu lat, a w wieku dwudziestu sześciu weszła do składu olimpijskiego na Paryż. Chodzi o bycie obecnym z koniem. Cavalier wie, co robić. Potrzebuje tylko czytelnej komunikacji.

Vanessa znów wsiadła, siadając w siodle z widoczną determinacją. Zachowanie Cavaliera zmieniło się niemal natychmiast: szyja się napięła, uszy cofały. Bena zadziwiało, jak to samo zwierzę może wyglądać tak odmiennie pod różnymi jeźdźcami — jak aktor przyjmujący wskazówki od różnych reżyserów.

— Zakończmy prostymi przejściami, żeby skończyć na dobrej nucie — zaproponowała Kate, cofając się na środek hali.

Ben dalej patrzył, zafascynowany tym wglądem w obcy mu świat. Subtelna gra o dominację między kobietami, drogi koń pośrodku, niewypowiedziane napięcie trzaskające w powietrzu — wszystko to było złotem dla powieściopisarza.

Został do końca lekcji, obserwując, jak Vanessa radzi sobie z prostszymi ćwiczeniami całkiem nieźle, choć do płynnej harmonii Kate z koniem było daleko. Przez cały czas Kate zachowywała profesjonalizm — chwaliła drobne postępy, jednocześnie wciąż udzielając technicznych korekt.

Ale mleko się rozlało. Demonstracja obnażyła prawdę, której nie da się przykryć ani pieniędzmi, ani rodowodem, ani drogim sprzętem: umiejętności, a może i wrodzonych predyspozycji, nie da się kupić. A w sztywno kontrolowanym wyrazie twarzy Vanessy Ben czytał uniwersalną ludzką historię kogoś, kto zderza się z własnymi ograniczeniami i wypada blado.

Lekcja zakończyła się, gdy Vanessa stępowała Cavaliera, z postawą wyraźnie sztywniejszą niż na początku. Kate rzuciła jeszcze kilka końcowych wskazówek, po czym odwróciła się ku wyjściu — a jej spojrzenie nagle wbiło się w Bena z zaskakującą intensywnością. Miał bardzo wyraźne wrażenie, że przyłapano go tam, gdzie nie powinien być. W jednej chwili jej wyraz twarzy zmienił się z zawodowej instruktorki w terytorialną gospodynię, a Ben z fascynacją patrzył, jak przeprasza Vanessę i rusza prosto ku niemu, zostawiając w równo zagrabionym piasku porządkowe odciski oficerek.

Ben rozważył strategiczny odwrót, ale się rozmyślił. Ucieczka tylko potwierdziłaby jego winę, a poza tym naprawdę interesowało go to, co zobaczył. Wsadził notes do tylnej kieszeni i wyprostował się do pełnego wzrostu, który mimo imponującej prezencji stawiał go wyżej niż Kate.

— Podobał się Panu spektakl? — zapytała Kate, zatrzymując się kilka kroków dalej. Skrzyżowała ramiona na piersi, dając jasno do zrozumienia, że to nie była kurtuazyjna ciekawość.

— Absolutnie fascynujące — odparł Ben szczerze. — Różnica między Pani jazdą a jej była uderzająca, nawet dla kogoś, kto prawie nic nie wie o ujeżdżeniu.

Oczy Kate lekko się zwęziły, jakby próbowała odczytać, czy to sarkazm. — Notował Pan — zauważyła, kiwając głową w stronę kieszeni, do której schował notes.

— Zboczenie zawodowe — przyznał Ben. — Materiał znajduję wszędzie. A to, czego właśnie byłem świadkiem, było... — zawahał się, szukając właściwego słowa — ...pouczające. Sama psychologia aż się prosi o zgłębienie.

— To nie cyrk — ucięła Kate. — I byłabym wdzięczna, gdyby trzymał się Pan z daleka podczas lekcji. Moi klienci płacą za prywatność i profesjonalną uwagę, a nie po to, by zostać bohaterami Pana następnego thrillera.

Ben rozpoznał wyznaczaną granicę, choć wcale nie zamierzał w pełni jej respektować. Pisarze z racji fachu przekraczają granice — zawsze obserwują, zawsze zbierają. Tyle że miał dość rozsądku, by nie mówić tego na głos.

— Zrozumiałem — powiedział pojednawczo. — Choć dodam, że bardzo się staram maskować inspiracje. Nikt nigdy nie rozpozna się w moich książkach.

Kate nie wyglądała na przekonaną. — Tu chodzi o czyjeś marzenia i ambicje, panie Crossley. O reputacje. O inwestycje. To nie jest tylko rozrywka dla Pana czytelników.

Coś w jej obronie świata jeździeckiego zaciekawiło Bena. Nie tylko zawodowa duma, ale głębsze poczucie odpowiedzialności, opiekuńczość. Zanotował to w głowie na później.

— Rozumiem — tym razem zabrzmiał szczerzej. — I szanuję Pani pracę. To, co zrobiła Pani z tym koniem, było imponujące.

Wyraz twarzy Kate odrobinę się zmiękczył — zawodowa duma na moment przeważyła irytację. — Cavalier jest bardzo utalentowany. Potrzebuje po prostu konsekwentnego prowadzenia.

W tej chwili Vanessa przeszła obok, prowadząc konia do wyjścia, z uniesioną brodą i ostentacyjnie ignorując ich rozmowę. Ben zauważył, że utrzymywała wzrok prosto przed siebie, choć oczy na ułamek sekundy drgnęły w ich stronę, śledząc interakcję.

— Muszę tu dokończyć — powiedziała Kate tonem wyraźnie go żegnającym. — Smacznej kawy, panie Crossley.

— Ben — poprawił automatycznie. — I dziękuję, skorzystam.

Kate krótko skinęła i wróciła na halę, gdzie wchodziła kolejna amazonka — tym razem dużo młodsza dziewczyna. Uśmiech Kate dla juniorki był ciepły, głos łagodnie zachęcający, i Ben od razu wiedział, że na tej lekcji nie będzie żadnych fajerwerków. Zawiesił się jeszcze na moment, dopił ostatni łyk już letniej kawy i ruszył z powrotem w stronę głównego kompleksu stajennego.

Mimo ostrzeżenia Kate jego ciekawość była już na dobre rozbudzona. Dynamika, którą zobaczył między kobietami, zawierała dokładnie ten rodzaj napięcia, który napędza wciągające fabuły. A Ben nigdy nie był dobry w ignorowaniu takich historii — zwłaszcza gdy same prosiły się o zgłębienie.

Dziedziniec stajenny tętnił poranną krzątaniną. Luzacy prowadzili konie do i z padoków, na drugim końcu kowal robił kopyto kucykowi, a z wnętrza głównej stajni dobiegał rytmiczny odgłos zamiatania. Ben krążył, niby wracając do The Shack, ale tak naprawdę licząc na to, że zbierze więcej informacji o tym, co właśnie widział. Może nawet porozmawia z Vanessą, choć fakt, że był świadkiem jej upokorzenia, kiedy Kate pokazała, jak się jeździ na jej własnym koniu, czynił bardziej prawdopodobnym, że będzie go unikać.

Szczęście mu sprzyjało, gdy dostrzegł smukłą, szatynkę, szczotkującą wielkiego karego konia przy jednym z boksów. Po wyraźnym podobieństwie do Kate Ben zgadł, że to jedna z pozostałych sióstr McKenzie — zapewne Emma, bo Sarah była w podróży poślubnej.

— Dzień dobry — zawołał, podchodząc swobodnie. — Ty pewnie jesteś Emma. Jestem Ben, nowy lokator u twoich rodziców w The Shack.

Emma podniosła wzrok, zdecydowanie bardziej życzliwa niż jej siostra. — Ach tak! Mama wspominała, że się wprowadzasz. Jak się urządzasz?

— Jeszcze się ogarniam — przyznał Ben. — Właśnie widziałem lekcję twojej siostry. Naprawdę imponujące.

— Kate jest jedną z najlepszych — zgodziła się Emma, wracając do szczotkowania konia, który przymykał oczy z błogości. — Z którą uczennicą pracowała?

— Z Vanessą. Na kasztanie o imieniu Cavalier.

— Aha — powiedziała Emma tonem sugerującym, że jest tam jakaś historia. — Jak poszło?

— Ciekawie — odparł dyplomatycznie Ben. — Kate w końcu wsiadła, żeby pokazać. Różnica była uderzająca.

Emma zaśmiała się cicho. — Założę się, że Vanessa była zachwycona. — Ton wyraźnie mówił, że Vanessa wcale nie była zachwycona, co potwierdzało obserwacje Bena o napięciu między nimi.

Wyczuwając okazję, Ben oparł się plecami o ścianę stajni, przyjmując swobodną pozę. — Koń wydawał się niesamowity. Z ciekawości: ile taki koń mógłby być wart? Do badań — dodał szybko.

Emma rzuciła mu rozbawione spojrzenie. — Piszemy o świecie jeździeckim, co?

— Niekoniecznie, ale lubię rozumieć stawki w każdym środowisku — wyjaśnił Ben. — Pieniądze zawsze wszystko komplikują w ciekawy sposób.

— Cóż — powiedziała Emma, wracając do pracy — to nie tajemnica; Vanessa chwali się tym każdemu, kto zechce słuchać. Cavalier został sprowadzony z Niemiec jako czterolatek. Rodzice Vanessy zapłacili za niego pół miliona dolarów.

Ben o mało nie upuścił pustego kubka. — Pół miliona dolarów? — powtórzył, nie potrafiąc ukryć szoku.

Emma roześmiała się w głos. — Witaj w świecie elitarnego ujeżdżenia. I to wcale nie jest górna granica dla konia o takim pochodzeniu i potencjale.

Ben próbował to ogarnąć, z trudem godząc beznamiętny sposób, w jaki Emma mówiła o astronomicznych kwotach. — I co decyduje o tym, czy taka inwestycja się zwróci?

— Przede wszystkim sukcesy w sporcie — wyjaśniła Emma, przechodząc na drugą stronę konia. — Zwłaszcza w przypadku ogierów takich jak Cavalier. Jeśli dojdzie do najwyższych klas, właściciele mogą pobierać solidne opłaty stanówkowe. Topowy ogier może kryć pięćdziesiąt lub więcej klaczy rocznie za kilka tysięcy dolarów od stanówki. Najczęściej przez inseminację, więc nawet nie musi robić przerw w startach.

Ben szybko policzył w pamięci, oczy rozszerzyły mu się na myśl o potencjalnym rocznym dochodzie. — Czyli sukces Vanessy bezpośrednio wpływa na jego wartość?

— Dokładnie — potwierdziła Emma. — Ogier musi się wykazać w sporcie, zanim hodowcy będą chcieli za niego płacić. Sam rodowód nie wystarczy — musi pokazać, że potrafi.

— A jeśli nie? — Ben był zafascynowany ekonomią tego obcego mu świata.

— Wtedy jest po prostu bardzo drogim koniem wierzchowym — wzruszyła ramionami Emma. — Nadal wartościowym, ale nieporównywalnie mniej niż jako sprawdzony sportowo reproduktor.

Konsekwencje ułożyły się Benowi w znajome z lat pisania kryminałów wzory. Motyw. Okazja. Stawki wystarczająco wysokie, by pchnąć ludzi do desperacji.

— Nic dziwnego, że na lekcji było tak nerwowo — mruknął bardziej do siebie niż do Emmy.

— Vanessa czuje presję — odparła Emma, mylnie interpretując jego słowa. — Jej rodzice nie wydali tych wszystkich pieniędzy po to, żeby Cavalier stał w padoku i ładnie wyglądał. Oczekują wyników, a Kate jest ich najlepszą szansą, żeby je mieć.

— Mimo że to Vanessa musi na nim startować? — doprecyzował Ben.

— I w tym sęk — powiedziała Emma, klepiąc czule szyję gniadego. — Kate może nauczyć Cavaliera ruchów zaawansowanych — i robi to od sześciu miesięcy, odkąd go przywieźli do Ridgewater — ale w konkursie to Vanessa musi to pojechać.

— Niezły pasztet — zauważył Ben.

— Taki jest koński świat — uśmiechnęła się Emma. — Mnóstwo pieniędzy, mnóstwo ego i zwierzęta, których nie da się oszukać ani jednym, ani drugim.

Ben podziękował Emmie za spostrzeżenia i ruszył dalej w stronę The Shack, z głową buzującą od nowych informacji. To, co zaczęło się jako zwykły poranny spacer, przyniosło mu kopalnię materiału do twórczej obróbki.

Myślał o tym, co widział w hali: wyraźny kontrast między dwiema jeźdźczyniami, jawna niechęć na twarzy Vanessy. Dorzuć do tego stawki finansowe, które przed chwilą nakreśliła Emma, a otrzymasz wszystkie elementy wysokociśnieniowego środowiska, w którym zwykle rozgrywały się jego kryminalne fabuły.

Pół miliona dolarów za konia, którego wartość zależała całkowicie od jeźdźczyni nie dorastającej do poziomu swojej instruktorki. Bogata klientka rozpaczliwie pragnąca sukcesu, który mimo przewag wciąż jej się wymykał. Trenerka, której fachowość równocześnie budowała zależność i rodziła urazę.

Ben uśmiechnął się do siebie, idąc i już układając te elementy w opowieść. Przyjechał do Ridgewater po odosobnienie, by dokończyć bieżący manuskrypt, ale najwyraźniej znalazł też inspirację do następnego.

Kate McKenzie może i chciała, żeby trzymał się z dala od jej zawodowego świata, ale Ben Crossley nigdy nie był dobry w respektowaniu granic, kiedy czekała na opowiedzenie dobra historia. A tu niewątpliwie była historia — ze wszystkimi składnikami, których szukał w swojej najlepszej pracy: pieniędzmi, ambicją, zazdrością i potencjałem, że ktoś, pod zbyt wielką presją, zrobi coś bardzo destrukcyjnego.

Rozdział czwarty

 prowadziła Cavaliera przez ostatnie ćwiczenia porannej lekcji. Kasztanowaty ogier poruszał się z płynną gracją, z szyją wygiętą w sam raz, a kopytami unoszonymi dokładnie we właściwych momentach. Dwa tygodnie systematycznej pracy poprawiły ich harmonię, choć nie rozproszyły całkiem napięcia, które Kate wciąż wyczuwała między koniem a jeźdźcem. Poranne słońce przesączało się przez wysokie okna krytej ujeżdżalni, podkreślając połysk potu na lśniącej sierści Cavaliera. Kate zerknęła na zegarek — dziewiąta czterdzieści pięć. Sarah i Marcus mieli wrócić z podróży poślubnej za niecałe dwie godziny, a przed powitalnym grillem wciąż było mnóstwo do zrobienia.

— Dzisiaj znacznie lepiej — zawołała Kate, gdy Vanessa ukończyła próbę i sprowadziła Cavaliera do pięknego, równego, kwadratowego zatrzymania. — Pani dosiad był bardziej równy w trawersie.

Vanessa skinęła głową, lekko unosząc podbródek na dźwięk pochwały. — Ćwiczyłam w domu ustawienie. Tata kupił mi jedno z tych krzeseł balansowych, o których Pani wspominała.

— Widać — odparła Kate szczerze zadowolona z postępów, choć podejrzewała, że drogie krzesło ma w tym mniejszy udział niż zwykła powtarzalność. — Proszę go porządnie rozstępować, a potem na dziś skończymy.

Gdy Vanessa schładzała Cavaliera, uwaga Kate uciekła ku temu, co działo się za otwartymi drzwiami ujeżdżalni. Na parkingu przed Big House Jake i Ryan wypakowywali zapasy na popołudniowego grilla, podczas gdy Ben Crossley, wyglądający na kompletnie nie na swoim miejscu, siłował się z czymś, co przypominało ogromną lodówkę turystyczną.

Mimo że był w Ridgewater już od dwóch tygodni, pisarz poruszał się wciąż z ostrożną niepewnością człowieka, który przemierza nieznany teren. Szerokie ramiona napinały materiał jego swobodnej koszuli, gdy dźwigał lodówkę, o mało jej nie upuszczając, zanim Jake nie pospieszył z pomocą. Ryan roześmiał się z czegoś, co powiedział Jake, klepiąc Bena po plecach z bezpretensjonalną poufałością.

Kate poczuła znajome ukłucie irytacji, patrząc na Bena. Jej próby odzyskania The Shack spełzły na niczym — matka była nieugięta, że umowa obowiązuje, a Ben nie zdradzał najmniejszej chęci wyprowadzki, mimo coraz mniej subtelnych aluzji Kate o innych, bardziej stosownych kwaterach. Co gorsza, wszyscy w Ridgewater zdawali się go naprawdę lubić: szczególnie Jake zżył się z nim, pod wrażeniem, jak wiernie Ben oddaje w swoich książkach policyjne procedury.

Kate ostatecznie niechętnie pogodziła się z sytuacją, choć regularnie przypominała wszystkim, że to tymczasowe. Zostało już tylko pięć i pół miesiąca.

— To na powitanie Sarah i Marcusa? — zapytała Vanessa, przerywając myśli Kate, gdy sprowadziła Cavaliera do stępa.

Kate odwróciła się, zaskoczona, że jej uczennica z nietypowym zainteresowaniem obserwuje przygotowania do grilla. Zwykle Vanessa zsiadała i natychmiast odjeżdżała po lekcjach, ograniczając kontakty towarzyskie do minimum. — Tak. Dziś wracają z Tajlandii.

— Jak miło — powiedziała Vanessa, zsiadając, nie fatygując się nawet, by poklepać Cavaliera. — Tajlandia o tej porze roku jest piękna.

Kate czekała na zwyczajową kontynuację — wzmiankę o własnych egzotycznych podróżach Vanessy albo o rodzinnym domu wakacyjnym gdzieś w ekskluzywnej lokalizacji — ale ta nie nadeszła. Zamiast tego Vanessa zaczęła luzować popręg i podciągać strzemiona, kontynuując lekką rozmowę.

— Będzie cała rodzina? Miło mieć znowu wszystkich razem.

— Większość — odparła ostrożnie Kate. — Emma, Ryan i Jemima, Pip i Jake. Zoe, oczywiście, bo teraz z nami mieszka. No i Ben, skoro... się kręci. — Na ostatnich słowach nie zdołała do końca ukryć nuty rezygnacji.

— Ten pisarz, który mieszka w domku Pani rodziców? — Ton Vanessy był swobodny, ale Kate zauważyła, że jej oczy nagle się wyostrzyły. — Słyszałam, że odniósł spory sukces. Listy bestsellerów i ekranizacje, prawda?

Kate lekko zmarszczyła brwi. — Nie wiem. Nie czytałam jego książek.

— Ja czytałam — powiedziała Vanessa, znów zaskakując Kate. — Ostatnia była znakomita. Tak sprytnie skonstruowana. — Poklepała szyję Cavaliera, jakby dzieląc uwagę między konia a rozmowę. — Na grillu będą wyłącznie członkowie rodziny, czy znajomi też są mile widziani, skoro Ben ma być?

Pytanie zawisło w powietrzu, a jego intencja stała się nagle jasna. Kate uniosła brwi, nim zdołała zapanować nad wyrazem twarzy. Przez dwa lata, odkąd Vanessa trenowała w Ridgewater, ani razu nie wykazała chęci spotykania się z McKenzie'ami poza lekcjami. Jej krąg towarzyski to ekskluzywne spotkania w klubie i lunche z szampanem, a nie swobodne grille w działającym ośrodku jeździeckim.

— To bardzo na luzie — powiedziała Kate, dobierając słowa ostrożnie. — Zwykłe powitanie.

Vanessa skinęła głową, znowu zerkając tam, gdzie Ben stał i rozmawiał z Jakiem i Marcusem. — Czasem na luzie też jest miło. Dla odmiany.

Kate studiowała uczennicę, próbując wyczuć motywację stojącą za tą nagłą chęcią. Vanessa Hughes poruszała się przez życie z wyrachowaną precyzją, każda jej akcja czemuś służyła. Jaki cel mogło spełnić uczestnictwo w rodzinnym grillu w Ridgewater?

Może chodziło o kontakty zawodowe? A może zwykłą ciekawość, jak żyje druga połowa świata.

Albo — i na tę myśl Kate poczuła podejrzliwe ukłucie — może miało to coś wspólnego z Benem Crossleyem, którego obecność Vanessa odnotowała z niezwykłym zainteresowaniem.

— Jeśli ma Pani ochotę, proszę do nas dołączyć — wyrwało się Kate; zaproszenie padło, bo nie potrafiła wymyślić, jak go nie złożyć, nie wyjść przy tym na niegrzeczną. — Nic formalnego. Zaczynamy około południa.

Uśmiech Vanessy rozkwitł z entuzjazmem nieco nadmiernym jak na tę okazję. — Byłoby cudownie! Z przyjemnością przyjadę. — Zerknęła na zegarek, smukły, bez wątpienia drogi. — Powinnam zdążyć wpaść do domu i się przebrać. Co powinnam przynieść?

— Nic — powiedziała automatycznie Kate. — To tylko prosty, rodzinny grill.

— Bzdura, coś przyniosę. Może wino? — Vanessa odwróciła się, prowadząc Cavaliera w stronę wyjścia sprężystym krokiem. — Do zobaczenia w południe!

Kate patrzyła za nią, czując, jak to dokuczliwe wrażenie dysonansu narasta. Zainteresowanie Vanessy wydawało się szczere, ale było tak nietypowe, że Kate nie mogła pozbyć się ostrożności. Czy coś jej umknęło? Czy był jakiś zamysł, którego nie dostrzegała?

Westchnęła, zbierając notatki szkoleniowe i kierując się do domu. Może za dużo myślała. Może Vanessa po prostu chciała poszerzyć krąg towarzyski, wyjść poza wyrafinowany świat klubów i bali charytatywnych. Dziewczyna mogła wreszcie zauważyć, że większość zawodowych jeźdźców prywatnie żyje całkiem prosto, niezależnie od tego, jak drogie mają konie i jak świetnie są one utrzymane.

Ale kiedy Kate weszła po schodach na werandę, gdzie Ben niezgrabnie próbował rozłożyć krzesło ogrodowe, pod coraz bardziej rozbawionym instruktażem Jake'a, nie mogła otrząsnąć się z niepokoju. Z jej doświadczenia wynikało, że ludzie rzadko zmieniają schematy bez powodu, zwłaszcza tacy, dla których status znaczy tyle, co dla Vanessy Hughes.

Czy była niesprawiedliwa? Kate bardzo się starała zachować wobec Vanessy zawodowy obiektywizm mimo różnic charakterów. Roszczeniowa postawa młodszej kobiety i skłonność do obarczania konia winą za własne braki kłóciły się z dyscypliną i etyką pracy Kate, ale nigdy nie pozwoliła, by to wpłynęło na jej nauczanie.

Może w tym problem. Może tak skupiła się na zachowaniu zawodowego dystansu, że nie zauważyła w Vanessie pełnego człowieka, z pragnieniami i zainteresowaniami wykraczającymi poza ujeżdżenie i sukces sportowy. Może to po prostu próba nawiązania bardziej osobistej relacji.

Albo może — podszepnął ostrożny głosik z tyłu głowy Kate — Vanessa Hughes ma plan, a rodzinny grill McKenzie'ów jakoś się w niego wpisuje.

Tak czy inaczej, na odwołanie zaproszenia było już za późno. Kate musiała poczekać i zobaczyć, mając nadzieję, że bez względu na motywacje Vanessy nie zakłócą one świętowania powrotu Sarah i Marcusa.

Szeroka weranda Big House brzmiała rozmową i śmiechem, gdy powitalny grill wszedł na właściwe tory. Kate oparła się o spatynowaną, drewnianą balustradę, ogarniając wzrokiem zgromadzonych z poczuciem cichego zadowolenia. Sarah i Marcus stali przy schodach, opaleni tajskimi plażami, przyjmując gratulacje i odpowiadając na pytania o podróż poślubną w harmonii właściwej nowożeńcom. Sarah wyglądała na bardziej zrelaksowaną niż przez ostatnie lata: jej truskawkowoblond włosy swobodnie opadały na ramiona zamiast zwyczajowego praktycznego warkocza, a uśmiech pojawiał się często i bez cienia rezerwy.

Obok nich stali Emma i Ryan, a Emma gestykulowała żywo, opowiadając o najnowszym przełomie w treningu Phoenixa. Były korporacyjny menedżer słuchał uważnie, z ramieniem swobodnie oplecionym wokół talii Emmy — gestem mówiącym o rosnącej swobodzie w ich relacji. Dla Kate wciąż było to nieco nierealne, jak całkowicie Ryan wtopił się w ich świat: porzucił wyprasowane chinosy na rzecz znoszonych dżinsów, zamienił politykę sali posiedzeń na bele siana i koński nawóz — i ani trochę tego nie żałował.

Jake zajmował się grillem z koncentracją, którą wnosił do każdej pracy, przewracając burgery i doglądając kiełbasek, a jednocześnie odpowiadając na grad pytań Jemimy o pracę w policji. Różnica wzrostu między wysokim funkcjonariuszem a drobniutką córką Emmy nadawała scenie komiczny rys, ale Jake odpowiadał na każde pytanie z należną uwagą, nigdy ich nie zbywając, jak robi to wielu dorosłych.

Przy jednym z dwóch stołów Pip i Zoe prowadziły ożywioną rozmowę, a ręce Pip latały, gdy opisywała coś, co doprowadzało Zoe do spazmów śmiechu. Drobna była dżokejka i brytyjska terapeutka ciała koni zaprzyjaźniły się od razu po przyjeździe Zoe, łącząc siły dzięki miłości do trudnych koni i nieprzyzwoitych żartów.

To był perfekcyjny rodzinny obrazek, pomyślała Kate. Swobodny, komfortowy, więzi zbudowane na wspólnych pasjach i prawdziwej sympatii, a nie na obowiązku.

Tylko Ben Crossley stał nieco z boku, z zimnym napojem w ręku, obserwując towarzystwo z końca werandy. Choć odkąd Kate porzuciła kampanię wyrzucenia go z The Shack, wszyscy byli wobec niego serdeczni, on utrzymywał pewien dystans, bardziej obserwator niż uczestnik. Kate rozpoznawała ten wyraz na twarzy pisarza — lekko nieobecne spojrzenie, sugerujące, że w myślach robi notatki, kataloguje zachowania i interakcje do potencjalnego wykorzystania w pracy.

Kilka razy przyłapała go na bazgraniu w małym notesie w ciągu ostatnich dwóch tygodni, zwykle po jakimś dialogu między siostrami albo po zasłyszanej rozmowie o koniach. Powinno ją to irytować bardziej, niż irytowało. Może po prostu przyzwyczajała się do jego obecności, jak do kamyka w bucie, który choć przeszkadza, to przestaje domagać się natychmiastowej uwagi.

— Mam nadzieję, że nie jestem za późno!

Głos przeciął rozmyślania Kate, przyciągając spojrzenia na schody, gdy Vanessa Hughes weszła po nich tak nienagannie prezentująca się, jakby wybierała się na przyjęcie ogrodowe w Government House, a nie na swobodny rodzinny grill. Jej śnieżnobiała bluzka i granatowe, idealnie skrojone spodnie wyglądały na drogie i nowe, a markowe botki lśniły jak lustro. W dłoniach ściskała butelkę wina, którą Kate rozpoznała jako znacznie droższą od wszystkiego, co sami serwowali, nawet biorąc pod uwagę lepsze trunki, które Ryan zwykle przynosił z klubowych piwnic.

— Vanessa! — Kate ruszyła, by ją przywitać, boleśnie świadoma zdziwienia na twarzach rodziny. — Witamy. Czy Pani już wszystkich poznała?

— Prawie wszystkich — odparła Vanessa, uśmiech szeroki, lecz nie sięgający oczu, gdy omiatała wzrokiem zgromadzenie. Podała Kate wino z eleganckim gestem. — Drobiazg na uczczenie powrotu Sarah i Marcusa. Oczywiście francuskie.

— Jak miło — odpowiedziała Kate, przyjmując butelkę. — Pozwoli Pani, że Panią wszystkim przedstawię.

Gdy Kate przeprowadzała Vanessę przez niezbędne przedstawienia, nie mogła nie zauważyć subtelnych oznak w zachowaniu uczennicy — lekkiego zmarszczenia nosa na widok plastikowych kubków przy stole z napojami, przelotnego grymasu, gdy Jake zawołał, że burgery gotowe, i kalkulacji w oczach. Innego sposobu, w jaki Vanessa zwracała się do Ryana, najbardziej otwarcie „odniesionego sukces" w towarzystwie, niż do reszty.

— Jaki... uroczy zestaw — skomentowała Vanessa, zamaszyście zerkając na niedopasowane krzesła ogrodowe i składane stoły. — Coś jednak jest w prostocie, prawda? Te stare gospodarstwa mają pewien rustykalny urok.

Emma złapała spojrzenie Kate ponad ramieniem Vanessy, unosząc brew w niemym porozumieniu. Kate wzruszyła lekko ramionami. Czuła się teraz niezręcznie z tym zaproszeniem i żałowała, że nie wymyśliła szybciej powodu, by go nie składać.

— Ben! — zawołała Sarah, przerywając niezręczną chwilę. — Proszę opowiedzieć nam o swojej nowej książce. Mama wspominała, że goni Pana termin?

Ben odepchnął się od balustrady, przy której obserwował towarzystwo, i ruszył w ich stronę swoim lekko kołyszącym krokiem, całą długością kończyn i swobodną gracją. — Kończę ostatnią wersję. Redaktor siedzi mi na karku, ale to nic nowego.

— O czym jest? — zapytał Marcus, podając Benowi zimne piwo wyjęte z lodówki stojącej u jego stóp.

— Głównie o morderstwach — odparł Ben z uśmiechem, przyjmując butelkę. — To opłaca rachunki.

— We wszystkich Pana książkach są morderstwa — wtrąciła się płynnie Vanessa. — Przeczytałam wszystkie. Sposób, w jaki Pan buduje napięcie, jest mistrzowski.

— No tak... na tym polega kryminał — przyznał Ben, wyglądając na lekko skrępowanego pochwałami. — Choć wolę myśleć o nich jako o studiach ludzkiej natury pod presją niż prostych „kto zabił".

— Czy w którejś Pana książce są konie? — wtrąciła Jemima, nagle pojawiając się przy łokciu Bena, z twarzą rozjaśnioną ciekawością. — Bo jeśli nie, to powinny. Konie wszystko ulepszają.

Grupa się roześmiała, napięcie zelżało, a Ben przykucnął do poziomu Jemimy. — Jeszcze nie ma koni — przyznał. — Ale zaczynam myśleć, że to przeoczenie z mojej strony. Może mogłabyś mi podpowiedzieć, jak je dobrze napisać?

Jemima pokiwała uroczyście głową. — Mogłabym. Znam się na koniach bardzo. Bardziej niż większość dorosłych.

Gdy rozmowa toczyła się wokół niej, Kate przyglądała się Vanessie, próbując rozszyfrować, co przywiodło ambitną uczennicę na to spotkanie. Vanessa stała odrobinę zbyt blisko Bena, skupiając na nim uwagę z intensywnością nieproporcjonalną do zwykłego zainteresowania. Co kilka chwil jej spojrzenie migało ku Sarah i wracało do Bena, jakby mierzyła między nimi jakiś związek.

— Vanessa zwykle jest zbyt „wysoko", żeby zadawać się z nami — szepnęła cicho Pip przy łokciu Kate, aż ta drgnęła. Drobna była dżokejka podeszła bezszelestnie, z dwiema porcjami jedzenia w rękach. — Musi mieć kogoś na oku.

— Cel? — powtórzyła Kate równie cicho.

Pip skinęła głową w stronę miejsca, gdzie Vanessa śmiała się odrobinę zbyt entuzjastycznie z czegoś, co powiedział Ben. — Nie zauważyłaś? Patrzy na niego, odkąd tylko się pojawiła. Jak jastrząb na polną mysz.

Kate zmarszczyła czoło, biorąc pod uwagę tę nową perspektywę. Była tak skupiona na zawodowym aspekcie obecności Vanessy, że nie rozważyła motywacji osobistej. Patrząc teraz, widziała, o co chodzi Pip. Staranna pozycja, uważna postawa, nieco zbyt częsty śmiech, sposób, w jaki Vanessa gładziła włosy i spoglądała na Bena spod rzęs.

— Ciekawe — tylko tyle powiedziała, choć w głowie huczało od możliwych konsekwencji. — Myślałabym, że on jest dla niej trochę za stary? — Vanessa dopiero co skończyła dwadzieścia trzy lata, a choć Kate nie znała dokładnego wieku Bena, podejrzewała, że ma gdzieś między trzydziestką a czterdziestką.

Stłumiła dziwne ukłucie zazdrości. Co ją to obchodziło, jeśli Vanessa spróbowała poderwać Bena? Choć Kate poczuła też cichą satysfakcję, że Ben zdawał się w ogóle nie reagować na oczywisty flirt Vanessy — odpowiadał grzecznie, ale nie poświęcał jej szczególnej uwagi.

Po drugiej stronie werandy spojrzenie Bena na moment spotkało się ze spojrzeniem Kate ponad ramieniem Vanessy. Coś między nimi przemknęło; wspólna świadomość, wzajemne rozpoznanie podskórnych prądów. Potem uwagę Bena przejął Marcus i chwila minęła.

Kate upiła łyk napoju, obserwując, jak spotkanie rozwija się swoim rytmem. Dwa tygodnie dzielenia przestrzeni z Benem Crossleyem nauczyły ją rozpoznawać, kiedy jego instynkty pisarskie się uaktywniają. Teraz, mimo swobodnej rozmowy z jej rodziną, widziała, że jest całkowicie pochłonięty dynamiką rozgrywającą się na ich werandzie.

I z jakiegoś powodu ta świadomość niepokoiła ją niemal tak samo, jak niespodziewana obecność Vanessy.

Ben oparł się o balustradę werandy, sącząc piwo i obserwując, jak Vanessa Hughes „obsługuje" towarzystwo z umiejętnościami polityka. Przez ostatnie dwadzieścia minut przechodziła od grupki do grupki, z uśmiechem szerokim i jasnym, z nienaganną postawą. Dla niewprawnego oka wyglądałoby to na zwykłe „mieszanie się", ale Ben rozpoznawał wyrachowanie tych ruchów. Każda rozmowa wydawała się dobrana strategicznie, a jej uwaga najdłużej zatrzymywała się przy tych, którzy mieli wpływy lub informacje warte dla niej zachodu. Fascynujące — jakby postać z jego powieści ożyła.

— Sałatka ziemniaczana jest całkiem dobra — skomentowała Vanessa do Emmy tonem, jakby ją to zaskoczyło. — Robiła ją Pani sama?

— Przepis rodzinny — odparła Emma z łatwym uśmiechem, który jednak nie sięgnął oczu. — Mama nauczyła nas, dziewczyn, wszystkie.

— Jak uroczo — powiedziała Vanessa, zerkając dookoła werandy. — Urocze, stare gospodarstwo, prawda? Tyle... charakteru. Choć utrzymanie musi być koszmarem.

Ben dostrzegł lekkie usztywnienie ramion Emmy na tę zawoalowaną uszczypliwość. Dom rodziny McKenzie był utrzymany wzorowo, a spatynowane drewno mówiło raczej o historii niż zaniedbaniu. Ten subtelny przytyk nie uszedł uwadze Emmy, choć odpowiedź pozostała uprzejma.

— Dajemy radę — powiedziała krótko, po czym przeprosiła, by sprawdzić, gdzie podziała się Jemima, która zniknęła w środku.

Wzrok Vanessy spłynął po zgromadzonych i zatrzymał się na Kate, która stała przy stole z napojami, rozmawiając z Sarah. Niedbale, ale z wyraźnym wyczuciem chwili, Vanessa odpłynęła w ich kierunku, tak, by dotrzeć, gdy Marcus zawołał Sarah, żeby pokazać Ryanowi i Emmie kilka zdjęć z podróży w telefonie.

Ben przesunął się nieznacznie, ustawiając się pod lepszym kątem do obserwacji, a jednocześnie pozostając na obrzeżu. Postawa Kate zmieniła się subtelnie, niemal niedostrzegalne wyprostowanie pleców, lekkie ustawienie barków, jakby szykowała się do pojedynku.

— Pani siostra wygląda wspaniale — zaczęła Vanessa, kiwając głową w stronę Sarah. — Małżeństwo jej służy.

— Służy — przyznała Kate tonem życzliwym, ale powściągliwym.

— Od dawna chciałam zapytać o Pani plan treningowy — ciągnęła Vanessa, zmieniając temat z płynnością niemal wyćwiczoną. — Skoro Cavalier tak dobrze idzie, rozważam poszerzenie kalendarza startów. Na jakie zawody celuje Pani z Misty w tym sezonie?

Ben uważnie śledził wyraz twarzy Kate. W pytaniu Vanessy było coś ostentacyjnie „na wyczucie" — łowienie informacji pod przykrywką luźnej rozmowy. Kate też to czuła; odpowiedziała wyważenie.

— Jeszcze nie zamknęłam kalendarza — powiedziała, upijając łyk napoju. — Czekam na potwierdzenie od sponsorów.

— A skoro o sponsorach mowa — naciskała Vanessa — zauważyłam, że na Pani nowym czapraku jest logo Equitex. Wspierają Panią w tym roku na Tourze? Firma ojca ma tam pewne kontakty.

Zachowując swobodną pozę, Ben sięgnął do tylnej kieszeni po mały notes i zanotował szybko kilka słów, nawet nie patrząc w dół. Ta subtelna gra między kobietami fascynowała go; delikatne pchanie i odpychanie, szukanie i nieudzielanie informacji. Dokładnie taka dynamika interpersonalna napędzała jego najlepsze fabuły.

Odpowiedzi Kate stawały się coraz bardziej ogólne, im bardziej pytania Vanessy nabierały konkretu. Gdy padło bezpośrednie pytanie o metody treningu z Misty, Kate sprawnie zbiła piłkę.

— Każdy koń jest inny — odparła z zawodowym uśmiechem. — To, co działa u Misty, nie musi pasować Cavalierowi. Ona jest kilka lat starsza i jest klaczą; klacze i ogiery mają różne charaktery, a moim zdaniem każdy koń potrzebuje spersonalizowanego, indywidualnego podejścia do treningu. Cavalier idzie bardzo ładnie, a i Pani robi postępy. Wyprowadzenie konia i jeźdźca na poziom Grand Prix wymaga mnóstwa czasu i cierpliwości.

Ben widział, jak za wypolerowaną fasadą Vanessy narasta frustracja; lekkie ściągnięcie kącików oczu, ledwie dostrzegalny skurcz szczęki. Czegokolwiek przyszła się dowiedzieć, Kate jej tego nie dawała.

— Emma? — zawołała Kate, dostrzegając siostrę wchodzącą do domu ze stosem pustych talerzy. — Pomożesz z deserem?

— Poproszę — odparła Emma, a Ben nie przegapił wymownego spojrzenia, jakie wymieniły siostry, gdy Kate oddalała się od Vanessy.

Zostawiona na moment sama, Vanessa pozwoliła, by z jej twarzy na ułamek sekundy mignęła kalkulacja, po czym wygładziła rysy i ruszyła w stronę miejsca, gdzie Marcus i Jake o czymś rozmawiali przy grillu.

Ben zrobił kolejny dopisek, czując, jak instynkt mu szumi z ekscytacji. Była tu historia — wiele historii — warstwowo ułożonych z ambicji, rywalizacji i tych szczególnych napięć, które pojawiają się, gdy w grę wchodzą duże pieniądze i reputacja. Dokładnie te elementy tworzą przekonujące motywy w jego powieściach. Opowieść zaczynała się w nim układać i chociaż był to rozpraszacz, którego nie potrzebował przy domykaniu ostatecznej wersji książki do oddania, wiedział, że nie może go zignorować.

Popołudnie mijało, a swobodną rodzinną atmosferę od czasu do czasu przerywały starannie dozowane komentarze Vanessy — uwagi o „uroczym" miejscu lub pytania wnikające odrobinę za głęboko w sprawy zawodowe. Ben patrzył na wszystko, zapisując w pamięci drobiazgi do potencjalnego wykorzystania.

W końcu, gdy spotkanie przeszło w rozluźnione pogawędki po posiłku, Vanessa ostentacyjnie zerknęła na zegarek. Różowe złoto, limitowana edycja Audemars Piguet, zauważył Ben. Oczywiście. Młoda kobieta, której rodzice kupiliby konia za pół miliona dolarów, ma tylko to, co najlepsze.

— Będę się zbierać — oznajmiła na tyle głośno, by przyciągnąć uwagę. — Dziękuję za zaproszenie. To było... pouczające. — Odwróciła się do Sarah i Marcusa. — Witajcie w domu. Tajlandia wyglądała wprost bosko na waszych profilach.

Ben zauważył, że mimo starannie wyreżyserowanych pożegnań Vanessa nie skierowała się do stajni, zanim wsiadła do swojej luksusowej terenówki. Żadnej szybkiej wizyty u Cavaliera, żadnego jabłka czy klepnięcia po szyi, a był w Ridgewater wystarczająco długo, by wiedzieć, że dla większości jeźdźców to nienormalne okazywać koniom tak mało czułości. Koń zasługiwał na mniej uwagi niż sieciowanie, po które tu przyjechała.

Gdy samochód Vanessy zniknął na podjeździe, po zebranych jakby przebiegło zbiorowe westchnienie ulgi. Pip opadła na krzesło obok Bena, jej drobne ciało jakimś cudem rozsiadło się szeroko, a Ben się uśmiechnął. Wystarczyło mu mniej niż dziesięć minut w towarzystwie

Pip, by ją polubić. Musieli wyglądać razem komicznie — Pip odrobinkę poniżej pięciu stóp wzrostu, a Ben sześć stóp i siedem cali — ale już wiedział, że ich przyjaźń przetrwa długo po jego wyjeździe z Ridgewater. Już wysyłali sobie memy w mediach społecznościowych.

— Pewnie jedzie prosto do swojego prywatnego kucharza — mruknęła Pip na tyle głośno, by tylko Ben usłyszał. — Zniżanie się do poziomu pospólstwa da się znieść tylko jakiś czas.

Ben parsknął śmiechem i upił kolejny łyk piwa. — Jest... intensywna.

— Dyplomatycznie ujęte — powiedziała Kate, dołączając do nich ze świeżym napojem w dłoni. — Płaci krocie za pełny pensjonat Cavaliera tutaj. My zajmujemy się całym utrzymaniem, ona tylko przyjeżdża pojeździć.

— Pełny pensjonat? — dopytał Ben, zaciekawiony nieznanym terminem.

— Zapewniamy wszystko — wyjaśniła Kate. — Paszę, boks, codzienny ruch, pielęgnację, umawianie weterynarza i kowala. Niektórzy właściciele są przy swoich koniach „hands-on", inni wolą wygodę przyjeżdżania wyłącznie na lekcje czy treningi.

— A która opcja jest najlepsza dla konia? — zapytał Ben szczerze zaciekawiony.

Wyraz twarzy Kate lekko złagodniał przy tym pytaniu. — Większość koni tworzy głębszą więź z osobą, która spędza z nimi najwięcej czasu. Właściciele, którzy to robią, korzystają z tej stałej relacji.

— Chciałabym, żeby pozwoliła mi popracować z tym biednym, zestresowanym koniem — wtrąciła Zoe, dołączając do ich małego kółka. — Grzbiet ma jak beton, a staw skroniowo-żuchwowy jest tak spięty, że dziwię się, iż w ogóle może normalnie jeść.

— TMJ? — zapytał Ben, znowu sięgając po notes.

— Temporomandibular joint, staw skroniowo-żuchwowy — wyjaśniła Zoe, wskazując miejsce tuż pod uchem. — U koni napięcie w tym rejonie wpływa na wszystko — od elastyczności po nastrój. Moje techniki Metody Mastersona pomogłyby mu uwolnić mnóstwo napięcia fizycznego i emocjonalnego, ale Vanessa... — Przewróciła wymownie oczami.

— Vanessa uważa metody Zoe za praktycznie czary-mary — dokończyła Kate z krzywym uśmiechem. — Mimo przytłaczających dowodów na odwrót.

— Dowodów w rodzaju Phoenixa — dorzuciła Emma, dołączając z talerzem deseru. — Pamiętacie, jaki był, gdy przyjechał? Nie dawał się nawet dotknąć bez paniki. A teraz wygrywa na zawodach.

Ben nabazgrał kolejny dopisek, a bogactwo możliwości tego świata rozszerzało się z każdym szczegółem. Kontrast między podejściem Vanessy do drogiego konia a filozofią McKenzie'ów zdawał się emblematyczny dla szerszych wartości: pieniądze kontra troska, pozór kontra treść, kontrola kontra partnerstwo.

— Znów Pan robi notatki — zauważyła Kate, tonem nie oskarżycielskim, ale bez pełnego komfortu.

— Zawodowe skrzywienie — przyznał Ben, chowając notes. — Ten wasz świat jest fascynujący. Relacje, zaangażowanie — i emocjonalne, i finansowe — oraz różne filozofie treningu i opieki. To skarbnica dla pisarza.

— Proszę pamiętać, że to są prawdziwi ludzie i prawdziwe zwierzęta — przypomniała mu Kate, choć jej wyraz złagodniał w porównaniu z otwartą wrogością z pierwszych spotkań. — Nie tylko postacie do Pana następnego bestsellera.

— Przyjąłem do wiadomości — uśmiechnął się Ben. — Choć twierdzę, że najlepsze postaci wyrastają z prawdziwej ludzkiej złożoności, obiecuję, że nikt nie rozpoznałby siebie w bohaterze, którego napiszę. — Nawet Vanessa, choć to kuszące, ale była niemal karykaturą ze swoim snobizmem i zazdrością. Redaktorka powiedziałaby, że jest zbyt przerysowana, by była wiarygodna.

Gdy rozmowa zeszła na inne tematy, Ben złapał się na tym, jak szybko zanurzył się w świecie, o którym dwa tygodnie temu nie wiedział nic. Przyjechał do Ridgewater szukać odosobnienia, by domknąć maszynopis, a zamiast tego otoczyły go dokładnie takie bogate, złożone relacje międzyludzkie, które napędzały jego twórczość.

A jednak, pomyślał z lekkim żalem, patrząc, jak twarz Kate McKenzie mięknie do śmiechu przy jednej z przezabawnych opowieści Pip, najbardziej fascynującą postacią tutaj była ta, która wolałaby, żeby go tu w ogóle nie było.

Rozdział piąty

Ben obudził się krótko po świcie, nieznany dotąd poranny chór ptaków wyrwał go ze snu wcześniej, niż zamierzał. Po dwóch tygodniach w Ridgewater wiejskie rytmy zaczynały przestawiać jego miejski zegar biologiczny. Z kubkiem mocnej kawy w dłoni powędrował od The Shack w stronę głównego kompleksu stajennego, wiedząc, że miejsce już tętni życiem. Złote światło poranka wpadało pod skosem przez wysoko osadzone okna stodoły, rysując długie prostokąty na betonowej posadzce i rozświetlając drobinki kurzu, które tańczyły w powietrzu niczym miniaturowe konstelacje.

Gdy przeszedł przez szerokie wejście, otulił go bogaty, ziemisty zapach koni, siana i skóry. To była złożona woń, początkowo przytłaczająca, a teraz dziwnie kojąca. Kilka koni śledziło go spojrzeniem, ciekawskie oczy podążały za każdym jego ruchem; niektóre cicho rżały na powitanie albo, co bardziej prawdopodobne, pomyślał Ben, liczyły na smakołyki od wysokiego nieznajomego.

Poszedł za rytmicznym skrobaniem aż do dużego boksu, gdzie Kate, Jake i Pip pracowali zgodnym rytmem. Każde trzymało łopatę, zagłębiając ją w zabrudzone trociny i wrzucając je do czekających taczek. Blond włosy Kate były związane w praktyczny kucyk, miała na sobie stare dżinsy i spraną koszulkę — uderzający kontrast wobec jej zwykle dopracowanego wyglądu podczas lekcji. Jake miał podwinięte rękawy flanelowej koszuli, odsłaniając umięśnione przedramiona, a drobna Pip jakoś zaskakująco sprawnie dzierżyła łopatę prawie tak wysoką jak ona sama.

— Dzień dobry — zawołał Ben, zatrzymując się w wejściu do boksu. — Wiosenne porządki?

Kate podniosła wzrok, przez jej twarz przemknął cień zaskoczenia, po czym skinęła głową. — Ten boks trzeba całkowicie opróżnić, zanim później przyjedzie nowy koń. Wymieniamy wszystkie stare trociny.

— Pomóc? — zaproponował Ben, sam zaskoczony, że to powiedział. Nigdy w życiu nie czyścił boksu, ale coś w ich swobodnej współpracy sprawiło, że wolał dołączyć niż stać z boku i patrzeć.

— Zrujnujesz te buty — zauważyła Pip, wskazując łopatą na jego mokasyny.

Ben wzruszył ramionami. — Widziały gorsze. — To nie do końca była prawda, ale odstawił kubek z kawą na pobliską półkę i rozejrzał się. — Co mam robić?

Jake wskazał na zapasową łopatę opartą o ścianę. — Weź tę i do roboty. Zeskrobujemy do betonu, zanim wsypiemy świeżą ściółkę.

Ben czuł na sobie spojrzenie Kate, wyraźnie spodziewała się, że zrezygnuje, kiedy dotrze do niego, jak wygląda ta praca. Zamiast tego podwinął rękawy, chwycił łopatę i wszedł do boksu. Mina lekkiego szoku na jej twarzy była warta przyszłych odcisków.

— Zacznij w tamtym rogu — poleciła Kate, wskazując brodą. — I idź w stronę środka.

Pierwsze kilka szufli było niezgrabne, technika Bena ewidentnie kulała, gdy próbował znaleźć właściwy kąt. Jake zauważył jego trudność i niewymuszenie pokazał poprawny ruch — płynne nabranie i uniesienie zamiast dźgania, z którym Ben dotąd walczył.

— Załapiesz — skomentował Jake bez cienia oceny. — Mi też szybko poszło.

Wkrótce wpadli w rytm, cała czwórka pracowała w przyjaznym milczeniu, przerywanym jedynie zgrzytem metalu o beton i od czasu do czasu cichym sapnięciem wysiłku. Plecy Bena protestowały przeciw nieznanemu ruchowi, a koszulkę zaczynał mu zwilżać pot mimo porannego chłodu. Ale w tej fizycznej robocie było coś satysfakcjonującego — tak innego od mentalnej gimnastyki pisania.

— To co — odezwała się po chwili Pip, odgarniając z twarzy zbłąkany kosmyk ciemnych włosów — opowiadał ci już Jake o naszej tegorocznej przygodzie? O przekręcie hodowlanym?

Ben się wyprostował, instynkty natychmiast mu się włączyły. — Przekręt hodowlany?

Jake się uśmiechnął, nie przerywając pracy. — Jedna z ciekawszych spraw, jakie prowadziłem, i bez wiedzy Pip bym jej nie rozgryzł. Ktoś kradł źrebne klacze.

— Kradli źrebne konie? — Ben oparł się na łopacie, zaintrygowany. — Jak to w ogóle działa?

— Głównie sfałszowane dokumenty przewozowe — wyjaśniła Pip. — Zabierali wartościowe klacze tuż przed wyźrebieniem, trzymali je do porodu, a potem sprzedawali źrebięta bez papierów, jako urodzone w danej stajni, nieuczciwym kupcom.

— Diabelnie sprytny plan — ciągnął Jake, w głosie zabrzmiała nuta zawodowego uznania mimo wyraźnej dezaprobaty. — Niektóre z tych źrebiąt mogły być warte setki tysięcy i nikt by się nie zorientował. Skradzione klacze nosiły potomstwo czołowych ogierów sportowych w stylu western, pokryte po tym, jak właściciele zapłacili solidne opłaty stanówkowe.

Ben poczuł znajomy błysk twórczego zainteresowania, ten, który zawsze towarzyszył dobrej historii z wątkiem kryminalnym. — Jak ich złapaliście?

— Policja nawet nie zauważyła, że znikają same klacze — powiedziała Pip z przepraszającym uśmiechem do Jake'a. — Trafił mi w ręce jeden z akt sprawy i zauważyłam to. Potem znajomym skradli klacze i zaczęliśmy składać wszystko do kupy — były źrebne albo miały być kryte bardzo cennymi ogierami.

— Naprawdę sprytne — powiedział Jake. — Wiedza od środka: właściciel szkółki jeździeckiej i jego brat od firmy transportowej robili za logistykę, a miejscowy z szerokimi kontaktami podrzucał im informacje, które klacze warto ukraść. Szczerze mówiąc, wciąż to się rozplątuje, ale na pewno mieli sieć kupujących gotowych brać bardzo wartościowe źrebięta za ułamek ich rzeczywistej ceny, a potem startować nimi jako końmi bez znanego pochodzenia, licząc na fortunę. W zawodach westernowych jest więcej pieniędzy, niż się wydaje; same pule nagród w barrel racingu potrafią na jednej imprezie sięgać tysięcy.

Ben chłonął szczegóły, zafascynowany. Zawiłości tego przekrętu go intrygowały: potrzebna wiedza, bezczelność, kalkulacje ryzyka i zysku. — Co ich zdradziło, poza bystrym okiem Pip?

— Chciwość — odparła Kate prosto, po raz pierwszy włączając się do opowieści. — Wybrali zły cel. — Uśmiechnęła się do Pip. — Zabrali jedną z klaczy Pip. Pip nigdy by im tego nie darowała.

— I nie darowałyśmy — powiedziała dumnie Pip. — Odzyskaliśmy wszystkie, włącznie z moją Honey. Tyle że pokryli ją nieznanym ogierem i będziemy musieli poczekać jeszcze sześć miesięcy, żeby zobaczyć, co z tego wyjdzie!

— A kary? — zapytał Ben, jak zawsze ciekaw konsekwencji.

— Przywódcy wciąż czekają na rozprawę — odparł Jake. — Ale zanosi się na konkretne więzienie. To nie tylko kradzież, to oszustwo, fałszowanie dokumentów urzędowych i wprowadzanie w błąd. Nie wspominając już o dobrostanie — przewożeniu wysoko źrebnych klaczy i trzymaniu ich w nieidealnych warunkach.

Ben skinął głową, już układając w głowie, jak mógłby wykorzystać te elementy w pisaniu. Koński świat był doskonałą scenerią dla fikcji kryminalnej: cenne zwierzęta, zaciekła rywalizacja, duże pieniądze przechodzące z rąk do rąk i rozbudowane systemy papierologii, które ktoś znający je mógłby manipulować. Już widział postać z wewnętrzną wiedzą o środowisku jeździeckim, wykorzystującą jego złożoność dla zysku. Stajnia wokół niego, będąca mieszaniną drogich zwierząt i ciężkiej fizycznej roboty, nagle wydała mu się pełna fabularnego potencjału.

— Masz ten wyraz twarzy — zauważyła Kate, przerywając pracę, by mu się przyjrzeć.

— Jaki? — zapytał Ben, choć podejrzewał, że wie.

— Ten, przy którym zamieniasz nas wszystkich w postacie — odparła, ale w jej tonie było mniej irytacji, niż się spodziewał. Może docierali do jakiegoś rozejmu.

— Zawodowe skrzywienie — przyznał z uśmiechem. — Ale obiecuję, że konie w moich książkach będą traktowane z najwyższą, choć fikcyjną, troską.

To wywołało w Kate niechętny śmiech i Ben uznał to za postęp. Gdy wrócili do łopat, poczuł osobliwą satysfakcję, która nie miała nic wspólnego z pisaniem, a wszystko z tym, że został włączony w tę drobną chwilę wspólnej pracy i opowieści.

— Dlatego rejestry DNA są tak ważne — mówił właśnie Jake, wysypując łopatę brudnej ściółki do taczki. — Bo to jeszcze niezbyt powszechne wśród koni sportowych western... — Urwał w pół zdania, gdy jego uwagę przykuł ruch na korytarzu stajni. Ben odwrócił się i zobaczył, jak Vanessa Hughes ostrożnie wchodzi do stajni, wyglądając, jakby przyjechała na sesję zdjęciową, a nie na poranną lekcję jazdy. Kontrast między jej nienagannym wyglądem a ich spoconą, zapyloną ekipą nie mógł być wyraźniejszy.

Vanessa miała na sobie nieskazitelnie białe bryczesy bez najmniejszej plamki, bluzkę techniczną w bladoniebieskim kolorze, która prawdopodobnie kosztowała więcej niż cały strój Bena, oraz wysokie, wypolerowane na połysk czarne oficerki, lśniące w porannym świetle. Krótkie ciemne włosy miała idealnie ułożone, a Ben zauważył, że nawet zrobiła makijaż — subtelny, ale elegancki — jak na poranek w stajni. Na jej wyglądzie nie było śladu kurzu, a poruszała się z wypracowaną ostrożnością, by tak pozostało.

— Z rasowym hanowerem jak Cavalier coś takiego nigdy by się nie zdarzyło — wtrąciła, w głosie pobrzmiewała ta charakterystyczna nuta wyższości, którą Ben zauważył podczas wczorajszego grilla. — Wszystkie *porządne* rasy mają DNA w rejestrach; jest powód, dla którego płaci się za jakość.

Przyjazna atmosfera wyparowała w jednej chwili. Ben bardziej poczuł, niż zobaczył, jak Kate zesztywniała obok niego, prawie niedostrzegalnie prostując ramiona. Twarz Pip przeszła fascynującą przemianę — przyjazny wyraz zamknął się jak rolety zaciągnięte w oknie. Swobodna postawa Jake'a zmieniła się w coś bardziej oficjalnego, bardziej policyjnego.

— Dzień dobry, Pani Vanesso — powiedziała Kate neutralnie. — Jest Pani wcześnie na swoją lekcję.

— Chciałam omówić nasz grafik startów — odparła Vanessa, ustawiając się ostrożnie przy czystej ścianie kilka metrów od ich miejsca pracy. — Ale widzę, że jesteście... zajęci. — Zerknęła z ledwie skrywaną odrazą na ich brudne ubrania i do połowy napełnione taczki.

Ben obserwował, jak dopasowuje drogie rękawiczki jeździeckie, które niosła zamiast mieć na dłoniach; miękka skóra poruszała się, gdy jej wypielęgnowane palce wygładzały wyimaginowane zagięcia. Sprawdziła godzinę na różowozłotym zegarku Audemars ostentacyjnym ruchem, jakby ich fizyczna praca zjadała jej czas.

Zafascynowany rozwijającą się przed nim dynamiką społeczną, Ben oparł łopatę o ścianę boksu i zrobił krok do przodu. Jako pisarz właśnie takie autentyczne interakcje chciał rozumieć i umieć uchwycić.

— Ciekawi mnie ta weryfikacja DNA, o której Pani wspomniała — zwrócił się do Vanessy. — Jak to działa w przypadku rasowych koni?

Wyraz twarzy Vanessy natychmiast zmienił się z znudzonej pogardy na ożywioną wyższość — wyraźnie ucieszyło ją, że może wystąpić w roli ekspertki. — To dość kompleksowe — wyjaśniła, rozgrzewając się do tematu. — U hanowerów takich jak Cavalier próbki DNA pobiera się przy urodzeniu i przechowuje w związku hodowlanym. Oboje rodzice muszą mieć zweryfikowane DNA, żeby potwierdzić pochodzenie dokładnie tak, jak deklarowane.

— Czyli nie ma możliwości sfałszowania pochodzenia? — zapytał Ben, szczerze zainteresowany mimo tonującej jego ciekawość protekcjonalności rozmówczyni.

— Nie u rzetelnych hodowców i w porządnych związkach — odparła Vanessa z pewnością kogoś, kto nigdy nie poddawał w wątpliwość systemów, które mu sprzyjają. — Każde źrebię ma też mikrochip, a przedstawiciele związku dokonują przeglądów. Papier idzie z koniem przez całe życie. A ogiery, rzecz jasna, muszą być zarejestrowane... jak Cavalier. To hanowerski ogier, więc musiał zdać licencję w Niemczech, zanim wpisano go do księgi stadnej i dopuszczono do krycia. Zatwierdzają tylko najlepsze. Nie chodzi wyłącznie o eksterier, ale też o ruch, temperament i pracę pod siodłem. Jeśli nie przejdą, nie mogą dawać zarejestrowanych hanowerów.

Ben ze zrozumieniem skinął głową, katalogując te szczegóły w myślach. Rozbudowane systemy weryfikacji, nacisk na udokumentowany rodowód, znaczne inwestycje chronione przez te procedury — wszystko to mogło dostarczyć bogatego materiału do fikcji.

— A jeśli pojawi się niezgodność? — zapytał, świadom, że Kate, Jake i Pip wrócili do łopat, choć podejrzewał, że słuchali uważnie.

— Koń jest wykluczany z księgi — powiedziała Vanessa, wykrzywiając wargę, jakby mówiła o banicie towarzyskim. — Traci wszelkie uprawnienia hodowlane i startowe w ramach związku. Wartość spada od razu, czasem o setki tysięcy dolarów.

Przesunęła się tak, by utrzymać dystans od miejsca pracy, znów z wyraźną niecierpliwością rzuciła okiem na zegarek. — Oczywiście przy koniach z adopcji i mieszańcach to wszystko nie ma znaczenia. Nikt specjalnie nie dba o ich rodowody, bo nie ma czego chronić.

Ten mimochodem rzucony despekt był ewidentnie wymierzony w konie własnej hodowli McKenzie'ów, byłe wyścigowce Emmy i kucyki Pip. Ben zauważył, jak ramiona Jake'a się napinają pod tym zawoalowanym afrontem, choć policjant utrzymał twarz w kamiennym spokoju.

— A jednak rozumiem, że Emma całkiem nieźle radzi sobie z Phoenixem na zawodach — zauważył łagodnie Ben. — To koń z adopcji, prawda?

Uśmiech Vanessy nieznacznie stężał. — Skoki to co innego. Tu liczy się sprawność fizyczna, nie potencjał hodowlany. W ujeżdżeniu rodowód jest wszystkim. Nie da się wytrenować tego, czego nie ma w genach.

— Ciekawe podejście — odparł Ben, odkładając jej reakcję obok wyjaśnień. — A jak wygląda weryfikacja na zawodach?

— Kontrola paszportów na dużych imprezach — wyjaśniła Vanessa, wyraźnie zadowolona, że może popisać się wiedzą. — Skanowanie mikrochipu, potwierdzanie cech szczególnych. Na zawody międzynarodowe dochodzą dodatkowe certyfikaty zdrowia i czasowe pozwolenia importowe.

Ben kiwał głową, wyobrażając sobie, jak te systemy można by manipulować w jego fikcyjnym świecie. Możliwości oszustw, podszywania się i gry o wysoką stawkę wydawały się bez liku w rzeczywistości, w której zwierzęta warte miliony zmieniają właścicieli na podstawie papierów i testów DNA.

— Różnica jest natychmiast widoczna, kiedy ma się do czynienia z jakością — ciągnęła Vanessa, wykonując nieokreślony gest w stronę boksów, gdzie stały konie McKenzie'ów. — Porównaj Cavaliera z tymi... mieszanymi projektami. Dobre pochodzenie widać w każdym ruchu, w każdej linii ciała.

Ben przyglądał się jej uważnie, zauważając, jak potrafi wygłaszać takie stwierdzenia z uśmiechem sugerującym, że podaje po prostu obiektywne fakty, a nie obraża. To była mistrzowska pasywna agresja — cecha, która pięknie przełoży się na kartki powieści.

— Czyli cała wartość Cavaliera opiera się na jego zweryfikowanym rodowodzie? — dopytał, naciskając odrobinę mocniej.

— Jego rodowód gwarantuje potencjał — sprostowała Vanessa, lekko unosząc podbródek. — Wartość bierze się z tego, co potrafi wyprodukować, kiedy jest odpowiednio szkolony i prowadzony. — Nacisk, jaki położyła na „odpowiednio", nie pozostawiał wątpliwości.

Ben to chłonął, łącząc kropki między finansowymi stawkami świata Vanessy a presją, którą one tworzyły. Nic dziwnego, że lekcje, które obserwował, były tak napięte; przy inwestycjach idących w setki tysięcy i potencjalnych przyszłych zyskach z hodowli każda godzina treningu obciążona była ogromną presją.

— Lepiej pozwolę wam wrócić do... łopat — powiedziała Vanessa, jeszcze raz zerkając na zegarek. — Kate, do zobaczenia na ujeżdżalni o dziewiątej na mojej lekcji. — Po tych słowach odwróciła się i ostrożnie przeszła korytarzem stajni, pilnując, by jej nienaganny wygląd nie ucierpiał ani odrobinę.

Ben patrzył, jak odchodzi, już rzeźbiąc w głowie jej maniery i postawy na potrzeby postaci. Roszczeniowość, swobodny snobizm, absolutna wiara w wyższość rzeczy drogich — to wszystko było wspaniale bogatym materiałem. Nie, nie zamierzał przepisać Vanessy wprost; jego bohaterowie zawsze byli kompozytami, zlepieni z wielu źródeł i przefiltrowani przez wyobraźnię. Ale jej esencja — to szczególne połączenie uprzywilejowania i protekcjonalności — na pewno trafi do książki.

Gdy kroki Vanessy ucichły w korytarzu stajni, nad boksem zawisła ciężka cisza. Ben patrzył, jak Kate i Pip wymieniają spojrzenie tak pełne wspólnego znaczenia, że mogłoby zastąpić cały dialog. Pip przewróciła wymownie oczami, jej drobna sylwetka niemal drżała od niewypowiedzianych komentarzy. Reakcja Kate była subtelniejsza: lekkie ściągnięcie skóry wokół oczu, ledwie dostrzegalny ruch głową, który jasno komunikował: *nie teraz, nie tutaj*. Wymiana trwała ledwie kilka sekund, ale Ben wychwycił każdy niuans.

Najbardziej zafascynowało go uświadomienie, które przyszło, gdy obserwował starannie neutralną twarz Kate: szczerze nie znosiła Vanessy Hughes jako osoby, ale utrzymywała z nią bezwzględnie profesjonalną relację. To napięcie między sprzecznymi postawami musiało być wyczerpujące, pomyślał Ben. Zwłaszcza biorąc pod uwagę talent Vanessy do podawania obelg w uśmiechniętych opakowaniach.

— Subtelne jak młot kowalski — powiedział w końcu Jake, przerywając ciszę i wracając do pracy.

Pip parsknęła, ściskając łopatę z nową werwą. — Przysięgam, któregoś dnia...

— Płaci pełny pensjonat za Cavaliera — przerwała cicho Kate, starannie ważąc ton. Ben zauważył, jak zaciskają jej się szczęki między zdaniami, jak bieleją kostki dłoni zaciskającej się na trzonku łopaty. — I pełną stawkę za cztery lekcje tygodniowo. Do tego jest naszą klientką od dwóch lat.

— To nie znaczy, że może tak mówić o naszych koniach — mruknęła Pip, choć najwyraźniej przyjęła milczącą prośbę Kate, by to odpuścić.

Ben obserwował oddech Kate — to, jak celowo wciąga powietrze nosem, a wypuszcza powoli przez lekko rozchylone usta. Rozpoznawał tę kontrolowaną reakcję na stres z własnych technik na czas deadlinów: świadomy wysiłek, by zarządzić emocjami zamiast je wyrażać. Ramiona miała nadal napięte, ruchy nieco bardziej precyzyjne niż przed wejściem Vanessy, zdradzając napięcie, z którym walczyła.

— Po Vanessie mam dziś jeszcze trzy lekcje — powiedziała Kate, celowo zmieniając temat. — Elise Sutherland o jedenastej, Jillian Carmichael o drugiej i bliźniaczki Sullivanów o czwartej na przygotowanie do Pony Clubu. — Jej głos odzyskał zawodowy spokój, choć Ben nadal wyczuwał pod spodem napięcie.

— W południe przyjeżdża potencjalny kupiec obejrzeć kilka kucyków — podchwyciła Pip zmianę na bezpieczniejsze tory. — A o wpół do czwartej przejmuję od Emmy grupową lekcję skoków dla juniorów, bo jedzie z Jemimą do dentysty.

Ben chłonął tę wymianę ze spokojnym zainteresowaniem, notując w myślach złożone hierarchie społeczne w grze. Kate, choć wyraźnie zirytowana postawą Vanessy, przedkładała relację biznesową nad osobiste odczucia. Pod spodem była realna ekonomia: Vanessa reprezentowała dla Ridgewater znaczące przychody dzięki pełnemu pensjonatowi Cavaliera i częstym lekcjom. Zawodowa konieczność tolerowania trudnych, ale wartościowych klientów tworzyła fascynujące napięcie, które Ben natychmiast rozpoznał jako żyzne poletko fabularne.

— Mogę pomóc przy skokach, jeśli chcesz — zaoferował Jake, wysypując zawartość łopaty do już pełnej taczki. — Tylko powiedz, na jaką wysokość. Przyzwyczajam się do tych przerażających, prawie mojej wysokości parkurów, które Emma skacze na Phoenixie.

To wywołało u Pip szczery śmiech. — Broń Boże, nie — parsknęła. — Te dzieci skaczą maksymalnie pięćdziesiąt centymetrów! Po kolana. Umarliby ze strachu, gdybyśmy pozwolili im choć zobaczyć przeszkody Em; możesz po wszystkim wyjść ze mną na parkur i zrzucimy wszystko niziutko na długo przed ich przyjazdem.

Ben wrócił do łopat, rozważając, jak przełożyć te zależności na karty powieści. Presja ekonomiczna, zderzenie wartości między priorytetem czystej krwi u Vanessy a widoczną u McKenzie'ów miłością do koni po przejściach, zawodowe ustępstwa na rzecz trudnych, ale cennych klientów — wszystko to opowiadało o szerszych tematach kompromisu i zasad, które mogłyby napędzać przekonującą fabułę.

— Powinniśmy skończyć, zanim twoja księżniczka będzie gotowa na lekcję — powiedziała Pip do Kate, głosem niższym, ale nadal słyszalnym dla Bena. — Jeszcze by pomyślała, że naprawdę brudzisz sobie ręce.

Kąciki ust Kate drgnęły w czymś na kształt tłumionego uśmiechu. — Wie, że robię tę robotę. Po prostu woli wierzyć, że to kwestia wyboru.

— Dla niej jest — zauważył Jake, biorąc się za kolejny fragment boksu. — Na tym polegają pieniądze: dają ci możliwość wybierania, w których częściach posiadania konia chcesz uczestniczyć.

Ben wychwycił filozoficzną nutę w wypowiedzi Jake'a. — Wygląda na motyw przewodni w tym świecie — rzucił, sprawdzając, czy pociągną rozmowę. — Różnica między tymi, którzy widzą w koniach inwestycję, a tymi, którzy widzą partnerów.

Kate zerknęła na niego, jakby odrobinę zdziwiona, że wyłapał tę różnicę. — To nie zawsze jest tak czarno-białe — powiedziała po chwili. — Niektórzy właściciele drogich koni kochają je naprawdę. I nie każdy właściciel podwórkowego konia traktuje zwierzę dobrze.

— Ale różnicę w podejściu widać — upierała się Pip. — Wystarczy pięć minut obserwacji, żeby wiedzieć, czy ktoś widzi w koniu żywą istotę, czy sportowy samochód na nogach.

Ben skinął głową, dopisując ten wgląd do swojej mentalnej kolekcji. — A w którą stronę przechyla się Vanessa?

Krótka cisza, która zapadła, powiedziała mu wszystko. W końcu Kate odpowiedziała z ostrożną dyplomacją: — Vanessa ma bardzo konkretne cele dla Cavaliera. Koncentruje się przede wszystkim na jego potencjale sportowym.

— I na wartości hodowlanej — dodała bez ogródek Pip. — O przyszłych opłatach stanówkowych mówi częściej niż o jego dobrostanie. A choć tyle mówi o czystości hanowerskiej krwi, wszyscy wiemy, że aż się pali, żebyśmy zapytali, czy nie moglibyśmy pokryć go którąś z córek albo wnuczek Legend, mimo że insynuuje, iż to same kundelki przez mieszane pochodzenie. Wie, że rozglądasz się za ogierem do kolejnego źrebaka Duchess; bardzo by mnie zdziwiło, gdyby wkrótce nie zaczęła napomykać, że Cavalier jest tak wygodnie dostępny.

Kate skrzywiła się. — Pod wieloma względami byłby dobrą opcją — przyznała niechętnie. — Po prostu... nie chcę znaleźć się w sytuacji, w której będę coś winna Vanessie.

— Ja na twoim miejscu też bym nie chciała! — roześmiała się Pip soczyście. Zerknęła na Bena, chłonącego każde słowo, i dorzuciła mu jeszcze kilka okruszków informacji. — Przy takich papierach Cavaliera Vanessa powinna trzepać kasę na stanówkach. Ale dopóki on nie udowodni się na poziomie Grand Prix, żaden poważny hodowca nie zapłaci góry pieniędzy, choćby miał dwoje mistrzów świata za rodziców. Liczy się wynik. Na razie to tylko kolejna droga niewiadoma.

Niewypowiedziany podtekst, który niósł półuśmiech Pip, brzmiał: Vanessa po prostu nie jest wystarczająco dobrą amazonką, by wprowadzić Cavaliera na szczyt. A może nigdy nie będzie.

Ben odkładał te obserwacje, kontrastujące perspektywy tworzyły bogatszy obraz świata jeździeckiego niż jakiekolwiek badania zza biurka. Osobiste konflikty, zawodowe kompromisy i leżące u podstaw systemy wartości — to były dokładnie te elementy, które nadawały fikcyjnym światom głębię i autentyczność. Powinien wyciągnąć notes i spisać uwagi, zanim coś mu się pomyli, ale nie zamierzał rzucić roboty w połowie. Byli prawie gotowi.

— Jeszcze pięć minut i powinniśmy tu skończyć, a ja będę mogła się umyć i przebrać, żeby wyglądać tak profesjonalnie, jak Vanessa będzie oczekiwać —

powiedziała Kate, oceniając postępy. — Ben, jak na mieszczucha byłeś zaskakująco pomocny.

Uśmiechnął się na ten komplement z zastrzeżeniem, uznając go za krok naprzód w ich ostrożnym rozejmie. — Mam wiele talentów. Choć przyznam, że jutro barki mi o tym przypomną.

— Mięśnie pisarza — droczył się Jake. — Inne niż policyjne czy koniarskie.

Lekka przekomarzanka przywróciła swobodną atmosferę sprzed pojawienia się Vanessy, ale Ben nie przegapił lekcji z tego interludium. Pod powierzchnią codzienności Ridgewater płynęły prądy napięć, kompromisów i sprzecznych priorytetów, odbijające dynamikę międzyludzką, którą eksplorował w swoich powieściach. Zawodowe opanowanie Kate wobec klientki, której prywatnie nie cierpiała, ekonomiczne realia zmuszające do takich ustępstw, zderzenie odmiennych podejść do tej samej pasji — wszystko to stanowiło cudownie złożony materiał dla pisarza, którego towarem jest motywacja i konflikt.

Gdy skończyli czyścić boks, Ben nie mógł się powstrzymać od refleksji, że pobyt w Ridgewater okazywał się niespodziewanie cenny. Świat, na który się natknął, był bogatszy i bardziej wielowymiarowy, niż mógłby sobie wyobrazić, zamieszkany przez postaci, których złożoność nigdy nie zmieściłaby się w stereotypach, jakie stworzyłby bez takiego bezpośredniego doświadczenia.

A w centrum tego wszystkiego stała Kate McKenzie, której warstwy dopiero zaczynał odkrywać: zawodowa trenerka, sportsmenka, niechętna gospodyni i kobieta potrafiąca przełknąć osobiste odczucia w imię konieczności biznesowej. Nie wymyśliłby bardziej intrygującej bohaterki, nawet gdyby próbował.

Rozdział szósty

Kate skasowała kolejne marne zdanie, zaciskając szczękę, gdy wpatrywała się w jarzący się ekran laptopa. Propozycja dla jej najnowszego potencjalnego sponsora powinna być gotowa już kilka godzin temu, ale coś w niej brzmiało pusto, sztucznie. Za oknami The Shack nad Ridgewater zapadła już zupełna ciemność, rozświetlana jedynie odległymi światłami ochronnymi głównego kompleksu stajni. Poruszyła ramionami, próbując rozluźnić napięcie, które narosło przez ostatnie godziny pracy, i sięgnęła po szklankę wody, nie odrywając wzroku od ekranu.

Mała lampka biurkowa rzucała na jej miejsce pracy kałużę ciepłego światła, która ledwie sięgała do miejsca, gdzie Ben rozwalił się na sofie, a jego długie kończyny układały się pod niewygodnymi kątami. Laptop niepewnie balansował na jego kolanach, a ekran oświetlał zmarszczone czoło i rosnącą stertę zmiętych kartek, które otaczały go jak opadłe liście. Mimo wcześniejszych zapewnień, że do pracy potrzebuje absolutnej ciszy, od godziny mruczał pod nosem i teatralnie wzdychał.

Kate zmusiła się, by wrócić do dokumentu. — Program sportowy Ridgewater łączy klasyczne zasady treningu z nowatorskimi technikami — przeczytała półgłosem, po czym jęknęła. — Nowatorskimi technikami? Co to w ogóle znaczy? She deleted the sentence and tried again, typing rapidly.

Prawda była taka, że Kate doskonale wiedziała, co robi i dlaczego to działa. Wyniki mówiły same za siebie: mistrzostwa kraju, miejsca w międzynarodowych zawodach, konie wyprowadzone z surowych prospektów do poziomu Grand Prix. Ale przełożenie tego na język marketingu, który przemówi do międzynarodowej marki luksusowych wyrobów skórzanych — bardziej znanej z torebek niż z siodeł — wydawało się niemożliwe. Sponsorzy chcieli błyszczących opowieści o drodze i zbieżności wartości, a nie o pobudkach o 5.00 i drobiazgowym prowadzeniu dokumentacji.

— Brzmisz, jakbyś toczyła z klawiaturą z góry przegraną bitwę — głos Bena przerwał jej koncentrację.

Kate uniosła wzrok, na moment zaskoczona, że ją obserwuje. — Po prostu pracuję nad ofertą dla sponsora — odparła, sama zdumiona, że odpowiada. Dwa tygodnie temu zignorowałaby go albo ucięła rozmowę. — To nie jest moja ulubiona część pracy.

Ben skinął głową i zrezygnowanym gestem rzucił ołówek na stolik kawowy. — Co cię blokuje? Może para świeżych oczu pomoże. Serio, i tak muszę na chwilę pomyśleć o czymś innym niż ten szkic.

Kate zawahała się. Ta prezentacja była osobista, dotyczyła nie tylko programu treningowego, ale też jej zawodowej tożsamości. Dzielenie się nią wydawało się zaskakująco odsłaniające. — To dla dużej, międzynarodowej marki. Powiedziano mi, że mogą rozważać sponsorowanie kilkorga australijskich jeźdźców w krajowym cyklu w tym roku i muszę wyjaśnić, dlaczego powinni wybrać mnie.

— I trudno ci to napisać, bo...? — podsunął Ben, prostując się.

— Bo oni nie chcą prawdy — odparła Kate, a w jej głosie pobrzmiewała frustracja. — Chcą inspirującej historii o drodze, partnerstwie z koniem i spełnianiu marzeń. Nie chcą słyszeć o godzinach analizy wideo ani o tym, że prowadzę arkusze, w których rozpisuję dietę Misty co do grama.

Ben przeciągnął się, a gdy wstał, jego wysoka sylwetka rozłożyła się w pełnej długości. — Mogę zerknąć?

Pierwszym odruchem Kate było odmówić, zamknąć laptop i upierać się, że sama da radę. Ale było już późno, dokument trzeba było wysłać jutro, a ona przerabiała pierwszy akapit już siedem razy.

— Dobrze — zgodziła się, odwracając nieco ekran, kiedy podszedł. — Tylko pamiętaj: chodzi o to, żeby ich przekonać, że warto we mnie zainwestować, a nie o napisanie następnej wielkiej australijskiej powieści.

Ben parsknął śmiechem, stając za jej krzesłem i czytając ponad ramieniem. Był tak blisko, że poczuła jego wodę po goleniu — coś drzewnego, subtelnego. Kate uporczywie wpatrywała się w ekran, boleśnie świadoma jego bliskości.

— Masz tu wszystkie atuty — powiedział po chwili, wskazując na wypunktowaną listę osiągnięć. — Ale to brzmi jak CV, nie jak opowieść. Sponsorzy nie kupują wyłącznie wyników; kupują historię.

— Właśnie o to chodzi — odparła Kate, gestykulując z frustracją w stronę ekranu. — Nie jestem żadną narracją. Jestem zawodniczką ujeżdżenia. Trenuję konie. Startuję. Czasem wygrywam. To powinno wystarczyć.

Ben lekko stuknął palcem w ekran, tam gdzie szczegółowo opisała strategię kwalifikacji. — Ale marketing tak nie działa i dobrze o tym wiesz. Słuchaj, a gdyby zamiast samego wyliczania sukcesów przestawić to? Nie tylko pokaż drogę, pokaż potknięcia. To zmaganie sprawia, że ludzie ci kibicują.

Kate zmarszczyła brwi. — Chcesz, żebym podkreślała porażki?

— Nie porażki. Wyzwania — poprawił Ben. — Dramat rywalizacji. Wielopokoleniowy program hodowlany w Ridgewater, który zaczęli twoi rodzice i który doprowadził cię tu, gdzie jesteś. Twoja relacja z Misty, także te trudne fragmenty.

Kate zmusiła się, by wziąć jego słowa pod uwagę. Niechętnie musiała przyznać, że jest w tym logika. Sponsorzy nie chcą tylko mistrzów; chcą historii, z którymi ludzie mogą się utożsamić.

— Nie musisz obnażać duszy — powiedział cicho Ben, jakby czytał jej w myślach. — Wystarczy tyle, by było w tym człowieczeństwo. Ludzie łączą się ze zmaganiem bardziej niż z perfekcją.

Kate wpatrzyła się w dokument, myśląc. Potem, powoli, zaczęła pisać, przerabiając wstęp tak, by zawrzeć w nim historię matki Misty — uratowanej klaczy pełnej krwi angielskiej — inteligencji i psotnego charakteru samej Misty oraz potknięć, które wspólnie pokonały. Ku swojemu zaskoczeniu słowa popłynęły łatwiej, a opowieść zaczęła nabierać kształtu w sposób i autentyczny, i angażujący.

— W ten sposób? — zapytała po kilku minutach, zdumiona, że zależy jej na jego aprobacie.

Ben przeczytał nowy akapit, zamyślony. — Znacznie lepiej. Teraz to brzmi jak coś, co ktoś naprawdę chciałby przeczytać. Masz osiągnięcia, ale teraz jest też serce.

Kate przeczytała jeszcze raz to, co napisała, niechętnie przyznając, że tekst jest dużo mocniejszy. Osiągnięcia zostały, ale osadzone w kontekście, który nadawał im znaczenie wykraczające poza suche statystyki.

— W końcu ty znasz się na strukturze opowieści — przyznała, zapisując dokument.

— Taki mam zawód — odparł Ben z uśmiechem, który złagodził rysy jego zmęczonej twarzy. — Ludzie nie zapamiętują faktów, tylko emocje. Nawet kiedy sprzedaje się wyroby skórzane.

Kate skinęła głową, a na jej ustach pojawił się mały, szczery uśmiech. — Dziękuję — powiedziała, słowa przyszły jej łatwiej, niż sądziła. — To naprawdę pomaga.

Przez chwilę patrzyli na siebie, a między nimi, w cichej przestrzeni, zrodziało się nowe zrozumienie. Potem Kate wróciła do dokumentu, palce znów ożyły na klawiaturze, a wcześniejsza frustracja ustąpiła miejsca skupionej klarowności. Może faktycznie świeża perspektywa miała sens, nawet jeśli pochodziła z najbardziej niespodziewanego źródła.

Kate zapisała dokument po raz ostatni i z satysfakcją zamknęła plik. Oferta dla sponsora była mocniejsza niż wszystkie, które dotąd napisała, z narracyjnym przepływem, który brzmiał profesjonalnie i autentycznie. Zerknęła na Bena, który wrócił na sofę, lecz wpatrywał się w ekran laptopa z tą samą miną frustracji, jaką ona miała wcześniej. Sprawiedliwie będzie, pomyślała. On jej pomógł; może ona mogła odwdzięczyć się tym samym.

— A u ciebie? — zapytała, obracając krzesło w jego stronę. — Wygląda na to, że też dziś z czymś walczysz.

Ben podniósł wzrok, a na jego twarzy przemknęło zaskoczenie. Może nie był przyzwyczajony, że to ona zaczyna rozmowę. — Aż tak to widać?

— Zdradziło cię mamrotanie i wyrywanie włosów z głowy — odparła Kate, sama zaskoczona lekko droczącym się tonem. — No i te wszystkie zmięte kartki. Myślałam, że pisarze dziś robią wszystko na komputerach.

— Niektóre rzeczy trzeba najpierw rozgryźć ręcznie — powiedział Ben, wskazując na porozrzucane notatki wokół. — Nie mogę uchwycić wewnętrznych motywacji bohatera. Jest zawodowym piłkarzem, który przypadkiem zostaje wciągnięty w ustawianie meczów. Wiem, co mu się przydarza, ale nie wiem, dlaczego podejmuje takie decyzje.

Kate zastanowiła się, przekrzywiając głowę. — Jaki on jest jako piłkarz? To znaczy, charakter.

— Zdolny, ale nie gwiazda — odparł Ben, prostując się, gdy Kate okazała zainteresowanie. — Ktoś na tyle dobry, by grać zawodowo, ale nie dość wyjątkowy. Kilka razy pomijano go przy powołaniach do reprezentacji.

Kate powoli skinęła głową, czując przebłysk rozpoznania. — Czyli żyje w tej szarej strefie. Wystarczająco dobry, żeby być, nie dość dobry, żeby być wielkim.

— Dokładnie — powiedział Ben, pochylając się, a jego piwne oczy nagle nabrały intensywności. — Co sprawiłoby, że ktoś taki przekroczy granicę, o której wie, że nie powinien?

Kate przeszła do części kuchennej, nastawiając czajnik. Pytanie zabrzmiało zaskakująco osobiście, rezonując z myślami, które miewała o własnej karierze. Czekając, aż woda się zagotuje, układała w głowie odpowiedź.

— Tu nie chodzi tylko o wygrywanie — powiedziała w końcu, przygotowując dwie filiżanki herbaty, po czym sięgnęła do szafki po swój tajny słoik ze smakołykami. — Chodzi o potwierdzenie wartości. Kiedy poświęcasz czemuś życie, wkładasz w to wszystko, a wciąż nie możesz dobić do najwyższego poziomu... — urwała, szukając odpowiednich słów. — W głowie cały czas siedzi strach, że może po prostu nie jesteś dość dobra. Że nieważne, ile pracujesz, tej ostatniej luki nigdy nie zasypiesz.

Ben patrzył na nią teraz uważnie, wszelkie oznaki wcześniejszej frustracji zniknęły. — Mów dalej — ponaglił cicho.

Kate przyniosła dwa kubki i podała jeden Benowi. — Zaczynasz więc szukać wytłumaczeń. Może to sprzęt. Może trener. Może polityka albo faworyzowanie. A kiedy te wytłumaczenia nie koją, zaczynasz myśleć o skrótach.

— Kusiło cię kiedyś? — zapytał Ben, po czym szybko dodał: — Nie do książki, tak po prostu z ciekawości.

Kate sięgnęła po słoik ze smakołykami, rozważając pytanie. — Nie w tym sensie, o którym mówisz. W ujeżdżeniu nie ma dopingów dla jeźdźców; to koń ma wystąpić. Ale widziałam to u innych. Były głośne przypadki w mediach, zawodnicy zawieszani krótko albo na dłużej. Pokusa stosowania wątpliwych metod treningowych albo leków, żeby utrzymać konia w startach, kiedy powinien odpoczywać. — Otworzyła słoik i podała go Benowi. — Granica się zaciera, kiedy jesteś zdesperowana.

Ben sięgnął po notes i przewrócił na czystą stronę. — Tego mi właśnie brakowało — powiedział, szybko bazgrząc. — To nie tylko chciwość czy ambicja, tylko ta toksyczna mieszanka desperacji i usprawiedliwień.

— A kiedy już wejdziesz na tę ścieżkę, każdy kolejny kompromis przychodzi łatwiej — dodała Kate, patrząc, jak pisze. — Mówisz sobie, że to na chwilę, tylko do momentu, aż tam dotrzesz. Tylko że zawsze jest kolejny cel, kolejny powód, żeby brnąć dalej.

Ben podniósł wzrok znad notesu, rozświetlony twórczą energią. — A presja z zewnątrz? W przypadku mojego bohatera ojciec był gwiazdą futbolu, oczekiwania, do których nigdy nie dorasta.

Kate poczuła znajome ukłucie. — To dokłada zupełnie nową warstwę. Kiedy twoja tożsamość jest związana z wynikiem, a wchodzą w to cudze oczekiwania, porażka jest nie tylko rozczarowaniem, jest egzystencjalna.

— Brzmisz, jakbyś coś o tym wiedziała — zauważył cicho Ben.

Kate napotkała jego spojrzenie, wahając się, zanim odpowiedziała. — Nazwisko McKenzie coś znaczy w australijskim środowisku jeździeckim. Moi rodzice dosłownie poznali się, gdy oboje startowali na igrzyskach; tata skakał dla Australii, a mama w ujeżdżeniu dla Szwecji. U nas doskonałość nie jest tylko mile widziana — jest oczekiwana.

Ben skinął głową, notując dalej. — A jeśli twój bohater poświęcił już wszystko inne — relacje, inne ścieżki kariery — dla tej jednej drogi...

— To myśl, że to wszystko na nic, staje się nie do zniesienia — dokończyła Kate. — Dla uniknięcia tej możliwości potrafisz usprawiedliwić prawie wszystko.

— To jest fantastyczne — Ben na moment się zamyślił, zerkając na słoik, który Kate odstawiła na biurko. — Co to właściwie jest?

Uśmiechnęła się, biorąc jedną z przekąsek do ust. — Moje kulki.

Jego brwi powędrowały w górę i roześmiał się. — Twoje... kulki?

— Kulki energetyczne — sprecyzowała. — Mój własny przepis. Płatki owsiane, makadamia, suszone mango, wiórki kokosowe... i parę tajnych składników. — Mrugnęła.

Ben wziął jedną przekąskę wielkości piłeczki pingpongowej z niepewną miną i skubnął. Chwilę później jego oczy się rozszerzyły, a on wsunął do ust całą.

— Potrzebujemy ich dużo więcej — mruknął, rozśmieszając Kate.

Przez następną godzinę pałaszowali słoik kulek energetycznych i kontynuowali wymianę myśli: Kate dorzucała spostrzeżenia z własnych doświadczeń w warunkach ogromnej presji, a Ben przekładał je na motywacje bohaterów. Napięcie, które definiowało ich wcześniejsze interakcje, ustąpiło płynnemu dialogowi, w którym pomysły rodziły kolejne pomysły. Blokada twórcza Bena widocznie się rozpuściła, a jego notes zapełnił się obserwacjami i punktami zwrotnymi fabuły.

Ku swojemu zdziwieniu Kate czerpała z tego procesu więcej radości, niż się spodziewała. Było coś satysfakcjonującego w patrzeniu, jak jej doświadczenia przepuszczone przez pisarski filtr Bena zamieniają się w materiał, który może pomóc mu głębiej zrozumieć naturę człowieka. Zawsze zbywała fikcję jako rozpraszacz od realnych osiągnięć, ale patrząc, jak Ben pracuje, zaczynała doceniać kunszt w tym, co robił.

— A co powiesz na to — powiedział Ben, przemierzając w kółko małą przestrzeń między biurkiem a sofą, jego wysoka sylwetka kipiała twórczym rozpędem. — Jeśli nasz piłkarz wierzy, że fixing w dłuższej perspektywie pomoże jego drużynie? Błędna próba ochrony czegoś, co kocha?

— To brzmi prawdziwie — odparła Kate, zwinięta teraz w fotelu z drugą filiżanką herbaty. — Najgroźniejsze kompromisy zawsze przychodzą owinięte w dobre intencje.

Ich spojrzenia spotkały się ponad pokojem, a między nimi przemknęło porozumienie. Kate poczuła w piersi niespodziewane ciepło, coś więcej niż satysfakcja z rozwiązania problemu. Ta współpraca, to spotkanie umysłów z tak różnych światów, okazało się zaskakująco właściwe.

Mała lampka biurkowa rzucała ciepły blask na ich miejsce pracy, a światło ledwie sięgało kątów pokoju. Kate zerknęła na zegar: 00:45. Siedzieli nad tym godzinami, a ona czuła się bardziej pobudzona niż zmęczona.

— Całkiem z nas niezły duet — powiedział Ben, jakby czytał w jej myślach. Uśmiechnął się, szczerze, a uśmiech złagodził rysy i rozświetlił mu oczy. — Kto by pomyślał?

— Na pewno nie ja — przyznała Kate z małym, odpowiadającym uśmiechem. — Wiesz, planowałam cię eksmitować.

— Miałem pewne podejrzenia — odparł lekko. — To znaczy, że mogę zostać trochę dłużej?

— Nie rozpędzajmy się — powiedziała Kate, ale w słowach nie było ostrości. — Po prostu doszłam do wniosku, że możesz się okazać odrobinę przydatny.

Ben się roześmiał, a jego śmiech zabrzmiał w cichym pokoju ciepło i miękko. — Uznam to za najwyższą pochwałę, jak na ciebie.

Kate znów się uśmiechnęła, tym razem szerzej, bez tej zwykłej ostrożności. Terytorialna irytacja, która definiowała jej pierwsze wrażenia o Benie, przeszła w coś nowego: szacunek, może zaczątek przyjaźni. Tak czy inaczej, nie potrafiła już żywić urazy o jego obecność w The Shack, skoro doprowadziła do tej niespodziewanej więzi.

— Powinnam kończyć — powiedziała, zamykając laptop. — Dziś moja kolej na ostatni obchód koni przed snem.

— O tej porze? Nie macie od tego stajennych?

— Mamy, ale ostatni obchód zawsze robi rodzina — wyjaśniła Kate, wstając i kręcąc karkiem, by rozprostować sztywność. — Taka tradycja. Poza tym lubię tę cichą chwilę z końmi, kiedy nikogo nie ma.

Ben zamknął notes i odłożył go na bok. — Mogę się przyłączyć? Przyda mi się świeże powietrze, żeby przewietrzyć głowę.

Kate zawahała się tylko na moment, po czym skinęła. — Jest tam dość chłodno — ostrzegła, gdy ruszyli w stronę drzwi. — Wrześniowe noce potrafią być zimne.

— Mam to ogarnięte — odparł Ben, sięgając po kurtki wiszące przy wejściu. Podał Kate jej — znoszony, woskowany płaszcz z bawełny, który z pewnością widział niezliczone poranki i noce w stajni. Jego własna była ze skóry, smukła i miejska, jakby mniej pasująca do gospodarstwa niż do miasta.

Gdy wyszli na werandę, uderzyło ich rześkie, nocne powietrze. Nad nimi rozsiane po czystym, queenslandzkim niebie gwiazdy świeciły jaśniej, z dala od świateł miasteczka. Ich oddechy zamieniały się w małe obłoczki w blasku księżyca, kiedy ruszyli ścieżką w stronę głównego kompleksu stajni.

— Robisz to co noc? — zapytał Ben, dopasowując długi krok do jej spokojniejszego tempa.

— Ktoś z rodziny tak — odparła Kate. — Rotacyjnie.

— Jest tu pięknie — powiedział cicho Ben. — Rozumiem, czemu tak walczyłaś o The Shack. Całe to miejsce ma w sobie... coś wyjątkowego.

— Ma — przyznała Kate, zaskoczona jego przenikliwością. — Ridgewater to nie tylko biznes. To nasza spuścizna, nasza przyszłość. Wszystko, co McKenzie budowali przez pokolenia.

W głównej stajni było cieplej, unosił się słodki zapach siana i ciche pomruki koni przekładających się w boksach. Większość spała, choć kilka ciekawskich głów wychyliło się ponad półdrzwi, gdy Kate i Ben przechodzili obok.

— Najpierw chcę sprawdzić kogoś szczególnego — powiedziała Kate, prowadząc Bena na sam koniec stajni. Zatrzymała się przy boksie, w którym klacz kasztanka drzemała na stojąco, z opuszczoną w spokojnym odpoczynku głową. — To jest Duchess.

Na głos Kate uszy klaczy drgnęły do przodu i przyszła do drzwi. Kate wyciągnęła rękę i pogładziła aksamitny chrap, czule pieszcząc.

— Jest piękna — powiedział Ben, trzymając się z szacunkiem na dystans.

— Była moim olimpijskim marzeniem — odezwała się cicho Kate, drapiąc klacz za uchem dokładnie w miejscu, które Duchess uwielbiała. — Startowałyśmy w Europie, byłyśmy na krótkiej liście do igrzysk w Paryżu. Wszystko, na co pracowałam całe życie, było na wyciągnięcie ręki.

Ben milczał, wyczuwając ciężar tego, czym Kate się dzieliła.

— A potem, na treningu, koń innego zawodnika zaatakował ją na rozprężalni. Uderzył w tylną nogę. Ścięgno zostało przerwane — głos Kate pozostał spokojny, choć jej dłoń na szyi Duchess odrobinę się zacisnęła. — Weterynarze zrobili wszystko, co mogli, ale o startach nie było mowy. Mieliśmy szczęście, że udało się zapewnić jej komfortową emeryturę i wykorzystać w hodowli.

W sąsiednim boksie coś się poruszyło. Nad przegrodą pojawiła się mała gniada główka z białą gwiazdką, oczy jaśniały ciekawością, gdy młody koń badał nocnych gości.

— A to — powiedziała Kate, a jej głos złagodniał — Miracle. Syn Duchess. Niedawno został odstawiony.

Źrebak wyciągnął chętnie chrapy, najwyraźniej licząc na smakołyki. Kate zaśmiała się cicho i wyjęła z kieszeni kawałek jabłka, podając na płaskiej dłoni.

— Czyli kiedy Duchess doznała kontuzji, musiałaś wrócić? — podsunął łagodnie Ben.

Kate skinęła głową, patrząc, jak źrebak z zapałem przeżuwa. — Najpierw pokryłam ją najlepszym ogierem, jakiego mogłam znaleźć — podwójnym francuskim mistrzem olimpijskim o imieniu Chiaroscuro. A sama musiałam zaczynać od nowa z Mystery.

— Mystery? — zapytał Ben.

— Ridgewater Mystery. Misty — doprecyzowała Kate. — Siwa klacz, z którą teraz pracuję. Była już w treningu u mamy, całe szczęście. Mama po cichu prowadziła ją przez ostatnie cztery lata.

— Twoja mama jest niesamowita — zauważył Ben.

— Reprezentowała Szwecję na igrzyskach, zanim poznała tatę — odparła Kate. — Wie, co trzeba, by tam się dostać, i nauczyła mnie dosłownie wszystkiego. Bez jej pracy u podstaw z Misty byłabym lata od kolejnej szansy na kwalifikację. — Pogłaskała jeszcze Duchess. — A tak, Misty jest dość utalentowana — jeśli tylko zdołam okiełznać jej... niepowtarzalny charakter.

Przeszli dalej przez stajnię, Kate sprawdzała wiadra z wodą, czy koce są dobrze założone i czy żaden z koni nie zdradza oznak niepokoju. Ben szedł za nią, zadając od czasu do czasu pytania, w których brzmiała szczera ciekawość, a nie uprzejmość.

— Tęsknisz za Europą? — zapytał, gdy zbliżali się do ostatnich boksów. — Za tamtejszym cyklem startów?

Kate rozważyła pytanie, na co rzadko sobie pozwalała. — Czasem — przyznała. — Infrastruktura, poziom rywalizacji, ta intensywność... nic tego nie zastąpi. Ale Ridgewater to dom. Po kontuzji Duchess potrzebowałam stabilności. I nie rezygnuję z marzeń o igrzyskach. Po prostu idę inną ścieżką.

Kiedy skończyli obchód i ruszyli w stronę domu, Kate zdziwiła się, jak łatwo przyszło jej podzielenie się tym wszystkim z Benem. Może to była późna pora, może cicha intymność stajni o nocnej porze, a może sposób, w jaki on słuchał bez naciskania. Jakkolwiek by nie było, poczuła się lżej, że opowiedziała o Duchess i wykolejonych marzeniach — tematach, których zwykle unikała.

— Dziękuję, że mi to pokazałaś — powiedział Ben, kiedy dotarli do rozwidlenia ścieżek, skąd mieli rozejść się każde w swoją stronę — on do The Shack, ona do Big House. — Wiem, że pewnie myślisz, iż tylko zbieram materiał do następnej książki.

Kate uśmiechnęła się lekko w blasku księżyca. — A nie zbierasz?

— Cóż, tak — przyznał Ben z cichym śmiechem. — Ale to nie znaczy, że nie interesuje mnie to naprawdę. Pisarze z natury są ciekawscy. Nie umiemy nie zbierać historii, nawet kiedy nie pracujemy.

— Zaczynam to rozumieć — odparła Kate. I rzeczywiście, w sposób, który ją samą zaskakiwał. Ben

Crossley, który dwa tygodnie temu wtargnął w jej przestrzeń, teraz wydawał się inną osobą niż mężczyzna idący obok niej, wysoka sylwetka odcinająca się na tle usianego gwiazdami nieba. A może po prostu widziała wreszcie więcej z tego, kim był od początku.

— Dobranoc, Kate — powiedział, jego głos cicho zabrzmiał w nieruchomym nocnym powietrzu.

— Dobranoc, Ben — odparła i poczuła, że mówi to szczerze.

Gdy szła ostatni odcinek do Big House, Kate poczuła dziwne ciepło, niemające nic wspólnego z wysiłkiem. Jakoś tak, w ciągu jednego wieczoru, pisarz przesunął się z pozycji niechcianego intruza na coś bliższego przyjacielowi. I choć część niej pozostawała ostrożna, inna część — ta, której rzadko dawała dojść do głosu — przyjęła tę zmianę z zadowoleniem.

Rozdział siódmy

BEN OPARŁ SIĘ o ogrodzenie ujeżdżalni, patrząc, jak trening Vanessy z Cavalierem dobiega kolejnego, mało satysfakcjonującego końca. Uszy kasztanowatego ogiera nerwowo uciekały do tyłu, gdy Vanessa poganiała go do kolejnej próby zmiany nogi w locie, a jej twarz ściągnęła się frustracją, kiedy ruch rozpadł się w niezgrabną plątaninę nóg, Cavalier stracił galop i przeszedł do kłusa. Głos Kate pozostawał równy, proponowała techniczne poprawki, które Vanessa przyjmowała krótkimi skinieniami i coraz bardziej oschłymi odpowiedziami. Napięcie między koniem, jeźdźcem i trenerką było namacalne, jak duchota przed burzą.

— Myślę, że na dziś wystarczy — powiedziała w końcu Kate, a jej profesjonalny ton maskował to, co Ben podejrzewał, że jest ulgą. — Cavalier spisał się świetnie, utrzymując koncentrację tak długo.

Wargi Vanessy zacisnęły się w cienką linię. — Ledwie musnęłyśmy piruety.

— On daje nam znać, że jest zmęczony psychicznie — odparła Kate, wskazując na sztywną sylwetkę ogiera i szybki oddech. — Lepiej zakończyć na pozytywnej nucie, niż przepchnąć go poza próg koncentracji.

Ben obserwował, jak rozgrywa się subtelna gra sił, zafascynowany dynamiką. Widział już dość takich sesji, by rozpoznać ten schemat: Vanessa naciskała na więcej, Kate stawała po stronie ograniczeń konia, a Cavalier tkwił pośrodku, jego praca się sypała, gdy napięcie rosło.

— Dobrze — ustąpiła Vanessa, zsiadając ze sztywnością, która zdradzała fizyczny dyskomfort, którego nigdy by nie przyznała. Podała wodze czekającemu luzakowi, ledwie rzuciwszy na Cavaliera okiem. — Czwartek o tej samej porze?

— Będę — potwierdziła Kate, a jej uwaga już przesuwała się na siwą klacz wprowadzoną do ujeżdżalni przez stajennego.

Vanessa przeszła obok Bena bez słowa, z twarzą napiętą gniewem. Ben wcale nie żałował, że po grillu nie wznowiła swoich niezręcznych prób flirtu. Najwyraźniej była na tyle bystra, by rozpoznać jego całkowity brak zainteresowania i nie skazywać się na niezręczną, żenującą porażkę.

Kontrast między jej odejściem a zachowaniem Kate, gdy podchodziła do Misty, był uderzający. Cała mowa ciała Kate się zmieniła: ramiona się rozluźniły, twarz zmiękła w autentycznym uśmiechu, kiedy sięgnęła po kantar siwej klaczy.

— No i jest moja dziewczynka — mruknęła, głaszcząc nakrapianą szyję Misty. Klacz opuściła głowę, popychając chrapami kieszeń Kate z oczywistą poufałością. — Tak, mam twojego miętusa, ty bezwstydna żebraczko.

Ben złapał się na tym, że się uśmiecha na ten widok. Kate McKenzie miała wiele twarzy; surowa, precyzyjna technicznie instruktorka przy Vanessie, zorganizowana bizneswoman na spotkaniach ze sponsorami, a teraz ta miększa, czuła wersja, która mówiła do swojej klaczy jak do ukochanej przyjaciółki.

Kate uniosła wzrok, zauważając obecność Bena. — Zbiera Pan kolejne materiały? — zapytała, choć w jej tonie brakowało już obronności sprzed dwóch tygodni.

— Tylko podziwiam widok — odparł Ben z niedbałym wzruszeniem ramion. — Czy nie ma Pani nic przeciwko, żebym został i popatrzył?

— Jak Pan woli — powiedziała Kate, wracając uwagą do Misty. — Choć tylko przejadę nasz program dowolny. Nic szczególnego.

Ben wygodniej oparł się o ogrodzenie, gdy Kate sama osiodłała Misty i założyła jej ogłowie, starannie sprawdzając każdy pasek i sprzączkę, po czym przykucnęła, by nawinąć owijki na długie nogi klaczy. Zoe weszła, kiwając Benowi radośnie głową na powitanie, niosąc coś, co wyglądało na przenośny głośnik i tablet.

— Wszystko gotowe, Zoe? — zapytała Kate.

Brytyjka skinęła głową. — Wgrane i gotowe.

Ben patrzył, jak Kate z gracją wsiada w siodło. Przez kilka minut stępowała z Misty po obwodzie ujeżdżalni, szyja klaczy była rozluźniona, wykrok długi i sprężysty. Od czasu do czasu Kate zatrzymywała się, nieznacznie korygowała dosiad, po czym ruszała dalej. Było to jak patrzeć na muzyka, który stroi instrument przed występem.

— Jak będziesz gotowa — zawołała Zoe sprzed głośnika.

Kate skinęła, kierując Misty na środek ujeżdżalni. Przymknęła oczy, wzięła głęboki oddech i dała Zoe krótki znak. Ujeżdżalnię wypełniły pierwsze nuty utworu fortepianowego, którego Ben nie rozpoznał, klasycznego, ale z nowoczesnymi akcentami. Zmiana u Misty była natychmiastowa: uszy nastawiły się do przodu, sylwetka się uniosła, jakby muzyka płynęła prosto do jej ciała.

A potem zaczęły tańczyć.

Nie było na to innego słowa. Ben widział, jak Kate uczy, widział, jak demonstruje ruchy na różnych koniach, ale to było zupełnie co innego. Kate i Misty poruszały się jak jedno, potężne nogi klaczy wybijały rytm idealnie zgrany z tempem muzyki. Płynęły przez ujeżdżalnię szerokimi łukami i nieskazitelnie prostymi liniami, każde przejście było bezszwowe, każdy ruch wypływał z poprzedniego jak woda.

Muzyka narastała, a Misty przeszła do wyciągniętego kłusa, który zdawał się przeczyć grawitacji; przednie nogi sięgały daleko naprzód, podczas gdy zad pchał z wyraźną mocą. Kate siedziała idealnie nieruchomo w siodle, dłonie stabilne, ciało sprawiało wrażenie unoszącego się nad falującym ruchem klaczy. Ben przyłapał się na wstrzymaniu oddechu, zahipnotyzowany czystym atletyzmem i artyzmem, które miał przed oczami.

Najbardziej uderzała go twarz Kate. Znikła maska zawodowej koncentracji, którą nosiła podczas lekcji, zastąpiona wyrazem czystej radości połączonej z intensywnym skupieniem. Jej oczy lśniły, usta poruszały się czasem, jakby liczyła albo szeptała Misty ciche zachęty. W tej chwili nie występowała przed sędziami ani nie demonstrowała dla uczniów; tworzyła sztukę z czystej miłości do tego.

Muzyka przeszła w coś bardziej dramatycznego, a Misty zebrała się w zebrany galop tak kontrolowany, że zdawała się unosić nad ziemią. Pomoce Kate były dla niewprawnego oka Bena niewidoczne; sygnały, które dawała klaczy, były tak subtelne, że wyglądały na telepatyczne. Misty rozpoczęła serię ruchów, które Ben rozpoznał jako zmiany nogi w locie, z którymi Vanessa miała tyle kłopotów, ale Kate i Misty sprawiały, że wyglądało to na łatwe, gładko zmieniając nogę przy każdym foulé, idealnie zsynchronizowane z rytmem muzyki.

Ben pomyślał o własnym procesie twórczym, o tych rzadkich, doskonałych momentach, gdy słowa płyną bez świadomego wysiłku, gdy historia jakby pisze się przez niego, a nie jego ręką. Kate i Misty znalazły ten sam ulotny stan, granica między techniczną realizacją a artystyczną ekspresją rozpływała się, ustępując miejsca czemuś, co wykraczało poza zwykły występ.

Gdy muzyka budowała kulminację, Kate wprowadziła Misty w to, co Ben zdążył już rozpoznać jako piruet — klacz właściwie obracała się w miejscu, utrzymując zebrany galop. Precyzja, jakiej to wymagało, nie mieściła mu się w głowie, a jednak obie sprawiały, że wyglądało to na bezwysiłkowe: ponad pół tony żywej masy konia obracającej się niemal w jednym punkcie, z ciałem Kate przez cały czas idealnie ustawionym.

Ostatni układ sprowadził je z powrotem na środek ujeżdżalni, Misty przeszła z wyciągniętego kłusa do wyniosłego pasażu i do nieskazitelnego stój, idealnie w takt ostatnich nut. Przez moment na ujeżdżalni zapanowała doskonała cisza. Potem Misty cicho wypuściła powietrze i czar prysł.

Ben zorientował się, że wstrzymywał własny oddech, i powoli wypuścił powietrze. Przyjechał do Ridgewater, by dokończyć książkę, znaleźć ciszę i odosobnienie do pracy. Zamiast tego wpadł w świat namiętnego oddania i partnerstwa człowieka ze zwierzęciem, które przekraczało wszystko, co mógł sobie wyobrazić. A w centrum tego wszystkiego była Kate McKenzie, której dłoń łagodnie klepała spoconą szyję Misty, a twarz rozświetlała satysfakcja po świetnie wykonanym przejeździe.

W tej chwili, patrząc na nią w miękkim popołudniowym świetle, pośród złotych pyłków kurzu tańczących w powietrzu ujeżdżalni, Ben ze stuprocentową pewnością wiedział, że jego następna książka będzie osadzona w tym świecie. Nie dlatego, że to ciekawe tło, ale dlatego, że w relacji Kate z Misty dostrzegł coś głębokiego o oddaniu, partnerstwie i dążeniu do doskonałości, co zasługiwało na zgłębienie.

A jeśli miał być ze sobą szczery, nie tylko artystyczne olśnienie go oczarowało. To była sama Kate.

Uśmiech Kate był promienny, gdy zsiadała. Siwa klacz odwróciła głowę i cicho zarżała, kiedy Kate objęła jej umięśnioną szyję, wtulając twarz w srebrną grzywę Misty.

— Moja wspaniała dziewczynka — wyszeptała, a jej głos poniósł się po cichej ujeżdżalni. — Absolutnie doskonała.

Ben uśmiechnął się na widok nieskrywanego wybuchu czułości.

Kate sięgnęła do kieszeni i wyjęła kolejnego miętusa, którego Misty przyjęła delikatnymi wargami, przymykając oczy z wyraźną przyjemnością.

— To było przepiękne — zawołała Zoe. — Przejście z wyciągniętego kłusa do piaffu jest teraz dużo płynniejsze.

— Zaczyna odnajdywać równowagę — odparła Kate, luzując popręg. — Wciąż trochę niepewna w piruecie w lewo.

— Dla mnie wyglądało cholernie perfekcyjnie — odcięła się Zoe z uśmiechem.

Ben odepchnął się od ogrodzenia i ruszył w stronę Kate, z dziwną niechęcią do naruszenia tej chwili. Było w tym coś niemal sakralnego — cicha pauza po takim przejeździe, prywatne porozumienie między Kate a jej koniem. A jednak czuł, że ciągnie go naprzód impuls, którego nie umiał nazwać.

— To było niezwykłe — powiedział, zbliżając się i obniżając głos. — Nigdy czegoś takiego nie widziałem.

Kate uniosła wzrok, jej wyraz twarzy wciąż był miękki. — Dziękuję — odparła po prostu. — Dziś naprawdę była ze mną.

Misty wyciągnęła ku niemu szyję, chrapy rozchyliły się, gdy badała tego znanego, ale nie do końca zaufanego człowieka. Ben pozostał nieruchomy, pozwalając jej samej zdecydować, czy warto poświęcić mu uwagę.

— Jest Pana ciekawa — zauważyła Kate, mimochodem głaszcząc łopatkę klaczy. — Zwykle nie zawraca sobie głowy obcymi.

— Czuję się zaszczycony — odparł Ben, ostrożnie wyciągając dłoń, jak widywał u innych. Wąsiki Misty połaskotały go w skórę, gdy wąchała, po czym straciła zainteresowanie i znów szturchnęła kieszeń Kate. — Wie, gdzie trzyma się smakołyki.

Kate roześmiała się, a Ben uświadomił sobie, że rzadko słyszał ten prawdziwy śmiech. — To spryciara. Zawsze nią była. Ukradłaby innym koniom paszę, gdybyśmy jej nie pilnowali.

Zoe przeprosiła i poszła odnieść sprzęt grający, zostawiając ich samych z Misty. Kate zaczęła prowadzić klacz w powolnych kołach, schładzając ją po wysiłku przejazdu. Ben dostosował krok, idąc obok w tym niespiesznym tempie.

— Różnica między tym, jak ona chodzi z Panią, a jak Cavalier pracuje z Vanessą, jest uderzająca — odezwał się po chwili Ben.

Twarz Kate spoważniała. — To nie do końca uczciwe porównanie. Vanessa wciąż się uczy, a Cavalier... — urwała, jakby dobierała słowa. — Cavalier ma wszystkie ruchy, ale potrzebuje pewnego siebie jeźdźca. Jest wrażliwy i odczytuje wahanie jako powód do niepokoju.

— Ale to coś więcej niż technika, prawda? — nalegał Ben. — To, co przed chwilą widziałem — była w tym radość. U was obu.

Kate skinęła, a jej spojrzenie zmiękło, gdy znów spojrzała na Misty. — To jest sedno. Można latami szlifować ruchy, dopracować każdy element techniczny, ale bez tej więzi... — Wzruszyła ramionami. — To tylko bardzo drogi koń robiący sztuczki.

— Ile to trwa? — zapytał. — Zbudowanie takiego partnerstwa?

— Tu nie ma stałej osi czasu — odparła Kate. — Z niektórymi końmi łapie się chemię od razu. Z innymi zajmuje to lata. A niektóre... — Uśmiechnęła się krzywo. — Nie działają nigdy. Miałam kiedyś w Europie okazję dosiąść medalisty olimpijskiego, niemieckiego konia. Znienawidził mnie od pierwszego wejrzenia. Kilka razy próbował dosłownie zetrzeć mnie o ścianę.

Ben skinął głową, myśląc o własnych relacjach twórczych z bohaterami, o historiach, które czasem płynęły same, a innym razem walczyły z nim od pierwszej do ostatniej strony. — Brzmi trochę jak pisanie — powiedział. — Niektóre książki prawie piszą się same. Inne są bitwą od pierwszej do ostatniej strony.

Kate spojrzała na niego z namysłem. — Nie przyszłoby mi do głowy, że są tu podobieństwa.

— Więcej, niż mogłaby się Pani spodziewać — odparł Ben. — Dyscyplina, codzienna praktyka, nawet gdy brakuje weny, te okazjonalne chwile przepływu, kiedy wszystko klika... — Skinął w stronę ujeżdżalni. — Choć mój proces na pewno nie dorównuje elegancji tego, co właśnie zobaczyłem.

Coś w wyrazie Kate jeszcze bardziej złagodniało, ledwie dostrzegalnie rozluźniły się okolice oczu. — Większość ludzi widzi tylko występ — powiedziała cicho. — Nie rozumieją lat żmudnej pracy, które za tym stoją.

— Rozumiem — odpowiedział Ben i na moment ich spojrzenia się spotkały.

Późnopopołudniowe słońce wpadało przez otwarty bok krytej ujeżdżalni, chwytając światło we włosach

Kate i zamieniając jej blond w złoto. Z policzkami zaróżowionymi od wysiłku i z chwilowo opuszczoną gardą wyglądała młodziej, bardziej przystępnie. Ben poczuł niespodziewane ściśnięcie w piersi, ciepło, które nie miało nic wspólnego z tematem rozmowy, a wszystko z kobietą przed nim.

To nie była tylko wdzięczność dla jej umiejętności czy podziw dla oddania, choć jedno i drugie było obecne. To było coś bardziej pierwotnego — przyciąganie do autentycznej osoby kryjącej się pod wypolerowaną powierzchnią. Bena zawsze pociągały złożone bohaterki i bohaterowie, sprzeczności i ukryte głębie, które czynią ludzi fascynującymi. Kate McKenzie, z jej żelaznym dążeniem do doskonałości i chwilami nieskrywanej czułości, była bardziej porywająca niż jakakolwiek postać, którą kiedykolwiek stworzył.

Uświadomienie przyszło z niespodziewaną siłą: jego zainteresowanie wykraczało poza zawodową ciekawość czy niechętny szacunek. Pociągała go — nie tylko fizycznie, choć ten element z pewnością też był, ale jako całość, ze swoim namiętnym rdzeniem skrytym pod zdyscyplinowaną powierzchnią.

— Powinnam ją porządnie schłodzić — powiedziała Kate, przerywając chwilę. — Po takim wysiłku potrzebuje porządnego mycia i elektrolitów.

Ben skinął, cofając się. — Oczywiście. Nie będę Pani zatrzymywał.

Gdy prowadziła Misty w stronę myjki, Ben został, patrząc, jak odchodzą. Jabłkowita sierść klaczy łapała światło, a potężne mięśnie pracowały gładko pod połyskującą warstwą potu. Kate szła obok, jedną ręką trzymając lekko na szyi klaczy, sylwetka rozluźniona, a jednak czujna, gotowa odpowiedzieć na każdą zmianę w zachowaniu partnerki.

Ben przyjechał do Ridgewater, szukając odosobnienia, by dokończyć maszynopis. Znalazł zaś świat bogaty w dokładnie tę ludzką złożoność, która zasilała jego najlepsze pisanie. I, uświadomił sobie z mieszanką oczekiwania i ostrożności, znalazł coś, czego wcale nie szukał: niespodziewane przyciąganie do ostatniej kobiety, która przyjęłaby taką uwagę z zadowoleniem.

Kate McKenzie, z olimpijskimi marzeniami i żelaznym skupieniem, nie miała miejsca na rozpraszacze. A Ben, z wiszącym terminem i skłonnością do czerpania materiału z własnego życia, był, jakby nie patrzeć, chodzącym rozproszeniem.

A jednak, kiedy odwrócił się, by opuścić ujeżdżalnię, Ben nie potrafił sam siebie przekonać, że to komplikacja, której powinien unikać.

Kate wpatrywała się w formularze zgłoszeniowe na ekranie laptopa, słowa lekko się rozmazywały po godzinach skupionej pracy. Cyfrowy zegar w rogu pokazywał 11:37 PM, ale mimo długiego dnia czuła się dziwnie rześka. Po drugiej stronie otwartej przestrzeni The Shack Ben siedział skulony nad własnym laptopem, jego wysoka sylwetka złożona na sofie, palce poruszały się po klawiaturze w nierównych zrywach, na przemian szybko stukając i zawieszając się na zamyślonych pauzach. Ten dźwięk był dziwnie kojący, rytmiczne tło do jej pracy, które sprawiało, że późne godziny były jakby mniej samotne.

Oparła się wygodniej, wyciągając ręce nad głową, żeby rozluźnić napięcie w barkach. Dzień był owocny: od znakomitego programu dowolnego Misty po propozycję dla sponsora, którą właśnie skończyła, dołączając nagrania z dzisiejszej sesji treningowej, żeby wzmocnić swój wniosek. Kate poczuła tę rzadką satysfakcję, kiedy wszystko się zgrywa, a postęp jest mierzalny i konkretny.

Ben uniósł wzrok na jej ruch, oczy miał nieco nieobecne w ten charakterystyczny sposób, który zdążyła już rozpoznać — to znaczyło, że myślami wciąż tkwił w swoim fikcyjnym świecie. — Przepraszam — mrugnął, wracając do rzeczywistości. — Czy Pani coś mówiła?

— Tylko się przeciągam — odparła Kate, zamykając laptopa. — Dzisiaj idzie Panu jak po maśle.

Na jego twarzy pojawił się zmęczony uśmiech. — Bohater wreszcie postanowił współpracować. Kiedy zrozumiałem jego motywację, reszta wskoczyła na swoje miejsce. — Odstawił komputer na bok i przeczesał dłonią i tak już potargane włosy. — Od kolacji napisałem prawie pięć tysięcy słów.

Kate skinęła głową, rozumiejąc satysfakcję przełomu. — Dobre? Czy po prostu słowa?

— Chyba dobre — powiedział Ben, a jego uśmiech się poszerzył. — Przynajmniej kiedy je pisałem, czułem, że są na miejscu. Prawdziwym sprawdzianem będzie jutrzejsza ponowna lektura.

Między nimi zapadła wygodna cisza — taka, która w ostatnich tygodniach stawała się coraz częstsza. Kate przyłapała się na tym, że w ciepłym świetle lampy przygląda się jego twarzy. Zmarszczka między brwiami się wygładziła, zastąpiona swobodnym wyrazem, jaki pojawiał się, gdy pisanie szło mu dobrze. Pod oczami miał cienie, świadectwo późnych godzin, jakie ostatnio sobie fundował, ale spojrzenie pozostawało czujne, jakby naenergetyzowane twórczym przełomem.

— Herbaty? — zapytała Kate, wstając z fotela.

— Poproszę — odparł Ben, wyciągając przed siebie długie nogi.

Kate podeszła do aneksu kuchennego, napełniła czajnik i przygotowała kubki. Parę minut później przyniosła je do salonu, podała jeden Benowi i usiadła w fotelu naprzeciwko.

— Dziękuję — powiedział, obejmując kubek dużymi dłońmi. — Nie ma Pani może żadnych kulek mocy?

Uśmiechnęła się. — Przepraszam. Nie miałam ani minuty, żeby coś przygotować. Wkrótce zrobię.

Przez chwilę sączyli w milczącym porozumieniu. Kate patrzyła na jezioro za oknami, posrebrzone blaskiem księżyca, myśląc o dzisiejszym treningu i o tym, co znaczył dla jej aspiracji. Po tygodniach ostrożnych postępów dzisiejszy przełom z Misty wydawał się znaczący — namacalny krok w stronę kwalifikacji.

— Kończy mi się czas — powiedziała nagle, zanim w pełni zdecydowała się to wypowiedzieć. — Na kwalifikację do Mistrzostw Świata.

Ben uniósł wzrok, uważny, ale nienarzucający się, czekając, aż będzie kontynuować.

— Po kontuzji Duchess pomyślałam... — urwała, szukając właściwych słów. — Powtarzałam sobie, że to tylko potknięcie. Że znajdę innego konia, zbuduję kolejne partnerstwo. Ale okres kwalifikacji się kończy, a my z Misty wciąż nie jesteśmy wystarczająco równe, żeby zostać wybrane do kadry narodowej. — Wpatrzyła się w herbatę, obserwując, jak para wije się w delikatnych spiralach. — Dziś było wspaniale, ale musimy być na tym poziomie za każdym razem, nie tylko w nasze najlepsze dni.

— A jeśli się Pani nie zakwalifikuje? — zapytał łagodnie Ben.

Kate poczuła, jak niespodziewanie ściska ją w gardle. — Jeśli nie wrócę do kadry narodowej, już nie wiem, kim jestem. — To wyznanie było surowe, odsłaniające wrażliwość, której rzadko dawała sobie prawo. — Dziedzictwo McKenzie, oczekiwania rodziców, moje własne marzenia... wszystko do tego prowadziło. Jeśli nie, to po co były te wszystkie wyrzeczenia?

Ben powoli skinął głową, zamyślony. — Rozumiem ten lęk — powiedział po chwili. — Inny kontekst, ale podobne uczucie.

— Pana książka? — podsunęła Kate, wdzięczna, że na jej odsłonięcie odpowiedział własną szczerością.

— Ta, następna, wszystkie. — Ben odstawił kubek, pochylił się, opierając łokcie na kolanach. — A jeśli nie potrafię napisać kolejnego bestsellera? A jeśli już osiągnąłem szczyt? — Uśmiechnął się z autoironią, ale widziała pod tym autentyczną troskę. — Pierwsza książka poradziła sobie dobrze, druga jeszcze lepiej, a trzecia sprawiła, że odezwali się filmowcy. Presja, żeby utrzymać ten kurs, jest... — Pokręcił głową. — Czasem patrzę na pustą stronę i myślę: to dziś wszyscy odkryją, że jestem oszustem.

Kate poczuła zaskakującą falę porozumienia. — Właśnie tak. Ten lęk, że przez cały czas się blefowało, a w końcu wszyscy to zrozumieją.

— Syndrom oszusta — powiedział Ben. — Podobno powszechny wśród prymusów, tak twierdzi mój terapeuta.

— Ma Pan terapeutę? — zapytała Kate, nie potrafiąc ukryć zaskoczenia.

— Autor kryminałów z traumami z dzieciństwa i problemami z uzależnieniami w rodzinie? Oczywiście, że mam terapeutę — odparł Ben z cichym śmiechem.

Kate uśmiechnęła się odruchowo. — A terapia pomaga na ten lęk?

— Czasem — przyznał Ben. — Innym razem pomaga tylko sama praca. Napisanie czegoś, o czym wiem, że jest dobre — co przypomina mi, że naprawdę potrafię to robić.

— Jak dzisiejszy występ Misty — mruknęła Kate. — Dowód, że idziemy we właściwym kierunku, nawet jeśli jeszcze tam nie dotarłyśmy.

— Dokładnie. — Oczy Bena spotkały się z jej spojrzeniem, ciepłe i rozumiejące w przytłumionym świetle. — Chwile, które przypominają, dlaczego tak się spalamy, dlaczego tak nam zależy.

Kate poczuła, że między nimi coś się przesuwa, pogłębia ostrożną nić porozumienia, którą do tej pory tkali. Była w tym pociecha — bycie zrozumianą, nazwanie jej lęków bez osądu. Ben Crossley, ze swoimi twórczymi presjami i niepewnościami, sprawiał, że czuła się mniej samotna w zmaganiach.

— Pomaga świadomość, że ktoś inny to rozumie — powiedziała cicho. — Większość widzi tylko efekt końcowy, nie wątpliwości po drodze.

— Błyszczące życie autora bestsellerów — powiedział Ben z krzywym uśmiechem. — Sam szampan i tournée autorskie, jeśli wierzyć mojemu Instagramowi. Którego, nawiasem mówiąc, nawet nie prowadzę. To wszystko dział marketingu wydawnictwa.

— I idealne jeździeckie życie — dodała Kate. — Piękne konie, nieskazitelnie białe bryczesy, żadnego wybierania obornika o piątej rano w deszczu.

Wymienili spojrzenie pełne zrozumienia, które stopniowo wydłużyło się w coś więcej — więź wykraczającą poza ich początkową ostrożność wobec siebie. Kate poczuła, jak serce zaczyna bić odrobinę szybciej, kiedy Ben utrzymał jej spojrzenie, a powietrze między nimi nagle naładowało się niewypowiedzianą możliwością.

— Dziękuję — powiedziała miękko. — Za to, że Pan rozumie. Za to, że Pan tego nie zbywa jako głupstwa.

— Pani lęki nigdy nie mogłyby być dla mnie błahe — odparł Ben równie cicho. — Nie wtedy, gdy tak dobrze je rozumiem.

Cisza rozciągnęła się między nimi, inna niż ta komfortowa, którą wcześniej dzielili. Kate ze szczególną wyrazistością zaczęła dostrzegać drobiazgi: miarowy rytm oddechu Bena, sposób, w jaki światło lampy połyskuje w jego oczach, lekki łuk ust, gdy na nią patrzył. Powinna była wstać — wiedziała to — oznajmić, że czas spać, przywrócić ostrożny dystans, jaki utrzymywali przez ostatnie tygodnie. A jednak coś trzymało ją na miejscu, niewidzialna nić, która wzmocniła się dzięki wzajemnym zwierzeniom.

— Robi się późno — odezwała się w końcu, ciszej, niż zamierzała.

Ben skinął głową, ale nie podjął próby, by wstać. — Tak.

Zapadła kolejna cisza, cięższa od niewypowiedzianych możliwości. Kate przyłapała się na tym, że studiuje jego twarz, zauważając, jak bardzo stała się znajoma przez tygodnie współmieszkania. Zmarszczka, która pojawiała się między brwiami, gdy się koncentrował, śmiechowe bruzdy w kącikach oczu, gest, którym odruchowo przeczesywał włosy, kiedy myślał. Kiedy zdążyła skatalogować te szczegóły? Kiedy jego obecność przesunęła się z intruzji w coś, na co czekała?

— Jeszcze herbaty? — zapytała, choć w obu kubkach wciąż było po połowie.

— Dziękuję, wystarczy — odparł Ben, nie odrywając od niej wzroku.

Kate odstawiła kubek na stolik pomocniczy, a cichy stuk wydał się nienaturalnie głośny w spokojnym pokoju. Bez ceramicznej bariery między dłońmi poczuła się nagle odsłonięta, niepewna, co zrobić z palcami. Przesunęła dłońmi po udach, a praktyczny dżins jej spodni nie dał wiele dotykowego ukojenia.

Ben pochylił się lekko do przodu, skracając dystans między nimi. — Kate — powiedział, jakby jej imię było pytaniem.

Spotkała jego spojrzenie, czując pod żebrami trzepot czegoś tak nieznanego, że dopiero po chwili rozpoznała w tym oczekiwanie zmieszane z nerwowością. — Tak?

— Chyba powinniśmy powiedzieć sobie dobranoc — powiedział, choć nie ruszył się z miejsca.

— Pewnie — zgodziła się, równie nieruchoma.

Powietrze między nimi jakby zgęstniało, naładowane potencjalną energią. Serce Kate przyspieszyło — fizjologiczna reakcja, na którą nie miała wpływu. Tego nie było w jej planie, tej niespodziewanej fascynacji mężczyzną, który wywrócił do góry nogami jej starannie uporządkowane życie. Ben Crossley był tylko na chwilę, przemijającą obecnością w Ridgewater. Musiała skupić się na Misty, na kwalifikacji do australijskiej kadry, na celach, wokół których zbudowała całe życie.

A jednak.

Pochyliła się odruchowo, nieświadomie lustrzanie odwzorowując jego postawę. Przestrzeń między ich fotelami nagle wydawała się i ogromna, i nieistotna. Gdyby wstali — ona i on — znaleźliby się w zasięgu ramion. Na samą myśl znów coś zatrzepotało jej w piersi.

— Kate — powiedział Ben ponownie, a tym razem jej imię zabrzmiało z większym ciężarem.

Zanim zdążyła się rozmyślić, Kate podniosła się z fotela. Ben poszedł w jej ślady; stojąc, wydawał się wyższy, a jego obecność wypełniła niewielką przestrzeń między nimi. Byli teraz blisko — tak blisko, że widziała zielone drobinki w jego piwnych oczach i czuła pod ziołowymi nutami herbaty ledwie wyczuwalny zapach wody kolońskiej.

Żadne z nich nie odezwało się. Kate czuła, jak zawisa w chwili doskonałej niepewności, balansując między odwrotem a krokiem naprzód. Wzrok Bena na moment opadł na jej usta, po czym wrócił do oczu — w wyrazie twarzy miał nieme pytanie.

Później nie byłaby pewna, kto ruszył się pierwszy. Może oboje — pociągnięci tym samym nieubłaganym przyciąganiem. Chwilę wcześniej dzieliła ich cienka smużka przestrzeni, a w następnej jego usta były na jej ustach — ciepłe i zaskakująco delikatne. Dotyk poraził ją falą wrażeń, prądem połączenia, po którym na moment zabrakło jej tchu.

Pocałunek się pogłębił; Ben uniósł dłoń do jej policzka, a jego dotyk pozostał nieśmiały, jakby w każdej chwili dawał jej możliwość, by się odsunęła. Zamiast tego Kate przytuliła się do tego kontaktu, a własne dłonie powędrowały do jego barków; poczuła pod miękką tkaniną koszuli jego zwartą, ciepłą sylwetkę.

Było w tej chwili coś zaskakująco właściwego, poczucie, że elementy układanki wskakują na swoje miejsce — czego Kate się nie spodziewała. Ben całował ją z taką dokładnością, jakby myślał o tym od dawna; jego usta badały jej usta z uważnością, od której jej puls znów przyspieszył.

Racjonalna część jej umysłu — ta od planów treningowych i kalkulowania klasyfikacji — zapaliła czerwone światło na ten nieoczekiwany rozwój wydarzeń. Ale ten głos był daleki, zagłuszony bardziej namacalnymi wrażeniami: dłonią Bena zsuwającą się z jej policzka na kark, palcami, które z czułym naciskiem wplotły się w jej włosy i przyciągnęły ją bliżej.

Rzeczywistość zaczęła powracać stopniowo. Kate odsunęła się odrobinę, oddech miała nierówny, myśli rozproszone. Ben otworzył oczy; w jego spojrzeniu mieszały się zachwyt i troska, gdy badał jej twarz.

— Ja... — zaczęła Kate, po czym urwała, niepewna, co powiedzieć. Ten nagły dystans czuł się zarazem konieczny i niepożądany.

— Za dużo? — zapytał cicho Ben, opuszczając rękę z jej włosów wzdłuż boku.

Kate pokręciła głową, próbując się zebrać. — Nie, nie o to chodzi. To... — Zrobiła krok w tył, potrzebując przestrzeni, by myśleć jasno. — To nie może się wydarzyć.

Słowa zawisły między nimi, w sprzeczności z ciepłem pocałunku, które wciąż mrowiło jej wargami. Wyraz twarzy Bena ledwie dostrzegalnie się zmienił — zrozumienie zastąpiło troskę, choć dostrzegła mignięcie rozczarowania, nim je ukrył.

— Pewnie nie — zgodził się cicho. — Zły moment. Skomplikowana sytuacja.

— Dokładnie — powiedziała Kate z ulgą, że tak szybko to pojął. — Muszę skupić się na nadchodzących zawodach. Ty masz termin oddania książki.

— A ja jestem tu tylko tymczasowo — dodał Ben.

— Tak — potwierdziła Kate, a przypomnienie o jego przejściowej obecności okazało się dziwnie niepokojące. — Więc to byłoby...

— Rozproszenie, którego żadne z nas nie potrzebuje — dokończył za nią Ben.

Kate skinęła głową, choć słowo „rozproszenie" wydawało się nieadekwatne do intensywności tego, co właśnie między nimi zaszło. — Powinniśmy podejść do tego rozsądnie.

— Absolutnie — zgodził się Ben, choć jego spojrzenie wciąż trzymało jej oczy z intensywnością przeczącą swobodnemu tonowi. — Rozsądnie.

Nikt się nie poruszył. Wypowiedziane przez nich rozsądne słowa zawisły w powietrzu — racjonalne, logiczne i kompletnie nieprzystające do elektryczności, która wciąż trzaskała w przestrzeni między nimi. Kate wiedziała, że powinna się odwrócić, powiedzieć dobranoc, wrócić do swojego pokoju w Big House. Zamiast tego stała w miejscu, boleśnie świadoma obecności Bena o krok, dwa dalej — na wyciągnięcie ręki.

— Więc jesteśmy umówieni — powiedziała, głosem nie całkiem pewnym. — To był... moment. Nic więcej.

Usta Bena wygięły się w lekki uśmiech. — Moment — powtórzył. — Choć, jeśli mam być szczery, całkiem pamiętny.

Mimo starań Kate poczuła, jak kąciki jej ust również drgnęły. — Nie tego się spodziewałam, kiedy zgodziłam się dzielić z tobą przestrzeń do pracy.

— Życie rzadko daje to, czego się spodziewamy — odparł Ben lżejszym tonem, choć oczy wciąż miał poważne. — Czasem w zamian podsuwa to, o czym nawet nie wiedzieliśmy, że tego chcemy.

Słowa zawisły między nimi, ciężkie od znaczeń. Kate poczuła, jak jej postanowienie słabnie, a rozsądna decyzja, by zakończyć to, zanim się zacznie, nagle wydała się trudniejsza. Tak łatwo byłoby znów zrobić krok naprzód i pozwolić sobie poczuć, czym może stać się to połączenie.

Zamiast tego cofnęła się o kolejny krok, stawiając między nimi stolik kawowy. — Dobranoc, Ben — powiedziała, a ostateczność w jej głosie była skierowana tak samo do niej, jak do niego.

— Dobranoc, Kate — odparł, nie próbując zmniejszyć dystansu, jaki wytworzyła.

Gdy Kate zebrała laptopa i notatki, szykując się do wyjścia, czuła na sobie spojrzenie Bena, śledzące każdy jej ruch. Pocałunek zmienił między nimi coś fundamentalnego, otworzył drzwi, których żadne z nich wcześniej nie przyznawało, że istnieją. I choć zgadzali się — przynajmniej w słowach — że nic z tego nie będzie, Kate wiedziała z absolutną pewnością, że możliwość wciąż między nimi krąży, zbyt potężna, by dało się ją odprawić kilkoma racjonalnymi zdaniami.

Cokolwiek wydarzy się dalej, do ostrożnej neutralności, jaką wypracowali, już nie wrócą. Pytanie brzmiało, czy starczy im sił, żeby utrzymać granice, które przed chwilą zwerbalizowali, czy też ta nowa świadomość okaże się zbyt kusząca, by jej się oprzeć.

A kiedy Kate zerknęła na Bena z progu, wychwytując intensywność wciąż obecną w jego spojrzeniu, nie była już całkiem pewna, którego z tych zakończeń naprawdę pragnie.

Rozdział ósmy

Pierwsze wrażenie Bena na temat Lockyer Indoor Equestrian Centre było takie, że przypomina lotnisko bardziej niż obiekt sportowy. Rozległy kompleks ciągnął się przez akry terenu, z kilkoma arenami, blokami stajennymi i tymczasowymi stoiskami handlowymi. Na parkingach stały przyczepy i ciężarówki do przewozu koni wszelkich rozmiarów — od skromnych, jedno-koniowych przyczep po ogromne zestawy z ciągnikiem siodłowym, błyszczącym chromem i indywidualnym malowaniem. Przystanął na moment obok praktycznej, niewielkiej, dwu-koniowej ciężarówki Kate, poprawiając okulary przeciwsłoneczne w ostrym, porannym słońcu Queenslandu i chłonąc skalę wydarzenia, które niewątpliwie należało do najważniejszych w kalendarzu jeździeckim.

— Szok kulturowy? — zapytała Kate neutralnym, ale nie nieprzyjaznym tonem. Odkąd trzy noce temu się pocałowali, utrzymywali ostrożny dystans — profesjonalny i uprzejmy — nie wspominając chwili, gdy ich granice na moment się rozmyły. Kiedy jednak Ben poprosił, czy może pojechać z nią na zawody, żeby po prostu poczuć atmosferę, zawahała się tylko odrobinę, po czym skinęła głową.

— Aż tak to widać? — odparł Ben z lekkim uśmiechem. — Czuję się, jakbym zabłądził do innego świata.

— I słusznie — powiedziała Kate, opuszczając rampę i wchodząc, by przywitać się z Misty i szykować ją do wyprowadzenia. — Witaj w najwyższych sferach jeździectwa.

Siwa klacz cofała się bez pośpiechu, z uszami nastawionymi do przodu, zaciekawiona nowym otoczeniem. Mimo gwaru dookoła, Misty pozostawała spokojna, choć chrapy rozszerzały jej się, gdy wyłapywała zapachy obcych koni.

— Wygląda na spokojną — zauważył Ben, ruszając krokiem obok Kate w stronę stajni.

— Startowała tu już wcześniej — odparła Kate, całą uwagę skupiając na przeprowadzeniu Misty zatłoczonymi alejkami. — Zna rytuał.

Przed nimi wyrastała główna, kryta arena — imponująca konstrukcja z miejscami siedzącymi dla setek widzów. Obok jeźdźcy pracowali z końmi na rozprężalniach, tworząc wirujący wzór ruchu, który Bena skojarzył się z pływakami synchronicznymi: każda para utrzymywała ostrożny dystans od pozostałych mimo ograniczonej przestrzeni.

— Tam jest nasz boks — powiedziała Kate, kiwając głową w stronę rzędu stanowisk. — Numer 47.

Gdy podeszli, Ben zauważył czekającą na nich Zoe, która wyjmowała rzeczy z dużego plastikowego pudła. Brytyjska terapeutka manualna koni uśmiechnęła się na powitanie.

— Wszystko przygotowałam — zawołała. — Wiadro z wodą jest napełnione, a siatkę na siano powiesiłam.

— Idealnie, dzięki — odparła Kate, wprowadzając Misty do boksu. Natychmiast zaczęła zdejmować z niej ekwipunek transportowy, starannie sprawdzając nogi, czy klacz nie nabawiła się w drodze jakiegoś urazu.

Ben oparł się o drzwi boksu, obserwując to, co działo się wokół. W przeciwieństwie do skupionych, samowystarczalnych przygotowań Kate, większość innych zawodników zdawała się funkcjonować w samym centrum małych trąb powietrznych. W boksie naprzeciw jeździec w nieskazitelnych białych bryczesach dyrygował trojgiem luzaków, z których każdy zajmował się innym koniem. Inna zawodniczka niedaleko siedziała, przewijając telefon, podczas gdy dwoje ludzi czyściło jej wierzchowca.

— Na te zawody jesteście tylko we dwie? — zapytał Ben, gestem obejmując też Zoe, która właśnie rozkładała rząd Kate na stojaku.

Kate skinęła głową, przeciągając szczotką po lśniącej sierści Misty. — Tak, i mam szczęście, że Zoe poproszono o terapię manualną koni innej zawodniczki, więc może mi podać rękę. Często działam sama.

— Ale prawie każdy wygląda, jakby miał tu małą armię — zauważył Ben. — To normalne?

— Na tym poziomie? W zasadzie tak — powiedziała Kate, przerywając na moment czyszczenie, by zerknąć na zegarek. — Większość zawodników Grand Prix ma dwa, trzy konie topowe i kilka na niższych poziomach. Duże ośrodki potrafią mieć osiem i więcej koni startujących, etatowych luzaków i praktykantów.

— A ja myślałem, że pisanie jest konkurencyjne — mruknął.

Kąciki ust Kate drgnęły, jakby tłumiła uśmiech. — Z roku na rok sport robi się bardziej profesjonalny. Bardziej wyspecjalizowany. I droższy. — Poklepała ciepło szyję Misty, po czym wzięła grzebień, podzieliła grzywę na pasma i zaczęła zaplatać ją w koreczki. — W porównaniu z innymi jesteśmy niewielką stajnią. Mam młodego konia na poziomie Medium, ale dostał parę miesięcy przerwy po paskudnym ropniu kopyta, który się przebił, więc teraz startuję tylko na Misty.

— Jakość ponad ilość — podsumowała Zoe, wyjmując marynarkę konkursową Kate z pokrowca.

Ich rozmowę przerwało poruszenie na końcu rzędu boksów. Zajechała lśniąca, czarna ciężarówka na zamówienie ze złotymi literami, a wokół zebrał się mały tłum, by popatrzeć na rozładunek. Ben rozpoznał Vanessę Hughes, która zeszła z kabiny i ruszyła do stajni, ubrana w najwyraźniej nowiutki strój startowy — od wypolerowanych butów po taliowaną marynarkę.

Za nią podążała kobieta, która mogła być tylko matką Vanessy — jej projektowany garnitur lepiej pasowałby do sesji zdjęciowej niż do pracującej stajni. Za nimi luzak opuścił rampę i wyprowadził Cavaliera, a gniady ogier lśnił, jakby ktoś wypolerował mu sierść.

— Skoro mowa o wypasionych ekipach — parsknęła Zoe.

Pojawienie się Vanessy wywołało falę zainteresowania. Zawodnicy zerkali ukradkiem, oceniając konia i amazonkę. Luzak zaprowadził Cavaliera do przydzielonego boksu, a Vanessa z matką lustrowały otoczenie, obie z identycznym wyrazem uważnej oceny.

— Wejście z przytupem — skomentował Ben cicho do Kate.

— Rodzina Hughesów nigdy nie przepuszcza okazji, żeby zrobić wrażenie — odparła Kate tonem neutralnym, nie przerywając pracy; zaplot po zaplocie, gumka na końcu, potem zgrabne podszycie koreczka. — Cavalier przynajmniej zasługuje na zachwyt. To piękne zwierzę. Proponowałam, że zabiorę go razem ze sobą — Misty nie ma rui, więc podróżowaliby bez problemu — ale odmówili. — Kąciki jej ust drgnęły. — Ta ciężarówka jest zupełnie nowa. Kosztowała prawie tyle co Cavalier. A luzak to austriacki backpacker, którego znaleźli... i tak się składa, że jego ojciec jeździ w Hiszpańskiej Szkole Jazdy w Wiedniu.

Ben patrzył, jak Vanessa apodyktycznymi gestami wydaje luzakowi polecenia, wskazując, gdzie ma trafić każdy element sprzętu. Kontrast między jej bezosobowym podejściem a osobistą troską Kate o Misty nie mógł być wyraźniejszy.

Kate szybko skończyła koreczki Misty, wkrótce osiodłała klacz i poprowadziła ją na jedną z rozprężalni. Ben i Zoe poszli za nimi, niosąc kilka rzeczy potrzebnych Kate do rozgrzewki. Na placu do rozprężenia Kate wsiadła na Misty z płynną gracją, usiadła pewnie w siodle i spokojnie wyregulowała wodze. Wokół inni jeźdźcy wykonywali efektowne ruchy, niektórzy wyraźnie popisywali się dla publiczności równie mocno, co przygotowywali do startu.

Kate, w przeciwieństwie do nich, zaczęła od prostych ćwiczeń w stępie, skupiona wyłącznie na Misty.

— Jest teraz w swojej strefie — powiedziała Zoe, stając obok Bena. — Kiedy Kate jeździ, reszta świata dla niej znika.

Ben skinął głową — doskonale to rozumiał. To był ten sam stan, w który wpadał, gdy pisanie szło mu dobrze: tunel koncentracji, w którym zewnętrzne sprawy przestawały istnieć. Patrząc, jak Kate przechodzi przez kolejne elementy rozgrzewki, jak porozumiewa się z Misty tak subtelnie, że niemal niewidocznie, Ben poczuł na nowo podziw dla jej umiejętności i dla tej jednowątkowej uwagi, która czyniła ją jednocześnie wymagającą współlokatorką i fascynującą bohaterką tekstu.

— Pójdę się chyba rozejrzeć — powiedział cicho do Zoe, a ta skinęła.

— Jasne. — Rzuciła mu szybkie, boczne spojrzenie. — Właśnie słyszałam, że wzywają zawodników do strefy zbiórki na klasę Prix St. George. Jeśli będziesz mógł obejrzeć przejazd Vanessy, Kate na pewno będzie chciała wiedzieć, jak poszło.

— Nie wiem, czy laik wniesie coś sensownego — powiedział Ben — ale pójdę popatrzeć.

Zawody trwały już od kilku godzin: najpierw zaplanowano niższe klasy, a kulminacją miał być Grand Prix w wczesne popołudnie. Ben znalazł miejsce przy ogrodzeniu głównej areny; jego wzrost pozwalał mu widzieć ponad głowami innych widzów. Wypatrzył Vanessę i Cavaliera krążących w strefie zbiórki, czekających na dzwonek rozpoczynający ich przejazd w Prix St. George. Ruch gniadego ogiera był precyzyjny, ale nieco sztywny — Vanessa trzymała go w mocno zebranym ustawieniu, które wyglądało bardziej na skrępowanie niż zwykle.

Zabrzmiał dzwonek i Vanessa poprowadziła Cavaliera po linii środkowej; ich wjazd wywołał wdzięczne pomruki na trybunach. Ben musiał przyznać, że prezentują się imponująco: drogi koń połyskiwał miedzianą sierścią, jego koreczki były jeszcze bardziej nieskazitelne niż u Misty, a sylwetka Vanessy na jego grzbiecie była nienagannie prosta. Zatrzymali się na X, Cavalier stanął równo i uważnie, po czym Vanessa płynnie zasalutowała sędziom.

Potem nastąpił technicznie sprawny pokaz, każdy element wykonany z dużą starannością. Ben, wciąż uczący się wychwytywać subtelności ujeżdżenia, widział, że Cavalier odpowiada poprawnie na pomoce Vanessy. Zmiany nogi w locie, które na treningach sprawiały tyle kłopotów, teraz wchodziły na sygnał — ogier zmieniał nogę prowadzącą w powietrzu zgodnie z układem.

A jednak czegoś brakowało. Po obejrzeniu treningów Kate i Misty Ben dostrzegał różnicę od razu. Tam, gdzie Kate i Misty poruszały się jak jedno, Vanessa i Cavalier działali jak jeździec i pojazd — komunikacja była czysto mechaniczna. Cavalier wykonywał każdą prośbę, ale jego uszy nerwowo wodziły to w tył, to w przód, wyraz oka był napięty, nie zaangażowany, a dłonie Vanessy nieustannie trzymały mocno wodze; na jej twarzy malowało się napięcie.

— Ma go pod kontrolą, ale nie ma w tym radości — skomentowała stojąca obok Bena widzka do swojej towarzyszki.

Ben zerknął na mówiącą — średniego wieku kobietę w stroju jeździeckim, która najwyraźniej znała się na rzeczy. Jej ocena pokrywała się z jego niepewnym wrażeniem i utwierdzała go w zrozumieniu, że ujeżdżenie to coś więcej niż „koń robi sztuczki".

Vanessa wykonała ostatni element i zatrzymała się na X, salutując sędziom z pewnym uśmiechem sugerującym, że spodziewa się niezłych not. Nawet nie poluzowała wodzy ani nie poklepała spoconej szyi Cavaliera, gdy opuszczali czworobok; jej postawa pozostała sztywna nawet w tej chwili zakończenia.

Ben spojrzał na tablicę wyników, ciekaw, jak sędziowie ocenią przejazd. Wokół zawodnicy i widzowie szeptem snuli domysły.

— Techniczne oceny będą dobre, ale artystyczne... — mruknęła jakaś kobieta, urywając z lekkim potrząśnięciem głową.

— Ja to nie wiem nawet, czy te techniczne — powiedziała dość głośno inna amazonka. — Sędziowie ostatnio ostro tępią rollkur, a on był przez większość przejazdu za wędzidłem; biedak wyglądał, jakby miał szyję złożoną na pół! Ona trenuje u Kate McKenzie? Kate zerwie z niej pasy, jeśli to widziała!

Na wyświetlaczu pojawiły się noty i przez tłum przebiegł szmer. 48,2 procent. Wynik dawał Vanessie drugie miejsce od końca na dziesięciu zawodników dotąd, a zostało jeszcze trzech.

Ze swojego miejsca Ben widział, jak Vanessa spogląda na tablicę i jak dociera do niej wynik. Uśmiech momentalnie zastąpiła furia.

Nie zważając na grzeczne brawa, Vanessa ostro skręciła Cavaliera i ruszyła z powrotem do stajni, a jej matka kroczyła obok z zaciśniętą miną sugerującą, że ktoś bardzo szybko usłyszy o tym rozczarowaniu.

Ben zawahał się, po czym ruszył za nimi w dyskretnym oddaleniu. Czuł, że szykuje się moment wiele mówiący — ten rodzaj surowej reakcji, który oświetla charakter lepiej niż jakiekolwiek zwycięstwo — i nie potrafił odmówić sobie zobaczenia, co będzie dalej.

Gdy dotarł do stajni, Vanessa zdążyła zsiąść i rozglądała się za luzakiem, którego teraz nigdzie nie było widać. Matka Vanessy również zniknęła — być może poszła porozmawiać z oficjelami; Ben pomyślał, że wygląda na kogoś, kto potrafi zrugać sędziów. Vanessa wpadła do boksu Cavaliera sama, a ogier podążył za nią nerwowo.

To, co stało się potem, ścisnęło Benowi żołądek. Vanessa odwróciła się na pięcie do Cavaliera, a jej głos podniósł się na tyle, że dotarł tam, gdzie stał Ben.

— Masz być wart pół miliona dolarów! — syknęła, zrzucając całkowicie opanowaną maskę. — Dlaczego nie możesz po prostu dać mi tego, czego potrzebuję? Jeden prosty przejazd, tylko tyle!

Cavalier cofnął się, ile pozwalał boks, uszy latały mu nerwowo to w tył, to w przód. Rozszerzone chrapy łapały powietrze, gdy próbował pojąć gniew amazonki; uniesiona głowa i biel oka zdradzały, jak bardzo niepokoi go jej ton, choć nie miał dokąd uciec.

— Tyle treningu, tyle lekcji, a ty wciąż nie potrafisz pojechać, kiedy to się liczy — ciągnęła Vanessa, a jej głos drżał z frustracji. — Wiesz, jak to jest żenujące? Prawie ostatnie miejsce! Po wszystkim, co w ciebie włożyliśmy!

Cavalier nerwowo się przesunął, stukając zadem w tylną ścianę boksu. To tylko dolało oliwy do ognia — Vanessa wyostrzyła gesty i dalej beształa zdezorientowane zwierzę. Obok Bena stanął wynajęty austriacki luzak; miał rozdziawione usta ze zgrozy, słysząc Vanessę. Chłopak nie wiedział, gdzie się podziać.

— On naprawdę się dla Pani stara, Vanessa — spokojny głos Kate przeciął potok słów, gdy wychynęła z sąsiedniego korytarza. — Może spróbuje Pani pochwalić to, co mu wyszło?

Vanessa odwróciła się gwałtownie, a gdy zorientowała się, że ktoś ją usłyszał, twarz pociemniała jej ze wstydu — na ułamek sekundy — po czym znowu zastygła w obronnym gniewie.

— To prywatna rozmowa — odrzekła sztywno. — Nie przypominam sobie, żebym prosiła Panią o opinię.

— Konie nie rozumieją pojęcia prywatnych rozmów — odparła stanowczo Kate. — Rozumieją tylko, że ktoś, komu ufają, nagle jest na nich zły z powodów, których nie pojmują.

Cavalier nieco się uspokoił po pojawieniu się Kate; uszy nastawił do przodu, jakby liczył, że wyjaśni mu, o co chodzi jego amazonka.

— Nie potrzebuję wykładu z psychologii koni — warknęła Vanessa, choć wyraźnie ściszyła głos. — Miałyśmy rozczarowujący przejazd i mam prawo do swoich uczuć.

— Oczywiście, że ma Pani — przytaknęła Kate. — Tyle że kierowanie tych uczuć w stronę Cavaliera nie poprawi kolejnego występu. Proszę mi powiedzieć, co poszło dobrze.

Postawa Vanessy pozostała sztywna, ale coś w słowach Kate przebiło się przez złość. Zerknęła na Cavaliera, który obserwował ją ostrożnie, i ramiona odrobinę jej opadły.

— Zmiany w locie były lepsze — przyznała niechętnie.

— No więc to jest postęp, który warto docenić — odparła równym tonem Kate.

Zapadła napięta cisza. Ben na moment złapał wzrok Kate. Dała mu ledwie dostrzegalny znak przeczenia, jakby mówiąc, że wie dokładnie, czemu tu jeszcze stoi, ale wolałaby załatwić to bez publiczności.

— Muszę wracać do Misty — powiedziała po chwili Kate. — Moja klasa zaczyna się za moment. Jestem druga od końca, ale muszę się przygotować.

Vanessa sztywno skinęła głową i odwróciła się do Cavaliera, jakby zbierając się w sobie. Gdy Kate odeszła, Ben zauważył, jak natychmiast przerzuciła fokus na własne przygotowania, zostawiając rozczarowanie Vanessy za sobą, jakby zamknęła za sobą drzwi.

— Proszę się zająć tym koniem — powiedział Ben cicho do młodego Austriaka. — Bo nie sądzę, żeby jego amazonka to zrobiła.

Gdy przyszła pora przejazdu Kate, atmosfera na głównej arenie zgęstniała. Trybuny wypełniły się znacznie bardziej — widzowie wiedzieli, że właśnie rozgrywa się najważniejsza rywalizacja dnia. Ben zajął miejsce przy ogrodzeniu blisko wjazdu, chcąc mieć niczym nieprzesłonięty widok na występ Kate i Misty. Stawka wydawała się teraz wyższa, a ściszone rozmowy dookoła były gęsto przetykane wzmiankami o kwalifikacjach do kadry narodowej. To nie były zwykłe zawody; dla takich jeźdźców jak Kate stanowiły kluczowy stopień w drodze do najwyższych ambicji.

Ben wyciągnął telefon, włączył aparat i dostosował ustawienia. Powtarzał sobie, że to wyłącznie do researchu, materiał odniesienia do pisania, ale nie mógł zaprzeczyć, jak bardzo osobiście przeżywa sukces Kate. Mimo ich umowy o trzymaniu granic po tamtym pocałunku coraz bardziej przyciągała go jej skupiona determinacja, cicha kompetencja i te rzadkie, lecz prawdziwe uśmiechy.

Poprzedni zawodnicy robili wrażenie, ich konie wykonywały złożone ruchy z precyzją. Ale kiedy spiker wywołał imię Kate, przez tłum przebiegła fala rozpoznania, a pojedyncze pomruki sugerowały, że Kate McKenzie to w tym świecie ktoś znany, zawodniczka warta uwagi.

Kate i Misty wjechały w zebranym kłusie, a srebrzysta sierść klaczy lśniła w światłach areny. Nawet dla teraz już nieco wyrobionego oka Bena jakość ruchu Misty była natychmiast oczywista: nogi unosiły się z naturalną wyniosłością, o którą inne konie jakby musiały się silić.

— To jest prawdziwa kadencja — skomentował ktoś w pobliżu z uznaniem. — Nie sztucznie robiona. I spójrz na tę miękkość szyi!

To, co nastąpiło, nie przypominało niczego, co Ben widział w poprzednich przejazdach. Tamte pary prezentowały umiejętności techniczne, a Kate i Misty pokazały wyraz i grację — prawdziwe partnerstwo. Każde przejście płynnie przechodziło w kolejne, wyraz klaczy był czujny i chętny, a uszy bez przerwy strzygły w stronę Kate, jakby nie mogąc się doczekać następnej prośby swojej amazonki.

Piaff, czyli kłus w miejscu, który u innych koni wyglądał na wymuszony, pod kopytami Misty zamienił się w taniec ujarzmionej mocy. Zdawała się unosić, unosząc i stawiając nogi z rytmiczną precyzją, prawie nie posuwając się do przodu, a ruch emanował jakby z głębi jej ciała, a nie był sztucznie kreowany.

Najbardziej uderzająca dla Bena była niemal niewidoczność pomocy Kate. Tam, gdzie u Vanessy wyraźnie poruszały się ręce i łydki, ciało Kate pozostawało tak nieruchome, że komunikacja koń—jeździec wydawała się niemal telepatyczna. Tylko od czasu do czasu subtelne przeniesienie ciężaru albo ledwie dostrzegalny ruch palców na wodzach zdradzał, że aktywnie prowadzi Misty przez program.

Wraz z trwaniem przejazdu tłum stawał się coraz cichszy, zwykły szmer i szemranie widzów ustąpiły miejsca uważnej ciszy. Ben oderwał wzrok od ekranu telefonu, żeby rozejrzeć się po twarzach wokół, i zobaczył na nich to samo skupione uznanie, które sam czuł.

— Tak to powinno wyglądać — skomentował starszy pan obok do swojej towarzyszki. — Elementy techniczne mają służyć wyrazowi artystycznemu, a nie odwrotnie.

Gdy Kate i Misty zbliżyły się do najtrudniejszego fragmentu — serii zmian lotnych co foule po przekątnej — Ben znów złapał się na tym, że wstrzymuje oddech. Widział już dość treningów, by wiedzieć, jak wymagające są to ruchy: koń musi przy każdym foule zmieniać nogę wiodącą w czymś na kształt skakanego kroku w powietrzu. Misty wykonała je z taką płynnością i gracją, że wyglądały na bezwysiłkowe, każda zmiana idealnie wpasowana w niewidzialny rytm, który Kate z pewnością czuła, ale nie dawała na zewnątrz żadnego znaku, że cokolwiek liczy.

Następne figury sprowadziły je na środek czworoboku, gdzie Misty wykonała piruet w galopie, obracając się w miejscu przy zachowaniu chodu w pokazie równowagi, który zdawał się przeczyć fizyce. Potem, zgodnie z programem, płynnie przeszła do pasażu, następnie do kłusa wyciągniętego, prezentując rozległość wykroku, by w końcu wrócić do kłusa zebranego i ostatecznego zatrzymania na X.

Misty stanęła idealnie równo, z dumnie wygiętą szyją, a Kate raz jeszcze zasalutowała sędziom. Przez krótką chwilę nad areną zapanował absolutny bezruch. A potem, jakby czar prysnął, tłum wybuchł spontanicznymi brawami. Ben przyłączył się do oklasków, na moment zapominając o telefonie.

Twarz Kate rozjaśnił uśmiech czystej radości i zupełnie puściła wodze, by zarzucić ramiona na szyję Misty, mocno przytulając klacz. — Jaka ty jesteś dzielna. Cudowna dziewczynka! — Ben słyszał jej okrzyki nawet ze swojej pozycji, w połowie drogi przez tę ogromną przestrzeń.

— Och — powiedział ktoś tuż za Benem.

— Miło widzieć taką więź — przytaknął starszy pan, kiwając głową. — I spójrz na tę klacz; ani drgnie, chociaż amazonka puściła wodze! Właśnie to lubię oglądać.

W końcu Kate podjęła wodze, ruszyła Misty i opuściła czworobok, by zrobić miejsce następnej parze. Wciąż promieniała uśmiechem.

Ben spojrzał na tablicę wyników, nerwowo przygryzając dolną wargę. Gdy pojawił się końcowy procent, reakcja publiczności była natychmiastowa i entuzjastyczna.

— 78,4 procent — powiedział starszy pan z wyraźnym podziwem w głosie. — To powinno postawić ją mocno na celowniku selekcjonerów.

Ben uśmiechnął się, szczerze radując się z sukcesu Kate. Wynik ewidentnie oznaczał znaczące osiągnięcie, które mogło realnie popchnąć do przodu jej sportowe ambicje. Jego wzrok powędrował z tablicy po tłumie widzów i zawodników, wyłapując ich reakcje — dopisywał je w myślach do swojego notatnika.

Niedaleko, częściowo zasłoniętą przez filar, dostrzegł Vanessę. Jej twarz była złożonym studium sprzecznych emocji: usta zaciśnięte w wąską kreskę, oczy zwężone, gdy patrzyła na rozwijające się wokół świętowanie. Nawet z daleka Ben potrafił odczytać burzę zazdrości i urazy, tym bardziej uderzającą, że próbowała ją ukryć pod pozorem wyważonej obojętności.

Została już tylko jedna para do przejazdu, a gdy i ten test dobiegł końca, tablica wyników wyświetliła ostateczne miejsca. Kate i Misty nie tylko wygrały, miały też ponad 4 punkty procentowe przewagi nad drugą parą.

Kiedy spiker wezwał dekorowane zawodniczki do powrotu, Vanessa gwałtownie się odwróciła. Przepchnęła się przez grupę widzów, nie zadając sobie trudu, by przeprosić za potrącenie, i zniknęła w stronę stajni, zanim Kate w ogóle wjechała ponownie na rundę honorową.

Ben znów zwrócił uwagę na wjazd, gdy pojawiły się Kate i Misty. Klacz jakby rozumiała wagę sukcesu: jej krok był sprężystszy, a noszenie się — jeszcze dumniejsze niż przedtem. Wyraz Kate był teraz profesjonalnie opanowany, ale Ben widział iskrę w jej oczach i cień uśmiechu w kąciku ust, który zdradzał, że musi powściągać radość.

Runda honorowa przebiegła z należną powagą: dekorowane zawodniczki zatoczyły koło po arenie wśród odnowionych oklasków, po czym zatrzymały się w szyku do fotografii, przypięto rozety do ogłowi ich koni, a Misty dodatkowo otrzymała specjalną derkę zwycięzcy. Przez cały czas Kate zachowywała klasę, przyjmując gratulacje z uprzejmymi skinieniami głowy i utrzymując Misty w idealnej pozycji. Dopiero gdy wezwano je do honorowego kółka, Ben uchwycił bardziej szczery uśmiech: Kate pochyliła się, by szepnąć Misty coś do ucha, a jej dłoń z nieomylną czułością gładziła szyję klaczy, gdy w galopie mijały trybuny wśród entuzjastycznych braw.

W tej chwili, patrząc na powściągliwe świętowanie Kate, Ben zrozumiał coś podstawowego o jej charakterze. Liczyło się zwycięstwo, liczył się wynik, ale najważniejsze było partnerstwo, które umożliwiło jedno i drugie — więź kobiety z koniem, wykraczająca poza rozetki i procenty. I złapał się na tym, że z niespodziewaną intensywnością pragnie, by świat dostrzegł tę jakość równie wyraźnie jak on.

Strefa stajenna tętniła energią po zawodach: mieszaniną gratulacji, pocieszeń i nieuchronnych analiz, które następują po każdym ważnym wydarzeniu sportowym. Ben zatrzymał się na skraju zbiegowiska, obserwując, jak

Kate staje się centrum niewielkiego, ale zdeterminowanego tłumku. Misty stała cierpliwie u boku Kate, od czasu do czasu szturchając nosem kieszeń amazonki wyraźną prośbą o smakołyki, błogo nieświadoma, że właśnie stała się jedną z najbardziej obiecujących australijskich klaczy ujeżdżeniowych.

Ben rozpoznał wyrachowane podejście elegancko ubranych osób, które teraz zmierzały do Kate. W przeciwieństwie do swobodnych gratulacji od innych zawodników ci ludzie poruszali się z wyraźnym celem, a z drogich skórzanych teczek pojawiały się wizytówki i broszury. Przedstawiciele sponsorów, z firmowymi logotypami dyskretnie widocznymi na szytych na miarę polo lub skromnych przypinkach w klapie. Wśród nich stała nieco z boku bardziej stonowana trójka, naradzając się po cichu, zanim z powagą sędziów ogłaszających werdykt podeszła do Kate.

— Selekcjonerzy kadry — szepnęła Zoe, pojawiając się u boku Bena z siodłem Misty w ramionach, po tym jak przemknęła przez tłum, by szybko je zdjąć. — Ten w granatowej marynarce to dyrektor ds. wysokiego wyczynu w Equestrian Australia.

Ben skinął głową, rozumiejąc wagę chwili. To nie byli tylko życzliwi gratulanci; reprezentowali potencjalne ścieżki do najważniejszych ambicji Kate — strażników marzeń olimpijskich i startów międzynarodowych.

Najbardziej imponowała mu jednak postura Kate. Mimo że dopiero co ukończyła niezwykle wymagający przejazd, stała prosto, odpowiadała rzeczowo, a jej uwaga zdawała się niepodzielona, gdy każda kolejna osoba podchodziła z rozmową. Tylko lekko ciemniejsza plama potu na koszuli startowej i delikatne napięcie wokół oczu zdradzały fizyczne i mentalne zmęczenie, które musiała odczuwać.

— Jest świetna w tej części — zauważył Ben po cichu do Zoe.

— Musi — odparła Zoe. — Sponsorzy chcą nie tylko wyników; chcą też właściwego wizerunku. Kate zna zasady gry.

W końcu selekcjonerzy podeszli, rozmowa była krótsza, ale wyraźnie bardziej znacząca. Dyrektor ds. wysokiego wyczynu wskazał na Misty z autentycznym podziwem, a jego współpracownicy kiwali głowami z profesjonalną oceną wypisaną na twarzach.

— Dobry znak — szepnęła Zoe, całym ciałem starając się wychwycić urywki rozmowy.

Po blisko 40 minutach takich interakcji Kate wreszcie zdołała się wyplątać, grzecznie, lecz stanowczo zaznaczając, że Misty potrzebuje uwagi. Zaczęła prowadzić klacz z powrotem do stajni, a Zoe pospieszyła, by torować im przejście przez grupki wciąż składających gratulacje.

Ben podążył w dyskretnej odległości, obserwując subtelną zmianę w postawie Kate, gdy oddalała się od widoku publicznego: ramiona odrobinę się rozluźniły, krok wydłużył, niosła się już nie prezentacyjnie, a po prostu z celem. Teraz wyglądała na zmęczoną, a maska sportowej ogłady zaczynała się zsuwać w tej względnej prywatności drogi do boksu Misty.

Prawie dotarły do stajni, gdy na ich drodze stanęła matka Vanessy.

— Kate, kochanie — zawołała tonem niosącym wyćwiczone ciepło kogoś, kto nauczył się używać uroku jako taktyki. — Cóż za wspaniały przejazd. Po prostu wybitny.

Kate zatrzymała się, widocznie na nowo przywołując profesjonalny fason. — Dziękuję, Pani Hughes.

— Elizabeth, proszę — nalegała kobieta, na moment kładąc wypielęgnowaną dłoń na ramieniu Kate. — Vanessa jest tak zainspirowana twoim sukcesem. Studiuje twoją technikę z nabożeństwem, wiesz?

Ben trzymał się z tyłu, z zainteresowaniem obserwując tę interakcję. W podejściu Pani Hughes, mimo uprzejmych słów, było coś drapieżnego — poczucie wyrachowanego celu pod towarzyskimi uprzejmościami.

— To bardzo miłe — odparła Kate, odruchowo głaszcząc szyję Misty. — Słyszałam, że Vanessa bardzo dobrze pojechała dziś zmiany lotne.

— Tak, robi postępy — zgodziła się Pani Hughes, a jej uśmiech nie całkiem sięgał oczu. — Tylko że tak mocno zainwestowaliśmy w Cavaliera, a jego usługi stanówkowe nie budzą takiego zainteresowania, jakiego oczekiwaliśmy. — Ton jej głosu nieznacznie się zmienił, stając się bardziej bezpośredni. — Może podzieliłabyś się jakimiś strategiami marketingowymi? Wasz ogier, Legend, jest podobno tak popularny, mimo swojego... zróżnicowanego rodowodu.

Ben zauważył, że sylwetka Kate niemal niezauważalnie stężała, choć wyraz twarzy pozostał uprzejmie neutralny.

— Od dekad działamy w hodowli — powiedziała ostrożnie. — Reputację buduje się latami. Cavalier jest wciąż młody, dopiero się sprawdza.

— Oczywiście, oczywiście — przytaknęła szybko Pani Hughes. — Ale na pewno są jakieś techniki, kontakty, którymi mogłabyś się podzielić? Zawodowa uprzejmość między koleżankami po fachu? — Pochyliła się bliżej, ściszając głos. — Chętnie sprawimy, by było to dla ciebie opłacalne. Może jakieś specjalne porozumienie? Cavalier pięknie dopełniłby jedną z waszych klaczy.

W tym momencie Misty potrząsnęła niecierpliwie głową, zadźwięczały kiełzna i rozmowa została skutecznie przerwana. Kate wykorzystała okazję.

— Naprawdę muszę teraz zająć się Misty — powiedziała stanowczo. — Dziś ciężko pracowała i zasługuje na właściwą opiekę.

Uśmiech Pani Hughes odrobinę się naprężył. — Oczywiście, konie muszą być na pierwszym miejscu. Ale może mogłybyśmy wrócić do tej rozmowy później? Może przy drinku? Widzę wielki potencjał do obopólnie korzystnej współpracy.

Ben rozpoznał w oczach Kate błysk uwięzienia, muśnięcie paniki, które przemknęło po jej twarzy — zmęczenie utrudniało utrzymanie zwyczajowych dyplomatycznych barier. Wystąpił więc naprzód, celowo włączając się do rozmowy.

— Przepraszam, że przerywam — powiedział, wyciągając dłoń do Pani Hughes z przyjaznym uśmiechem. — Ben Crossley. Jestem projektem badawczym Kate.

Pani Hughes mrugnęła, na moment zbita z tropu tą niespodziewaną prezentacją. — Projektem badawczym?

— Do mojej następnej książki — podjął gładko Ben. — Piszę kryminały i robię research w świecie jeździeckim. Kate uprzejmie pozwoliła mi jej towarzyszyć, żeby złapać autentyczne detale. Wie Pani, czytelnicy od razu wyłapują, kiedy coś się nie zgadza.

— Pisarz? — Uwaga Pani Hughes przesunęła się i na nowo oceniła Bena z zainteresowaniem. — Och. Tak, Vanessa wspominała. Jakie to były książki?

— Thrillery kryminalne — odparł Ben, celowo podkreślając swój wzrost, prostując się do pełnych sześciu stóp i siedmiu cali. — Ostatnia opowiadała o świecie fałszerstw sztuki, gdzie stawka jest bardzo wysoka. Aktualna bada, jak pasja i obsesja potrafią zacierać granice etyczne. — Uśmiechnął się beznamiętnie. — Zdziwiłaby się Pani, do czego zdolni są pozornie zwyczajni ludzie, kiedy są odpowiednio zmotywowani.

Kate wykorzystała chwilę odwrócenia uwagi. — Jeśli Pani nas usprawiedliwi, Pani Hughes. Ben, mógłbyś pomóc Zoe ze sprzętem?

— Oczywiście — zgodził się Ben, skinął uprzejmie Pani Hughes i ruszył za Kate, która już zdecydowanie prowadziła Misty do jej boksu.

Kiedy odchodzili, Ben zauważył napięcie w ramionach Kate i zaciśnięte usta, czego nie było widać nawet pod presją przejazdu. Blask zwycięstwa zdawał się już przygasać pod ciężarem cudzych oczekiwań i żądań.

— Dzięki za ratunek — powiedziała cicho, gdy znaleźli się poza zasięgiem słuchu. — Nie byłam pewna, czy mam w sobie jeszcze jeden grzeczny unik.

— Cała przyjemność po mojej stronie — odparł Ben. — Choć podejrzewam, że właśnie stałem się celem networkingowych ambicji Pani Hughes.

— Lepiej ty niż ja — uśmiechnęła się zmęczona Kate. — Przynajmniej wyjeżdżasz za kilka miesięcy. Ja z rodziną Hughesów muszę sobie radzić bez końca.

Ben patrzył, jak znów skupia się na Misty: delikatnie zdjęła ogłowie i sięgnęła po wilgotną ściereczkę, by zetrzeć pot spod uszu klaczy. Nawet teraz, po triumfie i ze zmęczeniem wypisanym w każdej linii ciała, Kate przede wszystkim myślała o komforcie konia, a swoje potrzeby odkładała na później.

— Byłaś dziś wspaniała — powiedział po prostu. — Obie.

Kate uniosła wzrok, a na jej twarzy mignęło zaskoczenie szczerością jego tonu. Na moment profesjonalna maska opadła całkiem, odsłaniając prawdziwy uśmiech, który dotarł do oczu i rozświetlił zmęczone rysy ciepłem.

— Dziękuję — odparła miękko. — To znaczy więcej, niż ci się wydaje.

Chwila zawisła między nimi, cicha nić porozumienia, która wydawała się ważniejsza niż publiczne pochwały i zawodowe uznanie. Wtedy Misty szturchnęła ramię Kate niecierpliwie, przerywając czar i wywołując u amazonki cichy śmiech.

— Tak, wiem — powiedziała do klaczy, sięgając po szczotkę. — To ty jesteś tu prawdziwą gwiazdą i należy ci się porządne dopieszczenie.

Gdy Ben ruszył, by pomóc Zoe zacząć bezpiecznie pakować wszystko z powrotem do ciężarówki, złapał się na refleksji nad złożonym światem, który dziś zobaczył — światem łączącym artyzm i biznes, autentyczną pasję i wyrachowaną korzyść. A w samym jego centrum była Kate

McKenzie, płynąca przez te prądy z gracją, która nie miała nic wspólnego z dosiadem, a wszystko — z charakterem.

Rozdział
dziewiąty

W STAJNI PANOWAŁA CISZA, przerywana jedynie łagodnymi odgłosami koni szykujących się do snu. Kate stała w boksie Misty, gładząc szyję siwej klaczy, podczas gdy wydarzenia dnia odtwarzały się w jej głowie w nieskończonej pętli. Były w domu już od kilku godzin, a godzinna droga powrotna do Ridgewater upłynęła w zadowolonym, lecz wyczerpanym milczeniu. Na zewnątrz noc zapadła zupełnie, otulając posiadłość mrokiem rozrywanym jedynie przez światła ochronne i srebrną poświatę Księżyca w kwadrze. Wewnątrz stajni znajomy zapach siana i koni otulał Kate jak przytulny koc.

— Spisałaś się dziś znakomicie, dziewczyno — wyszeptała Kate, jej głos ledwie przebijając się ponad miękkie chrzęsty zębów Misty, przeżuwającej wieczorne siano. Uszy klaczy drgnęły na dźwięk głosu Kate, po czym znów powędrowały do przodu; jedzenie bardziej ją interesowało niż pochwały, które i tak słyszała dziś już wiele razy.

Ciało Kate bolało tym szczególnym zmęczeniem, które przychodziło po zawodach; nie tylko fizycznym wyczerpaniem, ale i psychicznym oraz emocjonalnym drenażu po utrzymywaniu idealnej koncentracji przy każdym ruchu, każdej zmianie. Ręce i nogi miała jak z waty, ale umysł nie chciał się wyciszyć. Wciąż widziała ujeżdżalnię, czuła pod sobą potężne ruchy Misty, słyszała uznanie publiczności i wyważone komplementy selekcjonerów.

A potem, niczym niechciany cień, w pamięci pojawił się zaciśnięty, ściągnięty wyraz twarzy Vanessy. Młodsza kobieta całkiem ominęła ceremonię dekoracji, ale zdołała wcisnąć szczególnie złośliwą uwagę, gdy Kate ładowała Misty do koniowozu.

— Konie z własnej hodowli radzą sobie na tym poziomie całkiem nieźle — powiedziała Vanessa, niby zwracając się do swojej luzaczki, ale tak, by głos poniósł się dostatecznie daleko. — Ale na arenie międzynarodowej? — Następujący po tym śmiech był pełen pogardy.

Palce Kate zastygły na szyi Misty. Zbyła tę uwagę w tamtym momencie, zbyt skupiona na tym, by bezpiecznie dowieźć konia do domu, by zawracać sobie głowę zazdrością Vanessy. Ale teraz, w cichej ciemności, zwątpienie zaczęło podgryzać brzegi jej pewności. Czy dzisiaj był tylko wypadkiem przy pracy? Czy ona i Misty zdołają powtórzyć ten przejazd na tyle konsekwentnie, by zapewnić sobie miejsce w kadrze, a jeśli tak, czy udźwigną poziom międzynarodowy?

Dźwięk butów na betonie wyrwał ją z zamyślenia. Kate nie musiała podnosić wzroku, by wiedzieć, kto nadchodzi;

rozpoznawała charakterystyczny rytm długiego kroku Bena.

— A, tu jesteś — powiedział łagodnie Ben, zjawiając się przy drzwiach boksu. Oparł swą wysoką sylwetkę o ościeżnicę. — Myślałem, że wciąż tu będziesz.

Kate zdobyła się na zmęczony uśmiech, ale nie odsunęła się od Misty. — Chciałam się upewnić, że jest spokojna. Dla koni dni zawodów też są stresujące.

— Wygląda na całkiem zadowoloną — zauważył Ben, skinieniem głowy wskazując Misty, która ledwie odnotowała jego przybycie, zbyt zajęta siatką z sianem. — Jej człowiek z kolei wygląda, jakby przydał mu się porządny odpoczynek.

— Nic mi nie jest — odruchowo odpowiedziała Kate, tak automatycznie, że nie wymagało to namysłu.

Brwi Bena nieznacznie się uniosły. — Byłaś dziś niesamowita — powiedział, jego głos obniżył się, bardziej intymny w cichej stajni. — Wy obie.

Kate spróbowała spławić komplement wzruszeniem ramion, lecz coś w szczerości jego spojrzenia sprawiło, że zwyczajowa zbywająca riposta zabrzmiała pusto. Odwróciła się, udając, że sprawdza wiadro z wodą Misty, nie chcąc, by zobaczył nagłe pieczenie łez w jej oczach.

— Naprawdę? — zapytała ciszej, niż planowała. — Vanessa już wszystkim opowiada, że po prostu miałam farta. Może tak było. — Wzięła drżący oddech, zaskoczona słowami, które same się potoczyły. — Mam już dość walki o każdy skrawek szacunku, ciągłego udowadniania, że coś potrafię, tylko dlatego, że nie kupuję koni za sześciocyfrowe kwoty.

— To nie było szczęście — powiedział Ben łagodnie, ale stanowczo. — Zapracowałaś na to. Na wszystko. Każdy, kto dziś na was patrzył, to widział.

Kate szybko zamrugała, próbując odzyskać panowanie nad sobą. Triumfy i napięcia dnia pozostawiły ją zaskakująco kruchą, a zwyczajowe emocjonalne bariery starł z niej wysiłek.

— Widziałem twarze selekcjonerów — ciągnął Ben. — Nie oglądali kogoś, komu akurat się poszczęściło. Patrzyli na kogoś wyjątkowego, z wyjątkowym koniem, którego nikt za ciebie nie uczył wszystkich efektownych sztuczek.

Zdradziecka łza wymknęła się i spłynęła po policzku Kate, zanim zdążyła ją otrzeć. Odwróciła się do Bena plecami, zawstydzona tą nietypową dla niej odsłoną wrażliwości.

— Hej — powiedział miękko Ben. Drzwi boksu zajęczały, gdy je otworzył i wszedł do środka, nie zważając na słomę i kurz, które przyczepią się do jego dżinsów i butów. — Wiesz, można być zmęczoną. Nawet mistrzowie muszą odpoczywać.

Jego obecność za plecami była solidna, stała. Kate pozostała nieruchoma, rozdarta między instynktem trzymania dystansu a przytłaczającą chęcią, by po prostu się o niego oprzeć, pozwolić komuś innemu przez chwilę być silnym.

— Wszyscy czegoś ode mnie chcą — wyszeptała nierównym głosem. — Sponsorzy chcą wypolerowanego wizerunku, selekcjonerzy oczekują powtarzalnych wyników, moi rodzice zostawili mi w spadku ich dziedzictwo, a Vanessa... — Pokręciła głową. — Vanessa chce, żebym wprowadziła ją na szczyt, a sama po drodze poniosła porażkę.

— A czego ty chcesz? — zapytał Ben, już tak blisko, że w chłodnym wieczornym powietrzu czuła bijące od niego ciepło.

To pytanie ją rozbroiło. Kate odwróciła się, nie całkiem podnosząc na niego oczu, i pozwoliła sobie na oparcie się o niego, najpierw tylko ramieniem, badając ten obcy rodzaj poddania. Kiedy się nie odsunął, obróciła się dalej, wciskając twarz w jego pierś, z urywanym oddechem.

Ramiona Bena objęły ją bez wahania, mocno i pewnie. Jedna dłoń spoczęła na jej krzyżu, druga objęła u nasady czaszki, palce delikatnie wplatając się w jej włosy, wciąż lekko usztywnione lakierem po zawodach.

— Trzymam cię — mruknął nad jej głową. — Nie musisz zawsze być tą silną.

Kate poczuła, jak osuwa się na niego, zbyt zmęczona, by utrzymać zwyczajowy fason. Koszula był miękka pod jej policzkiem, a pod nią słyszała równy rytm jego serca. Prosta bliskość drugiego człowieka, bycie trzymaną bez oczekiwań, ścisnęły jej gardło wzruszeniem.

Stali tak dłuższą chwilę, dłoń Bena rysowała powolne kręgi na jej plecach, a oddech Kate stopniowo się wyrównywał. Misty, niezbyt poruszona dramatem ludzi rozgrywającym się w jej boksie, metodycznie przeżuwała siano.

— Chodź — odezwał się w końcu Ben, jego głos zabrzmiał przy jej uchu jak cichy pomruk, który bardziej czuła, niż słyszała. — Na dziś koniec. Daj mi się tobą zająć choć raz. — Odchylił się tyle, by na nią spojrzeć, a w jego oczach było tyle czułości, że aż zapiszczało jej w piersi. — Misty zjadła kolację, daj jej odpocząć.

Kate skinęła głową, nagle zbyt wyczerpana, by dyskutować. Ostatni raz poklepała mocne ramię Misty i pozwoliła Benowi wyprowadzić się z boksu, jego dłoń pewnie spoczywała jej na talii. Choć przez chwilę nie musiała być tą zaradną, silną, tą, która ma wszystkie odpowiedzi. Przynajmniej tej nocy mogła po prostu być Kate — zmęczoną, triumfującą i nie całkiem samotną.

Ścieżka od stajni do The Shack połyskiwała w blasku księżyca, a znajoma trasa w nocy nabierała niemal magicznego charakteru. Kate szła powoli, wdzięczna za pewną obecność Bena u boku i jego dłoń wspierająco opartą na jej łokciu. Nogi miała jak puste w środku i wypełnione ołowiem, każdy krok wymagał świadomego wysiłku. Euforia zwycięstwa opadła już przed godzinami, zostawiając po sobie zmęczenie do szpiku kości, przez które nawet ten krótki spacer wydawał się wyzwaniem.

— Ostrożnie — mruknął Ben, gdy zbliżyli się do zagłębienia na ścieżce. — Padało, kiedy byliśmy na zawodach.

Kate skinęła głową, zbyt zmęczona, by odpowiadać słowami. Oparła się o jego solidną sylwetkę, pozwalając sobie przyjąć jego pomoc, bez tej odruchowej niezależności, która zwykle trzymała innych na dystans. Ben dopasował krok do jej tempa, a przy swoim wzroście nieznacznie się ku niej schylał, jakby chciał osłonić ją przed chłodnym nocnym powietrzem.

W oddali odezwała się sowa ponurym pohukiwaniem, jedynym dźwiękiem ponad miękki szelest wiatru w drzewach.

— Nie pamiętam, kiedy byłam tak zmęczona — przyznała Kate szeptem. — Nie tylko ciałem. Całą sobą.

Ben delikatnie ścisnął jej łokieć. — Jechałaś dziś na adrenalinie. Krach był nieunikniony.

— To to? Krach? — Potknęła się lekko na nierównym żwirze, a ręka Bena natychmiast powędrowała na jej talię, stabilizując ją.

— Technicznie nazywa się to dekompresją po zawodach — odparł, a lekki żartobliwy ton rozgrzał ją mimo zmęczenia.

— Naukowa ciekawostka? — zapytała Kate, mimo woli uśmiechając się pod nosem.

— Zdecydowanie — potwierdził Ben. — Mam w głowie tyle interesujących okruchów wiedzy. Powinniśmy kiedyś pójść na pubowy quiz; mam bana na większość konkursów w Sydney, ale tutaj mnie nie znają.

Zaśmiała się bez tchu, łatwo wyobrażając sobie, jak zawłaszcza cały pub, będąc nieznośnym wszystkowiedzącym. — Może lepiej nie. Nie chcę mieć bana w the Exchange. To jedyny pub w promieniu trzydziestu minut jazdy.

Minęli ostatni zakręt ścieżki i The Shack wyłonił się przed nimi, jego zwietrzałe deski były posrebrzone przez blask księżyca. Ale uwagę Kate przyciągnęły ciepłe, żółte światła oświetlające taras. Ben musiał zostawić je włączone, zanim poszedł jej szukać.

Gdy podeszli bliżej, Kate zobaczyła parę unoszącą się znad jacuzzi w rogu tarasu. Pokrywa była zdjęta, a tafla wody falowała zachęcająco w delikatnym nocnym wietrzyku.

— Zaplanowałeś to — powiedziała zaskoczona, zerkając na Bena.

Wzruszył ramionami, a po twarzy przemknęło mu odrobinę nieśmiałości. — Pomyślałem, że po dzisiejszym dniu przyda ci się relaks. Jacuzzi jest tu od dawna, ale twoja rodzina mówiła, że nikt go nie używał, odkąd twoi rodzice wyjechali. Wczoraj je napełniłem, a dziś rano włączyłem, żeby się nagrzało. Uznałem, że przyda się bez względu na wynik.

Ta troska dotknęła ją głębiej, niż się spodziewała. Gdy weszli na taras, wilgotne ciepło od jacuzzi ich otuliło, niosąc ze sobą delikatny, chlorowy zapach uzdatnionej wody.

— Nie mam tu nawet kostiumu — powiedziała Kate, wpatrzona tęsknie w parującą wodę.

— Nie będę patrzył — zaoferował Ben, już odwracając wzrok. — Załóż, w czym ci wygodnie. Albo wejdę do środka, kiedy ty...

Kate była zbyt zmęczona na wstyd czy pozę. Zrzuciła buty, potem zsunęła bryczesy. Jej koszula do jazdy też poszła w ruch, pociągnięta przez głowę i rzucona bez ceregieli na stos; dodała jeszcze zegarek i zdjęła gumkę z włosów. Została w zwykłym sportowym biustonoszu i figach, a skóra zadrżała jej od chłodu nocy.

Gdy uniosła wzrok, przyłapała Bena, jak na nią patrzy, zanim gwałtownie odwrócił spojrzenie, a rumieniec spłynął mu na kark. Jabłko Adama wyraźnie mu podskoczyło.

— Nie zemdlejesz mi tu, co, Crossley? — zapytała Kate, sama zdziwiona figlarną nutą w swoim głosie. Mimo zmęczenia, a może właśnie przez nie, zwykłe filtry się rozpuściły, zostawiając ją bardziej bezpośrednią niż zazwyczaj.

Ben odwrócił się z nieco naciągniętym uśmiechem, pilnując, by patrzeć jej prosto w twarz. — Chyba że sobie tego życzysz — odparł, cień kpiącego uśmiechu niezupełnie krył jego zmieszanie.

Kate poczuła przyjemny dreszcz satysfakcji na jego reakcję, a wraz z nim ciepło, które nie miało nic wspólnego z jacuzzi. Przez tyle lat była ceniona za jazdę, umiejętności trenerskie, nazwisko — nie za kobietę kryjącą się pod tymi osiągnięciami. Nagie uznanie w oczach Bena, choć próbował je maskować, sprawiło, że poczuła się dostrzeżona w sposób niezwiązany z ocenami za programy.

— Pomożesz mi wejść? — wyciągnęła do niego rękę. — Nogi wciąż mam jakby należały do kogoś innego.

Ben przesunął się do jej boku, ujmując jej dłoń w swojej, znacznie większej. Drugą ręką objął ją w pasie, podtrzymując, gdy ostrożnie wspięła się na dwa stopnie do krawędzi jacuzzi. Jego dotyk był pełen szacunku, ale pewny, praktyczny, nie narzucający się, choć Kate nie umknęło, że palce drgnęły mu lekko na jej skórze.

Pierwsze zetknięcie gorącej wody ze zmęczonymi mięśniami wydobyło z ust Kate mimowolny jęk. Zanurzała się powoli, a ciepło obejmowało ją jak płynny uścisk, od razu zaczynając działać na obolałe ciało. Usiadła na podwodnej ławeczce, odchyliła głowę na krawędź i przymknęła oczy.

— Tego właśnie potrzebowałam — westchnęła, czując, jak napięcie w barkach zaczyna się rozpuszczać. — Chyba jesteś geniuszem.

— A skąd — odparł Ben z ciepłą wesołością. — Tylko uważnym obserwatorem.

Kate otworzyła oczy i zobaczyła, jak siada na krawędzi wanny z podwiniętymi nogawkami dżinsów, a bose stopy zanurza w wodzie. Sięgnął za siebie i wyciągnął parujący kubek, podając jej go.

— Rumianek z miodem — wyjaśnił, gdy go przyjęła. — Emma mówiła, że to twój ulubiony napój po ciężkim dniu.

Ta nieoczekiwana uważność, nie tylko samo jacuzzi, ale i konkretna herbata przygotowana dokładnie tak, jak lubi, ścisnęła Kate gardło. Objęła kubek dłońmi, wdychając kojący zapach rumianku.

— Dziękuję — powiedziała po prostu, wiedząc, że to za mało, ale zbyt poruszona, by zdobyć się na więcej.

Ben uśmiechnął się, w spojrzeniu miał coś miękkiego, niestrzeżonego. — Proszę.

Para wiła się wokół nich delikatnymi spiralami, niknąc w chłodnym powietrzu nocy. Kate sączyła herbatę, czując, jak ciepło rozchodzi się od środka, a gorąca woda rozluźnia mięśnie od zewnątrz. Po raz pierwszy od kilku dni poczuła, jak supły napięcia w ciele zaczynają się rozplątywać, a oddech zwalniać, by dostosować się do łagodnego rytmu falowania wody o boki wanny.

Ciężar dnia — presja, triumfy, kalkulacje i rywalizacja na parkurze i poza nim — jakby rozpuszczał się w gorącej wodzie. Kate znów zamknęła oczy, poddając się prostej przyjemności bycia zaopiekowaną, choćby przez chwilę.

— Opowiedz mi o selekcjonerach — odezwał się po kilku minutach kojącej ciszy Ben, jego głos był niski i łagodny w nocnym spokoju. — Co ci powiedzieli po dekoracji?

Kate otworzyła oczy, patrząc na parę unoszącą się z tafli. — Dyrektor ds. sportu wyczynowego wspomniał o potencjalnych zgrupowaniach kadry. Powiedział, że odezwą się w sprawie włączenia mnie i Misty. — Wzięła kolejny łyk, a ciepło rozlało się po piersi. — To nie gwarancja, ale krok bliżej.

Ben skinął głową, zamyślony. — To sporo znaczy, prawda?

— Może tak — przyznała Kate. — A może tylko uprzejme poklepanie po plecach. W tym świecie nigdy nie wiesz, czy cię nie ciągną za nos, aż nagle przestają. — Westchnęła, opierając głowę o krawędź. — Każdy jeździec walczy o te kilka miejsc. Jeden gorszy dzień, jeden błąd i oglądasz wszystko z boku.

— Tak było z Duchess? — zapytał ostrożnie Ben.

Pierś Kate ścisnęła się na wspomnienie kontuzjowanej klaczy. — Z Duchess to nawet nie był błąd. A już na pewno nie mój. Po prostu pech. Złe miejsce, zły czas. — Wpatrzyła się w swoją herbatę, wspominając. — Chwilę wcześniej byłam na kursie po wszystko, na co pracowałam, a potem... nic. Lata pracy poszły w sekundę.

— A jednak jesteś tu — zauważył cicho Ben. — Budujesz coś nowego z Misty.

— Bo co innego miałam zrobić? — głos Kate na moment się załamał. — Odpuścić? Odejść od czegoś, do czego byłam szkolona od dziecka? — Pokręciła głową. — To jest tym, kim jestem, Ben. Bez jazdy, bez rywalizacji... nie wiem, kim bym była.

— Nadal byłabyś Kate McKenzie — odparł po prostu. — Uparta, błyskotliwa, kompetentna Kate, która poradzi sobie w czym tylko zechce.

Spojrzała na niego, zaskoczona pewnością w jego głosie. — Brzmisz, jakbyś był tego bardzo pewien.

— Jestem. — Ben nie odrywał od niej wzroku. — Jazda i zawody to to, co robisz, a nie to, kim jesteś.

Kate poczuła, jak coś poluzowało się w jej piersi na te słowa. — Czasem nie jestem już pewna, czy w ogóle widzę różnicę.

— Taka to pułapka, prawda? — powiedział Ben, wodząc palcami po wodzie. — Kiedy poświęcasz czemuś życie, granica między tożsamością a zajęciem się zaciera. Czułem to, gdy moja pierwsza książka odniosła sukces. Nagle nie byłem już tylko Benem, który pisze książki, tylko Benem Crossleyem, autorem bestsellerów.

— I oczekiwania, które się z tym wiążą — dodała natychmiast Kate.

— Dokładnie. Presja, żeby powtórzyć sukces, żeby dorównać wizerunkowi. — Uśmiechnął się krzywo. — Ale tutaj nie musisz na nikim robić wrażenia. Ani na mnie, ani na twojej rodzinie. A już na pewno nie na Vanessie.

Kate znów przymknęła oczy, pozwalając, by jego słowa w nią wsiąkły. Było coś głęboko kojącego w byciu z kimś, kto widzi ją, prawdziwą *ją*, pod osiągnięciami i nazwiskiem. Z kimś, kto rozumie ciężar oczekiwań, bo niesie własną wersję tego samego brzemienia.

Woda delikatnie pluskała wokół jej ramion, gdy się poruszyła i przeciągnęła, czując, jak mięśnie stopniowo odpuszczają napięcie, które nosiła tak długo, że niemal o nim zapomniała. Przez tę jedną chwilę nie musiała planować kolejnych zawodów, analizować przejazdu ani dbać o dziedzictwo McKenzie. Mogła po prostu być w tym spokojnym miejscu, z tym mężczyzną, który nie chciał od niej nic więcej niż jej obecności.

Nie otwierając oczu, Kate wyciągnęła rękę, mokrą dłonią odnalazła dłoń Bena spoczywającą na krawędzi wanny. Jej palce oplotły jego, krople z jej skóry skapywały na jego przedramię.

— Wejdź — powiedziała cicho. — Tobie też należy się moczenie.

Poczuła, jak jego dłoń napięła się pod jej palcami. — Kate — odezwał się zachrypniętym nagle głosem. — Jeśli wejdę, nie ręczę za siebie.

Naga szczerość tego wyznania rozżarzyła w niej płomień, który nie miał nic wspólnego z gorącą wodą.

Kate otworzyła oczy i napotkała jego spojrzenie, tak intensywne, że zabrakło jej tchu. W pamięci błysnął ich pocałunek sprzed kilku dni — chwila, gdy zawodowe granice na moment się rozmyły, odsłaniając przyciąganie tliwiące się pod staranną uprzejmością.

Na twarzy Kate rozlał się uśmiech — swobodny, ryzykowny. — A jeśli nie chcę, żebyś był grzeczny? — rzuciła, po czym szarpnęła go za rękę, zanim zdążył odpowiedzieć.

Ben runął do środka z zaskoczonym okrzykiem, lądując w jacuzzi z potężnym pluskiem, który rozlał wodę na wszystkie strony. Wynurzył się prychnąc, z koszulą przyklejoną do klatki piersiowej i włosami cieknącymi mu do oczu.

— Jesteś utrapieniem, Kate McKenzie — wydyszał, ale w jego głosie brzmiał śmiech.

Śmiech Kate wybuchł jasno i swobodnie. — Powinieneś zobaczyć teraz swoją minę.

— Jestem w pełni ubrany! — zaprotestował, z rozbrajającą rozpaczą patrząc na przemoczone ubrania.

— To nie mój problem — odparła Kate, a jej uśmiech stał się psotny. — Choć pewnie te mokre ciuchy są okropnie niewygodne...

Oczy Bena pociemniały od jej sugestywnego tonu. Przez ułamek sekundy patrzyli na siebie, a śmiech ustąpił czemuś znacznie gęstszemu. Wtedy Ben sięgnął po brzeg przesiąkniętej koszuli i jednym, płynnym ruchem ściągnął ją przez głowę. Rzucił ją na deski tarasu z mokrym plaśnięciem, odsłaniając smukły tors, lekko przyprószony ciemnymi włosami.

Kate patrzyła na niego, a rozbawienie przeistoczyło się w podziw. Mimo szczupłej sylwetki miał szerokie ramiona, a ramiona rysowały subtelne mięśnie. Odwzajemnił jej spojrzenie wyzywającym błyskiem i sięgnął do guzika dżinsów.

— Odwróć się, jeśli masz zamiar się rumienić — droczył się, nawiązując do jej wcześniejszych słów.

— Ja się nie rumienię — odparła Kate, choć czuła, jak policzki parzą ją ciepłem, które nie miało nic wspólnego z wodą.

Ben utrzymywał z nią kontakt wzrokowy, gdy mozolnie ściągał mokry dżins w ciasnej przestrzeni. Po mało eleganckich manewrach udało mu się zdjąć dżinsy wraz z bokserkami i dorzucić do ociekającej sterty na tarasie. Osunął się z powrotem pod wodę naprzeciwko niej, a jego długie nogi musnęły jej w ciasnym wnętrzu wanny.

— Lepiej? — zapytała, a głos zabrzmiał niżej, niż zamierzała.

— Znacznie — odparł, nie odrywając od niej wzroku. Figlarność ustąpiła miejsca napięciu, które gęstniało między nimi.

Pierwsza poruszyła się Kate, zsuwając się bliżej, aż jej kolana dotknęły jego ud. Ben pozostał nieruchomy, obserwując ją z intensywnością, od której mrowiła jej skóra mimo gorąca wody. Położyła dłonie na jego ramionach, czując pod palcami jego pewne ciepło.

— Myślałam o tym od tamtej nocy, kiedy się pocałowaliśmy — przyznała cicho.

— Ja też — jego dłonie odnalazły jej talię, palce objęły żebra delikatnym naciskiem. — Bardziej, niż powinienem.

Kate pochyliła się, skracając ostatni dystans. Ten pocałunek różnił się od pierwszego; bez wahania, bez zaskoczenia. Przycisnęła usta do jego z rozmysłem, a Ben odpowiedział natychmiast, jedna dłoń powędrowała jej wzdłuż kręgosłupa i objęła tył głowy.

Pocałunek się pogłębił, woda pluskała wokół nich, gdy Kate przesunęła się jeszcze bliżej, odnajdując dla swojego ciała miejsce przy nim. Dłoń Bena na jej talii zsunęła się niżej, kreśląc linię biodra przez cienką tkaninę fig. Jego dotyk był pełen czci, a jednocześnie pewny — bardziej odkrywał, niż zawłaszczał.

Kate westchnęła mu w usta, a jej dłonie popłynęły, by prześledzić płaszczyzny jego klatki, ucząc się go dotykiem. Ich ciała ułożyły się naturalnie, jej uda oparły się po obu stronach jego bioder, a pocałunek nabrał pilności. Stały puls pożądania, narastający między nimi od tygodni, uderzył pełną falą, zmiatając resztki wahania, i sięgnęła w dół, prowadząc jego dłoń, by zsunął jej bieliznę.

Połączyli się powoli, ruchy były łagodne z szacunku dla jej zmęczonych mięśni. Kate zaczerpnęła powietrza przy jego ramieniu, gdy w niej zamieszkał, a jej palce wbiły się w jego przedramiona. Jego dłonie prowadziły jej biodra w leniwym rytmie, a woda kołysała się wokół nich falami, które wtórowały ich ruchom.

Nie było pośpiechu, nie było desperacji — tylko stopniowe narastanie przyjemności, przetykane szeptanymi słowami i wspólnym oddechem. Ben patrzył na nią z zachwytem, gdy poruszała się nad nim, a jego dłonie były i podporą, i poszukiwaniem. Gdy przyszło spełnienie, przetoczyło się przez Kate jak fala; drżała, tuląc się do Bena, gdy podążył za nią poza krawędź.

Później, owinięci w za duże ręczniki na leżance na tarasie, Kate oparła głowę o ramię Bena. Całe jej ciało brzęczało przyjemnym znużeniem, mięśnie były luźne i ciepłe od jacuzzi i ich kochania się. Ramię Bena obejmowało ją, a jego palce rysowały leniwe wzory na jej skórze przez ręcznik.

Noc była cicha, przerywana jedynie miękkim szeptem wiatru wśród drzew. Nad nimi gwiazdy nakrapiały czyste niebo Queensland niezliczonymi punkcikami światła na tle mroku. Kate czuła, jak uśmiech sam pojawia się na jej ustach, a w niej osiada spokojna, głęboka satysfakcja, której nie czuła od dawna.

— Czuję, jak myślisz — mruknął Ben we włosy przy jej skroni.

— Nie myślę. Po prostu... jestem — zaśmiała się cicho Kate.

Jego ramię mocniej ją do siebie przyciągnęło. — I jak to jest? Po prostu być?

— Obce — przyznała. — Ale miłe. — Odchyliła twarz, by na niego spojrzeć, i zobaczyła jego łagodne spojrzenie w półmroku. — Rzadko to robię, wiesz.

— Siedzieć na tarasie owiniętą w ręcznik? — droczył się delikatnie Ben.

Szturchnęła go łokciem. — Wiesz, o co chodzi.

— Wiem — przyznał, a jego ton spoważniał. — I jeśli to coś znaczy, ja też nie. Nie w taki sposób.

Kate znów oparła się o niego, doskonale rozumiejąc, co ma na myśli. To nie było tylko fizyczne przyciąganie ani wygodne sąsiedztwo. Między nimi uformowało się coś głębszego — więź, która zaczęła się od wzajemnego szacunku, a przerodziła w coś, czego żadne z nich się nie spodziewało.

Po raz pierwszy od dłuższego, niż pamiętała, czasu Kate czuła się całkiem wolna od oczekiwań: swoich, rodziny, świata jeździeckiego. Jutro przyniesie obowiązki i zawody oraz całą presję związaną z obranym przez nią kierunkiem. Ale tej nocy było tylko to: gwiazdy, łagodna noc i stała obecność Bena u jej boku.

Rozdział dziesiąty

Wschody słońca nad Ridgewater bywały złote, ale tego konkretnego poniedziałku udało mu się być zarazem spektakularnym i jakoś łagodnym: pierwsze promienie rozeszły się wachlarzem nad jeziorem, a rosa na trawie zamieniła się w pole maleńkich diamentów. Świat wyglądał, jakby został właśnie wypłukany do czysta. Kate, otulona miękkim szlafrokiem, z włosami wciąż ociekającymi po prysznicu, siedziała po turecku na leżance na tarasie The Shack, z laptopem opartym na kolanach. Mrużyła oczy nie tyle w ekran, co w oślepiający blask odbijający się od niego i mruknęła parę słów o tym, jak złudne bywa to całe uciekanie na łono natury, kiedy człowiek ma do oddania kwartalne raporty dla europejskiej firmy.

Ben, bardziej potargany niż zwykle, wyszedł z kuchni, niosąc dwa niedobrane kubki. Na jednym był rysunek konia skaczącego przez przeszkodę; na drugim jaskrawy napis *PRZERWAĆ CZYTANIE DLA TEGO?* obwieszczony drukowanymi literami. Z obu unosiła się gęsta para w porannym chłodzie.

Przeszedł ostrożnie przez szeroką werandę, jego bose stopy bezszelestnie stukały po starych deskach. — Kawa — powiedział, podając jej koński kubek niczym gałązkę oliwną. — Biała z jedną, jak prosiłaś.

Kate przyjęła ją z wdzięcznym skinieniem głowy, przez chwilę ogrzewając dłonie o ceramikę, zanim upiła łyk. — Ratujesz życie — powiedziała; pierwszy łyk wywołał na jej ustach prawdziwy, niepowstrzymany uśmiech.

— Starałem się. Ten ekspres to zabytek. Jestem prawie pewien, że jest starszy ode mnie. Twoi rodzice powinni sprawić sobie nowy. — Osunął się obok niej na leżankę tak blisko, że na moment ich kolana się dotknęły, zanim Kate przesunęła nogę w pozycję bardziej zawodową, mniej splątaną.

Siedzieli w zgodnej ciszy, patrząc, jak słońce przegania mgłę z powierzchni jeziora. Gdzieś za nimi kos śpiewał skomplikowaną arię, a co jakiś czas któryś z koni na padokach prychnął sennie. Cisza była pełna, ale nie pusta.

— Spałaś? — zapytał w końcu Ben, zerkając na nią znad brzegu kubka.

— W końcu tak — odparła Kate. — Obudziłam się o czwartej, co w weekendy startowe technicznie liczy się jako dłuższy sen. — Zerknęła na niego, po czym odwróciła wzrok, nagle nieśmiała. — A ty?

Wzruszył ramionami. — Trochę jak we mgle, szczerze. Nie jestem przyzwyczajony kłaść się spać, kiedy ktoś kręci się w pobliżu, a co dopiero budzić się obok. — Zawahał się, po czym dodał: — Ale było miło. Domowo. W takim dziwnym, po-atletycznej chwale sensie.

Kate zaśmiała się krótko. — To komplement czy recenzja?

— Po trochu jedno i drugie — powiedział Ben, błyskając tym swoim łatwym, lekko krzywym uśmiechem, który wczoraj uznała za jego najniebezpieczniejszą broń.

Upiła kawy i pozwoliła, by wzrok znów odpłynął ku rozświetlonej linii horyzontu. — Powinnam pracować — wyznała, kiwając głową w stronę laptopa. — Jeśli dziś nie wyślę propozycji dla sponsorów, przegapię termin. Sarah rzuci mi to Spojrzenie.

— Znam je dobrze — powiedział Ben — ale zaczynam myśleć, że bardziej przejmujesz się Spojrzeniem niż pieniędzmi.

Kate rzuciła mu spojrzenie spod oka. — Jednym i drugim. Ale Spojrzenie śni mi się po nocach.

Ben się uśmiechnął, po czym nachylił się, by zerknąć na ekran. — Która firma jest dziś szczęściarą?

— Equinova. Jakaś szwedzka firma biotechnologiczna. Chcą wejść na rynek australazjatycki, a my jesteśmy podobno wiarygodnym partnerem do ich inicjatyw związanych z „dopasowaniem wartości". — Zrobiła w powietrzu gest, jakby ujmowała słowa w cudzysłów, po czym zmarszczyła brwi na widok zwrotu w swoim szkicu. — Nie mogę zdecydować, czy podciągnąć im nasz program zrównoważonego rozwoju, czy skuteczność naszych koni własnej hodowli. Na papierze obie rzeczy brzmią równie fałszywie.

Ben zamyślił się, po czym stuknął touchpadem, przewijając w górę. — Oni chcą opowieści, nie tabelki. Zacznij od genezy: międzynarodowa historia miłosna olimpijczyków, córki kontynuujące ich dziedzictwo, marzenie o zbudowaniu czegoś, co ich przerośnie i przetrwa. Świat kocha dynastie, zwłaszcza gdy są w nich i przeciwności, i triumf.

Kate parsknęła. — „Przeciwności" to po prostu bycie spłukanym, podczas gdy cała konkurencja lata biznesklasą.

Ben wzruszył ramionami. — To wciąż dobra historia. Niech zobaczą twoją pasję, nie tylko wyniki.

Zamknęła laptop i odwróciła się do niego. — Wcale nie jesteś w tym taki zły, wiesz?

— Pochwała od samego Cezara — rzucił Ben, lekko stukając kubkiem w jej kubek. — A skoro o opowieściach mowa, mogę ci coś podsunąć?

Kate skinęła, zaciekawiona. Ben sięgnął po swój sfatygowany notes leżący na stoliku, przewrócił kartkę do strony w połowie zapełnionej jego ciasnym, pochylonym pismem.

— Wczoraj wieczorem zacząłem nowy konspekt — powiedział — po... wszystkim. — Jego ręka zawisła niezręcznie nad kartką, jakby nie był pewien, czy ją podać, ale w końcu po prostu przeczytał na głos: — Książka pierwsza: Outback Noir. Były glina wraca do małego miasteczka na pogrzeb skłóconej siostry i znajduje ślady korupcji w lokalnym syndykacie wyścigów konnych. Kłopoty się piętrzą: znikające konie, tajne dopingowanie, pranie pieniędzy, trupy w buszu. Motywy: dziedzictwo, odkupienie, zaufanie.

Podniósł wzrok. — To oczywiście nie Ridgewater, ale...

— Oczywiście — powiedziała Kate bez mrugnięcia — bo nikt z nas nie jest byłym gliniarzem ani jeszcze nie umarł.

Ben się uśmiechnął. — Ale rama już jest. Myślę, żeby główną śledczą w tej serii zrobić kobietę. Zdeterminowana, stoicka, bardzo techniczna, ale z kompleksem udowadniania swojej wartości w macho-środowisku.

Kate odwzajemniła uśmiech. — Czysta fantazja.

— No właśnie — powiedział Ben. — I tu potrzebuję twojego wkładu: zdarzeniem wywołującym miał być koń znaleziony po dopingu, porzucony na padoku. Ale nie wiem, czy to realistyczne. Środki dopingujące są drogie, prawda?

Kate pokręciła głową. — Problem w tym, że na prawdziwych zawodach byś z tym nie przeszła. Teraz testują na każdym poziomie. Jeśli twoja była policjantka jest sprytna, od razu uzna, że to ustawka albo zasłona dymna. — Zmarszczyła brwi. — Niech kluczem będzie wartość konia, nie leki. Może chodzi o hodowlę, podmianę konia, sfałszowane papiery do prania pieniędzy... albo hazard, choć wiem, że masz hazard jako motyw w obecnej książce.

Oczy Bena rozbłysły. — Czekaj. Ale mogę to właśnie wykorzystać, połączyć... i od tego odejść w nową serię! — Zaczął gorączkowo bazgrać w notesie, zaciśnięte usta świadczyły o skupieniu. — Idealnie. Wiedziałem, że masz wewnętrzną wiedzę. Inaczej narobiłbym tysiąca błędów.

— Pewnie tylko dziewięciuset — droczyła się Kate, a potem, ciszej: — To dobre, to co robisz. Jak bierzesz to wszystko i zamieniasz w coś nowego.

Podniósł wzrok i przez moment powietrze zgęstniało, naładowane niewypowiedzianą wdzięcznością. Kate pierwsza odwróciła oczy z powrotem ku widokowi.

Ostry dźwięk powiadomienia w jej telefonie spłoszył ich oboje. Zerknęła na ekran, a usta ściągnęły jej się w twardą, cienką linię. — Kolejna — powiedziała. — To dziś już pięć, licząc „pilne przypomnienie" od agentki o terminie.

Ben przyjrzał się jej twarzy. — Duże propozycje, czy raczej standard?

— Standard — odparła Kate. — Mniejsze, lokalne marki albo takie, co chcą tylko parę postów w socialach. Nie ci z pierwszych stron.

— Tych z pierwszych stron też dostaniesz — powiedział Ben tonem czystego faktu.

Wydała z siebie krótki, suchy śmiech. — Mówisz to z pewnością kogoś, kto nigdy nie brał mydła do siodeł albo sprayu na muchy w zamian za post na Instagramie.

Wyciągnął rękę i nakrył jej dłoń swoją. Jego palce były ciepłe, zaskakująco pewne. — Mówię to, bo wiem, ile jesteś warta. I dlatego, że cała reszta to tylko szum, Kate.

Spojrzała na ich dłonie, jej kciuk automatycznie zatoczył linię wzdłuż jego kostki. — To takie proste?

— Pewnie nie — stwierdził Ben — ale ja jestem uparty. Więc jeśli świat nie nadąży za twoim talentem, będę ci to powtarzał, aż uwierzysz.

Przez chwilę istniał tylko nacisk jego ręki. Potem Kate wciągnęła powietrze, głębokie i równe, pozwalając sobie poczuć grunt pod stopami i obecność tej chwili. Powiadomienia mogą poczekać, terminy mogą poczekać, nawet sponsorzy mogą poczekać. Teraz była dokładnie tam, gdzie chciała być.

Spojrzała na niego ukradkiem. — Włożysz mnie do książki?

Ben się uśmiechnął. — No wiesz, nie chciałbym, żeby mnie pozwano o zniesławienie.

— Albo o błędy merytoryczne — odparła, sięgając po laptopa z nową dawką zapału. — Będę sprawdzać każde słowo.

Ben udawał przerażenie, ale gdy Kate znów podniosła wzrok, w jego oczach była tylko cicha admiracja. I w tamtej zawieszonej chwili, gdy słońce wstawało, kawa stygnęła, a świat wstrzymał oddech, wydawało się całkiem możliwe, że wszystko się może zdarzyć.

O 8:30 wrześniowe słońce było już na tyle ciepłe, by przebić ostatnie strzępy mgły. Kate zasunęła zamek w kamizelce i ruszyła żwirową ścieżką w stronę stajni — krótki spacer, który wydawał się dłuższy, bo w brzuchu zwijało się napięcie. Poranki po startowych weekendach zawsze były gonitwą: zaległe jazdy, nowe zapytania od rodziców albo klientów i dwa razy więcej roboty niż zwykle, ale to był rytm, który znała na wylot. Tego jeszcze nie rozgryzła: jak wpleść w ten rytm Bena, choć zaczynała dostrzegać, że chce to zrobić.

Dostrzegła go kawałek przed sobą, jak cicho sprzeczał się z telefonem, próbując sfotografować kookaburrę siedzącą na słupku ogrodzenia. Kiedy przechodziła, uniósł wzrok i uśmiechnął się z zakłopotaniem.

— Wywiad z lokalnym kolorytem? — zapytała Kate, kiwając głową w stronę kookaburry, która rozłożyła skrzydła i odleciała.

— Pracuję nad poczuciem miejsca — odparł Ben, dostosowując krok do jej kroku. — I próbuję zrobić jedno przyzwoite zdjęcie na sociale wydawnictwa. Wciąż proszą o „autentyczne wiejskie treści", ale podejrzewam, że marzy im się ja w Akubrze, a ty karmiąca źrebaka butelką.

Kate parsknęła. — Powodzenia. Ja będę na hali, karmiąc butelką mój nałóg kofeinowy.

Uśmiech Bena się poszerzył, ale odbił w stronę ekspresu do kawy w siodlarni, zostawiając Kate, by popchnęła ciężkie drzwi stajni. Znalazła już przy pracy Emmę, która ręcznym pazurem wyrównywała ostatni pas piasku przy bramce na halę, najwyraźniej po tym, jak już objechała całość traktorem z broną.

— Jesteś wcześniej — rzuciła Emma, ledwie zerkając znad roboty.

— Vanessa też — odparła Kate, skinieniem głowy wskazując Range Rovera zaparkowanego przy stajni. — Nie w jej stylu. Może postanowiła sama osiodłać Cavaliera, pierwszy raz w życiu.

Emma zaśmiała się, ale jej twarz nieco spoważniała. — Ma humor. Widziałam, jak opieprzała swojego luzaka na parkingu. Posłałam biedne dziecko na herbatę, niech przeczeka.

Kate westchnęła. — Idealnie.

Chwilę później pojawiła się Vanessa, prowadząc Cavaliera. Ogier, mimo gabarytów, stawiał kroki powściągliwie, niemal ostrożnie, jakby spodziewał się nagłego rozkazu. Dłonie Vanessy, z tymi absurdalnymi tipsami à la french, ściskały uwiąz jak przedłużenie jej własnej woli.

Kate zauważyła, jak wzrok Vanessy przeskakuje poza stajnię i spoczywa na Benie, który właśnie wychodził z siodlarni z kubkiem kawy — i jak na sekundę cała jej twarz zacięła się w grymas. Kiedy jednak weszła na halę, wyraz jej twarzy wygładził się w ostrożnie profesjonalną maskę.

— Dzień dobry, Kate — odezwała się Vanessa, a jasność w jej głosie była równie prawdziwa, co jej paznokcie. — Piękny dzień, prawda?

— Idealny do treningu — odparła Kate. — Jak Pani się czuje po sobotnich zawodach?

Vanessa skrzywiła się. — Dobrze. To Cavalier ma problemy. Od powrotu jest sztywny z lewej.

Kate obserwowała ruch konia, kiedy krążyli po placu. — Z tej perspektywy wygląda w porządku. Niech Pani go najpierw przetruchta przed wsiadaniem, na kontrolę.

Oczy Vanessy się zwęziły, ale skinęła. — To Pani jest ekspertką — powiedziała. — Choć zależy mi, żeby ruszyć do przodu z piruetami. Nie widzę ocen, jakich chcę.

— Dojdziemy do tego — zapewniła ją Kate — ale tylko, jeśli zadbamy o jego ciało i głowę. To daje powtarzalność.

Nie dostrzegła kulawizny, gdy Vanessa przetruchtała Cavaliera, i dała jej zielone światło do wsiadania. Starała się nie skrzywić, gdy widziała, jak napięcie wchodzi w ciało ogiera nawet w chwili, gdy Vanessa wkładała stopę w strzemię, i jak ręce Vanessy zaciskają się na wodzach nawet przy pierwszym stępowym okrążeniu.

W tym momencie Ben podszedł, kawę w dłoni, i dyskretnie oparł się o ogrodzenie na dalekim końcu hali z notesem w ręku. Kate poczuła minimalną szpilkę irytacji — miał wtopić się w tło, nie stać się stałą częścią krajobrazu — ale stłumiła to. Wiedziała już, że intensywne skupienie Bena bywa mylone z obserwacją policyjną, ale on zawsze się tłumaczył: research do kolejnej książki, łapanie języka i rytmów życia jeździeckiego. A Vanessa nawet nie wydawała się go zauważać.

Lekcja zaczęła się całkiem dobrze. Cavalier, nieco na krawędzi, reagował na najlżejsze sygnały, ale w chwili, gdy przeszli do pracy bocznej, napięcie skoczyło w górę. Przy drugim podejściu do trawersu Cavalier zgubił rytm i zawahał się. Vanessa natychmiast szarpnęła wodze, zaciskając usta w cienką kreskę.

— Delikatniej na wędzidle — zawołała Kate. — On słucha, tylko stracił równowagę. Daj mu jeden krok, żeby się zebrał.

Uśmiech Vanessy zamigotał, włączając się i gasnąc jak wadliwa żarówka. — Przepraszam. Po prostu się frustruję. On to umie.

Kate weszła na środek placu, tak by przejąć fokus i konia, i jeźdźca. — Właśnie wrócił po dwóch dniach przerwy i długiej jeździe w przyczepie. To jak biec maraton po trzech godzinach w samochodzie. Zacznijmy od początku.

Vanessa skinęła, ale kiedy objeżdżała za plecami Kate, by pojechać do góry hali i zacząć jeszcze raz, Kate usłyszała charakterystyczny świst bata ujeżdżeniowego i gwałtownie się odwróciła. Głowa Cavaliera strzeliła w górę; szczęka napięła się na wędzidle, ogon podwinął się głęboko — czyste oznaki stresu.

Kate stłumiła rosnącą w sobie złość, uparcie modelując to, co sama głosiła. — Musi mu Pani zaufać — powiedziała. — On chce zrobić to dobrze.

— Ja mu ufam — upierała się Vanessa — tylko potrzebuję, żeby on zaufał mnie.

Kate zacięła usta, nie ufając sobie, że powie coś bez sarkazmu. Zamiast tego resztę lekcji oparła na ćwiczeniach nagradzających miękkość i współpracę, chwaląc wszystko, co Cavalier zrobił prawidłowo.

Kiedy godzina minęła, Vanessa zsunęła się z siodła jak zwykle z gracją, ale twarz miała ustawioną w nowy, domyślny grymas.

— Jutro popracuję z nim na Pessoa — oznajmiła, nie dając Cavalierowi nawet pobieżnego poklepania. — Musi bardziej pracować zadem.

Kate zacisnęła zęby. — Wie Pani, że nie jestem fanką używania sprzętu do wciskania i wciągania koni w ramę. Cavalier ma piękną naturalną sylwetkę.

— Oby tylko używał jej wtedy, kiedy mu każę — odparła zgryźliwie Vanessa, ale było jasne, że i tak zrobi po swojemu, a Kate była bezsilna.

Vanessa wyprowadziła Cavaliera, stawiając ostre kroki. Zanim drzwi się zamknęły, Kate usłyszała, jak ostrym tonem wydaje polecenia luzakowi. Powietrze na hali jakby od razu stało się lżejsze, a jednocześnie cięższe od wszystkiego, co nie zostało wypowiedziane.

Ben zjawił się przy jej łokciu, zamykając notes. — Brzmiało jak zabawa — skwitował sucho.

— Jest pod dużą presją — odparła Kate, sama niepewna, kogo właściwie próbuje przekonać.

Ben zawahał się, po czym powiedział: — Coś słyszałem na zawodach. O jej technice jazdy?

Kate poczuła chłodny dreszcz na karku. — Co takiego?

— Jakiś facet na trybunach mówił o rollkurze i o tym, że Cavalier miał nos niemal przy piersi przez pół programu. Był wyraźnie wściekły, powiedział, że to teraz jest źle widziane i dlatego sędziowie ją tak nisko ocenili. Nie bardzo łapałem szczegóły.

Twarz Kate zesztywniała. — To nie jest „źle widziane". W Europie jest zakazane i stoi w sprzeczności z duchem wszystkich zasad, których tu uczymy. Wpychając koniowi głowę tak nisko, zamykasz mu drogi oddechowe, kręgosłup, całe ciało. To jest... — poszukała słowa, które nie byłoby wulgarne — ... nieludzkie wobec zwierzęcia.

Ben milczał, pozwalając, by cisza wypełniła się wszystkim, czego Kate nie mówiła. Patrzył, jak przykuca, by podnieść zgubiony kopystkę, a jej szczęka porusza się z boku na bok — nawyk wyrobiony latami gryzienia się w język wobec cudzej głupoty.

— Myślisz, że robi to celowo? — zapytał ściszonym głosem.

Kate pokręciła głową. — Nie w pełni świadomie. Ale ona bywa desperacka. Jeśli koń nie daje tego, czego chce, to weźmie to siłą, a potem na zdjęciach widzisz sine języki i przerażone, wybielone oczy.

Ben spoważniał, stukając notesem o udo. — Możesz ją za to wezwać do porządku?

— Ona jest moją klientką, nie uczennicą. To różnica. Jeśli nacisnę za mocno, jej matka mnie zwolni, a wtedy Vanessa pójdzie gdzie indziej i będzie robić to gorzej.

Ben spojrzał twardo, nie mrugając. — Czyli mam po prostu patrzeć?

— Mam ją poprawić mimo niej samej — powiedziała Kate, cicho, ale ostro. — I sprawić, żeby Cavalier nie rozleciał się przed dziesiątymi urodzinami.

Sarah wsunęła głowę przez drzwi hali. — Muszę skoczyć do miasta; zrobisz mi wielką przysługę i wylonżujesz Legenda? — zapytała, mając na myśli czołowego ogiera Ridgewater, który mimo wieku wciąż potrzebował regularnego, lekkiego ruchu, żeby był zadowolony i spokojny.

Kate wyprostowała się, chowając złość na później. — Jasne. Następną lekcję mam dopiero o dwunastej.

— Dzięki, kochanie! Jestem twoją dłużniczką! — zawołała Sarah i zniknęła z machnięciem ręki.

Ben patrzył za nią, po czym znów spojrzał na Kate. — Chcesz, żebym następnym razem coś powiedział? Do niej albo w ogóle do kogokolwiek?

Pytanie ją zaskoczyło. — Dlaczego miałbyś?

— Bo to cię boli — powiedział Ben, jakby to była najprostsza odpowiedź świata. — I bo lubię konie, nawet jeśli dla mnie to po prostu drogie zwierzaki do towarzystwa.

Twarz Kate nieco zmiękła. — Dziękuję. Ale jeśli chcesz pomóc, po prostu zapisuj, co widzisz. Czasem jedyną rzeczą, która zmienia świat, jest dowód.

Ben skinął, usatysfakcjonowany. — Zrobione.

Wsadził notes pod ramię i gdy wychodził z hali, przystanął, odwracając się. — Jeśli to coś warte: obsłużyłaś ją perfekcyjnie. Jak trudnego podejrzanego. Podoba mi się twój styl.

Patrzyła za nim, czując, jak napięcie w ramionach odrobinę puszcza. Może Ben miał rację. Może jej zadaniem było robić tyle, ile się da, w czasie, jaki ma, dla koni, które przewijają się przez jej życie. Może to wystarczy.

Zamknęła na moment oczy, zbierając się na resztę dnia, po czym ruszyła do drzwi, a myśl o tym, że przez następne pół godziny pomoże Legendowi rozruszać sztywność starego ciała, lekko podniosła jej na duchu.

Świat sam z siebie się nie zmienia. Ale może, człowiek po człowieku, lekcja po lekcji, da się go popchnąć w dobrą stronę.

Kolacje w Big House nigdy nie były ciche. Tego wieczoru stół uginał się od misek z curry, dwóch wielkich półmisków ryżu i aż trzech rodzajów domowego pieczywa autorstwa Sarah, która utrzymywała, że nawet najprofesjonalniejszym sportowcom potrzebne są węgle.

Ben siedział między Pip i Marcusem, z Kate naprzeciwko i Sarah przewodzącą na szczycie stołu. Pip, z łokciami bez skrupułów opartymi na obrusie, rzuciła się na biryani z zapałem kogoś, kto cały dzień użerał się z zadziornymi kucami i zasłużył na każdy kęs. Marcus, mniej oswojony z hałaśliwą atmosferą, jadł ryż ostrożnie, od czasu do czasu zerkając w telefon, żeby sprawdzić godzinę.

Było prawie przyjemnie, to poczucie bycia otoczonym, ale nie przytłoczonym, dopóki Pip, w połowie kęsa, nie wypaliła: — Najdziwniejsza sprawa: kiedy wracałam z okrągłego wybiegu, bramka padoku Miracle była szeroko otwarta. Źrebak ma łeb na karku, ale jeszcze nie na tyle, żeby sam się wypuszczać. Na szczęście był zbyt zajęty swoją belą siana, żeby zauważyć.

Słowa wślizgnęły się w rozmowę gładko, ale Ben wyłapał, jak spojrzenie Kate się wyostrzyło.

Marcus wydał zamyślne mruknięcie. — Zatrzaski w bramkach są twarde. Jak nie usłyszysz kliknięcia, potrafią zmylić.

— Dzięki, Doktorze — odparła Pip — ale to nie pierwszy raz. W zeszłym tygodniu bramka padoku klaczy-matek była otwarta cały poranek, dopóki Zoe jej nie znalazła w południe. A drzwi do paszarni kołysały się w piątek.

Marcus spochmurniał, odkładając widelec. — To ryzyko dla zdrowia, nie tylko kłopot. Nie możemy mieć tak, że przypadkowe zwierzęta albo ludzie pałętają się po paszarni.

Sarah westchnęła, wreszcie odstawiając swój widelec. — Wyślę do wszystkich wiadomość. Ale takie drobne „wpadki" się zdarzają, gdy masz tyle rąk na pokładzie, zwłaszcza że doszło nam kilku nowych backpackerów na część rolniczą ich wiz, nowa luzaczka Vanessy, która jeszcze nie zna naszych zwyczajów, i parę nowych osób na jazdy.

Kate, która milczała przez całą wymianę, w końcu się odezwała. — To nie tylko bramki — powiedziała cicho. — Trzy razy w ostatnim tygodniu znalazłam w siodlarni otwartą szafkę z lekami. Nie szeroko, ale bez ponownego zamknięcia.

Mózg Bena natychmiast wskoczył na tryb układania wzorca: coś podejrzanego się dzieje. — Coś zginęło?

— Nie zauważyłam — odparła Kate, popychając ryż w staranny kopczyk. — Ale dziś po południu, kiedy odmierzałam Misty suplement na kopyta, na blacie leżało opakowanie bute i tuba antybiotyku o szerokim spektrum. Nic nie było wypisane w zeszycie, a w tej chwili nie mamy żadnego konia zleconego na te leki.

— Może ktoś zapomniał zanotować — zasugerowała Pip, choć tonem, który temu przeczył.

Marcus jednak spoważniał. — Fenylobutazon jest na receptę. Nikt nie powinien brać go samowolnie. Antybiotyki tym bardziej. Jutro zrobię pełny audyt.

Przy stole zapadła niezręczna cisza, przerywana tylko szuraniem talerzy i niskim, nerwowym rżeniem konia na zewnątrz, słyszalnym przez otwarte okno.

Ben, który notował to sobie w głowie, spróbował rozładować atmosferę. — Może Miracle po prostu jest cudownym dzieckiem. Wielcy uciekinierzy rodzą się tacy. A Misty to przecież jego ciotka; słyszałem wszystkie historie o jej ucieczkach, włącznie z tą, jak wtargnęła na przyjęcie weselne Sarah!

Śmiech nie do końca rozproszył osobliwą napiętą nutę, która wpełzła w posiłek. Ben spojrzał na Kate, przyłapał ją, jak na niego patrzy, i wzruszył ledwie ramionami: *Czy myślisz to, co ja?*

Po deserze — zbyt bogatym puddingiem ryżowym na mleku kokosowym, na który wszyscy marudzili, a potem i tak go dojadali — towarzystwo zaczęło się rozchodzić. Marcus wymówił się pierwszy, mamrocząc coś o aktualizacji kart pacjentów. Sarah została, żeby posprzątać, przeganiając Pip do domu Jake'a, żeby była na miejscu, kiedy ten skończy pracę o dziesiątej. Kate ociągała się przy stole, bezwiednie rysując kółka w rosie na szklance z wodą.

Ben poczekał, aż zostali sami, i powiedział: — Nie uważasz, że to zwykłe niedopatrzenia, prawda?

Pokręciła głową. — Gdyby to była jedna rzecz, nawet dwie — może. Ale wszystko naraz? Nie. Ktoś jest nieuważny, głupi... albo coś gorszego.

Pozwolił, by słowa zawisły. — Masz kogoś na oku?

Szczęka Kate lekko się napięła. — Zbyt wielu. Może ktoś chce darmowych leków dla własnych koni. Mamy sporo ludzi na zasadzie „wjeżdżam–wyjeżdżam". Może nawet któreś z dzieciaków, myśląc, że kuc jest chory, i próbując go „leczyć".

Ben rozważył to, stukając palcem w brodę. — Chcesz, żebym popytał? Zagram niewinnego mieszczucha i zobaczę, co ludzie mówią, gdy myślą, że nie łapię niuansów?

Kate się uśmiechnęła. — Lepiej ci to wychodzi, niż przyznajesz. Ale bądź ostrożny. To nie jest zwrot akcji w książce. To są wielkie zwierzęta i odrobina zaniedbania robi ogromną różnicę.

Skinął głową, zapamiętując ostrzeżenie.

Później, z powrotem w The Shack, Ben posłuchał własnej rady i usiadł na schodkach werandy. Zniszczona kempingowa latarnia rozlewała kałużę żółtego światła na jego notes. Noc dźwięczała rechotem żab i dalekim dudnieniem pociągu, poza tym była nieruchoma.

Otworzył nową stronę i napisał drukowanymi literami:

DZIWNOŚCI W RIDGEWATER

Szafka z lekami niezamknięta — dwa razy

Otwarta bramka padoku Miracle

Otwarta bramka padoku klaczy-matek — raz, może dwa

Otwarta paszarnia

Suplementy, antybiotyki zostawione na blacie w siodlarni

Zatrzymał się i wpatrzył w listę. Brzmiała bardziej jak preludium do podcastu true crime niż życie w ośrodku jeździeckim.

Stukał długopisem w zęby. Zbieg okoliczności? Może. A może coś innego? Dodał ostatnią linię:

Szukać wzorca.

Zamknął notes i przez chwilę siedział, wpatrzony w migoczące światełka stajni po drugiej stronie ciemnego trawnika. Jeśli był wzorzec, znajdzie go — najpierw dla dobrej historii, a teraz może dla czegoś więcej.

Powiało od jeziora i przez moment Benowi zdawało się, że usłyszał stuknięcie kopyta o żwir. Nasłuchiwał, ale dźwięk się nie powtórzył. Pewnie nic. Ale on już w głowie pisał następny rozdział.

Rozdział jedenasty

BEN OPARŁ SIĘ O poręcz rozprężalni, notując w głowie detale, które mogą się przydać, żeby napisać wiarygodną scenę jeździeckiego morderstwa. Queensland State Equestrian Centre tętniło aktywnością, osobliwą mieszanką wycyzelowanej elegancji i gorączkowych przygotowań. Konie warte więcej niż zaliczka na jego ostatnią książkę tańczyły tuż obok, ich sierść lśniła w porannym słońcu jak świeża farba. Jeźdźcy, z twarzami w maskach koncentracji, prowadzili je przez skomplikowane figury, a przy tym rzucali od niechcenia pozdrowienia rywalom, których zapewne od miesięcy planowali ograć.

Wszystko było bardzo cywilizowane, bardzo kontrolowane, a pod powierzchnią aż kipiało od napięcia.

Ben bawił się jak nigdy w życiu.

Dostrzegł Kate przy wejściu do głównego bloku stajennego, jak po raz trzeci w ciągu pięciu minut sprawdza zegarek. Zbliżające się spotkanie z Equinovą wyraźnie zaprzątało jej głowę. Miała już na sobie strój startowy: śnieżnobiałe bryczesy, długie, lśniące czarne oficerki i dopasowaną czarną marynarkę podkreślającą jej atletyczną sylwetkę, ale zwykle opanowana postawa popękała jej na krawędziach. Ramiona miała lekko zgarbione, palce nerwowo bawiły się mankietami, a spojrzenie co chwila uciekało w stronę namiotu sponsorów, gdzie przedstawiciele rozmaitych firm kłębili się jak elegancko ubrani sępy.

— Dasz radę — zawołał Ben, odsuwając się od poręczy i podchodząc do niej.

Kate uniosła wzrok, ale nie do końca na nim skupiony, wciąż zagłębiona w mentalne przygotowania. Skinęła rozkojarzona głową, palcami wystukując na udzie rytm, który Ben rozpoznawał już jako odtwarzanie w myślach programu ujeżdżeniowego.

— Przy twoich szwedzkich koneksjach przez Ingrid wydajesz się dla nich naturalnym wyborem — podsunął, próbując sprowadzić ją do tu i teraz.

— To było wcześniej — odparła Kate napiętym głosem. — Zanim Vanessa otagowała ich w jednym ze swoich lśniąco idealnych postów na Instagramie.

Ben zmarszczył brwi. — Mogą sponsorować więcej niż jednego zawodnika?

— Mogliby — powiedziała Kate — ale nie będą. Albo ona, albo ja. — Spojrzała ponad jego ramieniem, a jej wyraz twarzy nieco stwardniał. — A propos...

Ben odwrócił się, podążając za jej spojrzeniem. Na skraju strefy VIP zebrał się mały tłumek. W jego centrum stała Vanessa, a jej luzaczka trzymała za nią Cavaliera. Vanessa wyglądała bardziej jak na sesję zdjęciową niż na zawody: olśniewająca w nieskazitelnie białym stroju, który zdawał się nigdy nie mieć kontaktu z prawdziwym koniem. Każdy detal krzyczał o kosztownych inwestycjach — od naczółka ogłowia Cavaliera wysadzanego kryształkami po błysk lakierowanej skóry na jej własnych oficerkach, z którym ścigały się te same kryształki.

Nawet z daleka Ben widział, że gra — uśmiech oślepiający, gesty ożywione, ale kontrolowane, gdy przewodziła całemu towarzystwu. Na skraju grupy krążyła jej matka, z aprobatą kiwając głową przy każdym słowie Vanessy.

— Dasz radę? — zapytała Kate, skinieniem wskazując stajnie. — Zoe napisała, że Misty jest gotowa, a ja muszę lecieć na to spotkanie.

— Zerknę na nią — zapewnił. — Skup się na oczarowaniu Szwedów. Przynajmniej znasz ich język!

Kąciki ust Kate drgnęły w czymś, co w innych okolicznościach byłoby uśmiechem. — Dzięki — powiedziała, ściskając mu krótko ramię, po czym ruszyła w stronę namiotu sponsorów.

Ben jeszcze chwilę patrzył, jak prostuje ramiona i unosi podbródek, dosłownie przeobrażając się w Kate McKenzie, olimpijską nadzieję i reprezentantkę Ridgewater. Kruchość, którą przed chwilą w niej dostrzegł, zniknęła pod zawodową maską.

Zaintrygowany, zamiast iść prosto do stajni, przysunął się bliżej do zgromadzenia wokół Vanessy. Rozpoznał kilka twarzy z poprzednich zawodów: australijskiego dystrybutora europejskiej, luksusowej marki odzieży jeździeckiej, przedstawiciela dużej firmy paszowej i kobietę z plakietką Equinova — tej samej, z którą zaraz miała rozmawiać Kate.

— Pochodzenie Cavaliera jest po prostu wyjątkowe — mówiła Vanessa, tonem ustawionym tak, by brzmiał naturalnie, a jednocześnie niósł się na tyle daleko, aby każdy w pobliżu mógł usłyszeć. — Oboje jego rodzice byli mistrzami świata, a my mamy już ogromne zainteresowanie nim jako ogierem hodowlanym. Oczywiście najpierw skupiamy się na karierze sportowej, ale potencjał jest niezwykły.

Cavalier stał cierpliwie przy luzaczce, jego kasztanowata sierść połyskiwała niczym wypolerowana miedź — istny obraz końskiej arystokracji. Ben jednak zauważył, jak nerwowo strzygł uszami i jak w oku pojawia się obwódka bieli, gdy Vanessa szeroko gestykulowała. Przy całym tym peanie o potencjale i klasie, niemal w ogóle nie zwracała na konia uwagi, traktując go jak dodatek do swojego monologu, a nie partnera.

Kontrast z tym, jak Kate obchodziła się z Misty — zawsze wyczulona na najdrobniejsze reakcje klaczy — uderzył Bena z całą mocą. Jego wzrok wędrował między popisem Vanessy a Kate, która właśnie nadchodziła zdecydowanym krokiem.

Gdy Kate minęła grupę na odległość słuchu, uśmiech Vanessy na moment zbladł. W jej oczach błysnęło coś ostrego, po czym szybko się otrząsnęła i z gracją zwróciła do najbliższej osoby.

— Jeśli państwo pozwolą na momencik — powiedziała do grupy — widzę kogoś, z kim absolutnie muszę porozmawiać.

W idealnym momencie przechwyciła mężczyznę w średnim wieku z plakietką magazynu Dressage Australia. Jej mowa ciała subtelnie się zmieniła — stała się bardziej poufała; dotknęła go lekko w ramię, jakby byli starymi znajomymi, a nie branżowymi kontaktami.

— James, jak się masz? — rozczuliła się, odprowadzając go nieco od grupy, ale na tyle, by pozostać wyraźnie w zasięgu słuchu Kate, gdy ta przechodziła obok. — O, jest Kate. Ostatnio ma na głowie naprawdę dużo. Mam nadzieję, że dziś zdoła się skupić.

Słowa podane były w idealnych proporcjach troski i insynuacji. Przedstawiciel magazynu uniósł brew, wyraźnie zainteresowany potencjalną plotką. Pochylił się bliżej Vanessy, już sięgając po notes do kieszeni.

Ben obserwował reakcję Kate: ledwie dostrzegalne usztywnienie kręgosłupa, chwilowe zawahanie kroku, po którym ruszyła dalej, ignorując przynętę. Twarz zachowała spokój, ale znał ją już na tyle, by rozpoznać napięcie w żuchwie i lekko zaciśnięte palce przy bokach.

Cała wymiana trwała może dziesięć sekund, ale Ben doskonale zrozumiał, co zobaczył. Występ Vanessy nie służył wyłącznie promowaniu samej siebie; chodziło o subtelne podważanie Kate. Z pozoru niewinne zdanie niosło w sobie wiele: aluzje do osobistych zawirowań, sugestie rozkojarzenia, ziarna wątpliwości posiane w głowie kogoś, czyje słowa mogły wpływać na opinię publiczną.

To był psychologiczny odpowiednik noża między żebra — podany z uśmiechem i przebrany za przyjacielską troskę. W tej chwili Ben docenił powściągliwość Kate. Jego kusiłoby, żeby odwrócić się i skonfrontować Vanessę wprost, ale Kate po prostu odmówiła wejścia w grę, odbierając Vanessie satysfakcję z reakcji, którą można by rozdmuchać w kolejne plotki.

Gdy Vanessa wróciła do swoich wielbicieli, uśmiech nie sięgał jej oczu. Został przyklejony do ust jak starannie nałożony kosmetyk — narzędzie, nie ekspresja. Wzrok jednak podążał za Kate, aż ta zniknęła w namiocie sponsorów — chłodny i kalkulujący.

Ben zmarszczył brwi, zapamiętując całą sytuację. To nie była tylko sportowa rywalizacja; w niechęci Vanessy było coś osobistego, wykraczającego poza zawodową zazdrość. Jako pisarza fascynowała go ta dynamika. Jako kogoś, komu zależało na Kate, niepokoiła.

Rzuciwszy ostatnie spojrzenie Vanessie, która właśnie śmiała się z uwagi przedstawiciela magazynu, Ben odwrócił się i ruszył w stronę stajni. Obiecał sprawdzić Misty, a jeszcze ważniejsze — chciał być na miejscu, gdy

Kate wróci ze spotkania. Coś podpowiadało mu, że dziś może potrzebować sojusznika u swego boku, kogoś, kto widział taktyki Vanessy i rozumiał, z jakim rodzajem walki mierzy się Kate.

— Idę teraz przez część stajenną — mruknął Ben do telefonu, filmując i próbując utrzymać stabilną rękę, choć przez jego wzrost kąt był niewygodny. — Kontrast między przestrzeniami publicznymi a zapleczem jest uderzający. Z przodu to sama elegancja i prezentacja. Z tyłu panuje chaos. — Powoli przesunął kamerę wzdłuż ruchliwego korytarza, gdzie luzacy krzątali się między boksami, niosąc wiadra i rzędy, a konie wyglądały ciekawie ponad drzwiami na pół wysokości. Na stanowisku do mycia na końcu dwóch zawodników polewało wodą spoconego siwka, ich rozmowa była mieszanką technicznych terminów, które Ben wciąż uczył się rozszyfrowywać. Idealny materiał, by nadać jego nowej serii autentyczność.

Uśmiechnął się do siebie, już rozważając, jak przełoży te obrazy i dźwięki na prozę. Jego agent był sceptyczny, gdy podczas ostatniego telefonu przedstawił pomysł serii kryminałów osadzonych w świecie jeździeckim, ale te miejsca zawodów były idealną scenerią: pieniądze, ambicje i namiętności tak intensywne, że potrafią pchnąć ludzi do desperackich czynów. Materiał z badań terenowych pomoże mu uchwycić szczegóły, o których jego miejskobranemu mózgowi łatwo byłoby zapomnieć: specyficzną jakość światła wpadającego przez świetliki w dachu stajni, symfonię parsknięć i tupnięć z boksów, szczególny sposób, w jaki noszą się jeźdźcy — kręgosłupy proste nawet w skrajnym zmęczeniu. Teraz, gdy wiedział, na co patrzeć, Ben był niemal pewien, że potrafiłby wszędzie rozpoznać w tłumie zawodnika ujeżdżenia.

Ben skierował się ku rozprężalni, filmując w trakcie marszu. Tu napięcie było namacalne. Tuż obok siebie krążyło kilkunastu jeźdźców w pozornie przypadkowych liniach, a jednak jakoś unikali kolizji, mimo że ich konie poruszały się w różnych chodach. Trenerzy stali przy ogrodzeniu, wydając polecenia krótkimi, autorytatywnymi głosami:

— Więcej zgięcia w narożniku!

— Półparada, półparada, teraz wydłuż!

— Trzymaj zewnętrzną wodzę, na litość boską!

Ben przybliżył obraz na zawodnika wykonującego piruet w galopie — koń zdawał się obracać wokół jednego punktu, zachowując przy tym ruch naprzód. Obok inna zawodniczka zmagała się z podobnym manewrem: jej koń się opierał, wypadał z rytmu, a głos trenera brzmiał coraz bardziej sfrustrowanie.

— Mają tu tylko dziesięć minut przed swoim przejazdem — wyjaśnił mijający go oficjel, zauważywszy, że Ben filmuje. — Robi się z tego niezły szybkowar.

— Dlatego wszyscy wyglądają, jakby za chwilę mieli pęknąć? — zapytał Ben.

Oficjel zaśmiał się. — To i to, że wydali tysiące dolarów i niezliczone godziny, żeby mieć pięć minut przed sędziami. — Skinął w stronę wyjątkowo spiętej zawodniczki. — Ta próbuje zakwalifikować się do kadry narodowej. Proszę sobie wyobrazić, że o olimpijskich marzeniach decyduje to, czy koń wstał dziś po właściwej stronie boksu.

Ben podziękował i nagrywał dalej, skupiając się teraz na twarzach jeźdźców: na zaciętej koncentracji, przelotnych błyskach frustracji szybko tłumionych, rzadkich chwilach satysfakcji, gdy figura wychodziła idealnie. Kate opisała mu kiedyś to uczucie — ostrze brzytwy między kontrolą a chaosem, na którym balansuje ujeżdżenie na tym poziomie.

Przesunął się do rzędu boksów, gdzie stały konie czołowych zawodników. Na frontach boksów wisiały spersonalizowane tabliczki z imionami, rozety i banery sponsorów. Ben prowadził powoli kamerę, cicho komentując:

— Fascynujące są te dysproporcje ekonomiczne. Jedni przyjeżdżają własnymi, robionymi na zamówienie ciężarówkami wartymi więcej niż domy na przedmieściach, inni łatają używany sprzęt i pożyczają transport. Ale w czworoboku liczy się partnerstwo, nie metka z ceną.

Zatrzymał się przy boksie, gdzie luzak w skupieniu czyścił rząd błyszczących ogłowi z połyskującym srebrem i lakierowaną skórą.

— To kilka tysięcy dolarów w samych ogłowiach — skomentował do telefonu. — I słyszałem, że niektóre wędzidła potrafią kosztować ponad pięćset dolarów. Przeciętny widz nie ma pojęcia, jaką to wszystko jest inwestycją. To siodło tam? To Hermès — tak, ta marka od torebek Birkin. I chociaż siodło nie zrujnuje cię tak jak Birkin, mówimy wciąż o kwotach od sześciu do dziesięciu tysięcy dolarów... i każdy koń musi mieć własne, dopasowane specjalnie do niego.

Gdy mówił, coś przykuło jego uwagę.

Vanessa Hughes stała przy boksie Misty, zerkając ukradkiem dookoła. Ben zmarszczył brwi, zastanawiając się, co robi w tym sektorze, zamiast być przy Cavalierze. Zanim jednak zdołał ją zapytać, za jego plecami rozległ się rumor. W korytarzem przetańczył potężny czarny ogier, potrząsając elegancką głową i niemal wyrywając się prowadzącemu. Jego sierść błyszczała jak wypolerowany obsydian, a moc biła z każdego pracującego mięśnia.

— Przepraszam, przejazd! — zawołał luzak, z trudem utrzymując rozemocjonowane zwierzę.

Ben gwałtownie się cofnął, uświadamiając sobie, że stoi na drodze, i potknął się o pojemnik na paszę, który z hukiem zatrzasnął się o drzwi boksu. Czarny ogier spłoszył się od hałasu, stając dęba w spektakularnym geście.

— Przepraszam, przepraszam — powiedział Ben, opuszczając telefon i przyciskając się do ściany, by zrobić miejsce. — Piękny koń.

— Netherland's Pride — wydyszał luzak, wreszcie opanowując ogiera. — Piękny, ale, obawiam się, aż za dobrze o tym wie.

Ben patrzył, jak mijają, kopyta ogiera uderzały o beton z teatralnym akcentem, po czym zorientował się, że stracił Vanessę z oczu. Zerknął z powrotem w stronę boksu Misty, ale korytarz był już pusty. Wzruszywszy ramionami, znów uniósł telefon i kontynuował dokumentowanie.

Strefa stajenna przechodziła w ciąg placów przygotowawczych, gdzie konie i jeźdźcy rozgrzewały się w coraz bardziej skupionych warunkach. Ben filmował misterny taniec przygotowań do startu: luzacy poprawiali sprzęt, trenerzy udzielali ostatnich rad, jeźdźcy robili ćwiczenia oddechowe, podczas gdy ich konie krążyły cierpliwie.

— Najciekawsze w tym świecie — narracyjnie szepnął — jest to, jak partnerstwa wykraczają poza duet koń—jeździec. Jest cała sieć wsparcia: luzacy, trenerzy, weterynarze, członkowie rodzin. Marzenia wielu osób jadą na czterech kopytach i na parę minut przed sędziami.

Atmosfera zgęstniała, gdy zbliżył się do głównego placu konkursowego — stała się bardziej formalna, bardziej publiczna. Trybuny zapełnili widzowie, a zawodnik zakończył błyskawicznie perfekcyjnym salutem, za co spłynęły uprzejme oklaski. Ben schował telefon, przechodząc z roli obserwatora w widza. Zebrał na dziś dość materiału w tle, a teraz chciał po prostu obejrzeć przejazdy.

Kate patrzyła z collecting ringu, jak Vanessa i Cavalier wykonują swój program Prix St. George z tym, co można by nazwać agresywną determinacją. Kasztanowaty ogier poruszał się z napięciem wyczuwalnym w każdym kroku, szyję miał nadmiernie wygiętą, a ruchom brakowało elastyczności, o którą Kate wiedziała, że jest w nim zdolny. Twarz Vanessy zastygła w masce koncentracji ocierającej się o złość, dłonie miała sztywno na wodzach, forsując coraz bardziej widowiskowe wydłużenia i zebrania. Kate skrzywiła się, gdy Cavalier lekko się potknął w trawersie — równowaga zachwiana przez nadmierną presję. To nie było partnerstwo; to była dominacja, a koń wyraźnie się temu opierał.

Obok niej Misty przestawiła ciężar, uszy nastawione na czworobok. Kate automatycznie pogłaskała siwą klacz po szyi, nie odrywając oczu od przejazdu Vanessy. Kolejny błąd, tym razem przy lotnej zmianie — Cavalier w końcu zmienił nogę, ale zdecydowanie za późno, a pomoce Vanessy, powtarzane raz po raz, nie przynosiły skutku. Kate niemal czuła, jak frustracja Vanessy wzbiera po drugiej stronie czworoboku, gdy ogier nie odpowiada.

— To nie zapunktuje — mruknęła Zoe, która pojawiła się przy ramieniu Kate. — Biedny Cavalier wygląda, jakby zaraz miał wybuchnąć. Szczerze mówiąc, dziwi mnie, że jeszcze tego nie zrobił. Jak na ogiera jest wyjątkowo łagodny.

Kate skinęła głową, mówiąc cicho: — Ciśnie za mocno. On próbuje powiedzieć, że coś jest nie tak, a ona nie słucha.

Końcowe zatrzymanie było byle jakie, Cavalier wiercił się i nie stanął równo, cofnął się o krok, gdy Vanessa próbowała go poprawić. Salut Vanessy dla sędziów był zdawkowy, a jej twarz zastygła w gniewie, gdy jechała w kierunku wyjścia. Brawa były uprzejme, lecz powściągliwe — publiczność wyraźnie czuła, że oglądała kłopotliwy przejazd.

Wyniki potwierdziły to, co Kate już podejrzewała: 42,4 procent, co dało Vanessie ostatnie miejsce. Stojąc tuż przy wyjściu, Kate patrzyła, jak spokój Vanessy się rozsypuje. Młodsza kobieta zeskoczyła gwałtownym ruchem, szarpiąc za wodze Cavaliera, gdy ogier nerwowo tańczył obok. Pojawiła się matka Vanessy, jej twarz była lustrzanym odbiciem wściekłości córki, podczas gdy luzak trzymał się z tyłu, wyraźnie niechętny, by podejść.

— Do niczego — usłyszała Kate, jak warknęła Vanessa; słowo poniosło się przez przestrzeń między nimi. — Absolutnie beznadziejny przejazd.

Kate odwróciła wzrok, nie chcąc patrzeć na dalsze szarpanie Cavaliera. Musiała teraz skupić się na własnym programie. Steward już wzywał kolejnego zawodnika.

— Pięć minut — powiedziała Zoe, pomagając Kate po raz ostatni poprawić plastron. — Misty jest gotowa?

Kate skinęła głową, zbierając wodze, zanim dosiadła. — Na rozprężalni była idealna. Reagowała, szła naprzód, w równowadze. — Usiadła w siodle, czując pod sobą solidną obecność Misty. To był moment, do którego prowadziły wszystkie ich treningi: kwalifikacyjne wyniki do powołania na Mistrzostwa Świata były w zasięgu.

Znana rutyna uspokajała nerwy, gdy stępowała Misty wzdłuż obrzeża rozprężalni. Kate weszła w ten stan skupienia, w którym nie istniało nic poza nią, jej koniem i programem, który miały zaraz wykonać. Cała drama Vanessy, presja spotkań ze sponsorami, nawet wspierająca obecność Bena na trybunach zbladły do tła.

— Numer 42, Kate McKenzie na Ridgewater Mystery — rozległ się głos spikera z systemu nagłośnienia.

Kate skierowała Misty do wjazdu na czworobok, czując, jak pod nią napinają się potężne mięśnie klaczy. Zrobiły jeszcze jedno koło, gdy poprzedni zawodnik opuszczał arenę, i nadszedł czas. Kate skinęła stewardowi, wzięła głęboki oddech i pojechała naprzód.

Czworobok zawsze wydawał się większy na zawodach niż na treningu, litery wyznaczające figury jakby stały dalej od siebie, stoły sędziów były natrętnie widoczne. A jednak Kate czuła tylko pewność, gdy zatrzymała się na X, zasalutowała sędziom z wyćwiczoną precyzją i rozpoczęła program.

Początkowe ruchy popłynęły gładko, wyciągnięty kłus Misty pokazał piękną fazę zawieszenia i wykrok. Kate czuła znajomy rytm ich partnerstwa, a subtelne pomoce spotykały się z chętną odpowiedzią Misty. Pierwszy piruet był wzorcowy — Misty zebrała się i obracała, jakby pivotowała w jednym punkcie, zachowując rytm galopu przez cały manewr.

Podczas galopu wyciągniętego po przekątnej Kate po raz pierwszy poczuła, że coś jest nie tak. Misty, zwykle tak chętna do wydłużenia kroku, wydawała się wahająca. Grzbiet klaczy, zazwyczaj tak sprężysty pod Kate, był nieco sztywniejszy. Kate minimalnie poprawiła dosiad, zachęcając Misty do przodu bez zwiększania presji.

Reakcja przyszła, ale brakowało w niej zwykłego entuzjazmu Misty. Zbierając do galopu roboczego, Kate poczuła subtelną, lecz wyraźną zmianę w sposobie poruszania się klaczy. To nie była kulawizna, ale jakość ruchu była jakby obniżona, jakby Misty się powstrzymywała.

Myśli Kate pędziły, choć wciąż wykonywała zaplanowane w programie figury. Czy Misty była po prostu zmęczona? Rozprężenie było idealne. Czy nabrała kamyka? Mało prawdopodobne przy tak starannie przygotowanych podłożach. Czy rozprasza ją publiczność? Nie, Misty to doświadczona sportsmenka, przyzwyczajona do presji.

Następujący po tym pasaż potwierdził obawy Kate. Charakterystyczna sprężystość i wyniesienie Misty były stłumione, zad nie angażował się z dotychczasową mocą. Dla niewprawnego oka nadal jechały precyzyjny program na wysokim poziomie, ale Kate czuła różnicę w każdym kroku. Coś było nie tak.

Kate odpowiednio dostosowała jazdę, wspierając Misty łydkami, a jednocześnie miękciej trzymając w rękach, dając klaczy więcej swobody. Subtelnie zmieniła oczekiwania, stawiając komfort Misty ponad maksymalną ekspresją. Tam, gdzie zwykle poprosiłaby o więcej błysku w kłusie wyciągniętym, teraz zadowalała się poprawnością. Tam, gdzie w pasażu zachęciłaby do większego wyniesienia, przyjmowała zachowawczy wysiłek Misty.

Zakończyły ostatnią linię środkową, a Kate sprowadziła Misty do równego stój na X. Klacz stała spokojnie, gdy Kate salutowała sędziom, ale zwykła, żywiołowa energia, która zazwyczaj wibrowała w ciele Misty po programie, była wyraźnie nieobecna. Kate poklepała ją po szyi, szepcząc ciche pochwały, gdy wyjeżdżały z czworoboku przy uprzejmych oklaskach.

Oczekiwanie na wynik dłużyło się w nieskończoność. Kate zsiadła, poluzowała popręg i przesunęła dłonią po szyi klaczy, czując wilgoć po wysiłku, ale też zauważając jej stonowane usposobienie. To nie była ta bystra, zadowolona Misty, która zwykle po dobrym przejeździe podskakiwała w drodze do stajni.

— 67,8 procent — ogłoszono wreszcie.

Kate skinęła głową w stronę budki sędziowskiej, zachowując profesjonalny uśmiech mimo rozczarowania kotłującego się w żołądku. Wynik był przyzwoity, ale znacznie poniżej tego, co regularnie osiągały w ostatnich startach. Co ważniejsze, nie wystarczy, by zrobić wrażenie na selekcjonerach kadry narodowej.

— Coś jest nie tak — powiedziała cicho do Zoe, gdy odprowadzały Misty. — W środku nie była sobą.

Zoe zmarszczyła brwi, doświadczonym wzrokiem omiatając klacz. — Idzie czyściutko. Temperatura wygląda normalnie. — Przesunęła dłonią po nogach Misty. — Nie czuję ani ciepła, ani opuchlizny.

Kate metodycznie rozsiodłała Misty, a jej ręce automatycznie sprawdzały przy tym wszelkie oznaki dyskomfortu czy urazu. Nic oczywistego się nie ujawniło: żadnych otarć od siodła, żadnych ranek od wędzidła, żadnej wskazówki fizycznego cierpienia. A jednak zwyczajowa powyścigowa iskra Misty była wyraźnie przygaszona — oczy mniej czujne, reakcje na głos i dotyk Kate mniej entuzjastyczne.

— Czy to możliwe, że coś ją bierze? — zastanowiła się Kate na głos, przykładając dłoń do chrap klaczy, by sprawdzić gorączkę. — A może zjadła coś, co jej zaszkodziło?

— Pilnowałyśmy jej jak sokoły — przypomniała Zoe. — Ta sama pasza, ta sama rutyna. Nic się nie zmieniło.

Kate uważnie sprawdziła oczy Misty — wyglądały normalnie, ani zbyt błyszczące od gorączki, ani zbyt przygaszone z bólu. Jeszcze raz przesunęła dłońmi po nogach klaczy, szukając choć śladu ciepła czy obrzęku, który mógłby sugerować rozwijającą się kontuzję. Nic.

— Nie rozumiem — powiedziała Kate, a w jej głosie pobrzmiała frustracja. — Rano była idealna. Idealna na rozprężalni. A potem na czworoboku jakby ktoś obniżył jej poziom energii o połowę.

Kontynuowała rozstępowanie Misty, prowadząc ją powoli, aż oddech klaczy wrócił do normy. Z każdym krokiem niepokój Kate rósł. Klacz nie kulała, nie okazywała wyraźnych oznak dyskomfortu, a jednak ta nieuchwytna iskra, która zwykle ją charakteryzowała, jakby przygasła.

Kate znała tego konia od źrebięcia — urodzonego w Ridgewater z uratowanej klaczy pełnej krwi, po samym Legendzie. Czuła każdy nastrój Misty: od figlarnego, przez uparty, po ten chętny do współpracy. Ta płaska, lekko stłumiona wersja jej partnerki była niepokojąco obca i Kate nie potrafiła tego ubrać w słowa, nawet sama przed sobą. Jakby ktoś podmienił jej błyskotliwą, responsywną klacz na przekonującą, lecz jednak gorszą kopię.

Wracając do strefy stajni, Kate w myślach odhaczała kolejne możliwości, każdą mniej przekonującą od poprzedniej. Cokolwiek wpłynęło na ich przejazd, pozostawało niepokojącą zagadką, którą Kate zamierzała rozwiązać przed kolejnymi zawodami. Okno kwalifikacyjne się zwężało i nie mogły sobie pozwolić na kolejny przeciętny występ.

Najbardziej martwiły ją nie stracone punkty czy spadek w klasyfikacji. Tylko uporczywe przeczucie, że z koniem, którego zna lepiej niż samą siebie, dzieje się coś zasadniczo złego — a ona nie potrafiła tego zidentyfikować, nie mówiąc już o naprawieniu.

Ben stukał w klawiaturę, a słowa tego ranka płynęły same. Kate siedziała po drugiej stronie kuchennego stołu, z laptopem otwartym na nagraniu jej przejazdu sprzed trzech dni. Obejrzała je już co najmniej kilkadziesiąt razy, odkąd wrócili do domu — z czołem zmarszczonym w skupieniu analizowała każdy krok, każdą przemianę, szukając wskazówek do nietypowego zachowania Misty. Ben łapał się na tym, że jego wzrok ucieka od ekranu, by studiować jej profil, zaciętość zarysowaną w linii szczęki, intensywność w oczach.

— Widzisz to? — mruknęła Kate, bardziej do siebie niż do niego. — Jest zawahanie przed przejściem. Nigdy jej się to nie zdarza.

Ben nachylił się, żeby spojrzeć, choć wątpił, by wychwycił subtelności tak oczywiste dla Kate. — Może coś ją rozproszyło?

Kate pokręciła głową, przewijając znowu. — To nie rozproszenie. Jakby nie mogła się dostać do swojej zwykłej mocy. — Westchnęła, przeczesując włosy palcami. — Sprawdzałam ją już z dziesięć razy, odkąd wróciliśmy. Zero gorączki, zero kulawizny, je i pije normalnie; dzień po zawodach była znów sobą. Cokolwiek to było, minęło, ale wciąż nie rozumiem, co się stało.

Ben już miał odpowiedzieć, gdy zadzwonił telefon Kate. Odebrała profesjonalnie: — Kate McKenzie, przy telefonie.

Ben pisał dalej, na pół uchem słuchając jej rozmowy, składającej się głównie z krótkich potwierdzeń. Ale coś w tej ciszy kazało mu podnieść wzrok. Z twarzy Kate odpłynęła krew, oczy się rozszerzyły, usta lekko się rozchyliły w czymś na kształt szoku.

— To niemożliwe — powiedziała nienaturalnie płasko. — Musi być jakaś pomyłka. — Chwila przerwy. — Tak, rozumiem procedurę. Ale mówię wam, to błąd. — Zacisnęła palce na telefonie. — Chcę natychmiastowego badania próbki B.

Ben zamknął laptop, porzucając pozory pracy, gdy patrzył, jak świat Kate najwyraźniej wali się w czasie rzeczywistym. Jej dłoń zadrżała, gdy opuściła telefon, wpatrując się w niego, jakby ją fizycznie zaatakował.

— Co się stało? — zapytał Ben, czując, jak ściska mu się klatka. — Kate?

Telefon wysunął się z jej palców i stuknął o drewniany blat stołu. — Misty miała pozytywny wynik na bute — wyszeptała, głosem pustym z niedowierzania.

Ben zmarszczył brwi, nie od razu pojmując wagę. — Bute?

— Fenylobutazon — powiedziała Kate, jakby samo słowo sprawiało ból. — Lek przeciwbólowy. Surowo zakazany w czasie zawodów. — Gwałtownie odsunęła się od stołu, a nogi krzesła zaskrzypiały po podłodze. — To nie ma sensu. Nigdy bym... — Głos jej się załamał i bez słowa rzuciła się do drzwi.

— Kate, zaczekaj — zawołał Ben, ale już jej nie było; drzwi z siatką trzasnęły za nią.

Ben przez chwilę siedział oszołomiony nagłym obrotem spraw. Zdołał już poznać świat jeździecki na tyle, by wiedzieć, że testy antydopingowe to rutyna, ale konsekwencje pozytywnego wyniku wciąż były dla niego niejasne. Rozumiał za to dewastację na twarzy Kate, absolutne niedowierzanie w jej głosie. Cokolwiek to oznaczało, sprawa była poważna.

Szybko wsunął buty i pobiegł za Kate na zewnątrz, ale już zniknęła mu z oczu — pewnie ruszyła do stajni. Ben truchtem puścił się ścieżką, jego dłuższe nogi pochłaniały dystans, lecz gdy dotarł do głównej stodoły, po Kate nie było śladu.

— Ben? — rozległ się głos Pip z jednego z boksów. Wyszła, prowadząc małego siwego kuca; jej drobna sylwetka sprawiała, że i tak niewielkie zwierzę wyglądało na większe. — Jeśli szukasz Kate, przed chwilą przemknęła tędy jak burza. Złapała Marcusa i poszli do siodlarni.

— Powiedziała ci, co się stało? — zapytał Ben.

Pip pokręciła głową, z zaciekawieniem marszcząc brwi. — Nie, ale wyglądała, jakby zobaczyła ducha. O co chodzi?

Ben zawahał się, niepewny, czy to do niego należy przekazywanie wieści. — Dostała telefon. Coś o tym, że Misty miała pozytywny wynik na... bute? Fenylobutazon?

Reakcja Pip była natychmiastowa i alarmująca. Uwiąz wysunął jej się z palców, gdy oczy rozszerzyły się z szoku — na szczęście kuc stał spokojnie. — Co? To niemożliwe!

— Co to właściwie za lek? — zapytał Ben, idąc za Pip, która szybko przywiązała kuca do kółka w ścianie i ruszyła w stronę głównego budynku. — Wnioskuję, że to poważne?

— Poważne? — Pip spojrzała na niego z niedowierzaniem. — Poważne na koniec kariery. Bute to powszechny koński przeciwbólowiec, całkiem legalny terapeutycznie, ale absolutnie zakazany na zawodach, bo maskuje kulawiznę. Jeśli koń dostanie bute, może startować z kontuzją, nie okazując bólu, który normalnie by go zatrzymał.

Ben natychmiast zaczął łączyć kropki. — Czyli jeśli Misty miała pozytywny wynik...

— To znaczy, że ktoś podał jej substancję zakazaną przed startem — dokończyła za niego Pip. — A ponieważ Kate jest zawodniczką i zarejestrowaną osobą odpowiedzialną, automatycznie ponosi odpowiedzialność, niezależnie od tego, kto faktycznie to podał.

Dotarli do siodlarni akurat, gdy wychodził z niej Marcus, z ponurą miną. Kate stała w środku, plecami do drzwi, cała aż spięta z napięcia.

— Przyspieszą badanie próbki B — mówił Marcus — ale, Kate... — Głos mu stężał, współczujący, lecz szczery. — Musisz się przygotować na potwierdzenie. Te testy rzadko się mylą.

— Nie podałam jej niczego — upierała się Kate, głosem napiętym od emocji. — Wiesz, że bym tego nie zrobiła, Marcusie.

Weterynarz skinął głową. — Wiem. Co oznacza, że zrobił to ktoś inny.

Pip chrząknęła, przyciągając ich uwagę. — Kate, Ben powiedział mi o teście. Co możemy zrobić?

Zanim Kate zdołała odpowiedzieć, telefon w jej dłoni zaczął uporczywie wibrować. Zerknęła na ekran, a jej wyraz twarzy jeszcze bardziej posmutniał.

— Już to wypłynęło — powiedziała otępiale. — Jak to możliwe, że już jest publiczne? — Odwróciła telefon, by im pokazać: powiadomienie za powiadomieniem z mediów społecznościowych, wiadomości od znajomych i konkurentów, a co gorsza — telefony od sponsorów, w tym od Equinovy.

Ben podszedł bliżej, czytając przez jej ramię, gdy Kate otworzyła wiadomość od Sarah: *Dlaczego magazyn Dressage Australia dzwoni do mnie w sprawie pozytywnego testu antydopingowego? Co się dzieje?*

Na ich oczach spływały kolejne powiadomienia. Palce Kate szybko wystukały adres strony Federacji Jeździeckiej. Było — już umieszczone na oficjalnej stronie z wynikami: *Ridgewater Mystery (K. McKenzie) zdyskwalifikowana po pozytywnym teście na substancję zakazaną.*

— Powinni czekać na próbkę B — warknął Marcus, z trudem panując nad złością. — To niezgodne z procedurą.

Telefon Kate zadzwonił ponownie — nieznany numer. Wyciszyła połączenie bez odbierania, ale zaraz rozdzwonił się kolejny, od innego dzwoniącego.

— Sępy już krążą — powiedziała ponuro Pip. — Musisz wyprzedzić narrację, Kate. Zrób oświadczenie, zanim rozkręcą się spekulacje.

Telefon Kate znów zawibrował — tym razem z e-mailem, który kazał jej gwałtownie zaczerpnąć powietrza. — Equinova — powiedziała płasko. — Wstrzymują nasze rozmowy o partnerstwie w związku z ostatnimi wydarzeniami. — Wydobył się z niej pusty śmiech. — Szybko. Nawet nie czekają na próbkę B ani na moją wersję wydarzeń.

— Panikują — odparła ostro Pip. — Tchórze z korporacji.

Kate schowała telefon do kieszeni, wyraźnie walcząc o zachowanie spokoju. — Muszę sprawdzić Misty — powiedziała. — A potem zadzwonić do naszego prawnika.

Marcus kręcił głową, gdy Kate odchodziła, a jego mina nie napawała otuchą. Patrząc, jak Marcus i Pip wymieniają spojrzenia pełne złych przeczuć, Ben uświadomił sobie, że to nie dotyczyło tylko Kate.

Reputacja całej stajni Ridgewater była zagrożona.

Rozdział
dwunasty

PALCE KATE DRŻAŁY, GDY przewijała zalew nagłówków na laptopie. *„Nadzieja brytyjskiego ujeżdżenia uwikłana w skandal dopingowy!"* — wrzeszczał jeden z serwisów czerwonym, pogrubionym drukiem. *„Marzenie o Mistrzostwach Świata wykolejone: klacz McKenzie z pozytywnym wynikiem"* — oznajmiał inny, obok zdjęcia z zawodów, na którym ona i Misty niegdyś symbolizowały triumf, a teraz — hańbę. Od godziny kompulsywnie odświeżała jeździeckie portale, patrząc, jak jej reputacja kruszy się w czasie rzeczywistym, każdy nowy nagłówek jak kolejny gwóźdź do trumny jej kariery.

Gorzej było w komentarzach. *„Zawsze wiadomo było, że McKenzie'owie idą na skróty"* — napisał anonim. *„Konie *z domowej hodowli nie trafiają do Grand Prix bez pomocy"* — szydził ktoś inny. Żołądek Kate ścisnął się, gdy trafiła na wyjątkowo zajadły wpis: *„Kiedy nie stać cię na talent, oszukujesz zamiast tego."*

Zabrzęczało powiadomienie i Kate drgnęła. Kolejny e-mail — tym razem od sklepu jeździeckiego, który dostarczał jej sprzęt ze zniżką w zamian za wzmianki w social mediach. *„W związku z ostatnimi zarzutami... musimy chronić integralność naszej marki... rozwiązujemy nasze porozumienie ze skutkiem natychmiastowym."* Suchy, urzędowy język wcale nie łagodził ciosu.

Zamknęła e-mail bez odpowiedzi i wróciła do przeglądarki, niezdolna powstrzymać się przed czytaniem kolejnych doniesień. Jej sportowy dorobek opisany teraz jako seria podejrzanych sukcesów. Spekulacje, jakich jeszcze substancji mogła używać we wcześniejszych startach. Pytania o program hodowlany i metody treningowe w Ridgewater. Trucizna rozlewała się poza nią samą, dotykając wszystkiego, co zbudowała jej rodzina.

„Uzyskaliśmy ekskluzywne wypowiedzi od osób bliskich ośrodkowi McKenzie'ów" — twierdził jeden artykuł, choć Kate wiedziała, że nikt naprawdę bliski Ridgewater nigdy nie rozmawiałby z prasą. Ów „informator" opisywał rzekomą kulturę chodzenia na skróty i forsowania koni, kompletne bzdury, zmyślone na tyle ogólnie, by nie dało się ich zweryfikować — i by nie były technicznie zniesławiające — a jednocześnie dość konkretne, by brzmiały przekonująco.

Zawybrował telefon z SMS-em od Marcusa: *„Przyspieszyliśmy badanie próbki B. Wyniki w 48 godzin."* Kate odłożyła telefon bez odpisywania. Cóż mogła powiedzieć? Wiedziała, że nie podała Misty nic zabronionego. Ale próbka B też wyjdzie pozytywna, bo cokolwiek się stało, cokolwiek ktoś zrobił, było realne. Substancja była w organizmie Misty. Tylko to tłumaczyło to, czego Kate nie potrafiła pojąć — ospałość Misty podczas przejazdu. Daleki od „wspomagacza", środek sprawił, że Misty była zmęczona i płaska, ale to dla Federacji nie miało znaczenia. Substancja zakazana to substancja zakazana.

Dźwięk silników przerwał jej spiralę myśli. Kate podniosła wzrok znad ekranu, przechylając głowę, by nasłuchiwać. Więcej pojazdów, nie tylko jeden czy dwa, i nie wjeżdżały na posesję, tylko zatrzymywały się na zewnątrz. Podniosła się z łóżka, na którym siedziała po turecku tak długo, że zdrętwiały jej stopy, i podeszła do okna.

Widok ścisnął jej gardło. Tuż przed główną bramą Ridgewater stały trzy białe vany z talerzami satelitarnymi na dachach. Obok na poboczu zatrzymało się kilka mniejszych aut. Mężczyźni i kobiety z kamerami i mikrofonami stali przy zamkniętej bramie, niektórzy mówili do rejestratorów. Kilku fotografów z ogromnymi teleobiektywami celowało w stronę domu, pstrykając zawzięcie, choć Kate sądziła, że niewiele mają do uchwycenia — tylko konie spokojnie pasące się na padokach.

Szybko cofnęła się w głąb pokoju, choć wydawało jej się, że dystans i tak uniemożliwia im zrobienie wyraźnego zdjęcia przez okno sypialni. Mimo to sama myśl, że ktoś mógłby uchwycić ją w takim stanie — nieświadomą i nieprzygotowaną — przeszyła ją chłodem. Ridgewater zawsze było jej azylem, miejscem, gdzie mogła być sobą, z dala od presji zawodów i opinii publicznej. Teraz miała wrażenie, że mury zamieniają się w szkło, wystawiając ją na osąd świata.

Mignęły niebieskie światła. Policyjne SUV zatrzymało się przy wozach mediów, a z auta wysiadł Jake Harrison — jego wysoka sylwetka była nie do pomylenia nawet z tej odległości. Jego pojawienie się wywołało poruszenie wśród reporterów, którzy od razu na niego naskoczyli, wyciągając mikrofony jak broń.

Kate wróciła do okna, trzymając się z boku, gdzie zasłona częściowo ją kryła. Nie słyszała, co mówią, ale mowa ciała Jake'a mówiła wszystko. Stał z założonymi na piersiach rękami, rozstawiając nogi, żywa bariera między reporterami a bramą Ridgewater. Twarz miał nieprzeniknioną, gdy dziennikarze zasypywali go pytaniami, ich usta poruszały się szybko, ręce gestykulowały.

Jedna z bardziej agresywnych reporterek, kobieta w jaskrawo niebieskiej marynarce, podeszła bliżej, trzymając mikrofon niemal przy jego piersi. Jake nie cofnął się, nie rozplótł rąk, tylko spojrzał na nią w dół z cierpliwą miną człowieka, który mierzył się już z o wiele gorszymi sytuacjami.

Kate nie mogła oderwać oczu od tej sceny. To było realne. To się działo. Skandal nie był już tylko nagłówkami na ekranie ani powiadomieniami w telefonie, lecz prawdziwymi ludźmi u bramy, prawdziwymi oskarżeniami wykrzykiwanymi na głos, prawdziwymi stratami ponoszonymi przez reputację Ridgewater z każdą minutą.

Nadjechał kolejny samochód — tym razem znajomy pickup należący do jednego z sąsiadów. Sfora reporterów odwróciła się w jego stronę, unosząc kamery w oczekiwaniu, po czym wyglądała na rozczarowaną, kiedy zorientowali się, że to nie nikt związany z McKenzie'ami. Jake wykorzystał rozproszenie, by podejść bliżej do bramy, dosłownie ustawiając się między nią a dziennikarzami i jasno dając do zrozumienia, że nikt nie wejdzie na teren posesji.

Jeden z reporterów gestykulował gwałtownie, twarz miał wykrzywioną frustracją. Kate potrafiła wyobrazić sobie, co mówił: że opinia publiczna ma prawo wiedzieć, że chodzi o integralność sportu, że skoro rodzina McKenzie'ów nie ma nic do ukrycia, to czemu się chowa? Jake raz zdecydowanie pokręcił głową, a potem wskazał tabliczkę „Private Property" wyraźnie umieszczoną na bramie.

Kobieta w niebieskiej marynarce spróbowała innej taktyki, łagodząc wyraz twarzy, zapewne próbując odwołać się do lepszej natury Jake'a. Znów to niezmienne kiwnięcie głową na „nie". Przekaz był jasny: bez komentarza, bez dostępu, bez ustępstw. Wejdziesz na teren — zostaniesz aresztowana za wtargnięcie.

Kate osunęła się na siedzisko pod oknem, nogi nagle odmówiły jej posłuszeństwa. Zaledwie kilka dni temu była szanowaną zawodniczką z świetlaną przyszłością. Teraz chowała się we własnym domu, podczas gdy policja powstrzymywała prasę. Jak to wszystko mogło się tak szybko rozpaść?

Telefon zadrżał ponownie i zobaczyła SMS od Sarah: *„Nie odbieraj połączeń z nieznanych numerów. Nie odpowiadaj na żadne zapytania od prasy. Przetrwamy to."*

Prostota tego ostatniego zdania sprawiła, że gardło Kate się ścisnęło. „Przetrwamy to." Jakby chodziło tylko o trudny konkurs albo wymagającego konia. Jakby jej kariera i reputacja Ridgewater nie były rozszarpywane na jej oczach.

Na zewnątrz Jake się nie poruszył, wciąż stojąc na straży przy bramie jak wartownik. Reporterzy nie ustawali w natarciu, ale jego postura nie drgnęła. W tej chwili Kate poczuła przypływ wdzięczności za jego niezachwianą obecność, choć jednocześnie inna część niej rozumiała gorzką prawdę: gdyby wszystko było normalnie, Jake w ogóle nie musiałby tam być.

Kate zsunęła się po schodach, kierowana potrzebą herbaty i chwilą wytchnienia od niekończącej się lawiny oskarżeń na ekranie. Kuchnia zawsze była azylem, sercem Dużego

Domu, gdzie zbierała się rodzina, zapadały decyzje i gdzie pocieszał rytuał czajnika. Poruszała się cicho, licząc, że uniknie rozmów, tłumaczeń, a co gorsza — litości. Ledwie zacisnęła dłoń na uchwycie czajnika, gdy drzwi otworzyły się z takim impetem, że odbiły się od ściany.

Pip wpadła jak burza, drobna sylwetka drżała z wściekłości, twarz miała płonącą. Trzasnęła dłonią o blat kuchenny, aż misa z owocami podskoczyła, a Kate omal nie upuściła czajnika.

— Ten cholerny reporter, który przeprowadził się do Ridgemont, osaczył mnie w sklepie paszowym! — Głos Pip był ostry jak brzytwa. Krążyła po kuchni, każdy krok był skondensowanym wybuchem energii, mimo jej drobnej postury. — Danny Wareham, z Courier-Mail. Znasz go?

Kate pokręciła głową, mechanicznie napełniając czajnik.

— Cóż, on na pewno zna nas. — Pip wyjęła jabłko z misy, ale zaraz je odłożyła, jakby była zbyt wściekła, by myśleć o jedzeniu. — Zatrzymał mnie między suplementami i wypalał pytania jak przy przesłuchaniu. Chciał wiedzieć wszystko o twoim „programie dopingowym". — Zrobiła w powietrzu złośliwe cudzysłowy. — Pytał, czy w Ridgewater są „systemowe problemy z dopingiem".

Żołądek Kate znowu się ścisnął. — Co mu powiedziałaś?

— Nic, co nadawałoby się do druku. — Kłykcie Pip pobielały, gdy zacisnęła dłonie na krawędzi blatu. — O mało mu nie przyłożyłam, Kate. Naprawdę zwinęłam pięść i wszystko. Potem przypomniałam sobie, co by nam to teraz zrobiło, i po prostu kazałam mu spadać. — Wypuściła powietrze gwałtownie. — Ale on jest uparty. Mówi, że chce „prawdziwej historii", cokolwiek to znaczy.

Kate postawiła na blacie dwa kubki, ten znajomy gest pomagał jej złapać grunt pośród chaosu. — On tylko robi swoją robotę — powiedziała, choć słowa miały gorzki posmak.

— Swoją robotę? — Pip aż nie dowierzała. — Jego robota to rujnować naszą reputację na podstawie jednego testu? Testu, który może być błędny? Praktycznie oskarżył mnie o udział w spisku. Mnie! Jakbym kiedykolwiek zrobiła coś, co skrzywdzi konia!

Drzwi kuchni znów się otworzyły, tym razem wpuszczając Sarah. Miała surowy wyraz twarzy, w dłoni ściskała tablet. — Przed chwilą rozmawiałam z tym wetem z Brisbane, tym, który pracuje przy komisji wyścigowej — powiedziała bez wstępów. — Pyta, czy chcemy, żeby przyjechał zbadać Misty. Mówi, że może zdoła ustalić, kiedy i jak bute trafił do jej organizmu.

— Naprawdę da się to ustalić? — zapytała Kate, a w niej błysnęła nadzieja.

Sarah wzruszyła ramionami. — Uważa, że jest szansa, na podstawie enzymów wątrobowych czy czegoś. Powiedziałam, że oddzwonimy. — Odłożyła tablet i spojrzała na Kate i Pip. — Ale to, co musimy zrobić od razu, to uciąć współpracę z Vanessą Hughes.

— Co? — Kate zatrzymała się z otwartą lodówką, sięgając po mleko.

Szczęka Sarah była zaciśnięta, postawa twarda jak skała. — Od pierwszego dnia z tą dziewczyną same kłopoty. Jej matka rzucała uszczypliwości o naszych warunkach, Vanessa opierała się prawidłowym metodom treningu, a teraz — jak na zawołanie — mamy skandal dopingowy akurat wtedy, gdy ty zaczęłaś ją przewyższać.

— Myślisz, że to Vanessa? — oczy Pip się rozszerzyły.

Przez moment w kuchni zaległa cisza, a potem lodówka zapiszczała, przypominając Kate, że drzwi wciąż są otwarte. Oszołomiona sugestią Sarah, Kate automatycznie zamknęła lodówkę i postawiła karton mleka na blacie.

— Uważam, że to „niezwykły zbieg okoliczności", że dzieje się to zaraz po tym, jak tak spektakularnie zawaliła publicznie, kiedy wydała fortunę na tego ogiera i wciąż nie jest w stanie zbliżyć się do ciebie. — Sarah skrzyżowała ramiona. — Powinnyśmy im kazać zabrać Cavaliera gdzie indziej.

— Nie możesz rzucać takim oskarżeniem bez dowodów. — Kate pokręciła głową. — Vanessa nawet nie startuje na poziomie Grand Prix; tu nie chodzi o to, że ją „biję". Ją też to dotyka, bo jestem jej trenerką i nie odwołała treningów! Nie. Nie możemy sobie pozwolić, by stracić jej opłaty za pensjonat. Nie teraz. — Wyjęła telefon z kieszeni i otworzyła e-mail, pokazując im ekran. — Trzy odwołania od stałych uczniów od rana, wszystkie z mętnymi wymówkami o „konfliktach w grafiku". Dobrze wiemy, co to naprawdę znaczy.

Pip zerknęła na ekran, a jej wyraz twarzy jeszcze pociemniał. — Tchórze.

— Chronią własną reputację — powiedziała Kate z rezygnacją. — Nie mogę ich winić. Kto chciałby się szkolić u kogoś, kogo oskarża się o dopowanie koni?

Sarah wzięła telefon, przewijając wiadomości z coraz głębszą zmarszczką. — To absurd. Dawałaś tym ludziom lata swojej wiedzy, a oni porzucają cię w chwili, gdy tylko powieje skandalem? Nawet nie czekając na fakty?

— Tak to działa — stwierdziła Kate, zalewając torebki herbaty wrzątkiem. — W tej branży wszystko opiera się na reputacji. Stracimy ją — stracimy wszystko.

— Nie wszystko — upierała się Pip. — Wciąż mamy po swojej stronie prawdę.

Kate posłała jej zmęczony uśmiech. — Prawda nie płaci za paszę.

Sarah oddała telefon, zamyślona. — Przynajmniej mama z tatą jeszcze nic nie wiedzą. Drobne pocieszenie, że są gdzieś pośrodku Nullarbor bez zasięgu.

— Tak, ale w końcu wrócą w zasięg — powiedziała Kate, a myśl o tym dołożyła kolejną warstwę niepokoju. Rodzice powierzyli Ridgewater jej i siostrom; rozczarować ich było gorsze niż jakiekolwiek publiczne upokorzenie. — I im dłużej to trwa, tym więcej szkód.

Pip przyjęła kubek herbaty, który podała jej Kate, ogrzewając dłonie o porcelanę. — A Ben? On jest pisarzem. Na pewno wie coś o tym, jak sobie radzić z prasą.

Kate poczuła, jak w piersi zawiązuje się supeł. — Nie chcę go w to wciągać.

— Już jest w to wciągnięty, chociażby dlatego, że tu mieszka — zauważyła Sarah, taktownie nie wspominając o relacji Kate i Bena, jaka by nie była. Kate nic nie mówiła, ale siostry doskonale wiedziały, że coś się dzieje; Kate od tygodni rzadko spała we własnym łóżku. — I może mieć cenne spostrzeżenia.

Kate wsypała cukier do herbaty, zyskując sekundę, by odpowiedzieć. — Nie chcę, żeby widział mnie w takim stanie. Oskarżoną, w defensywie. — To wyznanie kosztowało, ale było prawdziwe. Jej związek z Benem był wciąż nowy, dopiero się kształtował. Taka presja mogła go zmiażdżyć, zanim zdążyłby się umocnić.

Pip wyglądała, jakby miała zaprotestować, ale ruch za oknem przyciągnął ich uwagę. Kolejna furgonetka z wiadomościami podjeżdżała pod bramę, dołączając do tych już stojących.

— Jak muchy — mruknęła Sarah.

Kate upiła łyk herbaty, a ciepło niewiele zrobiło na zimno, które wpełzło jej w kości. Jeden test, jedna substancja, której nigdy nie podała, i życie, które zbudowała, rozpadało się w oczach. Jeszcze gorzej, że zagrażało to utrzymaniu rodziny, dziedzictwu, które rodzice powierzyli jej i siostrom. Pomyślała o Misty w boksie, nieświadomej, że jej kariera — i Kate — wiszą na włosku: na próbce B i sądzie opinii publicznej.

— Potrzebujemy planu — powiedziała w końcu, odstawiając kubek. — Nie tylko wobec prasy, ale jak utrzymać Ridgewater na chodzie, dopóki to się nie rozstrzygnie.

Sarah skinęła głową. — Priorytet numer jeden to zadbać o konie i o to, żeby klienci, którzy zostali lojalni, dostali usługę, za którą płacą.

— I znaleźć, kto ci to zrobił — dodała Pip, oczy jej zabłysły. — Bo ktoś to zrobił, Kate, nawet jeśli nie Vanessa. Wszyscy wiemy, że nie podałaś Misty żadnego bute, więc znaczy to, że ktoś inny *podał*. I kiedy się dowiem kto, zamarzy, żeby Danny Wareham był jego największym problemem.

Kate na to nie odpowiedziała. Nie mogła teraz myśleć o zemście ani nawet o sprawiedliwości. Najpierw przetrwanie — dla niej, dla Ridgewater, dla wszystkiego, co zbudowała jej rodzina. Reszta będzie musiała poczekać.

Kate siedziała po turecku na łóżku, a niebieskawa poświata laptopa była jedynym światłem w pokoju, gdy nad Ridgewater zapadał wieczór. Stały potok powiadomień zwolnił do ciurku, ale każde nowe brzmiało jak świeże oskarżenie. Kliknęła kolejną wiadomość, przygotowując się na to, co w niej znajdzie.

Wiadomość od rywalki, którą znała od lat: *„Strasznie mi przykro. Trzymaj się!”* Na pierwszy rzut oka brzmiało wspierająco, ale Kate znała takie formułki. Żadnych pytań o jej wersję wydarzeń, żadnych konkretnych propozycji pomocy, nawet jednoznacznej deklaracji wiary w jej niewinność. Tylko mętne współczucie i slogan, który pozwalał nadawczyni poczuć, że „zrobiła swoje”, nie zajmując żadnego stanowiska. Podtekst był jasny: dystans, nie wsparcie.

Kate przewinęła dalej, znajdując warianty tego samego. *„Myślę o tobie w tym trudnym czasie.” „Co za szok, oby szybko się wyjaśniło.”* Każda wiadomość starannie skrojona, by odnotować sytuację, nie oferując prawdziwej solidarności, każdy nadawca ustawiający się na tyle daleko, by nie zostać „skażonym" skojarzeniem z nazwiskiem McKenzie.

Niektórzy byli bardziej bezpośredni w porzuceniu. *„Musiałam wycofać się z twojego kliniki w przyszłym miesiącu, przepraszam za niedogodność."* Żadne wyjaśnienie nie było potrzebne; nie chcieli, by ich konie ani ich reputacje były teraz w pobliżu nazwiska McKenzie.

Na górze ekranu wyskoczyło powiadomienie o e-mailu, a nazwa nadawcy sprawiła, że serce jej zatonęło. Vitality Plus, firma suplementacyjna, która trwała przy niej przez kontuzję Duchess i długi, niepewny czas po niej. Byli jej pierwszym prawdziwym sponsorem — zaryzykowali, gdy dopiero zaczynała sobie wyrabiać nazwisko w cyklu.

Z poczuciem nieuchronności Kate kliknęła, by otworzyć wiadomość.

„Szanowna Pani McKenzie, w świetle ostatnich wydarzeń tymczasowo zawieszamy nasze zobowiązania umowne, zgodnie z sekcją 8.3 naszej umowy sponsorskiej. Choć rozumiemy, że wynik badania próbki B jest wciąż w toku, Vitality Plus musi priorytetowo traktować integralność naszej marki i jej postrzeganie na rynku. Cenimy naszą relację z Ridgewater i liczymy na szybkie rozwiązanie sprawy. Jeśli próbka B okaże się negatywna lub pojawią się inne dowody na oczyszczenie z zarzutów, z przyjemnością wrócimy do tej decyzji..."

Szczęka Kate zacisnęła się, gdy czytała korporacyjny żargon, każde starannie dobrane zdanie było kolejnym ciosem w partnerstwo, które uznawała za oparte na wzajemnym szacunku i wspólnych wartościach. Oczywiście, mieli umowne prawo do zawieszenia wsparcia. Klauzula moralna wydawała się formalnością, gdy ją podpisywała — standardowym zapisem, którego nigdy nie wyobrażała sobie, że ktoś użyje.

Zamknęła e-mail bez odpowiedzi. Co mogła napisać? Po raz kolejny zapewnić o swojej niewinności? Błagać, by w nią uwierzyli? Żadna z opcji nie przemawiała do jej dumy ani nie wydawała się mieć szans na zmianę decyzji.

Zamiast tego otworzyła ustawienia telefonu i zaczęła systematycznie usuwać z urządzenia każdą aplikację społecznościową. Instagram — zniknął po stuknięciu i potwierdzeniu. Facebook, Snapchat — każda ikonka znikała z ekranu jak kamień wrzucany do stawu, zostawiając po sobie tylko kręgi pustki. Było w tym coś lodowato satysfakcjonującego — ten drobny akt kontroli, wybór odcięcia się, zamiast pozwalać, by odcinano ją siłą.

Ostatnia aplikacja znikła i Kate odłożyła telefon, czując się dziwnie lżejsza mimo wszystkiego. Nie mogła powstrzymać tego, co ludzie mówili, nie mogła kontrolować, jak historia rozchodzi się i przeinacza przy każdym kolejnym opowiedzeniu, ale mogła zdecydować, że nie będzie na to patrzeć w czasie rzeczywistym.

Cichy pukot do drzwi przerwał jej myśli.

— Kate? — Głos Bena był łagodny, nieśmiały. — Mogę wejść?

Rozważała odmowę, ale zmęczenie zwyciężyło z pragnieniem samotności. — Otwarty.

Ben wszedł, ostrożnie niosąc dwa parujące kubki herbaty. Znajomy zapach rumianku z miodem rozszedł się po pokoju — uważny gest, który niespodziewanie ścisnął jej gardło.

— Pomyślałem, że może tego potrzebujesz — powiedział, odstawiając jeden kubek na stolik nocny. Przez moment stał niezręcznie w półmroku, po czym usiadł na skraju łóżka, uważając, by zachować taktowny dystans. — Jak się trzymasz?

Kate zamknęła laptopa, chowając dowody swojej cyfrowej ucieczki. — Bywały lepsze dni.

Ben skinął głową, w oczach miał miękki niepokój. W niebieskawym świetle z okna rysy wydawały się ostrzejsze, zmarszczki troski wokół ust głębsze niż zwykle. — Kate, pozwól mi pomóc. Czegokolwiek potrzebujesz: research, telefony, cokolwiek. Dobrze kopię informacje, potrafię łączyć kropki. I znam ludzi w wydawnictwach, którzy mogą mieć kontakty w dziennikarstwie sportowym. Może uda się kogoś namówić, żeby porządnie opisał twoją wersję wydarzeń.

Propozycja była szczera, wyraz twarzy — pełen zaangażowania. W innych okolicznościach Kate wzruszyłaby jego gotowość, by użyć swoich zawodowych kontaktów dla niej. Teraz jednak poczuła, jak jej ramiona odruchowo tężeją.

— Muszę poradzić sobie sama — powiedziała cicho, ale stanowczo. — Muszę oczyścić swoje nazwisko, udowodnić, że to nie ja.

— Nie musisz robić tego w pojedynkę — nalegał Ben, sięgając po jej dłoń spoczywającą na narzucie.

Kate poruszyła się lekko — subtelny, ale jednoznaczny gest odsunięcia się. Błysk bólu na twarzy Bena sprawił, że skręciło ją z poczucia winy, ale nie potrafiła przyjąć oferowanego wsparcia. Nie teraz, gdy wszystko wydawało się tak kruche.

— Wiem, że chcesz dobrze — powiedziała łagodniej — ale nie mogę... — Głos jej zgasł, gdy próbowała ubrać w słowa kłębowisko emocji uciskające żebra. — Nie mogę się na nikim oprzeć. Jeśli zacznę, mogę nie przestać, a muszę zostać skupiona. Z chłodną głową.

Czego nie umiała powiedzieć, to że kruchość była teraz niebezpieczna, luksusem, na który nie mogła sobie pozwolić. Że czułość w jego oczach groziła rozbiciem starannie postawionych ścian, pozwalających jej przetrwać kolejne godziny koszmaru. Że przyjęcie jego pomocy oznaczałoby przyznanie, iż jej potrzebuje, a w tej chwili jedynym, co trzymało ją w pionie, było przekonanie, że może — *musi* — stoczyć tę walkę sama.

Ben powoli kiwnął głową, przyjmując jej słowa i to, co kryło się pod nimi. — Rozumiem — powiedział, choć jego oczy mówiły coś innego. Wstał, zawahał się, jakby liczył,

że zmieni zdanie. Gdy pozostała milcząca, ruszył do drzwi.
— Herbata jest tutaj, jeśli będziesz chciała. I ja też jestem,
kiedy będziesz gotowa.

Drzwi zamknęły się za nim z cichym kliknięciem,
zostawiając Kate znów samą. Wpatrywała się w parujący
kubek na stoliku, łagodny aromat rumianku ostro
kontrastował z goryczą, która oblepiła jej język. Nie miała
planu, pojęcia, jak walczyć z oskarżeniem, które z każdą
godziną wydawało się bardziej namacalne. Żadnej jasnej
drogi, by dowieść niewinności, skoro nawet nie wiedziała,
jak Misty przyjęła substancję zakazaną.

Za oknem wozy transmisyjne wciąż tkwiły przy bramie,
cierpliwi drapieżcy czekający na swoją szansę. Dalej, w
szerszej społeczności jeździeckiej, ludzie już układali się
z narracją, w której Kate McKenzie była tylko kolejną
zawodniczką, która przekroczyła granicę w pogoni za
chwałą.

Sięgnęła po herbatę, pozwalając, by ciepło wsiąkło
w zmarznięte palce. Jutro będzie musiała być silniejsza.
Bardziej strategiczna. Gotowa do kontrataku, nawet jeśli
jeszcze nie wiedziała jak. Dziś jednak, w prywatności
zaciemnionego pokoju, Kate pozwoliła sobie uznać ciężar
ciążący na barkach i lęk, że tym razem cały jej wysiłek,
umiejętności i determinacja mogą nie wystarczyć, by
przejść przez to cało.

Rozdział trzynasty

MINĘŁY DWA TYGODNIE OD pozytywnego wyniku testu, a Kate czuła się pusta w środku. Próbka B potwierdziła to, co już wiedziała; ktoś podał Misty fenylobutazon (bute) przed zawodami, ale Federację nie obchodził „ktoś". Obchodziło ich to, kto odpowiadał za konia, a to była Kate. List o tymczasowym zawieszeniu leżał na jej biurku obok rosnącego stosu anulowanych zapisów na kliniki i wypowiedzianych umów sponsorskich. Nawet najwierniejsi uczniowie odpływali, a ich rodzice w przepraszających wiadomościach zasłaniali się rzekomymi konfliktami w grafiku albo nowymi możliwościami treningowymi, nie dotykając sedna sprawy wprost.

Kate stała w drzwiach boksu Misty, patrząc, jak klacz zadowolona przeżuwa siano. Przynajmniej Misty nie wiedziała, że jej kariera zawisła w próżni, że okno kwalifikacyjne do kadry narodowej szybko się zamyka, podczas gdy Kate walczy z czymś, czego coraz mniej da się wygrać. Sierść klaczy wciąż lśniła srebrzyście w porannym świetle, jej ruchy były płynne i mocne. Dla niej nic się nie zmieniło.

— A tu jesteś. — Głos Bena zabrzmiał za jej plecami miękko, z tą ostrożnością, z jaką ostatnio wszyscy w Ridgewater się odzywali, jakby głośniejszy dźwięk mógł roztrzaskać resztki opanowania, jakie Kate jeszcze miała.

Nie odwróciła się. — Tylko sprawdzam, co u niej.

— Sprawdzałaś ją godzinę temu — powiedział Ben łagodnie. — I godzinę wcześniej.

Kate westchnęła, sięgając przez kraty, by pogładzić Misty po szyi. — Co innego mam robić? Trenować do zawodów, do których nie wolno mi startować? Uczyć uczniów, którzy nagle mają same konflikty w grafiku?

Ben podszedł bliżej, nie dotykając jej, ale na tyle blisko, że czuła jego ciepło. — Poleć ze mną do Sydney.

Słowa były tak niespodziewane, że Kate odwróciła się do niego, pewna, że się przesłyszała. — Co?

— W ten weekend jest premiera filmu — powiedział Ben. — Adaptacja mojej pierwszej książki. Mogę przyprowadzić osobę towarzyszącą i... — Zawahał się, wsuwając dłonie do kieszeni. — Musisz stąd na chwilę wyjechać, Kate. Choćby na kilka dni.

Kate pokręciła głową. — Nie mogę tak po prostu wyjechać. Muszę przygotować się do przesłuchania...

— Przesłuchanie jest za trzy tygodnie — przerwał łagodnie Ben. — A swoją linię obrony przerabiałaś już ze sto razy. Sarah i Marcus poradzą sobie tu przez weekend. — Jego spojrzenie złagodniało. — Od dawna porządnie nie spałaś. Zamęczasz się.

— To nie... — zaczęła Kate, po czym umilkła, bo to była prawda. Sen stał się nieuchwytny, noce spędzała na układaniu w głowie argumentów albo na przeglądaniu forów jeździeckich, gdzie obcy ludzie dyskutowali o jej winie. — Nie pasuję do Sydney i do filmowej premiery. Ci ludzie... to nie mój świat.

— Właśnie — odparł Ben z lekkim uśmiechem unoszącym kącik ust. — O to chodzi. Tam nikt nie zna ani nie obchodzi go skandal dopingowy w jeździectwie. Przez weekend możesz po prostu być Kate. Nie Kate McKenzie, amazonką zawieszoną w prawach startu.

Myśl o anonimowości, o przejściu ulicą bez zastanawiania się, czy ludzie szepczą o niej za plecami, okazała się nagle niezwykle kusząca. Kate spojrzała ponad ramieniem Bena w stronę wejścia do stajni, gdzie przez szparę widać było kawałek świata na zewnątrz. Wozy transmisyjne wreszcie odjechały spod bramy, ale ich brak nie oznaczał, że historia zniknęła. Po prostu przeszła z formatu „news na gorąco" w „ciągnący się skandal", taki, który tli się w branżowych plotkach i internetowych dyskusjach.

— Kiedy byśmy wyjechali? — zapytała, samym pytaniem przyznając, że się waha.

Uśmiech Bena się poszerzył. — Dziś po południu. Już zarezerwowałem bilety.

— Byłeś aż tak pewny, że się zgodzę?

— Nie — przyznał. — Ale miałem nadzieję. A gdybyś odmówiła, przebolałbym koszt twojego biletu i poszedł sam.

Coś ciepłego zamigotało Kate w piersi, pierwszy od tygodni przebłysk czegoś innego niż strach czy gniew. — Nie mam czego włożyć na premierę filmu.

— Załatwimy to w Sydney — odparł Ben, machnięciem ręki rozwiewając jej obawy. — Chociaż uważam, że w czymkolwiek wyglądasz olśniewająco, nawet w dżinsach i tych pikowanych kamizelkach, które tak lubisz.

Kate zaskoczyła samą siebie cichym śmiechem. — Pikowana kamizelka na hollywoodzkiej premierze. Trafiłabym do gazet z zupełnie innego powodu.

Kiedy wylądowali w Sydney, słońce chyliło się ku zachodowi. Ich taksówka lawirowała w gęstym jak miód ruchu. Kate patrzyła przez okno, chłonąc swoją anonimowość: tysiące ludzi, każdy z własnymi sprawami, żadna z nich nie miała nic wspólnego z nią, ujeżdżeniem ani substancjami zakazanymi.

Taksówka skręciła w tętniącą życiem ulicę z eleganckimi sklepami i restauracjami. Ludzie w szykownych strojach płynęli chodnikami, śmiejąc się i rozmawiając, obojętni na auto i jego pasażerów. Kate przyglądała się im z dziwną fascynacją — bezstroskim minom, oczywistemu brakowi trosk cięższych niż wybór kolacji albo następnego baru.

— Więc — odezwał się Ben, przyciągając jej uwagę — plan na najbliższe dni jest prosty. Dziś wieczorem branżowy koktajl z wydawcami, filmowcami, typowa śmietanka. Jutro właściwa premiera z czerwonym dywanem i całą tą szopką. A w niedzielę robimy, co chcemy, zanim wrócimy.

Kate poczuła motyle w brzuchu. — Co właściwie dzieje się na premierze filmowej? Mam się przygotować na... nie wiem, paparazzich czy coś takiego?

Ben się roześmiał, ciepło i szczerze. — Fotografowie będą, owszem, ale głównie interesują ich aktorzy. Pisarz jest nisko w łańcuchu sławy, uwierz mi. W gruncie rzeczy to stanie w niewygodnych ciuchach, udawanie, że tam pasujesz, uśmiechanie się, kiedy ktoś kieruje w twoją stronę aparat, i próba, żeby nie oblać drinkiem ludzi, którzy mogliby nas sto razy kupić i sprzedać.

Ta zwyczajna, rzeczowa opowieść w połączeniu z firmowym autoironicznym tonem Bena wywołała w Kate śmiech. Wypłynął gdzieś z głębi, nieoczekiwany i jakby nieco zardzewiały od braku użycia, ale prawdziwy. Nie pamiętała, kiedy ostatnio tak się śmiała — na pewno nie od wybuchu skandalu dopingowego.

Oczy Bena lekko się rozszerzyły, po czym złagodniały, jakby jej śmiech był prezentem, którego się nie spodziewał. Ujął delikatnie jej dłoń. — Brakowało mi tego dźwięku — powiedział cicho.

Uśmiech Kate nie zgasł, choć poczuła, jak policzki lekko się rumienią. — Prawie zapomniałam, jak to jest — przyznała.

Taksówka zatrzymała się przed eleganckim hotelem, którego rozświetlone wejście obiecywało luksus i — co teraz ważniejsze dla Kate — anonimowość. Kiedy odźwierny ruszył, by otworzyć drzwi, Ben pochylił się bliżej, a jego oddech musnął jej ucho ciepłem.

— Witaj w moim świecie, Kate McKenzie. Przez najbliższe trzy dni nikogo tu konie za grosz nie obchodzą.

Hol hotelowy lśnił wypolerowanym marmurem i dyskretnym światłem, a Kate aż nazbyt świadomie czuła, jak bardzo jest pognieciona po podróży. Niska, pulchna kobieta w dopasowanym granatowym garniturze krążyła przy recepcji, z telefonem przy uchu, mówiąc zalewem słów. Gdy tylko dostrzegła Bena, zakończyła rozmowę w pół zdania i ruszyła ku nim szybkim, zdecydowanym krokiem człowieka, dla którego czas dosłownie jest pieniędzmi.

— Ben! No nareszcie, do licha. Studio dzwoni co piętnaście minut. — Jej sztywno brytyjski akcent pasował do sprawnych ruchów, gdy składała Benowi powietrzne całusy w policzki.

— Witaj i ty, Verity — odparł Ben z ciepłą pobłażliwością. — Kate, to moja agentka, Verity Helliwell. Verity, to Kate McKenzie.

Verity ledwie rzuciła okiem na Kate. — Miło mi — powiedziała tonem, który brzmiał bardziej jak uprzejmość niż szczerość. — Ben wspominał, że kogoś przywiezie. Jest Pani z branży wydawniczej?

— Nie — odparła Kate, czując się dziwnie, jakby oblała jakiś test. — Ja...

— Kate jest zawodową sportsmenką — wszedł jej gładko w słowo Ben. — Jedną z czołowych amazonek w Australii.

Brwi Verity lekko drgnęły. — Doprawdy fascynujące — skwitowała tonem, który sugerował coś przeciwnego. Natychmiast wróciła do Bena. — Wytwórnia chce się z tobą jutro spotkać przed premierą. Uparli się, żeby porozmawiać, kiedy mógłbyś usiąść i zacząć pracę ze scenarzystami nad kontynuacją. Powiedziałam, że to przedwczesne, ale wiesz, jacy są — zawsze chcą zapiąć następny projekt, zanim obecny cokolwiek udowodni.

Kate cofnęła się o krok, nagle czując się raczej dodatkiem niż uczestniczką rozmowy. To był świat Bena: szybki, miejski, pełen ludzi mówiących branżowym żargonem i witających się podwójnym cmoknięciem w powietrzu.

— Nie rozmawiam o kontynuacji, dopóki nie zobaczymy, jak ten film sobie poradzi — mówił Ben tonem bardziej stanowczym, niż Kate była przyzwyczajona słyszeć.

Verity machnęła lekceważąco ręką. — Tak, tak, jasno to przekazałam. Ale wiesz, jak to się toczy. Po prostu zręcznie zbywaj.

Kiedy Verity mówiła dalej, uwaga Kate odpłynęła ku innym gościom hotelu. Para z jednakowymi designerskimi walizkami meldowała się przy recepcji, a kobieta na szpilkach, które pewnie kosztowały więcej niż cała garderoba Kate, stukała niecierpliwie w telefon. Wszyscy wyglądali, jakby należeli do tego lśniącego, drogiego świata. Wszyscy poza nią.

Poczuła ciepły nacisk u nasady pleców i zorientowała się, że Ben położył tam dłoń, dyskretnie wciągając ją z powrotem do rozmowy. — Potrzebujemy chwili, żeby się odświeżyć — powiedział do Verity. — Spotkamy się na koktajlu.

— Dobrze, tylko się nie spóźnijcie — odparła Verity. — Punkt ósma. — Skinęła Kate głową, bardziej jak odruch niż uznanie, i pomknęła do wyjścia, już z telefonem przy uchu.

— Wybacz — powiedział Ben, gdy patrzyli, jak znika. — Verity działa na jednym biegu: pełen gaz. Jest genialna w tym, co robi, ale konwenanse to nie jej mocna strona.

— Sprawia wrażenie... skutecznej — odparła dyplomatycznie Kate.

Ben się roześmiał. — To najżyczliwszy opis Verity, jaki słyszałem. Chodź, zobaczmy nasz pokój. Podobno miał to być apartament.

Apartament okazał się większy niż cały główny dom w Ridgewater — pół piętra hotelu, z oknami od podłogi do sufitu i spektakularnym widokiem na panoramę Sydney w trzech kierunkach. Osobna część wypoczynkowa miała miękką sofę, fotele i lśniący mahoniowy stół na osiem miejsc, a sypialnia — łóżko king size, na którym spokojnie spałaby czwórka. Łazienka połyskiwała marmurem i szkłem, z głęboką wanną ustawioną przy oknie z szybą zapewniającą prywatność.

— To jest... — zaczęła Kate, olśniona i na moment bez słów.

— Przesadzone? — podsunął Ben, odkładając torbę na stojak na bagaż. — Oto filmowe „standardowe zakwaterowanie". Wydawca wstawiłby nas w coś o połowę mniejszego, ale płaci studio, więc... — Wykonał szeroki gest.

Kate podeszła do okien, wpatrując się w światła miasta. Miejski krajobraz pulsował energią, celem, tysiącami równocześnie toczących się żyć — i żadne z nich nie zajmowało się skandalem dopingowym Kate McKenzie.

Krótką chwilę spokoju przerwała myśl, że nie ma nic odpowiedniego na imprezę branżową. Otworzyła małą walizkę na łóżku i z rosnącym zrezygnowaniem obejrzała zawartość.

— Wszystko w porządku? — zapytał Ben, wychodząc z łazienki.

Kate spojrzała na niego, ściskając w dłoniach granatowy sweter. — Nie mam co włożyć — przyznała. — Nie przemyślałam tego. Mam jedną sukienkę, może się nada na dziś, ale na premierę nie mam nic, a już na pewno nie mam butów, które by do czegokolwiek pasowały.

Ben przyjrzał jej się przez moment, po czym wyciągnął telefon. — Daj mi minutę — powiedział, wychodząc na mały balkon i zamykając za sobą drzwi.

Kate widziała go przez szybę, jak gestykuluje podczas rozmowy, choć nie słyszała słów. Odwróciła się z powrotem do swojej żałosnej walizki, zastanawiając się, czy w hotelu jest jakiś butik, gdzie znalazłaby cokolwiek bardziej odpowiedniego niż to, co przywiozła.

Ben wrócił po paru minutach, wyraźnie z siebie zadowolony. — Problem rozwiązany — oznajmił. — Idź pod prysznic. Za chwilę będzie gotowe.

— Co zrobiłeś? — zapytała Kate podejrzliwie.

— Spłaciłem przysługę — odparł tajemniczo. — Zaufaj mi.

Dokładnie dwadzieścia trzy minuty później rozległo się pukanie. Młoda kobieta z trzema dużymi pokrowcami na ubrania przywitała ich profesjonalnym uśmiechem. — Pan Crossley? Jestem z działu garderoby studia. Rozumiem, że potrzebne są Państwu opcje ubioru? — Spojrzała na Kate, która po prysznicu miała na sobie hotelowy szlafrok, i zmierzyła ją fachowym okiem. — A to musi być Pana gościni.

Zanim Kate zrozumiała, co się dzieje, kobieta zawiesiła pokrowce w szafie apartamentu i sprawnie rozpakowywała pudełka z butami. — Przywieźliśmy kilka opcji w Pani rozmiarze — wyjaśniła Kate. — Czerwień będzie świetnie współgrać z Pani typem urody; proponowałabym na jutro. Czerń jest bardziej zachowawcza, ale wciąż elegancka, a niebieska ma więcej charakteru, jeśli ma Pani ochotę zaszaleć. Może lepsza na dziś, bo to krótszy fason. — Wyjęła srebrzystą wieczorową torebkę i aksamitne pudełeczko. — Dołączyliśmy też dodatki. Wszystko jest oczywiście wypożyczone; odbiór zorganizujemy w niedzielę.

Kiedy wir działania ustał, a asystentka garderoby wyszła, Kate stała wpatrzona w otwartą szafę z niedowierzaniem. — To się właśnie wydarzyło? Skąd znała mój rozmiar?

Ben się uśmiechnął. — Wysłałem jej zdjęcia metek z twoich ubrań i butów. Studia filmowe trzymają magazyn designerskich ciuchów dokładnie na takie sytuacje. Gwiazdy, które potrzebują kreacji w ostatniej chwili, małżonkowie dyrektorów, którzy czegoś nie spakowali — te sprawy. — Wskazał podbródkiem pokrowce. — No, przymierz coś.

Prawie jak w transie Kate sięgnęła po pokrowiec wskazany na dziś. Tkanina spływała jej między palcami jak woda — ciężki jedwab w nasyconym, elektrycznym błękicie, który zdawał się żarzyć w świetle. Zabrała sukienkę do łazienki, ostrożnie wsunęła się w nią, naciągając po biodrach. Zamek na plecach wymagał trochę ekwilibrystyki, ale kiedy w końcu się udało i odwróciła się do lustra, zastygła.

Kobieta patrząca na nią z lustra była obca. Asymetryczna sukienka opinała jej ciało tam, gdzie trzeba, odsłaniając długą, smukłą nogę i jedno ramię; kolor sprawiał, że skóra promieniała, a niebieskie oczy wydawały się bardziej intensywne. Zmieniała ją z zawodniczki w casualowych ubraniach w... kogoś zupełnie innego. Kogoś olśniewającego. Kogoś, kto pasował do świata premier, koktajli i marmurowych hotelowych holi.

Wyszła z łazienki nieco onieśmielona, nieprzyzwyczajona do tak świadomie podkreślonej kobiecości. Ben znów rozmawiał przez telefon, odwrócony do niej plecami, ale kiedy usłyszał drzwi, odwrócił się i urwał w pół zdania, z lekko rozchylonymi ustami.

— Oddzwonię — powiedział bezwiednie do telefonu, nie odrywając od Kate wzroku. Odłożył aparat, nawet nie sprawdzając, czy rozmowa się zakończyła. — Wyglądasz... — zaczął, po czym pokręcił głową, jakby brakowało mu słów.

— To nie przesada? — zapytała Kate, nagle niepewna pod jego intensywnym spojrzeniem.

— Nie — odparł szybko Ben. — Jest idealnie. Ty jesteś idealna. — Przeszedł do niej przez pokój, nie odrywając oczu od jej twarzy. — Zawsze jesteś piękna, Kate. Ale teraz zapierasz dech.

Kate poczuła, jak policzki znów płoną, ale tym razem nie próbowała zbyć komplementu. Odwróciła się do lustra, raz jeszcze patrząc na swoje odbicie nowym okiem. Kobieta, która na nią patrzyła, wciąż była Kate McKenzie, ale tą wersją siebie, którą widywała rzadko: silną, a jednocześnie miękką, atletyczną i kobiecą zarazem, pewną siebie w sposób niezwiązany z procentami na protokołach czy rankingami.

Branżowy koktajl pulsował rozmowami i brzękiem szkła, ciała ściśnięte na tarasie na dachu z widokiem na port. Kate trzymała się blisko Bena, z cichą fascynacją obserwując, jak lawiruje w tłumie filmowych decydentów, aktorów i wydawniczych ludzi, którzy zdawali się mówić językiem złożonym po równo z entuzjazmu i cynizmu.

— Niesamowite wyniki za trzeci kwartał — mówił siwowłosy mężczyzna w drogim garniturze do grupki kiwających głowami słuchaczy. — Rynki azjatyckie dosłownie pożerają wszystko z elementem kryminalnym. Jeśli dobrze to ustawimy, szykuje się nasze największe międzynarodowe otwarcie.

Niedaleko kobieta z geometryczną fryzurą i przeskalowanymi okularami gestykulowała teatralnie kieliszkiem szampana. — Kochani, tu nie chodzi o adaptację, tylko o potencjał na rozszerzone uniwersum. Samodzielne historie już nikogo nie obchodzą.

Kate sączyła drinka, wdzięczna za anonimowość. Gdy przedstawienia były konieczne, mówiła tylko: — Kate — z uśmiechem i zwykle to wystarczało. W tym tłumie ludzi o wiele bardziej interesowało to, co możesz zrobić dla ich kariery, niż kim naprawdę jesteś.

Ben poruszał się po sali z ciekawą mieszaniną pewności i dyskomfortu. Wyraźnie go szanowano — ludzie go wypatrywali, gratulowali, prosili o opinię — ale Kate zauważyła, jak podczas dłuższych rozmów przestępuje z nogi na nogę, jak jego uśmiech staje się nieco przyklejony, gdy komplementy są zbyt wylewne.

— Rzecz w tym — mówił do dziennikarza, który przyprószył go w pobliżu baru — że prawdziwe zasługi należą do reżysera i scenarzysty. Ja dałem tylko wstępny szkic. Oni zbudowali coś, co ludzie faktycznie chcą oglądać.

Dziennikarz kiwnął głową, bazgrząc notatki. — Ale na pewno miał pan jakiś wpływ na proces adaptacji?

Ben wzruszył ramionami, na moment odszukując wzrokiem Kate ponad ramieniem mężczyzny — w jego oczach błysnęła prośba o ratunek. — Konsultowali ze mną kilka wątków fabularnych, ale w większości po prostu im nie przeszkadzałem. Pisarze, którzy wiszą nad adaptacjami, zwykle kończą rozczarowani. Lepiej pozwolić filmowcom robić to, co umieją najlepiej.

Kate odebrała sygnał, podchodząc i dotykając łokcia Bena. — Przepraszam, że przerywam, ale Verity cię szukała. Coś o tym oczekiwanym telefonie?

Na twarzy Bena pojawiło się na moment zdumienie, po czym zrozumienie. — Racja, tak. Jeśli pan wybaczy? — zwrócił się do dziennikarza, który niechętnie się odsunął.

— Dzięki za ratunek — mruknął Ben, gdy przesunęli się w spokojniejszy kąt. — Facet próbuje wyciągnąć ze mnie, żebym zjechał adaptację. Najwyraźniej kontrowersja sprzedaje więcej gazet niż „autor zadowolony z filmowej wersji swojej książki". Nieważne, że jeszcze jej nie widziałem.

Kate uśmiechnęła się. — Domyśliłam się. Miałeś ten sam wyraz, co konie, kiedy ktoś zapędza je w kozi róg.

Zanim Ben odpowiedział, podszedł do nich barczysty mężczyzna przyprószony srebrem na skroniach, w granatowym garniturze szytym na miarę, wyciągając dłoń. — Ben Crossley! James Watson, Universal International — powiedział donośnym amerykańskim akcentem. — Cieszę się, że wreszcie się skontaktowaliśmy.

Ben uścisnął mu dłoń z autentycznym chyba ciepłem. — Panie Watson, miło wreszcie poznać osobiście. To Kate, bliska przyjaciółka.

Watson uprzejmie skinął w stronę Kate, po czym całą uwagę znów skierował na Bena. — Wczesne pokazy w Europie wypadają znakomicie. Mówimy teraz o jednoczesnej premierze w 28 krajach, a umowy dystrybucyjne w Azji są dopięte.

— Świetna wiadomość — odparł Ben, choć Kate dostrzegła lekkie napięcie wokół jego oczu.

— Wytwórnia już mówi o potencjale kontynuacji — ciągnął Watson, ściszając głos konfidencjonalnie. — Wiem, wiem, pisarze nie znoszą tego słowa, zanim pierwszy film wyjdzie, ale liczby nie kłamią. Chcemy być pierwsi w kolejce, kiedy będzie pan gotów rozmawiać o następnej książce. — Podał Benowi wizytówkę. — Proszę dzwonić bezpośrednio, gdy będzie pan gotów. Nie ma potrzeby iść zwykłymi kanałami.

W miarę jak rozmowa toczyła się dalej, Kate znów odpływała na drugi plan. Nie przeszkadzało jej to. Było w tym coś uwalniającego — być w miejscu, gdzie nikt nie zna jej historii, gdzie jej nazwisko nie dźwiga cudzych oczekiwań ani rozczarowań. Nikt tu nie przejmował się wynikami ujeżdżenia ani zarzutami o doping. Była po prostu towarzyszką Bena, kobietą w niebieskiej sukience, która popija szampana i przygląda się, jak działa trybik przemysłu.

Dwie godziny później stopy Kate bolały od nienoszonych dotąd obcasów. Ben złapał jej spojrzenie z drugiego końca sali, gdzie utknął w dyskusji z grupą wydawniczych menedżerów, i zobaczyła w jego oczach to samo zmęczenie, które czuła.

Dwadzieścia minut później siedzieli w taksówce, a Ben z westchnieniem ulgi luzował krawat. — Boże, myślałem, że nigdy się nie wyrwiemy. Takie imprezy zawsze ciągną się dwa razy za długo.

— Dokąd jedziemy? — zapytała Kate, widząc, że jadą w przeciwnym kierunku niż hotel.

— W miejsce autentyczne — odparł Ben z tajemniczym uśmiechem. — Nie wiem jak ty, ale po tym całym networkingu przyda mi się coś prawdziwego.

Taksówka wysadziła ich przed jasno oświetloną knajpką, jakby przeniesioną prosto z lat 50. Rzędy czerwonych winylowych boksów ciągnęły się wzdłuż okien, a przy ladzie stały hokery z chromowanymi krawędziami. Gdy Ben otworzył drzwi, buchnął zapach smażonej cebuli i świeżej kawy.

— Najlepsze nocne burgery w Sydney — powiedział, przepuszczając ją w drzwiach. — A koktajle mleczne są warte nieuchronnego bólu brzucha.

Po fluorescencyjnym świetle, ostrym wobec pieczołowicie aranżowanej atmosfery tarasu na dachu, Kate poczuła niespodziewany spokój. Usiadły w boksie z tyłu, a Ben zamówił dla obojga: burgery „ze wszystkim", frytki i czekoladowe koktajle mleczne.

— To bardziej moje tempo — przyznał Ben, gdy kelnerka odeszła. — W takich miejscach spotyka się ciekawszych ludzi.

Kate uśmiechnęła się, wtapiając się w winylowe siedzisko. — Lubię widzieć tę twoją stronę. Na przyjęciu wydawałeś się... nie całkiem sobą.

— Nie byłem — powiedział prosto Ben. — To taniec, który się tu tańczy. Pokazujesz im wersję siebie, jakiej chcą, mówisz to, co chcą usłyszeć, a prawdziwe rozmowy zostawiasz na miejsca takie jak to. — Rozejrzał się po knajpce z autentycznym ciepłem. — Napisałem scenę osadzoną w bardzo podobnym miejscu. Studio chciało nakręcić ją w jakiejś gładkiej, nowoczesnej kawiarni. Musiałem walczyć o autentyczność. Kręcili właśnie tutaj i dobrze zapłacili właścicielom za kłopot.

Jedzenie przyjechało: ogromne burgery, ledwie mieszczące się na talerzach, grubo krojone frytki lśniące od oleju i oprószone solą oraz koktajle zwieńczone bitą śmietaną i wisienkami maraschino. Kate nie pamiętała, kiedy ostatnio jadła coś tak cudownie niezdrowego. Jako zawodniczka miała dietę skrojona pod wynik — chude białka, złożone węglowodany, precyzyjnie odmierzona pod trening i regenerację.

Ugryzła burgera i przymknęła oczy w chwili błogości. — O rany... — wymamrotała z pełnymi ustami. — To jest obłędne.

Ben się rozpromienił, wyraźnie z siebie zadowolony. — Warto złamać reżim treningowy?

— Absolutnie — odparła Kate, chwytając frytkę i chrupiąc z ukontentowaniem. — Tylko nie mów moim siostrom. Nigdy by mi tego nie darowały.

Przez kilka minut jedli w przyjemnym milczeniu; prosta radość dobrego jedzenia w niewydumanym miejscu zmywała sztuczność wieczoru.

— Masz ochotę na spacer? — zapytał Ben, kiedy skończyli. — Niedaleko stąd jest Bondi.

Nocne powietrze było chłodne i słonawe, gdy szli słynną plażą. Oboje zdjęli buty, niosąc je w dłoniach, i stąpali przy wodzie, gdzie piasek był najtwardszy. Ocean rozciągał się przed nimi ciemny i bezkresny, a za ich plecami migotały światła miasta na tle nocnego nieba.

— Czasem zapominam, że Australia ma to wszystko — powiedziała Kate, nabierając głęboko powietrza. — Gdy dorastasz na farmie, twój świat skupia się na tej ziemi, tych zwierzętach, tej społeczności. Reszta równie dobrze mogłaby być innym krajem.

Ben skinął głową, w oczach miał zrozumienie. — U mnie odwrotnie. Dorastałem na przedmieściach, zawsze wśród ludzi i hałasu. Kiedy pierwszy raz odwiedziłem farmę kumpla, nie mogłem zasnąć, bo było za cicho. — Uśmiechnął się na to wspomnienie. — Teraz sam tej ciszy szukam. Dziwne, jak to się zmienia.

Kate poruszyła palcami stóp w chłodnym piasku, czując, jak napięcie dnia — ostatnich tygodni — odpływa z każdym krokiem. Miary nadawał rytm fal rozbijających się o brzeg, czasem zmuszał ich do pochylenia się, by się usłyszeć, ramiona co jakiś czas się muskały.

— Dziękuję, że mnie tu przywiozłeś — powiedziała po przyjemnej ciszy. — Nie tylko na plażę, do Sydney w ogóle. Ten cały wieczór. Potrzebowałam tego bardziej, niż sądziłam.

— Każdy czasem musi uciec. Nawet najbardziej oddane sportsmenki i udręczeni pisarze.

Kate parsknęła cicho śmiechem, który poniósł się nad spokojnym szumem fal. — To my właśnie? Sportsmenka i pisarz?

— Między innymi — odparł Ben, jego dłoń odnalazła jej w ciemności. Palce miał ciepłe, a Kate nie cofnęła ręki. Szli dalej, trzymając się za ręce, podczas gdy za nimi migały światła miasta, a przed nimi rozciągał się bezkres oceanu — idealna równowaga cywilizacji i dzikości, chaosu i spokoju.

Po raz pierwszy od tygodni Kate była w pełni obecna w tej chwili, nie odgrywała w myślach argumentów na przesłuchanie ani nie katalogowała strat w karierze. Był tylko piasek pod stopami, słone powietrze wypełniające płuca i dłoń Bena, pewna w jej dłoni, gdy szli skrajem kontynentu — dwoje maleńkich ludzi na tle ogromu nocy.

Rozdział czternasty

Czerwony dywan rozciągał się przed nimi niczym szkarłatna rzeka, odgrodzona barierkami trzymającymi w ryzach fotografów, którzy wykrzykiwali imiona i wskazówki, gdy celebryci pozowali. Kate stała tuż za Benem na skraju dywanu; jej pożyczona, błyszcząca czerwona suknia nagle wydała się zarazem zbyt krzykliwa i jakby niewystarczająca wśród kreacji haute couture i szytych na miarę smokingów.

— Gotowa? — zapytał Ben, po raz ostatni poprawiając muchę. W smokingu wyglądał uderzająco przystojnie, a jego czasem niezgrabna szczupłość przemieniła się w coś eleganckiego.

— Bardziej gotowa już nie będę — odparła Kate, walcząc z odruchem, by znów wygładzić suknię. Spędziła godzinę z fryzjerką, którą studio przysłało do ich hotelu, a jej zwykle ściśle ujarzmione blond włosy przemieniły się w luźne fale miękko okalające twarz.

Wkroczyli na dywan i natychmiast energia wyraźnie wzrosła. Kate spodziewała się czuć wystawiona na widok, tymczasem dziwnie chronił ją cień Bena.

— Ben Crossley! Tutaj! — Dziennikarz zamachał zza aksamitnej liny. — Jak to jest widzieć, jak twoje postaci ożywają na ekranie?

Ben podszedł do reportera, odruchowo ustawiając się tak, by objąć ujęciem także Kate, a jednocześnie osłonić ją przed bezpośrednimi pytaniami. — To surrealistyczne — odpowiedział, przybierając swój medialny uśmiech. — Te postaci żyły w mojej głowie przez lata, a teraz interpretują je niesamowici aktorzy. Jestem po prostu wdzięczny, że historia trafiła do czytelników, a teraz, miejmy nadzieję, trafi też do widzów.

Pytania sypały się dalej, głównie o to, czy film wiernie oddaje książkę, czy Ben miał wpływ na scenariusz, nad czym pracuje w dalszej kolejności. Odpowiadał swobodnie, bardziej wścibskie wątki zbijał autoironią, konsekwentnie utrzymując ten delikatny balans między przystępnością a prywatnością.

Kate obserwowała to z cichą fascynacją. Nie tak bardzo różniło się to od kontaktów z prasą po dużych zawodach, tylko że pytania dotyczyły zwrotów akcji, a nie metod treningowych. Spodobała jej się ta perspektywa sławy z boku — na tyle blisko, by podglądać mechanizmy, ale bez konieczności płacenia jej ceny. Nikt nie pytał o jej karierę, cele ani, na szczęście, o ostatnie skandale. Była po prostu towarzyszką Bena, kobietą w czerwonej sukni.

Gdy przesuwali się dalej po dywanie, Kate zauważyła wysokiego, atletycznie zbudowanego mężczyznę, którego twarz kojarzyła z filmów akcji, pozującego nieopodal do zdjęć. Jego uśmiech był niemal oślepiająco biały na tle opalonej skóry, a wspaniała grzywa ciemnych włosów muskała szerokie ramiona. Kiedy skończył z fotografami, odwrócił się i dostrzegł Bena.

— Crossley! — zawołał, krocząc z pewnością kogoś, kto wie, że wszystkie oczy podążają za nim. — Fantastyczna książka, stary. Soczysta rola. Każda minuta to była frajda.

— Dzięki, Drake — odparł Ben, ściskając dłoń aktora. — Cieszę się, że cię obsadzili, biorąc pod uwagę twoje szczególne umiejętności skakania z wysokich budynków.

Drake Lawrence — tak miał na imię, przypomniała sobie teraz Kate — roześmiał się, po czym zwrócił się do niej, sunąc z uznaniem spojrzeniem po czerwonej sukni. — A któż to za zjawisko?

— To Kate — powiedział Ben, jego ramię niemal niedostrzegalnie przesunęło się bliżej jej talii. — Przyjechała z Queensland. Kate, to Drake Lawrence, zaraz zobaczysz, jak skacze z budynku w naszym filmie.

Kate wyciągnęła dłoń, spodziewając się uścisku, ale Drake uniósł ją do ust, nie odrywając od niej wzroku. — To, co stracił Queensland, jest zdecydowanym zyskiem Sydney — powiedział niższym głosem. — Zwłaszcza w takiej sukni.

Mimo woli kąciki ust Kate drgnęły. Flirt był tak ostentacyjny, tak hollywoodzki, że bardziej ją bawił, niż schlebiał. — Dziękuję. Choć zasług sukni przypisać sobie nie mogę. Tylko pożyczam odrobinę blasku na ten wieczór.

— Z przyjemnością pokażę ci jeszcze bardziej olśniewającą stronę Sydney, póki jesteś w mieście — ciągnął Drake, wciąż trzymając jej dłoń chwilę dłużej, niż należało. — Znam wszystkie miejsca, które omijają turyści.

— Myślę, że ma dość napięty grafik — wtrącił Ben lekko, ale z nutą, której Kate u niego jeszcze nie słyszała. Jego ramię nieco mocniej zacisnęło się na jej talii. — Jesteśmy tu tylko na weekend.

Spojrzenie Drake'a przebiegło między nimi, a na jego twarzy rozlał się porozumiewawczy uśmiech. — Ach, rozumiem. No cóż, gdyby wasze plany się zmieniły... — Wyczarował nie wiadomo skąd wizytówkę i podał ją Kate. — Mój prywatny numer. Gdyby po tym całym zamieszaniu Queensland wydał ci się zbyt cichy.

Kate przyjęła kartonik z dyplomatycznym uśmiechem, wsuwając go do pożyczonej wieczorowej torebki bez najmniejszego zamiaru, by kiedykolwiek z niego skorzystać. — Bardzo miło z twojej strony.

Drake puścił jej oko, po czym klepnął Bena w ramię. — Dobra robota, Crossley. Nie mogę się doczekać, żeby zobaczyć, co zrobili z twoją książką. — Ostatni raz obrzucił Kate pełnym uznania spojrzeniem i ruszył przywitać się z kolejną grupą dalej na dywanie.

Ben patrzył za nim, z zaciętą szczęką — wyraz, który Kate rozpoznała jako tłumione poirytowanie. — Przepraszam za to — powiedział po chwili. — Reputacja Drake'a wśród kobiet jest... dość bogata.

— Zazdrosny? — zapytała Kate, nie mogąc się powstrzymać przed drobną uszczypliwością.

Uszy Bena lekko poczerwieniały. — Zatroskany o twoje dobro. Facet przechodzi przez randki jak większość ludzi przez rolki ręczników papierowych.

Kate roześmiała się, lekko opierając się o jego bok. — Myślę, że poradzę sobie z jednym flirtującym aktorem. Poza tym całkiem zadowala mnie mój obecny przewodnik po mieście.

Napięcie w ramionach Bena zelżało i uśmiechnął się do niej, a jego spojrzenie zmiękło. — Dobrze wiedzieć. Choć nie mogę obiecać wejścia po znajomości do ekskluzywnych klubów.

— Jakoś przeżyję to rozczarowanie — zapewniła go Kate.

Gdy światła przygasły, a na ekranie pojawiły się logotypy wytwórni, Kate przyłapała się na tym, że bardziej niż film obserwuje Bena. Jego profil w migotliwym świetle był studium powściąganych emocji: wargi poruszające się bezgłośnie przy niektórych kwestiach dialogu, grymas na widok zmian względem pierwotnego tekstu, zaskoczony śmiech, gdy aktor wypowiadał linię inaczej, niż ją sobie wyobrażał.

Sam film był stylowym thrillerem, pięknie sfotografowanym, z rolami, które ożywiły postaci Bena, i tak — ze spektakularnym numerem, w którym Drake Lawrence skoczył z budynku. Kate naprawdę dała się wciągnąć przez tę historię, mimo że kryminały nie leżały w kręgu jej szczególnych zainteresowań. Było coś wyjątkowego w przeżywaniu tego u boku człowieka, który stworzył ten świat — widząc go jego oczami, a jednocześnie własnymi.

Kiedy ostatnia scena spłynęła w czerń, a napisy ruszyły, teatr eksplodował entuzjastycznymi brawami. Wokół nich ludzie podnosili się z miejsc, bijąc owację na stojąco. Ben pozostał jeszcze chwilę siedzący, jak oszołomiony, a jego oczy podejrzanie błyszczały w półmroku.

Gdy rozbłysły światła na widowni i ludzie zaczęli kierować się do wyjść, co chwila zatrzymując się, by pogratulować Benowi, on odwrócił się do Kate, z niespodziewaną kruchością malującą się na twarzy.

— Co sądzisz? — zapytał cicho, pod gwar rozmów. — Szczerze?

Kate ścisnęła jego dłoń, rozumiejąc, że jej opinia znaczy dla niego więcej niż sądy krytyków i producentów. — Był znakomity — powiedziała po prostu, pewna, że usłyszy w jej głosie szczerość.

Ulga i radość oblały jego twarz. — Naprawdę? Nie mówisz tego tylko z grzeczności?

— Kiedy widziałeś, żebym mówiła coś tylko po to, żeby być miła? — zapytała Kate z lekkim uśmiechem.

Ben się roześmiał, a napięcie zeszło mu z ramion. — Słuszna uwaga.

Powoli kierowali się do wyjścia, a Ben co chwila przystawał, by przyjąć gratulacje albo przedstawić Kate ludziom z branży.

Kiedy wreszcie wyszli w chłodne nocne powietrze, Kate ze zdumieniem uświadomiła sobie, że od godzin nie myślała o aferze dopingowej, o Misty, o swojej dyskwalifikacji. Ciężar, który przygniatał ją od tygodni, na moment zelżał, pozwalając jej po prostu być tu i teraz — w tej olśniewającej, nieznanej rzeczywistości, tak dalekiej od codzienności.

Ta swoboda wywołała u niej uśmiech — prawdziwy, rozjaśniający twarz, gdy czekali na samochód. Ben spojrzał na nią z zaciekawieniem tą nagłą zmianą nastroju.

— Co się stało? — zapytał.

Kate lekko pokręciła głową. — Właśnie sobie uświadomiłam, że przez cały wieczór nie byłam Kate McKenzie, skompromitowaną amazonką ujeżdżenia. Byłam po prostu Kate. I to jest... — Szukała właściwego słowa. — Wyzwalające.

Ramię Bena mocniej objęło jej ramiona, a w jego oczach pojawiło się zrozumienie. — Taki był zamysł — powiedział miękko. — Każdy czasem musi sobie przypomnieć, kim jest pod wszystkimi etykietkami.

Jutro wrócą do Queensland, do Ridgewater, do realiów jej sytuacji i wszystkich komplikacji. Ale ten wieczór dał jej coś cennego: przypomnienie, że skandal jej nie definiuje, że poza oceną środowiska jeździeckiego istnieje szerszy świat i, co najważniejsze, że nie mierzy się z tym sama.

Wsunęła się do samochodu, Ben tuż za nią, i po raz pierwszy od tygodni przyszłość nie wydawała się aż tak ponura.

Słońce zalało rozległy hotelowy apartament, zmieniając i tak już luksusową przestrzeń w coś niemal eterycznego. Ben pochylił się na miękkiej sofie, łokcie oparte na kolanach, podczas gdy Verity przecinała lśniącą podłogę tam i z powrotem. Krępa, pulchna sylwetka agentki poruszała się zaskakująco z gracją, gdy przedstawiała najnowszą ofertę wytwórni. Ben przytakiwał w odpowiednich momentach, ale uwaga wciąż uciekała mu ku Kate, która siedziała na sąsiedniej kanapie w ubraniach do podróży i już trzeci raz w ciągu kilku minut zerkała na zegarek.

— W ogóle mnie słuchasz? — warknęła Verity, zatrzymując się w pół kroku i wbijając w Bena przenikliwe spojrzenie.

— Oczywiście — odparł Ben automatycznie. — Prawa do adaptacji kontynuacji, hojna zaliczka.

Perfekcyjnie wyrysowane brwi Verity powędrowały jeszcze wyżej. — Do tego zobowiązania związane z międzynarodowym tournée, występy promocyjne i rola konsultanta scenariuszowego.

— Tak, to też — rzucił Ben i znów zerknął na Kate, zauważając, jak lekko napinają jej się usta, gdy spogląda na telefon. Ich lot do Brisbane miał odlecieć za nieco ponad cztery godziny, a wciąż musieli się wymeldować, zjeść obiad i przebić się przez korki w Sydney, by dotrzeć na lotnisko. Kate była dziś rano milcząca; chwilowa ulga od problemów wyraźnie gasła, im bliżej było powrotu do Queensland.

— Potrzebuję odpowiedzi do przyszłego tygodnia — ciągnęła Verity, ściągając uwagę Bena z powrotem. — Rozpęd po wczorajszej premierze nie potrwa wiecznie, tak jak i ich entuzjazm, żeby sypać w ciebie pieniędzmi.

Ben przeczesał dłonią włosy, wciąż lekko usztywnione kosmetykami po wczorajszej stylizacji. — Nie mówię nie, Verity. Muszę tylko przemyśleć harmonogram. Nowa seria naprawdę zaczyna się układać i nie chcę jej poganiać.

— Nowa seria — powtórzyła Verity tonem gdzieś między ciekawością a sceptycyzmem. — Kryminały z jeździeckim tłem. Tak, wspominałeś o nich wczoraj.

— Nie tylko wspominałem — powiedział Ben, prostując się z nowym entuzjazmem. — Zrobiłem naprawdę duży postęp. Kwerenda jest... — Zawahał się, szukając odpowiedniego słowa. — Odkrywcza.

Wyraz twarzy Verity pozostał sceptyczny. — Wydawcy lubią sprawdzone marki, Ben. Zbudowałeś sobie publiczność dzięki detektywowi z australijskiego interioru. Konie i ujeżdżenie to spora wolta.

— I właśnie dlatego to ekscytujące — odparł Ben, sięgając po telefon leżący na szklanym stoliku. — Spójrz, mam materiał, który chcę ci pokazać. Materiał z zawodów w Queensland.

Podłączył telefon do ekranu, przesunął po plikach, aż znalazł właściwe nagranie. — O to mi chodzi, kiedy mówię o prawdziwej dramaturgii — wyjaśnił Ben, gdy materiał ruszył, ukazując szeroki najazd kamery na strefę stajenną w Queensland State Equestrian Centre. — Tu nie chodzi tylko o same przejazdy, ale o wszystko, co dzieje się za kulisami.

Na ekranie zawodnicy przemieszczali się po stajniach z wyraźnym celem, luzacy prowadzili lśniące konie, trenerzy dawali ostatnie wskazówki. Ben poczuł iskrę satysfakcji, jak dobrze uchwycił atmosferę — napięcie i splendor, którego większość postronnych nigdy nie doświadcza.

Z głośników odezwał się głos Bena, gdy kamera przesuwała się po rzędach boksów: — Sama dysproporcja ekonomiczna jest fascynująca. Jedni przyjeżdżają zestawami transportowymi wartymi więcej niż domy na przedmieściach, inni składają sprzęt z używek. Ale kiedy wjeżdżasz na czworobok, liczy się tylko partnerstwo z koniem.

Verity podeszła bliżej ekranu, a mimo początkowego sceptycyzmu zawodowe zainteresowanie wyraźnie zostało rozbudzone. — Sceneria faktycznie ma walory wizualne — przyznała. — Bardzo filmowe.

— I autentyczne — dodał z zapałem Ben. — To siodło tam — wskazał, gdy obraz pokazał luzaka polerującego lśniące skórzane siodło — to Hermès. Od 6 000 do 10 000 dolarów. I każdy koń musi mieć własne, indywidualnie dopasowane.

— Droga zabawa — mruknęła Verity, unosząc brwi.

— Nie zabawa — poprawiła cicho Kate z kanapy. — Zawód. Praca całego życia.

Ben przytaknął. — Dokładnie. Ci ludzie poświęcają temu wszystko: relacje, finanse, zdrowie. Presja jest ogromna. — Wskazał ekran. — Mają tylko kilka minut przygotowania, zanim wykonają programy, które mogą zaważyć na całej ich ścieżce kariery.

— A gdzie w tym całym szyku jest twoje morderstwo? — zapytała Verity, nie tracąc z oczu komercyjnego aspektu.

— Na tym właśnie polega urok — odparł Ben, ściszając głos jak do zwierzenia. — Ten świat stoi na pozorach, reputacji, dziedzictwie. Kiedy to staje pod znakiem zapytania, ludzie potrafią podejmować desperackie decyzje.

Na ekranie kamera kontynuowała objazd stajni, mijając rzędy koni wyglądających znad drzwi boksów. Ben poczuł znajomy przypływ kreatywności, patrząc, jak obrazy przekładają mu się w głowie na prozę — na detale zmysłowe, dzięki którym ożyje jego fikcyjny świat. Szczególna jakość światła przesączającego się przez świetliki, symfonia parsknięć i tupnięć, nie do pomylenia zapach koni, skóry i ambicji.

— Spójrz na napięcie na ich twarzach — powiedział Ben, wskazując, gdy kamera uchwyciła jeźdźca otrzymującego wskazówki od trenera. — Zainwestowali tysiące godzin i dolarów dla pięciu minut przed sędziami. Olimpijskie marzenia wiszą na tym, czy twój koń wstał dziś w boksie prawą nogą.

Kate znów się wierciła na kanapie, a Ben uchwycił na jej twarzy skomplikowaną mieszankę tęsknoty i bólu. Dla niej to nie był materiał do researchu ani źródło twórczej inspiracji. To było jej życie, w tej chwili w strzępach. Ben poczuł ukłucie winy, że tak się ekscytuje światem, który przysparza jej tyle cierpienia, ale mówił dalej. Jeśli Verity zrozumie potencjał tego środowiska, może to oznaczać umowę wydawniczą, która pozwoli mu dłużej zostać w Ridgewater, żeby być przy Kate, cokolwiek miało nadejść.

— A tutaj — ciągnął, gdy kamera przeszła do sekcji prezentującej konie czołowych zawodników — widać różnicę w prezentacji. Każdy boks jest jak mała ambasada, reprezentuje markę jeźdźca, jego sponsorów, jego pozycję w środowisku.

Nagranie grało dalej, ruch kamery był stabilny, gdy rejestrowała przedstartowe rytuały i przygotowania. Ben gestykulował z entuzjazmem, wskazując detale, które, jak wiedział, przełożą się na mocne sceny w jego manuskrypcie.

— Zaraz, co tamta dziewczyna wyprawia? — zapytała nagle Verity ostrym tonem, pochylając się do przodu i wskazując coś na ekranie. Ben urwał w pół zdania, wybity z rytmu tą interwencją. Był tak skupiony na wyjaśnianiu ekonomicznych aspektów sportu, że nie zauważył niczego nietypowego w aktualnie odtwarzanym fragmencie.

— Która dziewczyna? — spytał Ben, przesuwając wzrokiem po zatłoczonej strefie stajni wyświetlonej na ekranie. Zawodnicy, luzacy i oficjele przesuwali się przez kadr, każdy skupiony na własnych zadaniach, tworząc skomplikowaną choreografię przedstartowej krzątaniny.

— Tam — Verity wbiła palec w prawą stronę ekranu. — Ta. Ciemne włosy, drogie ubrania. Zachowuje się dziwnie, rozgląda się, jakby bała się, że ją przyłapią. — Oczy Verity zwęziły się z instynktem kogoś, kto przez dekady wyłapywał kluczowe szczegóły ukryte w gęstym prawniczym żargonie. — Wygląda, jakby coś knuła.

Ben zmrużył oczy, wpatrując się w miejsce, które wskazała Verity. Kamera panoramowała po strefie boksów, rejestrując ogólną atmosferę, a nie konkretną osobę. W tle, częściowo przysłonięta przez przechodzącego luzaka, znajoma sylwetka poruszała się z nietypową skrytością.

— Możesz to przewinąć? — odezwała się nagle Kate, wstając z kanapy i podchodząc bliżej ekranu, jej swobodna postawa zastąpiona przez intensywne skupienie.

Ben nieporadnie poszukał czegoś w telefonie i cofnął wideo o jakieś trzydzieści sekund. — Tutaj?

— Jeszcze trochę — ponagliła Kate napiętym głosem.

Ben posłuchał, cofnął jeszcze dalej, a potem puścił materiał w normalnym tempie. Tym razem cała trójka wpatrywała się uważnie, gdy kamera przesuwała się wzdłuż rzędu boksów. I wtedy to zobaczyli — nie do pomylenia, gdy już wiedziało się, gdzie patrzeć: Vanessa Hughes, rzucająca ukradkowe spojrzenie przez ramię, zanim podeszła do boksu Misty. Jej dłoń zanurkowała do kieszeni kurtki, po czym wysunęła się, ściskając między palcami kilka małych białych saszetek.

Kciuk Bena wbił się w ekran telefonu, zamrażając wideo na tym obciążającym kadrze.

— To boks Misty — powiedziała Kate prawie szeptem. Zrobiła krok w stronę ekranu, pobladła na twarzy, z oczami rozszerzonymi z niedowierzania. — A to...

— Vanessa — dokończył Ben, a serce zaczęło mu łomotać, gdy docierało do niego znaczenie tego, co widzieli. — To Vanessa Hughes.

— Chwileczkę, to wasz koń? — zapytała Verity, z rosnącym zainteresowaniem spoglądając to na jedno, to na drugie. — A ta dziewczyna to kto?

Kate nie odpowiedziała, nie odrywając wzroku od ekranu. Ben rozsunął obraz dwoma palcami, przybliżając dłoń Vanessy i wyraźnie widoczne w niej białe saszetki.

— I co ona dokładnie trzyma? — zapytała Verity, choć ton zdradzał, że domyślała się odpowiedzi.

— To wygląda jak... — zaczął Ben, po czym urwał i zwrócił się do Kate po potwierdzenie. — Kate, czy to może być to, o czym myślę?

Dłoń Kate lekko zadrżała, gdy wyciągnęła palec, by dotknąć ekranu; zawisła tuż nad obrazem białych saszetek. — Saszetki jednorazowe — powiedziała, a jej głos nabierał pewności. — Dokładnie tak pakuje się bute. Białe opakowania z nadrukowanymi informacjami o dawkowaniu.

Żołądek Bena ścisnął się na myśl o konsekwencjach. W głowie błyskawicznie wrócił do tamtego dnia na zawodach, próbując odtworzyć chronologię. Pamiętał, że kręcił ten fragment, gdy Kate rozmawiała z potencjalnymi sponsorami, mniej więcej godzinę przed swoim przejazdem. Pamiętał, jak Misty wystąpiła poniżej swojego zwykłego poziomu, tę nietypową ospałość, która zbiła Kate z tropu. Teraz wszystko miało sens. Nagranie uchwyciło Vanessę w trakcie sabotażu.

— Odurzyła twojego konia — stwierdziła bez ogródek Verity, podchodząc do sprawy z bezpośredniością kogoś, kto na co dzień ocenia punkty zwrotne fabuły. — Celowo podkopała twój występ i reputację.

— Musiała dosypać to do małej porcji paszy, którą zostawiłam Misty, kiedy poszłam na to spotkanie ze sponsorem — powiedziała Kate, jej głos nabierał mocy, a szok ustępował miejsca gniewowi. — Bute osiąga szczyt działania po mniej więcej godzinie. Czas się idealnie zgadza. Misty była w porządku na rozprężalni, ale kiedy wjechałyśmy na czworobok na nasz przejazd...

Ben znów wcisnął odtwarzanie. Kamera śledziła Vanessę, która po raz kolejny rozejrzała się dookoła, po czym wsunęła się do boksu Misty, znikając z pola widzenia na kilka sekund, by zaraz wyjść i szybko odejść. Cała sekwencja trwała mniej niż trzydzieści sekund — łatwo ją przeoczyć, jeśli nie szukało się jej świadomie. Gdyby Verity nie zwróciła uwagi na podejrzane zachowanie, mogli nigdy tego nie zobaczyć.

Bena mdliło na myśl, że przez cały czas miał w ręku ten kluczowy dowód. Tygodnie cierpienia Kate, jej izolacja, załamanie zawodowej pozycji, okrutne spekulacje i porzucone sponsoringi — a dowód jej niewinności leżał zapomniany w jego telefonie. Był tak skupiony na uchwyceniu atmosfery, tła do swojej powieści, że nawet porządnie nie przejrzał nagrań.

— Powinienem był sprawdzić to tygodnie temu — powiedział, świadom, jak marnie brzmi to wyznanie wobec skali jego przeoczenia. — Kate, tak mi przykro. Gdybym tylko przejrzał wszystko, co wtedy nakręciłem...

— Nie mogłeś wiedzieć, czego szukać — odparła Kate, ale jej uwaga wciąż była przyklejona do ekranu, oczy śledziły obciążający dowód zdrady Vanessy.

Verity, która obserwowała ich oboje z bystrą oceną, chrząknęła. — Rozliczenia mogą poczekać — powiedziała rzeczowo. — Teraz liczy się to, co zrobicie z tym dowodem.

Jej pragmatyczna interwencja wyrwała Bena z spirali poczucia winy. Miała rację. Ważne nie było to, że wcześniej tego nie odkrył, tylko co zrobią z tą wiedzą teraz.

Przestudiował twarz Kate, obserwując, jak początkowy szok ustępuje czemuś silniejszemu. Jej spojrzenie stwardniało, szczęka zacisnęła się w determinacji, sylwetka się wyprostowała, jakby ktoś zdjął z jej ramion fizyczny ciężar. Ta przemiana była niezwykła — jak patrzeć, jak ktoś wychodzi z cienia w światło.

— Miałaś rację od początku — powiedział cicho Ben. — Ktoś zrobił ci to celowo.

— Vanessa — odparła Kate, już pewnym, równym głosem. — To ma idealny sens. Wściekała się, że przegrała, choć miała drogiego konia i treningi. Od dawna próbuje udowodnić, że jest lepsza ode mnie. — Z jej ust wyrwał się gorzki śmiech. — Chyba łatwiej było odurzyć mojego konia i zniszczyć mi reputację, niż naprawdę poprawić własną jazdę.

Ben sięgnął po telefon, odłączając go od ekranu dłońmi, które już nie drżały, tylko były pewne celu. — Musimy natychmiast przekazać to odpowiednim osobom. Oczywiście federacji, ale też policji. To, co zrobiła Vanessa, nie było tylko naruszeniem regulaminu — to było przestępstwo.

— Jake będzie dokładnie wiedział, jak to poprowadzić — zgodziła się Kate, mając na myśli narzeczonego Pip, policjanta, który podczas największej medialnej nagonki stał na straży przy bramie Ridgewater.

Ben już przewijał listę kontaktów, jednym ruchem kciuka znajdując numer Jake'a. Pilność chwili pulsowała mu w żyłach, zastępując wcześniejsze poczucie winy stanowczością. Wcisnął przycisk połączenia i włączył tryb głośnomówiący, żeby Kate wszystko słyszała.

Jake odebrał po trzecim sygnale, jego głos był ostrożny. — Ben? Wszystko w porządku?

— Jake, tu Ben — powiedział, a słowa potoczyły się z pośpiechem. — Chyba mamy to, czego potrzeba, żeby oczyścić Kate. Zaraz ci wysyłam wideo.

— Jakie wideo? — ton Jake'a natychmiast się wyostrzył, włączył się zawodowy instynkt. — Co znaleźliście?

Ben głęboko odetchnął, zmuszając się do jasności i zwięzłości. — Kręciłem na zawodach do badań, materiał tła do nowej książki. Po prostu ogólne ujęcia strefy boksów, przygotowań, nic konkretnego. Ale kiedy to teraz przejrzeliśmy, zobaczyliśmy coś. — Zerknął na Kate, która zachęcająco skinęła głową. — Vanessa Hughes wchodząca do boksu Misty z czymś, co wygląda na saszetki z bute, mniej więcej godzinę przed przejazdem Kate.

Zapadła chwila ciszy, po czym głos Jake'a zabrzmiał napięty, ale kontrolowanie podekscytowany. — Macie całkowitą pewność, że to ona? I że to, co trzyma, da się jednoznacznie rozpoznać?

— To ona — potwierdziła Kate, pochylając się bliżej telefonu. — Bez dwóch zdań. A saszetki widać wyraźnie. Białe, dokładnie takie jak jednorazowe opakowania bute, które trzymamy w szafce z lekami.

— W tej szafce, która ciągle zostawała otwarta — dodał Ben, przypominając sobie z pozoru błahe problemy z bezpieczeństwem, które nękały Ridgewater w tygodniach przed zawodami. — Jake, to nie był przypadek. Ona to zaplanowała. Celowo stwarzała sytuacje, w których mogła mieć dostęp do leków.

— Wyślij mi wideo natychmiast — powiedział Jake krótko, zawodowym tonem. — Nie edytuj, nie poprawiaj, nie rób z nim absolutnie nic. Wyślij surowy materiał dokładnie taki, jak został nagrany i, na miłość boską, zrób kopie zapasowe wszędzie, gdzie przyjdzie ci do głowy. Resztą się zajmę.

Ben szybko przeszedł do poczty i załączył plik z wideo. — Wysyłam — potwierdził. — Co dalej?

— Najpierw to przejrzę, żeby potwierdzić to, co widzicie — odparł Jake. — Potem idziemy do federacji ze skargą formalną. Równolegle wszczynam oficjalne postępowanie odpowiednimi kanałami. To wchodzi w zakres prawa karnego: manipulacja przy zawodach, narażenie zwierzęcia, potencjalnie oszustwo, zależnie od kwalifikacji.

E-mail poszybował z cichym świstem i Ben poczuł, jak wypełnia go osobliwa lekkość. Po tygodniach bezradności wreszcie działali. — Poszło — potwierdził.

— Dobrze — powiedział Jake. — To kiedy wracacie do Queensland?

— Nasz lot jest za kilka godzin — odpowiedziała Kate, zerkając na zegarek. — Będziemy z powrotem dziś wieczorem.

— Świetnie. Jak tylko wrócicie do domu, wpadnijcie prosto do Big House; dziś nie pracuję, więc będę na miejscu. Ustalimy razem kolejne kroki. — Zrobił krótką pauzę, po czym dodał, nieco łagodniej: — To dobrze, Kate. Naprawdę dobrze. Wytrzymaj jeszcze chwilę.

Gdy rozmowa się skończyła, Ben odwrócił się i zobaczył, że Kate patrzy na niego, a jej oczy błyszczą niewylanymi łzami. Ale nie były to łzy rozpaczy czy frustracji, które widywał u niej przez ostatnie tygodnie. Te były inne.

— Mamy dowód — powiedziała po prostu, jakby sprawdzała te słowa na języku, badając, jak brzmią. — Prawdziwy dowód.

— Tak — potwierdził Ben, powstrzymując odruch, by przytulić ją tu i teraz, przy Verity. — I dopilnujemy, żeby wszyscy go zobaczyli.

Verity, która przyglądała się wszystkiemu z zawodowym zainteresowaniem, wreszcie zabrała głos. — No cóż, doskonale rozumiem, dlaczego ciągnie cię do tego świata w następnej serii — stwierdziła sucho. — To się praktycznie pisze samo. — Zgarnęła tablet ze stolika i wsunęła go do eleganckiej, skórzanej teczki. — Powinnam was zostawić, żebyście przygotowali się do lotu. A Ben — dodała, zatrzymując się w progu — kiedy to wszystko się uporządkuje, oczekuję pełnego konspektu tej jeździeckiej serii kryminalnej. Wyraźnie jest tu materiał do eksploracji.

Kiedy wyszła, Ben i Kate stali przez chwilę w milczeniu, a na ekranie wciąż widniał zamrożony kadr z Vanessą — wizualne przypomnienie zdrady, które wkrótce miało stać się dowodem na oczyszczenie.

— Nie mogę uwierzyć, że to tam było przez cały czas — odezwała się w końcu Kate, głosem stabilnym mimo emocji widocznych w oczach. — Kiedy pomyślę, jakie były te ostatnie tygodnie, co ludzie mówili, jak na mnie patrzyli, podczas gdy dowód na to, co naprawdę się stało, siedział w twoim telefonie...

— Wiem — powiedział Ben, a poczucie winy znów chciało wypłynąć na powierzchnię. — Powinienem być bardziej skrupulatny.

Kate pokręciła głową i, ku jego zaskoczeniu, ujęła go za rękę. — Nie. Gdybyś specjalnie szukał dowodów, być może nigdy byś tego nie uchwycił. Po prostu byłeś sobą, Benie: obserwowałeś, chłonąłeś wszystko do pisania. I dzięki temu mamy prawdę.

Jej palce mocniej zacisnęły się na jego dłoni, ciepłe i silne mimo lekkiego drżenia, które wciąż przez nie przebiegało. Ben spojrzał na ich splecione dłonie, potem z powrotem na jej twarz, widząc determinację, która zastąpiła rozpacz, cel, który przegonił bezradność.

— Powinniśmy zacząć się szykować do wyjazdu — powiedział w końcu. — Jake czeka, a mamy mnóstwo do zrobienia.

Kate skinęła głową, ściskając jeszcze raz jego dłoń, zanim ją puściła. — Tak — zgodziła się. — Czas wrócić do domu i oczyścić moje imię.

Rozdział piętnasty

KATE WPATRYWAŁA SIĘ w akwarelowy pejzaż na ścianie poczekalni Joe Ashforda, nie dostrzegając tak naprawdę ani pofalowanych wzgórz, ani spokojnego jeziora, które dominowało na płótnie. Jej noga podskakiwała nerwowo, palce skręcały się w supeł na kolanach. Obok, Ben pochylił się, oparł łokcie na kolanach i co jakiś czas spoglądał na nią z cichą troską. Zegar na biurku recepcjonistki tykał ze złośliwą powolnością, każda sekunda rozciągała się niemożliwie, gdy czekali, aż Joe ich wezwie. Tak wiele zależało od tego spotkania: jej reputacja, kariera, przyszłość Ridgewater. Kate wciągnęła głęboki oddech, próbując uspokoić galopujące serce. Po tygodniach bezsilności wreszcie mieli coś konkretnego, coś realnego. Dowody.

— Pan Ashford przyjmie państwa teraz — oznajmiła recepcjonistka, a jej profesjonalny uśmiech nie zdradzał ani współczucia, ani oceny.

Kate podniosła się na nogi, które wydawały się jednocześnie ołowiane i dziwnie chwiejne. Dłoń Bena musnęła jej plecy nad lędźwiami, gdy ruszyli za recepcjonistką krótkim korytarzem do gabinetu Joe'a. Gest był tak subtelny, że mógł uchodzić za przypadkowy, a jednak Kate czerpała z niego siłę.

Joe Ashford wstał, gdy weszli, jego wysoka sylwetka wyłoniła się znad masywnego dębowego biurka, na którym leżały równiutkie stosy papierów. Uścisk dłoni miał pewny, a wyraz twarzy ostrożnie optymistyczny, gdy zapraszał ich do skórzanych foteli stojących przed biurkiem.

— Miło Panią widzieć, Kate — powiedział. Spojrzenie przeniósł na Bena. — A Pan musi być Panem Crossleyem. Jake wspomniał, że odkrył Pan coś istotnego.

— Można tak to nazwać — przyznał Ben, pochylając się lekko do przodu.

Joe oparł się wygodnie w fotelu, splótł dłonie na blacie. — Zobaczmy więc, co Pan znalazł.

Ben sięgnął do torby listonoszki i wyjął laptop. Kate śledziła jego ruchy, sposób, w jaki rozstawił komputer i ustawił ekran tak, by Joe widział wszystko wyraźnie. Miała sucho w ustach, a serce waliło jej o żebra. Ten moment wydawał się przełomowy, jak punkt zwrotny między koszmarem minionych tygodni a tym, co dopiero miało nadejść.

— Nagrywałem zawody do badań — wyjaśnił Ben. — Materiał tła do nowego cyklu książek, nad którym pracuję. Chciałem uchwycić atmosferę, kulisy. Dopiero gdy przejrzeliśmy nagrania w Sydney, zauważyliśmy coś.

Joe skinął głową, a jego wyraz twarzy przeszedł w skupioną uwagę. — I co dokładnie zauważyliście?

— To — odparł Ben krótko, odwracając ekran bardziej w stronę Joe i naciskając Play.

Kate widziała już to nagranie kilka razy, miała w pamięci każdy detal skrytych ruchów Vanessy, ale obserwowanie, jak Joe ogląda je po raz pierwszy, posłało nową falę napięcia przez jej ciało. Wbiła palce w skórzane podłokietniki, gdy film ruszył.

Joe pochylił się bliżej ekranu, oczy lekko się zwęziły. Na nagraniu widać było tętniące życiem zaplecze stajni, zawodników i luzaków krzątających się w pośpiechu, konie w boksach. A potem, na skraju kadru, pojawiła się Vanessa, przygarbiona w sposób dla niej nietypowy, z oczami biegającymi na boki, jakby upewniała się, że nikt nie patrzy.

— To Vanessa Hughes — powiedziała cicho Kate. — Moja uczennica, ale też zawodniczka. Jeździ na Cavalierze, hanowerskim ogierze.

Na ekranie Vanessa zbliżyła się do boksu Misty i sięgnęła do kieszeni kurtki. Joe pochylił się jeszcze bardziej, marszcząc brwi.

— Może Pan zatrzymać w tym miejscu?

Ben nacisnął klawisz, zatrzymując obraz w chwili, gdy ręka Vanessy wysuwała się z kieszeni, a między palcami wyraźnie widać było białe saszetki.

— To jednorazowe saszetki z bute, fenylbutazonem — wyjaśniła Kate, jej głos brzmiał pewniej, niż się spodziewała. — Dokładnie takie, jakich używamy i trzymamy w naszej szafce z lekami. Szafce, która w tygodniach przed zawodami była kilkakrotnie znaleziona otwarta. Marcus zrobił inwentaryzację i brakowało sześciu saszetek.

Joe długo studiował kadr, a jego wyraz twarzy stwardniał. — I to jest mniej więcej godzinę przed Pani przejazdem?

— Tak — potwierdził Ben. — Filmowałem, gdy Kate spotykała się z potencjalnymi sponsorami.

Joe powoli skinął głową, po czym znów nacisnął play, obserwując, jak Vanessa jeszcze raz rozgląda się nerwowo, po czym znika w boksie Misty. Wideo trwało jeszcze jakieś dwadzieścia sekund, pokazując, jak Vanessa wychodzi i szybkim krokiem oddala się, najwyraźniej z misją zakończoną.

— Czas idealnie zgrywa się z działaniem bute — dodała Kate. — Zaczyna działać w pełni po około godzinie. Misty była w porządku na rozprężeniu, ale kiedy wjechałyśmy na arenę, była... inna. Przytępiona.

Joe przewinął wideo, obejrzał sekwencję raz jeszcze, po czym odchylił się w fotelu, z miną posępną, ale usatysfakcjonowaną. — To — powiedział, stukając w ekran — jest dokładnie to, czego Pani potrzebuje, Kate. Jasny, niebudzący wątpliwości dowód celowego sabotażu.

Coś się poluzowało w piersi Kate, supła napięcia, który niosła tak długo, że niemal zapomniała, jak to jest bez niego. — Czy uważa Pan, że to wystarczy? — zapytała, ledwo śmiąc mieć nadzieję.

— Więcej niż wystarczająco — odparł stanowczo Joe. — To nie jest tylko naruszenie regulaminu zawodów. To czyn zabroniony. Manipulacja przy rywalizacji, naruszenie dobrostanu zwierząt, oszustwo. A cywilne konsekwencje też są znaczne; szkody na Pani reputacji i źródle utrzymania są ewidentne.

Otworzył szufladę i wyjął żółty notes. — Zrobimy tak. Najpierw niezwłocznie składamy te dowody do Federacji Jeździeckiej, wraz z formalnym wnioskiem o przyspieszoną weryfikację i pełne przywrócenie statusu. Równocześnie wnosimy pozew cywilny przeciwko Vanessie o sabotaż, zniesławienie i szkody finansowe, a, i jeszcze zakaz zbliżania się, żeby nie mogła się do Pani ani do Ridgewater nawet zbliżyć. Sprawą karną zajmuje się Jake; będziemy współpracować zgodnie z tym, co uzna prokurator, ale na pewno będę naciskał co najmniej na zarzuty oszustwa i znęcania się nad zwierzętami.

Dłonie Kate drżały, gdy chłonęła jego słowa. Po tygodniach bezsilności, patrzenia, jak jej życiowa praca się sypie, wreszcie się bronili.

— Jak szybko, Pana zdaniem, Federacja zareaguje? — spytał Ben, wypowiadając na głos pytanie, którego Kate nie potrafiła ująć w słowa.

— Biorąc pod uwagę klarowność tych dowodów, będę naciskał na rozstrzygnięcie w ciągu dni, nie tygodni — odparł Joe, już notując na kartce. — Będą chcieli jak najszybciej zdystansować się od tego skandalu. Doping to jedno; celowy sabotaż dokonany przez inną zawodniczkę to zupełnie co innego. Dużo rzadsze i potraktują to o wiele poważniej.

Podniósł wzrok i spojrzał Kate prosto w oczy. — To prosta, oczywista sprawa, Kate. To, co Pani spotkało, było celowe, złośliwe i da się to udowodnić. Naprawimy to.

Kate skinęła głową, a fala mieszanych emocji przeszła przez jej ciało — ulga, poczucie sprawiedliwości, wciąż tliły się resztki gniewu, a pod tym wszystkim ostrożna nadzieja.

Joe podsunął przez biurko kilka dokumentów. — Potrzebuję Pani podpisu, żeby ruszyć machinę.

Kate sięgnęła po papiery, ale ręce trzęsły jej się tak, że nie potrafiła porządnie chwycić długopisu. Poczuła ciepły, uspokajający nacisk na ramieniu, gdy Ben położył tam dłoń, pewną i uziemiającą. Wzięła głęboki oddech, przyjęła długopis i podpisała się z rozmysłem. Każdy podpis był jak odzyskiwanie cząstki samej siebie, swojej przyszłości.

— Złożę to dziś — obiecał Joe, zbierając podpisane dokumenty. — I odezwę się, jak tylko będę coś wiedział.

Gdy wyszli z jego gabinetu na jasny poranek, Kate poczuła się lżejsza niż od tygodni. Jeszcze nie wolna od ciężaru, który niosła, ale wreszcie widziała przed sobą drogę, sposób, by wrócić do życia i kariery, które jej skradziono. Dłoń Bena odnalazła jej dłoń, gdy szli do samochodu, a ona jej nie cofnęła.

— Będzie dobrze — powiedział cicho.

Po raz pierwszy od początku koszmaru Kate uwierzyła, że to może być prawda.

W drodze z powrotem do Ridgewater zadzwonił telefon; na ekranie mignęło imię Jake'a. Kate wciągnęła powietrze i stuknęła ekran, żeby przełączyć połączenie na zestaw głośnomówiący.

— No, załatwione — oznajmił Jake. — Vanessa ma postawione zarzuty; próbowała zwalić winę na luzaczkę, federację, może i duchy, nie wiem. Rozryczała się w chwili, gdy pokazaliśmy jej nagranie, a jej matka o mało nie zemdlała. Wyraz twarzy jej ojca, kiedy w końcu do niego dotarło, był bezcenny.

Kate wypuściła powietrze powoli, coś między śmiechem a westchnieniem. — Dobrze.

— I co teraz? — zapytał Ben.

— Siedzi w pokoju przesłuchań na komisariacie i czeka na prawnika. Ojciec miał dość rozsądku, żeby powiedzieć jej, by nie odzywała się ani słowem do czasu jego przyjazdu, ale też bardzo surowo oznajmił, gdy wsadzałem ją do radiowozu, że jeśli nawet jego pieniądze uchronią ją od więzienia za ten numer, to będzie miała szczęście. — Jake przerwał, mruknął coś do kogoś w tle, po czym wrócił do rozmowy. — Prawnik już jest, muszę lecieć. Ale, Kate? Nie ma Pani powodu do obaw. Jestem niemal pewien, że Vanessa już nigdy nie odważy się pokazać w tym mieście.

Zegar z wahadłem w rogu salonu Big House tykał miarowo, każdą sekundę zaznaczając mechaniczną precyzją, która jakby kpiła z ludzi rozrzuconych po pokoju, zastygłych w różnych pozach wyczekiwania. Kate siedziała sztywno między Benem a Pip na wytartej skórzanej kanapie, ściskając telefon tak mocno, że pobielały jej kostki. Minęły trzy dni od spotkania z Joe, trzy dni odnowionej nadziei, tonowanej świadomością, że nic nie jest pewne, dopóki nie przyjdzie oficjalne potwierdzenie. Rozejrzała się po rodzinie; każdy radził sobie z napięciem na swój sposób. Sarah krążyła przy oknie, czasem zatrzymując się, by zapatrzyć się na padoki, jakby odpowiedź mogła się tam pojawić między pasącymi się końmi. Emma nie wytrzymała w domu, wciągnęła oficerki i oznajmiła, że popracuje z końmi, a Zoe poszła z nią. Jake stał przy drzwiach, z rękami skrzyżowanymi na piersi, a jego pozorny bezruch zdradzało tylko okazjonalne stukanie palcem wskazującym o biceps.

— Mówili, że rano — mruknęła Kate, sprawdzając godzinę chyba po raz setny. — Już prawie południe.

— Biurokracja Federacji — stwierdziła Pip, cała aż napięta od skrytej energii. — Pewnie musieli zebrać z piętnaście komitetów, żeby wysłać jednego maila.

Dłoń Bena spoczywała na poduszce sofy między nimi, na tyle blisko, że Kate czuła jej ciepło, choć się nie dotykali. Taki był od powrotu z Sydney: obecny i wspierający, ale ostrożny, żeby jej nie przytłoczyć, jakby rozumiał, że potrzebuje przestrzeni, by wszystko przetrawić.

— Joe by zadzwonił, gdyby było coś nie tak — powiedziała Sarah, zatrzymując się w swoim krążeniu i zerkając na Kate. — Brak wieści to nie złe wieści.

Kate skinęła głową, choć węzeł w żołądku tylko się zacisnął. Jakoś było łatwiej, gdy działali. To czekanie przypominało wiszenie nad przepaścią — ani upaść, ani stanąć na ziemi.

— Misty dziś świetnie wygląda — rzuciła Pip, wyraźnie próbując odwrócić jej uwagę. — Emma lonżowała ją rano. Już całkiem wróciła do siebie.

— Przynajmniej ktoś — mruknęła Kate, po czym od razu pożałowała nuty użalania się nad sobą. Wzięła głębszy oddech, gotowa przeprosić, gdy telefon zapiszczał z powiadomieniem o e-mailu.

Pokój natychmiast ucichł. Nawet tykanie zegara jakby odpłynęło w tło, gdy wszystkie spojrzenia zwróciły się ku Kate. Ręka drżała jej tak mocno, że prawie upuściła telefon, i przez moment nie była w stanie spojrzeć na ekran.

— Chcesz, żebym przeczytał? — zapytał cicho Ben.

Kate pokręciła głową. To należało do niej, niezależnie od wyniku. Odblokowała ekran ruchem kciuka i stuknęła w powiadomienie. U góry maila pojawiło się logo Federacji, potem formalny nagłówek i gęsty tekst. Zmusiła się, by skupić wzrok i doczytać poza urzędniczą nowomową do samej decyzji ukrytej w środku.

...po zapoznaniu się z dostarczonymi dowodami... jasne udokumentowanie podania substancji zabronionej bez wiedzy lub zgody zawodniczki... panel Federacji stwierdza, że Kate McKenzie nie ponosi odpowiedzialności za pozytywny wynik testu... natychmiastowe przywrócenie prawa do startów... szczere przeprosiny za wyrządzone cierpienie...

Wzrok Kate zamazał się, słowa zatańczyły przed oczami. — Przyjęli dowody — wyszeptała. — Zostałam oczyszczona.

Przez chwilę te słowa wisiały w powietrzu, jakby cały pokój wstrzymał oddech. Potem Pip wydała z siebie okrzyk radości, aż zaskakująco donośny jak na tak drobną osobę, i bezruch prysł.

Sarah oderwała się od okna, w trzech szybkich krokach znalazła się przy Kate i objęła ją mocno. — Wiedziałam — powiedziała, a jej głos był gruby od emocji. — Musieli przejrzeć na oczy.

Kate odwzajemniła uścisk, a ciało nagle zadrżało, gdy napięcie tygodni zaczęło z niej schodzić. Poczuła dłoń Bena na plecach, usłyszała nieprzerwany potok triumfalnych okrzyków Pip, zobaczyła szeroki uśmiech Jake'a ponad ramieniem Sarah. Ulga była tak głęboka, że aż bolesna, spływała falami, które groziły, że rozerwą jej resztki opanowania.

— Pokaż — zażądała Pip, próbując zajrzeć w ekran wciąż ściskanego przez Kate telefonu. — Chcę przeczytać dokładnie, co ci urzędniczy nadęciacy napisali.

Kate podała jej telefon, a od Bena przyjęła chusteczkę, żeby otrzeć oczy, które jakoś zupełnie niespodziewanie się zaszkliły. — Przywracają mnie natychmiast — zdołała powiedzieć, już pewniejszym głosem. — Bez zawieszenia, bez okresu próbnego, pełne prawa startowe.

— I jeszcze powinni się płaszczyć za to, przez co cię przeprowadzili — dodała Sarah, a spod ulgi wciąż przebijała się jej opiekuńcza złość.

Zadzwonił telefon Jake'a, przerywając moment. Spojrzał na ekran, potem uniósł palec. — Prokurator — rzucił i wyszedł do korytarza, by odebrać.

Kate opadła znów na kanapę, nagle świadoma, jak bardzo jest zmęczona. Satysfakcja była słodka, ale nie mogła wymazać tygodni stresu, nadwyrężonych relacji, ciągłego podważania siebie i innych. Została oczyszczona, ale to doświadczenie odcisnęło na niej ślad, który nie zniknie jednym mailem.

Ben jakby wyczuł jej myśli, odnalazł jej dłoń i lekko ją ścisnął. — Krok po kroku — mruknął tak, by tylko ona słyszała. — Odzyskałaś nazwisko. Reszta przyjdzie.

Jake wrócił z miną pełną zadowolenia. — Dzwoniła prokuratura — potwierdził. — Kierują sprawę karną przeciwko Vanessie: znęcanie się nad zwierzętami i oszustwo. — Schował telefon. — Stanie przed sądem, ale już zgodziła się przyznać do winy, żeby uniknąć więzienia.

— Więzienia? — powtórzyła Kate, zaskoczona surowością.

Jake skinął głową. — Same zarzuty oszustwa niosą potencjalnie do pięciu lat. W ramach ugody pewnie dostanie wyrok w zawieszeniu, solidną grzywnę i prace społeczne, a całkiem możliwe, że też zakaz posiadania koni i startów do końca życia. Prokurator sam ma konie. Był całą sprawą wyjątkowo oburzony; na pewno nie będzie dla

Vanessy pobłażliwy, mimo że jej tatuś wynajął drogą ekipę prawną.

Kate odchyliła się na oparcie, a ciężar tygodni stresu widocznie zsunął jej się z ramion. To koniec. Naprawdę koniec. Koszmar, który pożarł jej życie, kończył się nie długą batalią, lecz szybką sprawiedliwością.

— Jest jeszcze coś — odezwała się Sarah. — Nie chciałam nic mówić, dopóki Federacja nie zdecyduje, ale mam wiadomość od matki Vanessy. Hughesowie są zdesperowani, żeby odciąć się od skandalu. — Jej głos nieco złagodniał. — Sprzedają Cavaliera i prosili, żebym pośredniczyła.

— Sprzedają go? — Myśli Kate natychmiast pobiegły do wspaniałego kasztanowatego ogiera o niespokojnym spojrzeniu. Mimo wszelkich zastrzeżeń do Vanessy, naprawdę lubiła Cavaliera, który zasługiwał na o wiele lepsze traktowanie.

Sarah skinęła głową. — Znajdę mu dobry dom — obiecała. — Kogoś, kto doceni jego talent i będzie go traktował, jak należy.

Kate przytaknęła, czując ulgę. — To dobry koń. Potrzebuje jeźdźca, który go rozumie.

Pip zerwała się z kanapy, jej nieokiełznana energia nie dawała się już dłużej poskromić. — Trzeba to uczcić! Otwieram tamtą butelkę szampana, którą trzymamy na specjalną okazję.

Gdy Pip zniknęła w stronę kuchni, Kate została na sofie, nagle przytłoczona ostatecznością tego wszystkiego. Mail z Federacji nie tylko oczyszczał jej imię, ale uznawał krzywdę, oficjalnie przyznawał, co jej zrobiono. Po tygodniach, gdy patrzono na nią podejrzliwie i z nieufnością, gdy jej ciężko wypracowana reputacja się kruszyła, ta weryfikacja była niemal zbyt wiele, by ją ogarnąć.

— Wszystko w porządku? — zapytał cicho Ben, badając wzrokiem jej twarz.

— Chyba tak — odpowiedziała Kate, głosem pewniejszym, niż myślała. — A jeśli nie teraz, to będzie.

I po raz pierwszy od początku koszmaru naprawdę w to uwierzyła.

Schodki werandy The Shack były chłodne pod nogami Kate, a wytarte drewno wygładziły lata użytkowania. Oparła się o słupek poręczy i patrzyła, jak słońce zniża się ku horyzontowi, rzucając długie cienie na padoki Ridgewater. W powietrzu wciąż unosiło się ciepło dnia, ale lekki wietrzyk poruszał liście eukaliptusów na granicy posesji, niosąc zapach gumowca i dalekiego deszczu. Na najbliższym padoku Misty spokojnie skubała trawę niedaleko Legenda, starego ogiera, który czujnie doglądał córki. Widok był tak zupełnie zwyczajny, tak nietknięty przez chaos, który ostatnio pochłaniał życie Kate, że aż wydawał się nierealny.

Telefon Kate leżał ciężki w jej dłoni, a na ekranie świeciła kolejna wiadomość od sponsora, chętnego, by *„ponownie potwierdzić swoje zaangażowanie w jej sukces”*. Przewijała powiadomienia zmęczonym kciukiem, tak podobne do siebie, że zlewały się w jedno. Vitality Plus chciało *„odbudować partnerstwo”*. Firma od siodeł była *„zachwycona, że może dalej wspierać jej drogę”*. Producent bryczesów wierzył, że *„mogą iść razem naprzód w pozytywnym kierunku”*.

Żaden nie wspomniał o tym, że porzucili ją przy pierwszym podmuchu kłopotów. Nikt nie przyznał się do panicznego dystansowania się od jej nazwiska, kiedy mogło zaszkodzić ich marce. Pisali tak, jakby ta relacja była tylko krótką, obopólną przerwą, a nie została zerwana przez ich jednostronne decyzje.

Kate odłożyła telefon, zbyt zmęczona, by sklecić grzeczne, profesjonalne odpowiedzi, których od niej oczekiwano; może poprosi Sarah, żeby się tym zajęła. Ciało bolało ją zmęczeniem większym niż fizyczne, głębokim aż do kości, którego sam sen nie uleczy. Doczekała się upragnionego oczyszczenia, ale to nie zmyło jednym ruchem całego ciężaru minionych tygodni.

Zgrzyt żwiru pod czyimiś krokami przyciągnął jej uwagę. Od strony Big House podchodziła Pip, drobna sylwetka odcinała się od ciemniejącego nieba. Niosła dwa kubki, z których w chłodniejącym wieczorze unosiła się para.

— Pomyślałam, że ci się przyda — powiedziała Pip, podając Kate jeden kubek, po czym usiadła obok niej na schodkach.

Kate przyjęła herbatę z wdzięcznym skinieniem, obejmując dłońmi ciepłą ceramikę. — Dzięki.

Przez kilka minut siedziały w zgodnym milczeniu, sącząc herbatę i patrząc, jak zachód maluje chmury pasami pomarańczu i różu. Na padoku Misty podniosła głowę, nastawiła uszy w stronę czegoś w oddali, po czym wróciła do skubania.

— Wyglądasz, jakbyś wróciła z wojny — zauważyła w końcu Pip, a jej głos, mimo dosadności słów, był łagodny.

— Czasem tak się czuję — uśmiechnęła się blado Kate.

— Ale wygrałaś — przypomniała jej Pip, szturchając ją lekko ramieniem. — Twoje nazwisko oczyszczone, Vanessa ma zarzuty karne i już nigdy nie stanie do rywalizacji, a sponsorzy potykają się o własne nogi, żeby wrócić do twoich łask.

— Wiem — odparła Kate, wpatrzona w herbatę. — Powinnam skakać z radości.

— Ale?

— Ale czuję się... pusta. — Kate szukała słów dla dziwnej pustki w środku, braku tego triumfalnego szczęścia, którego się spodziewała. — Jakbym tak długo walczyła, że zapomniałam, co robi się, gdy bitwa się kończy.

Pip skinęła głową, a w jej ciemnych oczach błysnęło zrozumienie. — Zjazd po adrenalinie. Po śmierci Kita czułam coś podobnego. Tak długo jedziesz na trybie kryzysowym, że normalność wydaje się nie na miejscu.

Kate spojrzała na nią, po raz kolejny uderzona cichą siłą szwagierki. Pip rzadko mówiła o śmierci Kita, o żałobie, która niemal ją złamała. A jednak się pozbierała, odnalazła sens w Ridgewater przy swoim programie dla kucyków, a w końcu i nową miłość z Jake'iem. Skoro Pip przetrwała to, Kate z pewnością podniesie się po tym.

— Będzie łatwiej — ciągnęła Pip, wpatrzona w linię horyzontu. — Nie od razu, ale stopniowo. Znowu zaczniesz porządnie spać. Jedzenie przestanie smakować jak tektura. Zaśmiejesz się, nie czując się z tego powodu winna.

Kate upiła łyk, pozwalając, by ciepło i słowa Pip osiadły w niej na dnie. — Sponsorzy chcą odpowiedzi — powiedziała po chwili. — Oczekują oświadczeń, postów w mediach społecznościowych, obecności na ich eventach. Jakby nic się nie stało.

— Każ im poczekać — odparła zdecydowanie Pip. — Nie jesteś im winna natychmiastowego przebaczenia tylko dlatego, że znowu jesteś dla nich „warta inwestycji".

Kate skinęła głową, wdzięczna za tę protekcjonalną złość Pip w jej imieniu. — Wciąż wraca mi myśl, jak szybko mnie odcięli. Jak nikt nie chciał wysłuchać mojej wersji.

Pip sięgnęła do kieszeni dżinsów i wyciągnęła lekko zagiętą wizytówkę. — Skoro mowa o twojej wersji — powiedziała, wciskając kartonik w dłoń Kate. — To od Danny'ego Warehama, tego dziennikarza, któremu prawie przywaliłam w sklepie paszowym. Najwyraźniej przeprowadził się w okolice. Wpadł wczoraj, kiedy byłaś u Joe. Mówi, że nie szuka sensacji, tylko chce opowiedzieć prawdziwą historię.

Kate obróciła wizytówkę w palcach, niezbyt kryjąc sceptycyzm. — Dziennikarze zawsze tak mówią.

— Wiem — przyznała Pip. — I normalnie powiedziałabym mu, gdzie może schować notes. Ale Jake go sprawdził. Ma solidną reputację, specjalizuje się w pogłębionych reportażach, a nie plotkach. I... — zawahała się. — Ridgewater przydałby się pozytywny tekst, Kate. Taki, który opowie całość z naszej perspektywy, a nie tylko sensacyjne migawki.

Kate wsunęła wizytówkę do kieszeni, bez zobowiązań skinęła głową. — Pomyślę o tym — powiedziała, znów patrząc na Misty skubiącą trawę w oddali, błogo nieświadomą, jak blisko były utraty wszystkiego, na co pracowały.

— Nie ma pośpiechu — odparła Pip, podążając za jej spojrzeniem. — Daj sobie tyle czasu, ile potrzebujesz. Historia nigdzie nie ucieknie.

Kate skinęła głową, czując, jak mały ciężar opada z serca na prostą myśl, że nie musi decydować o wszystkim od razu. Sponsorzy mogą poczekać. Prasa może poczekać. Na razie wystarczy siedzieć tutaj, patrzeć na zachód słońca nad Ridgewater i czuć pierwsze, nieśmiałe rozwinięcie się spokoju po burzy.

— Jak Ben to znosi? — zapytała po kolejnej kojącej ciszy Pip.

Usta Kate wygięły się w mały, ale szczery uśmiech. — Dobrze — powiedziała po prostu. — Jest... niezmiennie przy mnie.

Pip skinęła, rozumiejąc wszystko, co nie zostało wypowiedziane. — Dobrze. Zasługujesz na kogoś stałego.

Na padoku Misty podtruchtała kilka kroków, rzuciła głową w swoim popisowym geście, po czym wróciła do trawy. Kate patrzyła na nią, pozwalając sobie znów wyobrażać przyszłość: zawody, może nawet kwalifikację olimpijską. Ścieżka, która wydawała się na zawsze zablokowana, znów stała otworem.

Nie będzie łatwo. Będą szepty, ukradkowe spojrzenia, długie cienie skandalu, nawet po oczyszczeniu. Niektórych mostów nie da się już odbudować. Ale Ridgewater wciąż stoi, rodzina jest niewzruszona w swoim wsparciu, a Misty jest tak zdrowa i pełna werwy jak zawsze.

A kiedy będzie gotowa, Kate znów chwyci wodze — dosłownie i w przenośni. Ta myśl ułożyła się w jej piersi jak mały, ciepły węgielek, jeszcze nie płomień, ale jego obietnica. Na razie to wystarczało.

Rozdział szesnasty

Telefon Bena zawibrował na biurku, na ekranie zamigotało imię Verity. Zawahał się, zanim odebrał, wiedząc, że jego agentka rzadko dzwoni z błahostkami.

— Dzień dobry, Verity — odezwał się, odchylając się na krześle.

— Ben! — głos Verity uderzył z głośnika z charakterystyczną intensywnością. — Gdzie się podziewałeś? Próbowałam się do Pana dodzwonić od godzin!

— Poszedłem na spacer i zostawiłem telefon — powiedział, zerkając na notes zapisany bazgrołami o porannych rytuałach Ridgewater. — Co się stało?

— Co się stało? — śmiech Verity ocierał się niemal o manię. — Tylko największa szansa w Pana karierze, ot co. Włodarze studia są wniebowzięci wynikami filmu. Wyniki otwarcia przekroczyły prognozy o 37 procent!

Ben nerwowo postukał długopisem w notes. — To fantastyczna wiadomość — powiedział, a jego wzrok powędrował do Kate i Misty, które ćwiczyły dziś rano na zewnątrz; Kate chciała, by pierwszy powrót w siodło był relaksujący. Misty niemal tańczyła w kłusie po jednym z szerokich, trawiastych padoków Ridgewater, a nawet stąd Ben widział uśmiech Kate.

— Fantastyczna nie oddaje nawet połowy — ciągnęła Verity, słowa pędziły jej z ust. — Chcą Pana z powrotem w Sydney natychmiast. Teraz. Przyspieszają prace nad sequelem i chcą, żeby Pan współpracował bezpośrednio z zespołem scenarzystów.

Pióro Bena zastygło. — Współpraca przy scenariuszu? Myślałem, że ustaliliśmy, iż zatrudnią do tego swoich ludzi.

— To było zanim Pana film stał się ich kurą znoszącą złote jaja — odparła Verity. — A kwestie, które zbierają najwięcej pochwał, to te, które Pan napisał, i które weszły do filmu słowo w słowo. Zaplanowali ośmiotygodniowe intensywne warsztaty od najbliższego poniedziałku. Potem chcą Pana na trzymiesięcznej trasie promocyjnej po Ameryce Północnej, a następnie na kluczowych rynkach europejskich — Londyn, Paryż, Berlin, Rzym. Kontrakt, który proponują, jest... Cóż, powiedzmy, że mógłby Pan kupić ten swój ośrodek jeździecki za gotówkę i jeszcze zostałoby Panu sporo reszty.

Na zewnątrz Kate zsiadła z siodła, z wyraźną czułością klepiąc Misty po szyi. Ben patrzył, jak luzuje popręg i podciąga strzemiona, szykując się, by odprowadzić klacz do stajni.

— Ben? Słucha mnie Pan?

— Tak — powiedział, zmuszając się, by wrócić myślami do rozmowy. — To... sporo do przetrawienia, Verity.

— Przetrawienia? — powtórzyła z niedowierzaniem. — Co tu trawić? To wszystko, na co pracowaliśmy! Chcą też prawa pierwszeństwa do nowej serii i konsultacji kreatywnych przy wszystkich adaptacjach. Dokumenty przyszły dziś rano. Wysłałam je Panu mailem, ale odpowiedź potrzebna jest najpóźniej do czwartku. Rekomenduję, żeby Pan to podpisał natychmiast. Nawet ja, mistrzyni negocjacji, nie potrafię wymyślić ani jednej rzeczy, o którą mogłabym jeszcze zawalczyć — wszystko dali z góry. To umowa życia.

Czwartek. Za trzy dni. Ben przeczesał włosy dłonią; żołądek ścisnął mu się od nagłej presji decyzji, którą musiał podjąć.

— Muszę to przemyśleć — powiedział cicho.

— Przemyśleć? — głos Verity podskoczył o oktawę. — Każdy inny autor, którym się opiekuję, dałby się za to pokroić! Studio chce Pana u siebie już w przyszłym tygodniu. Ich firmowy apartament jest właśnie przygotowywany.

— Rozumiem — powiedział Ben, patrząc, jak Kate prowadzi Misty w stronę myjki. — Tylko że... to skomplikowane.

Zapadła cisza, po czym głos Verity wrócił, łagodniejszy, ale zdecydowany. — Chodzi o tę dziewczynę od koni, prawda?

Ben skrzywił się na to lekceważące określenie. — Ma na imię Kate. I tak, jest częścią równania.

— Proszę posłuchać — powiedziała Verity tonem, którego używała przy najtrudniejszych negocjacjach. — Miał Pan uroczy wiejski urlop. Nie mogę zaprzeczyć, że wyszło to Panu na dobre; oddał mi Pan poprawioną wersję sporo przed terminem i rzeczywiście chcę usłyszeć o tej nowej serii, nad którą Pan pracuje. Rozumiem, że może Pan tam... nawiązał pewne więzi. Ale to jest Pana kariera, Ben. Pana życiowa praca. Niech Pan nie wyrzuca do kosza wszystkiego, co Pan zbudował, przez romans na wsi.

Słowa zapiekły. Czy tak widzieli jego czas w Ridgewater inni? Romans wakacyjny, chwilowe odejście od prawdziwego życia?

— Muszę kończyć, Verity — powiedział bardziej ostro, niż zamierzał. — Zerknę na kontrakt i oddzwonię.

Zakończył rozmowę, zanim zdążyła odpowiedzieć, i odłożył telefon na biurko z brzękiem. Przez kilka minut chodził tam i z powrotem po ciasnym wnętrzu The Shack, raz po raz przeczesując włosy, aż stanęły mu dęba. Okazja była bezsprzecznie niezwykła — taka, o jakiej większość pisarzy tylko marzy. A jednak na myśl o opuszczeniu Ridgewater, o zostawieniu Kate czuł się jak wydrążony w środku.

Podszedł znów do okna, patrząc, jak Kate prowadzi Misty do myjki. W miesiącach spędzonych w Ridgewater odnalazł coś, czego nawet nie wiedział, że mu brakuje: poczucie przynależności, sens wykraczający poza samotność pisarskiego życia. A z Kate... z Kate odkrył w sobie części, o których istnieniu nie miał pojęcia.

Tylko czy to wobec niej fair? Czy nie będzie jej hamował, kiedy dopiero co odzyskiwała karierę? Kate musiała się skupić na kwalifikacjach do międzynarodowych startów, nie na tym, jak wpasować powieściopisarza w swoje skrupulatnie ułożone życie.

Zanim zdążył się rozmyślić, Ben chwycił kurtkę i ruszył do drzwi. Musiał porozmawiać z Kate wprost, dowiedzieć się, czego chce, zanim cokolwiek postanowi.

Do myjki miał kilka minut, ale gdy dotarł, serce łomotało mu w piersi. Kate stała do niego tyłem i spłukiwała Misty nogi wężem. Miała na sobie jak zwykle bryczesy, oficerki i koszulkę techniczną, a blond włosy, związane w ciasny kucyk, teraz od wysiłku zaczynały się wymykać.

— Potrzebujesz ręki do pomocy? — zapytał, dając znać, że jest.

Kate zerknęła przez ramię, kącik ust uniósł jej się w lekkim uśmiechu. — Chyba damy sobie radę — odparła, wracając do Misty. — To był dziś prześliczny przejazd. Spodobała jej się sesja na zewnątrz; muszę ją częściej planować.

Ben oparł się o barierkę myjki i patrzył, jak Kate pracuje. — Właśnie dzwoniła Verity — powiedział, celując w swobodę, choć w jego głosie słychać było napięcie.

— Twoja agentka? — zapytała Kate, wciąż skupiona na lśniącej sierści Misty. — Dobre wieści, mam nadzieję?

— Film radzi sobie świetnie — potwierdził Ben. — Lepiej, niż się spodziewano. Studio chce mnie z powrotem w Sydney.

Ręce Kate na moment zamarły, po czym znów wróciły do pracy. — Na jak długo?

— Właśnie o to chodzi — powiedział Ben, studiując jej profil w poszukiwaniu reakcji. — Chcą mnie tam od razu. Osiem tygodni pracy nad scenariuszem, a potem międzynarodowa trasa promocyjna. Ameryka, Europa... być może na całe miesiące. — Nie wspomniał o ogromnych pieniądzach. I tak nie to było w jego kalkulacjach.

Teraz Kate odwróciła się do niego, woda kapała z węża trzymanego w dłoni. Jej wyraz twarzy był starannie neutralny, ale Ben dostrzegł lekkie spięcie szczęki, sposób, w jaki jej spojrzenie nie do końca spotykało się z jego.

— Brzmi jak niesamowita okazja — powiedziała kontrolowanym głosem.

— Tak — zgodził się Ben, czekając na coś więcej, na jakąś oznakę tego, co naprawdę myślała.

Kate zakręciła wodę, odwiesiła wąż na hak i chwyciła ściągaczkę do potu, by zebrać nadmiar wody z sierści Misty. — Powinieneś ją przyjąć — powiedziała, znów odwracając się do niego plecami. — Nie możesz z tego zrezygnować, Ben. Na to pracowałeś.

Słowa uderzyły jak cios. Liczył na... co? Protest? Rozczarowanie? Jakiś znak, że jego nieobecność będzie miała dla niej znaczenie?

— I szczerze mówiąc — ciągnęła Kate, głosem pewnym, lecz z podskórnym tonem, którego nie umiał nazwać — muszę skupić się na treningu, bez... przeszkód.

To słowo zawisło między nimi, ostre i niespodziewane. Ben wyprostował się, ukłuty jej określeniem.

— Czyli jestem przeszkodą? — zapytał cicho.

Kate nie odpowiedziała od razu. Kiedy wreszcie się odwróciła, jej twarz była opanowana, ale w oczach czaiła się kruchość, której nie potwierdzały następne gesty.

— Muszę odprowadzić Misty — powiedziała, chwytając uwiąz klaczy. — Porozmawiamy o tym później.

Zanim Ben zdołał odpowiedzieć, Kate już odchodziła z Misty, stawiając zdecydowane kroki, z wyprostowanymi plecami. Patrzył za nią, czując, jak w piersi kłębią się frustracja i ból. Tu nie chodziło tylko o jego zawodową szansę — chodziło o to, co było między nimi, o niewypowiedzianą sprawę, której żadne z nich nie miało odwagi nazwać.

Gdy Kate zniknęła w stajni, Ben został przy myjce; popołudniowe słońce grzało mu ramiona, ale nie potrafiło rozproszyć chłodu, który osiadł mu w żołądku. Przyszedł po jasność, a znalazł tylko więcej mętliku, więcej pytań bez odpowiedzi. A zegar tykał przy decyzji, która nie mogła czekać na żadne „później".

Ben powlókł się z powrotem do The Shack, z rękami głęboko w kieszeniach, w myślach w kółko odtwarzając słowa Kate. Przeszkoda. To brzmiało jak policzek po wszystkim, co dzielili przez ostatnie miesiące. Był tak pogrążony w myślach, że niemal wpadł na Sarah, która jakby zmaterializowała się prosto przed nim, z założonymi rękami i wszystkowiedzącym spojrzeniem.

— Przepraszam — mruknął, robiąc krok w bok, by ją ominąć. — Nie patrzyłem pod nogi.

— Widać — odparła Sarah, ani drgnąc. Zamiast tego skinęła głową w stronę stajni. — Widzę, że poszło świetnie.

Ben przystanął, nagle świadom, że ich rozmowa przy myjce mogła mieć publiczność. Zanim zdążył coś powiedzieć, z siodlarni wyszła Emma, niosąc zestaw do czyszczenia. Odstawiła go na pobliskim słupku ogrodzenia i dołączyła do siostry.

— Nie mów — powiedziała Emma ze współczuciem. — Kate wyciągnęła numer pod tytułem „muszę się skupić"?

— Z dodatkiem „jesteś przeszkodą" — potwierdził Ben, przeczesując dłonią i tak już potargane włosy. — Doceniam troskę, ale to sprawa między mną a Kate.

— Normalnie zgodziłabym się — powiedziała Sarah, nieco łagodniej. — Ale Kate jest moją siostrą i widziałam, jak sabotowała każdy ważny związek, jaki miała.

— Ona ich nie sabotuje — łagodnie sprostowała Emma. — Ona je poświęca. Jest różnica.

Ben spojrzał na obie, czując się jednocześnie niezręcznie z tą rodzinną interwencją i rozpaczliwie ciekaw ich spojrzenia. — Co masz na myśli?

— To, że Kate wmówiła sobie, iż jedyny sposób na sukces to wyciąć z życia wszystko, co nie prowadzi wprost do celu. Włącznie z ludźmi, którzy ją uszczęśliwiają — dobiegł głos Pip, gdy wyszła zza rogu stajni, prowadząc jednego ze swoich kuców.

— Widziałam, że rozmawialiście — wyjaśniła Emma, opierając się o słupek. — A potem zobaczyłyśmy, jak Kate niemal biegiem wraca do stajni i ściska nos w ten dziwny sposób, który robi, kiedy jest zdenerwowana, ale nie chce, żeby to było widać.

— Poproszono mnie, żebym wrócił do Sydney — powiedział Ben, czując, że musi się wytłumaczyć. —

Studio filmowe zaoferowało mi... niemałą fortunę za natychmiastową pracę nad sequelem. Kate uważa, że najlepiej, żebym pojechał.

— A ty co uważasz? — zapytała Sarah, wbijając w niego spokojny wzrok.

Ben zawahał się, zaskoczony bezpośredniością pytania. — Myślę... sam nie wiem. Okazja w Sydney jest niesamowita, może zdefiniować karierę. Ale...

— Ale nie chcesz wyjeżdżać — dokończyła za niego Emma z lekkim uśmiechem błąkającym się na ustach. — I nie powinieneś. Czasem największe ryzyko przynosi najlepsze efekty. Prawie straciłam Ryana, bo bałam się przyznać, czego naprawdę chcę. Duma to marna namiastka miłości, Ben.

Ben poczuł, że robi mu się gorąco na słowo — miłość — którego ani on, ani Kate nie odważyli się dotąd wypowiedzieć na głos, choć wisiało między nimi od tygodni — to słowo, miłość.

— Kate całe życie odpychała ludzi, kiedy zbliżali się za bardzo — powiedziała Sarah, jej głos złagodniał. — Nie pozwól, żeby zrobiła to i z tobą.

— Nie to, że ułatwia sprawę — prychnęła Pip. — Kate jest uparta jak osioł, ale bez ciebie byłaby nieszczęśliwa. Każdy, kto ma oczy, to widzi.

Ben spojrzał na trzy kobiety — tak różne od siebie i od Kate, a jednak zjednoczone w zaciekłej ochronie siostry — i, najwyraźniej, jego też. To uświadomienie było i wzruszające, i lekko przytłaczające.

— Nie jestem pewien, czy należę do jej świata — przyznał, wypowiadając lęk, który czaił się od pierwszego dnia w Ridgewater. — Elitarne zawody, marzenia o igrzyskach, pokolenia rodzinnej tradycji... Ja jestem tylko pisarzem, który przypadkiem się tu zaplątał.

Pip wydała z siebie lekceważący dźwięk, coś między śmiechem a parsknięciem. — Dorastałam w Manili bez grosza przy duszy, stary, a potem Kit umarł, kiedy ledwie zdążyliśmy się pobrać. A jednak nadal tu jestem. Jeśli Ridgewater jest miejscem, w którym masz być, to cię nie wypuści.

— Kate znalazła swoje miejsce — zgodziła się Emma. — I to jest przy tobie.

— Skąd taka pewność? — zapytał Ben, nie potrafiąc ukryć wątpliwości. — Przed chwilą nazwała mnie przeszkodą.

— Bo się boi — wyjaśniła po prostu Sarah. — Cała tożsamość Kate opiera się na byciu zawodniczką. Potem poznała ciebie i nagle pojawiło się w jej życiu coś, co liczy się tak samo.

— Afera dopingowa prawie ją złamała — dodała cicho Emma. — Nie tylko przez to, co zrobiła z jej karierą, ale przez to, jak szybko pokazała, że wszystko, co budowała, może zniknąć. Jedyną osobą, która wtedy naprawdę trzymała ją przy ziemi, byłeś ty.

— Nam nie pozwoliła pomóc tak, jak pozwoliła tobie — powiedziała Pip łagodnie. — Wiesz, jakie to rzadkie? Kate nie opiera się na ludziach, Ben. Nigdy. Ale opiera się na tobie.

Ben wchłaniał ich słowa, próbując pogodzić je z chłodnym tonem Kate przy myjce. — To czemu teraz mnie odpycha? Kiedy wreszcie wszystko wraca do normy?

— Bo właśnie „norma" ją przeraża — odparła Sarah. — Gdy wszystko się sypało, mogła uzasadnić, że potrzebuje wsparcia. Teraz, kiedy odbudowuje, wraca do starych schematów: izolacja równa się fokus, a fokus równa się sukces — tak jej się wydaje.

— Co jest oczywiście bzdurą — dodała Pip ze swoją charakterystyczną dosadnością. — Ale tak działa jej głowa.

Ben pomyślał o tym, jak patrzył, gdy Kate przebijała się przez skandal, widząc w niej jednocześnie kruchość i siłę. Zakochał się nie tylko w jej determinacji i umiejętnościach, lecz także w rzadkich chwilach nieskrępowanej radości, w suchym poczuciu humoru, w tym, jak miękła, gdy myślała, że nikt nie patrzy.

— Będzie tego żałować, jeśli wyjedziesz, nie walcząc o was — powiedziała łagodnie Emma. — I myślę, że ty też będziesz.

— A jeśli nie chce, żebym o to walczył? — zapytał Ben, wypowiadając najgłębszy lęk. — Jeśli to z przeszkodą to nie był mechanizm obronny, tylko prawda?

Pip przewróciła oczami tak teatralnie, że Ben mimo wszystko się uśmiechnął. — Jak na mądrego faceta potrafisz być zadziwiająco oporny. Kate nie mówi tego, co naprawdę czuje, kiedy się boi. Mówi to, co — jak jej się wydaje — ją ochroni.

— A teraz próbuje ochronić się przed tym, jak bardzo będzie bolało, kiedy wyjedziesz — podsumowała Sarah.

Słowa uderzyły Bena ze zaskakującą mocą. Tak skupił się na własnym poczuciu odrzucenia, że nie brał pod uwagę, iż Kate działa ze strachu, a nie z obojętności. To odkrycie przesunęło coś fundamentalnego w jego rozumieniu ich sytuacji.

— Więc co mam zrobić? — zapytał, patrząc po trzech siostrach.

— Wróć i z nią porozmawiaj — zaproponowała Emma. — Tak naprawdę. Nie przyjmuj na wiarę pierwszych, obronnych bzdur, którymi w ciebie rzuci.

— Zmuś ją, żeby powiedziała prawdę — dodała stanowczo Pip. — Nawet jeśli będziesz musiał wyciągać ją kopystką.

Sarah uśmiechnęła się na ten obrazek. — Chodzi o to, żebyś nie pozwolił jej chować się za wygodnymi wymówkami. Kate potrzebuje kogoś, kto nie ucieknie przy pierwszej trudności.

Ben wyprostował się, czując, jak wraca mu poczucie celu. To, co powiedziały siostry, dało mu coś, czego mu brakowało: kontekst dla zachowania Kate i odwagę, by je zakwestionować, zamiast przyjąć bez słowa.

— Dziękuję — powiedział po prostu, decyzja zapadła.
— Chyba wiem, co muszę zrobić.

Kiedy odwrócił się w stronę stajni, Pip zawołała za nim:
— Pamiętaj — uparta jak osioł, ale warto!

Ben znalazł Kate w siodlarni; stała do drzwi tyłem i czyściła ogłowie Misty. Jej ruchy były metodyczne, każdemu paskowi skóry poświęcała uważną troskę, wcierając mydło w zakamarki. Musiała słyszeć jego kroki, ale nie odwróciła się; tylko ramiona nieznacznie jej stężały. Ben zatrzymał się w progu, zbierając odwagę, zanim wszedł do środka.

— Podjąłem decyzję — oznajmił bez wstępów, choć głos miał bardziej pewny, niż się czuł.

Ręce Kate zamarły na ułamek sekundy, nim wróciły do pracy. — W sprawie Sydney? — zapytała tonem ostrożnie neutralnym.

— Tak — odparł Ben, bacznie jej się przyglądając. — Wyjeżdżam. Pod koniec tygodnia.

Kate skamieniała w pół ruchu; wciąż stała do niego tyłem, ale ramiona zrobiły się nagle sztywne. Cisza zgęstniała między nimi, pełna niewypowiedzianych słów.

— Kiedy? — zapytała w końcu nienaturalnie spokojnie.

— W piątek rano — powiedział Ben, podchodząc bliżej. — Verity już zarezerwowała lot.

Kate sztywno skinęła głową i z nową zaciekłością wróciła do czyszczenia. — To ma sens. Nie powinieneś kazać im czekać. — Słowa były praktyczne, rozsądne i zupełnie nie współgrały z napięciem, które emanowało z jej ciała.

— I to wszystko, co masz do powiedzenia? — nacisnął Ben, czując, jak w piersi narasta frustracja.

Kate ostrożnie odwiesiła ogłowie na hak i odwróciła się do niego; twarz miała jak maskę spokoju, który nie sięgał oczu. — Co chcesz, żebym powiedziała, Ben? Już mówiłam, że to świetna okazja. Powinieneś ją przyjąć.

— Nie o to pytam — powiedział Ben, stawiając następny krok. — I dobrze o tym wiesz.

Kate skrzyżowała ręce na piersi, jakby stawiała między nimi barierę. — Nie jestem pewna, czy jest tu jeszcze coś do omawiania. Oboje mamy na czym się skupić. Ciebie czeka Sydney.

— Przestań — powiedział Ben cicho, ale twardo. — Przestań udawać, że tu chodzi tylko o kariery i okazje. Przestań zachowywać się tak, jakby to, co jest między nami, nie miało znaczenia.

Po jej twarzy przemknęło coś — ból, strach, tęsknota — zanim znów nad tym zapanowała. — Czego ode mnie chcesz, Ben?

— Prawdy — odparł po prostu. — Czego ty naprawdę chcesz? Nie tego, co „powinnaś" chcieć, nie tego, co najbardziej praktyczne. Czego ty, Kate McKenzie, chcesz naprawdę?

— To nie ma znaczenia, czego ja chcę — odparła z zaciśniętym gardłem. — Liczy się to, co trzeba zrobić.

— To nie jest odpowiedź — powiedział Ben, podchodząc jeszcze bliżej; teraz widział delikatne drżenie jej dolnej wargi.

— Co chcesz usłyszeć? Że będę za tobą tęsknić? Że nie chcę, żebyś wyjeżdżał? — jej głos załamał się na ostatnim słowie, pierwsza rysa w starannie zbudowanej fasadzie.

W Benie zakiełkowała nadzieja na widok tej kruchości. — Właśnie to — powiedział miękko. — Właśnie to chcę usłyszeć.

— Nie dam rady — wyszeptała tak cicho, że Ben musiał podejść jeszcze bliżej, by ją usłyszeć. — Nie potrafię być tym, czego potrzebujesz, i jednocześnie tym, kim muszę być.

— Nie ty decydujesz, czego mi trzeba — odparł Ben, chwytając jej dłonie i trzymając mocno, mimo że próbowała je cofnąć. — O tym decyduję tylko ja.

Wzrok Kate w końcu spotkał jego; oczy miała błyszczące od łez. — Nie rozumiesz. Wszystko, co w życiu robiłam, robiłam na sto procent. Sto procent zaangażowania, zero rozpraszaczy, żadnych konkurencyjnych priorytetów. Tak osiągałam sukces.

— I jak ci się z tym żyje? — zapytał łagodnie Ben. — Bo z mojego punktu widzenia wygląda to na samotność.

Po policzku Kate spłynęła pierwsza łza, zaraz za nią następna. — Przeraża mnie porażka — przyznała szeptem. — Na zawodach, w Ridgewater... z tobą.

Serce Bena ścisnęło się na dźwięk tej nagiej szczerości, tej kruchości, której rzadko komukolwiek pokazywała.

— Myślisz, że ja się nie boję? — zapytał, sam mając ochrypły głos. — Całe życie czułem się jak uzurpator — w wydawnictwie, w związkach, wszędzie. A potem przyjechałem tutaj i pierwszy raz poczułem, że gdzieś przynależę. — Zawahał się, przełykając gulę w gardle. — Przy tobie.

Kate spojrzała na niego, a jej opanowanie ostatecznie się rozsypało, gdy kolejne łzy rysowały srebrne ścieżki na policzkach. — Nie umiem tego robić, Ben. Nie umiem chcieć czegoś dla siebie, co nie jest związane z końmi ani z rywalizacją. Nie umiem zrobić miejsca na cudze marzenia obok własnych.

— Ja też nie — przyznał Ben. — Nigdy nie próbowałem budować życia, uwzględniając cele drugiej osoby. Każdy mój związek był tymczasowy, wygodny. Zawsze byłem tym, który odchodził, gdy robiło się trudno. — Wypuścił jedną z jej dłoni, by delikatnie otrzeć łzę z jej policzka. — Ale tym razem nie chcę odchodzić. Nie chcę odchodzić od ciebie.

— A co z twoją karierą? — zapytała cichutko Kate. — Z filmem, trasą... wszystkim, na co pracowałeś?

— A co z twoimi marzeniami o igrzyskach? — odparł Ben. — Z rodzinnym dziedzictwem, z tym wszystkim, o co walczyłaś?

Cień uśmiechu musnął usta Kate. — Niezła z nas para, prawda?

— Może właśnie o to chodzi — powiedział Ben, kciukiem delikatnie głaszcząc grzbiet jej dłoni. — Może oboje potrzebujemy kogoś, kto rozumie, co znaczy być napędzanym przez coś, co aż tak się liczy.

Wolna dłoń Kate powędrowała niepewnie do jego piersi i spoczęła nad sercem. — Boję się, że cię zawiodę — wyznała. — Że zatracę się w rywalizacji i zacznę cię zaniedbywać. Albo że będę mieć do ciebie żal, jeśli nie osiągnę celu, bo nie byłam dość skupiona.

— A ja boję się, że nigdy naprawdę nie zrozumiem twojego świata — odpowiedział szczerze Ben. — Że zawsze będę kimś z zewnątrz, że będę cię hamował, bo nie dam ci tego, czego potrzebujesz.

Kate szukała czegoś w jego twarzy. — Więc co robimy?

— Próbujemy — powiedział po prostu Ben. — Będziemy popełniać błędy. Będziemy się uczyć. Ale nie odejdziemy, nie walcząc o to.

— Nie wiem, czy potrafię — wyszeptała Kate, z oczami nagimi od bezbronności.

— Potrafisz — powiedział stanowczo Ben, mocniej ściskając jej dłonie. — Jesteś najodważniejszą osobą, jaką znam, Kate. Podniosłaś się po skandalu, który zniszczyłby większość ludzi. Codziennie bez wahania stajesz naprzeciw zwierząt ważących pół tony. Z pewnością poradzisz sobie z tym, żeby mnie kochać.

Słowo zawisło między nimi — żadne z nich nie odważyło się dotąd wypowiedzieć go na głos.

— Czy to właśnie to? — zapytała prawie bezgłośnie. — Miłość?

— Ty mi powiedz — odparł Ben, z sercem bijącym tak mocno, że był pewien, iż czuje je pod dłonią.

Kate zrobiła krok naprzód, domykając ostatni dystans między nimi, jej ciało lekko drżało. — Nie chcę, żebyś wyjeżdżał — wyszeptała w końcu. — Próbowałam wmówić sobie, że tak będzie najlepiej, że oboje musimy skupić się na karierze, ale prawda jest taka, że nie zniosę myśli, że cię tu nie będzie.

Ulga zalała Bena z taką siłą, że zakręciło mu się w głowie. Objął ją, przyciągając mocno do siebie.

— To zostanę — powiedział w jej włosy. — Jakoś to poukładamy. Scenariusz mogę pisać zdalnie. Trasę da się negocjować. Nic z tego nie ma znaczenia, jeśli miałbym cię przez to stracić.

Kate uniosła ku niemu twarz; oczy wciąż błyszczały łzami, ale pomiędzy nimi pojawiło się coś, co bardzo przypominało nadzieję. — Na pewno? Nie chcę, żebyś potem żałował...

Ben przerwał jej pocałunkiem — naraz zachłannym i czułym — wkładając w niego wszystkie słowa, których bali się do tej pory. Kate odpowiedziała natychmiast, oplatając go ramionami za szyję i wtapiając się w niego całym ciałem. Słonawy smak łez mieszał się z ciepłem jej ust, tworząc coś jednocześnie gorzkosłodkiego i dogłębnie właściwego.

Gdy wreszcie się odsunęli, oszołomieni oddechem, czoło Kate oparło się o jego pierś, a jego ramiona wciąż trzymały ją pewnie. Niepewność co do przyszłości nadal wisiała w powietrzu — jak połączyć dwie wymagające kariery, jak scalić dwa bardzo różne światy — ale po raz pierwszy Ben miał pewność, że odpowiedzi znajdą razem.

— Mówiłem serio — wyszeptał w jej włosy. — Kocham cię, Kate McKenzie. Z twoją końską obsesją, żyłką rywalizacji, upartą niezależnością i wszystkim innym.

Cichy śmiech Kate, wtulonej w jego pierś, brzmiał i zaskoczeniem, i zachwytem. — Ja ciebie też kocham — wyszeptała; słowa brzmiały jej obco na języku, ale bynajmniej nie mniej szczerze. — Choć nadal nie do końca wiem, dlaczego.

— Będę cię przekonywał tak długo, jak trzeba — obiecał Ben, a ona uśmiechnęła się i wspięła, by znów go pocałować.

Rozdział
siedemnasty

BEN SIEDZIAŁ PRZY BIURKU w The Shack, z otwartym laptopem przed sobą, stukając nerwowo palcami w spatynowane drewno. Na ekranie świeciła się zaplanowana godzina rozmowy z Verity: 10:55, za pięć minut jego agentka miała powiedzieć, czy wytwórnia zaakceptowała zmienione warunki zaproponowane przez Bena, takie, które pozwoliłyby mu na stałe osiedlić się w Ridgewater. Spojrzał przez okno na padoki ciągnące się po horyzont, skąpane w ostrym słońcu, i poczuł, jak w piersi osiada mu pewność. To było teraz jego miejsce. *Kate* była teraz jego domem.

Telefon zawibrował punkt jedenasta. Ben wziął głęboki oddech i odebrał, przełączając na głośnik, żeby w razie potrzeby móc notować.

— Dzień dobry, Pani Verity — powiedział, celując w swobodną pewność siebie.

— Wytwórnia oddzwoniła. Przyjmą Pana warunki z dwiema modyfikacjami: trzy tygodnie wstępnej pracy w Sydney ze scenarzystami zamiast dwóch oraz chcą ostatecznej akceptacji co do tego, które działania promocyjne może Pan pominąć.

Ben mrugnął, zaskoczony. — To... zaskakująco rozsądne.

— Proszę się tak nie dziwić — odparła sucho Verity. — Nawet filmowi decydenci potrafią rozpoznać, kiedy zostali ograni. Cenią Pana pracę na tyle, by uwzględnić Pana przyzwyczajenia.

— W takim razie mamy umowę — powiedział Ben, a na jego twarzy rozlał się zadowolony uśmiech.

— Mamy. Wyślę dokumenty po południu — zawiesiła głos. — Gratulacje, Ben. To wciąż przełomowa umowa dla twojej kariery, niezależnie od tego, gdzie śpisz w nocy.

Po zakończeniu rozmowy Ben odchylił się na krześle, a przyjemne niedowierzanie przepłynęło przez jego ciało. Spodziewał się batalii, przeciągających się negocjacji. Tymczasem jakoś udało mu się wywalczyć wszystko, czego chciał. Jego kariera miała dalej kwitnąć, ale teraz na warunkach, które pozwalały mu budować życie w Ridgewater. Z Kate.

Drzwi The Shack otworzyły się i weszła Kate. Włosy, jak zwykle, związała w koński ogon, a na jeździeckich ubraniach widać już było drobny pył po poranku spędzonym na placu. Dla Bena nigdy nie wyglądała piękniej.

— Jak poszło? — zapytała, z twarzą starannie neutralną, choć w oczach tlił się niepokój.

Ben wzruszył niedbale ramionami, choć nie potrafił do końca ukryć uśmiechu. — Wygląda na to, że oficjalnie zostaję mieszkańcem Ridgewater.

Wyraz twarzy Kate przemienił się w ciągu sekundy, po jej rysach przemykały nadzieja, niedowierzanie i radość, zanim zdążyła je poskromić. — Zgodzili się? Tak po prostu?

— Tak po prostu — potwierdził Ben, wstając. — Okazało się, że jestem dla nich cenniejszy tutaj, gdy dobrze piszę, niż nieszczęśliwy w Sydney.

— A Verity nie miała nic przeciwko?

— Verity idzie tam, gdzie są pieniądze — zaśmiał się Ben. — A w tym wypadku pieniądze są tutaj, ze mną. — Odstawił kawę i sięgnął po nią, przyciągając ją bliżej. — Tam, gdzie moje miejsce.

Słońce prażyło, gdy tego popołudnia Ben i Kate wysiedli z pick-upa Kate na skraju szesnastego fairwaya Ridgemont Country Club. Ben zmrużył oczy, patrząc przez połacie oczyszczonego terenu między polem a granicą działki, gdzie paliki geodezyjne wyznaczały przyszłe miejsca zabudowy, próbując wyobrazić sobie luksusowe wille, które wkrótce miały stanąć w tym miejscu. Ryan Wardell, narzeczony Emmy, czekał na nich przy lśniącym Range Roverze; zamiast zwyczajowego biznesowego garnituru miał na sobie chinosy i koszulkę polo, która mimo gorąca sprawiała wrażenie nienagannie wyprasowanej.

— O, są! — zawołał Ryan, machając, jak człowiek, który zaraz domknie znaczącą transakcję. — Idealne wyczucie czasu. Architekt przysłał dziś rano finalne wizualizacje.

Kate poprawiła kapelusz, nasuwając go niżej, by osłonić oczy przed blaskiem. — Teren robi wrażenie

— stwierdziła, ogarniając wzrokiem oczyszczony obszar łagodnie opadający ku kępie eukaliptusów.

— Poczekajcie, aż zobaczycie, co budujemy — odparł Ryan, rozwijając duży zestaw planów architektonicznych na masce samochodu. — Ridgemont Villas zdefiniują na nowo luksusowe życie w tym regionie.

Ben pochylił się nad rysunkami, pod wrażeniem czystych, a jednocześnie klasycznych linii, które potrafiły współgrać z naturalnym krajobrazem, zamiast go dominować. Projekty przedstawiały eleganckie, dwukondygnacyjne budynki z obszernymi, zacienionymi przestrzeniami na zewnątrz, a nie nowoczesne szklane pudełka, których Ben trochę się obawiał.

— Każda willa stoi na działce nieco poniżej pół akra — wyjaśnił Ryan, przesuwając palcem po granicach działek. — Prywatność gwarantujemy dzięki przemyślanemu nasadzeniu i ogrodzeniom między parcelami. Na częściach wspólnych używamy wyłącznie rodzimych gatunków i to samo rekomendujemy do prywatnych ogrodów. — Zerknął na Kate. — Oczywiście odporne na suszę i przyjazne dla dzikich zwierząt.

Kate skinęła z aprobatą. — Mądry wybór. Lokalny poziom wód gruntowych będzie wdzięczny.

— Wnętrza są w pełni konfigurowalne — ciągnął Ryan, wykładając kilka zalaminowanych kartek z przestronnymi układami otwartego planu. — Mam układy z trzema, czterema i pięcioma sypialniami, ale możemy zmodyfikować, by dodać gabinet, siłownię, co tylko potrzeba. Każda willa będzie miała strefę dzienną z ekspozycją na północ, żeby maksymalnie wykorzystać światło dzienne i pasywne dogrzewanie zimą, garaż na dwa i pół samochodu — to „pół" oczywiście na wózek golfowy — a do tego mam już umówioną lokalną firmę do projektu i montażu basenu i/lub spa.

Ben studiował rzuty z autentycznym zainteresowaniem. Po latach w ciasnych miejskich mieszkaniach sama myśl o przestrzeni — prawdziwej, hojną ręką wymierzonej — była nieodparcie kusząca. Mógłby mieć bibliotekę, prawdziwą bibliotekę referencyjną. Aż ślinka mu ciekła na samą myśl.

— Panele fotowoltaiczne w standardzie — dodał Ryan, wyraźnie się rozkręcając. — Magazyn energii opcjonalny, ale zalecany. Celujemy w najwyższą możliwą klasę energetyczną. Cała inwestycja będzie neutralna klimatycznie w ciągu pięciu lat od zakończenia budowy.

— Jaki harmonogram? — zapytał z nadzieją Ben.

Ryan się uśmiechnął. — Prace ziemne dobiegają końca, co oznacza, że budowlańcy będą mogli ruszyć z właściwą budową w przyszłym miesiącu. Pierwsze wille gotowe do zamieszkania za osiem miesięcy, o ile pogoda nie spłata figla. Jeśli jest Pan gotów podpisać dziś, będzie Pan miał pierwszeństwo wyboru działek i wprowadzicie się Państwo do połowy przyszłego roku.

Przerzucił kartę z cennikiem, a brwi Kate powędrowały w górę. — To... spora inwestycja — powiedziała ostrożnie, stukając nerwowo palcami w udo.

Ben zauważył jej dyskomfort i ze zdumieniem uświadomił sobie, że Kate nie miała pojęcia o jego sytuacji finansowej. Pieniądze rzadko przewijały się w ich rozmowach. Wiedziała, że odniósł sukces, owszem, ale szczegóły nigdy nie wydawały się ważne — aż do teraz.

Ryan skinął, źle odczytując reakcję Kate. — Ceny premium za nieruchomości premium. Ale proszę wziąć pod uwagę lokalizację: tuż przy polu golfowym, piętnaście minut od miasteczka i — uśmiechnął się do Kate — dosłownie graniczące z Ridgewater. Dorzucę wózek golfowy, jeśli Pani chce, żeby dojeżdżać nim do pracy.

— To urocze, Ryan. Naprawdę. Ale to decyzja Bena, nie moja.

Ben odchrząknął. — Cena nie stanowi problemu — powiedział cicho. — Wygląda to dla mnie bardzo rozsądnie, Panie Ryanie.

Kate spojrzała na niego, z brwiami ściągniętymi w zmieszaniu.

— Pewnie powinienem był wspomnieć o tym wcześniej — podjął Ben, nagle czując się niezręcznie pod jej spojrzeniem. — Książki poradziły sobie całkiem nieźle. Właściwie bardzo nieźle. A do tego prawa filmowe, kontrakty zagraniczne, licencjonowanie gadżetów... — urwał, wzruszając ramionami. — Powiedzmy, że jestem w komfortowej sytuacji.

Wyraz twarzy Kate przeszedł od konsternacji do narastającego zrozumienia. — Jak bardzo, dokładnie?

Ben lekko się skrzywił — nigdy nie należał do tych, co chętnie mówią o pieniądzach. — Cóż, pierwsza książka niespodziewanie została bestsellerem. Kolejne cztery poszły jeszcze lepiej. Ekranizacja... — zawahał się. — Ten film, na którego premierze właśnie byliśmy? Mój udział z samego pierwszego weekendu wyświetlania pokryłby koszt jednej z tych willi. Z kontraktem na sequel, który właśnie podpisałem, mógłbym kupić pół osiedla.

Kate wpatrywała się w niego oniemiała. Ben niemal widział, jak przewartościowuje wszystko, co o nim myślała, godząc jego zamiłowanie do prostoty z nowymi informacjami.

— Jesteś wart miliony — powiedziała w końcu; to nie było pytanie, lecz stwierdzenie.

— Tak — przyznał Ben. — Zawsze żyłem dość skromnie. Nie widziałem sensu w ostentacyjnych wydatkach, skoro wszystko, czego naprawdę potrzebowałem, to spokojne miejsce do pisania. — Wskazał wokół. — Ale to? To ma sens jako inwestycja w naszą przyszłość.

Słowa „nasza przyszłość" zawisły między nimi, pełne obietnicy.

Ryan, wyczuwając osobisty moment, taktownie zajął się porządkowaniem planów.

Ben podszedł do palika wyznaczającego jedną z działek pod willę. — Tę — powiedział, wskazując parcelę na zachodnim skraju inwestycji. — Z piętra będzie mieć najlepszy widok na Ridgewater, a do tego jest najbliżej tylnej drogi, która łączy się z waszą posiadłością.

Kate dołączyła do niego, wciąż lekko oszołomiona. — Mówisz o tym serio.

— Całkiem serio — potwierdził Ben. — A jak to wybudują, zostawimy The Shack wolną dla twoich rodziców, kiedy wrócą. Jim i Ingrid potrzebują na Ridgewater własnej przestrzeni.

Twarz Kate złagodniała na dźwięk troski o jej rodzinę. — Tata zbudował The Shack własnymi rękami, wiesz. To miało być ich miejsce na emeryturę.

— Więc niech tak będzie — odparł po prostu Ben. — A my będziemy mieć swoje, na tyle blisko, by wciąż być częścią Ridgewater, ale też z odrobiną własnej przestrzeni.

Ryan podszedł, wyczuwając, że to dobry moment. — To co, mamy umowę? — zapytał, wyciągając dłoń.

Ben skinął głową i uścisnął mu rękę mocno. — Mamy. Proszę przesłać dokumenty po południu, a mój prawnik przejrzy je jutro.

— Świetnie! — rozpromienił się Ryan, klepiąc Bena po ramieniu. — Witamy w sąsiedztwie. — Uśmiechnął się do Kate. — I w rodzinie.

W drodze powrotnej do Ridgewater Kate milczała, porządkując w głowie wszystko, czego się dowiedziała. Ben pozwolił jej myśleć, rozumiejąc, że to wiele do przetrawienia. W końcu, gdy skręcili w szutrową drogę prowadzącą na posesję, przerwała ciszę.

— Mogłeś wspomnieć, wiesz — rzuciła, zerkając na niego przelotnie, po czym wracając wzrokiem na drogę. — Że jesteś potajemnie obrzydliwie bogaty.

Ben parsknął śmiechem. — Jestem pisarzem, który nosi w kółko te same trzy koszulki. Wydało mi się, że to nieistotne.

— Dopóki od niechcenia nie postanowiłeś kupić luksusowej willi — zauważyła Kate, choć kącik ust drgnął jej w uśmiechu.

— Jedna z wielu impulsywnych decyzji zakupowych — ostrzegł ją Ben. — Mam lata nagromadzonych tantiem, które aż mnie parzą na koncie.

Kate pokręciła głową, ale jej uśmiech się poszerzył. — Obiecasz mi tylko jedno?

— Cokolwiek.

— Żadnego kupowania koni bez konsultacji ze mną. Tu stawiam granicę.

Ben się roześmiał, opierając się wygodniej. — Zobaczymy — wykręcił się, zastanawiając się, co powie, kiedy dowie się o innych impulsywnych zakupach, których właśnie dokonał.

Umysł Kate wciąż wirował po rewelacji z willą, gdy razem z Benem przeszli przez frontowe drzwi Big House. Świadomość, że Ben mógł ot tak kupić luksusową nieruchomość wartą więcej, niż większość ludzi zarabia w dekadę, trudno było pogodzić z mężczyzną, którego, jak sądziła, znała. Nie zakochała się w zamożnym autorze; zakochała się w Benie, lekko potarganym pisarzu, który rozumiał ją tak, jak nikt inny nawet nie próbował. Teraz odkrywała, że Ben niesie ze sobą nieoczekiwane komplikacje, w tym zasoby finansowe zdolne fundamentalnie zmienić przyszłość Ridgewater — i jej własną.

Sarah podniosła wzrok znad laptopa przy kuchennym stole, a na jej twarzy rozlał się zadowolony uśmiech. — Idealnie — powiedziała. — Właśnie sfinalizowałam papiery dla Cavaliera. Oficjalnie sprzedany.

Kate stanęła jak wryta. — Już? To szybko.

Sarah skinęła, z wyraźnym samozadowoleniem. — Wiem. Nawet nie musiałam porządnie ogłaszać. Agent zadzwonił dziś rano.

— Jaki agent? — zapytała Kate, marszcząc lekko brwi i odkładając kapelusz na blat. — Nikt nawet nie przyjechał go wypróbować. Kupili go w ciemno?

— Najwyraźniej widzieli go na tyle razy na zawodach, żeby poznać jego klasę — odparła Sarah, wzruszając ramionami. — Agent wszystkim się zajął. Nawet się nie targował o cenę.

Kate wymieniła spojrzenie z Benem, który podejrzanie zamilkł. Coś w jego wyrazie twarzy — lekki skurcz warg, staranne unikanie kontaktu wzrokowego — uruchomiło jej instynkty.

— To dziwne — powiedziała powoli, obserwując Bena. — Konie ujeżdżeniowe na najwyższym poziomie zwykle przechodzą szczegółowe badania, jazdy próbne. Żaden poważny kupujący nie bierze ogiera pokroju Cavaliera bez gruntownej oceny.

Sarah zamknęła laptop, wygładzając kosmyk truskawkowego blondu za uchem. — Też mnie to zdziwiło, ale pieniądze już przeszły. Pełna cena wywoławcza. — Zerknęła między Kate a Benem, lekko mrużąc oczy. — Agent bardzo nalegał na utrzymanie tożsamości kupującego w tajemnicy.

Podejrzenia Kate się skrystalizowały, gdy Ben przeniósł ciężar ciała z nogi na nogę — gest, który zdążyła już rozpoznać jako jego znak, że coś ukrywa. — Ben — powiedziała ostrożnie — czy miałeś z tym coś wspólnego?

Ben w końcu spojrzał jej w oczy, a w jego wyrazie mieszało się zawstydzenie i rozbawienie. — To byłem ja — przyznał. — Nie chciałem, żeby rodzina Hughesów wiedziała, że to ja kupuję, więc działałem przez agenta. Pomyślałem, że mogłoby być... niezręcznie, biorąc pod uwagę wszystko, co się wydarzyło.

Sarah rozdziawiła usta. — Kupiłeś Cavaliera?

— *Ty* kupiłeś Cavaliera? — powtórzyła Kate, a w jej głosie zabrzmiało niedowierzanie. Konsekwencje zalały ją jak fala. Najpierw willa, teraz koń wart setek tysięcy dolarów. Kim był ten mężczyzna? Miała problem ze sformułowaniem słów, a emocje plątały się w kłębek szoku, dezorientacji i czegoś jeszcze, czego nie potrafiła nazwać. — Dlaczego? Po co go kupiłeś?

Ben zrobił krok bliżej, łagodząc głos. — To nie trofealny zakup, Kate. Nie chodzi o popisy ani o wydawanie pieniędzy dla samego wydawania. — Wskazał na okno, za którym rozciągały się padoki Ridgewater. — To inwestycja w twoją karierę, w przyszłość Ridgewater.

Sarah cicho wymknęła się z kuchni, dając im prywatność.

— Cavalier zasługuje na więcej niż to, co miał u Vanessy — ciągnął Ben. — Zawsze mówiłaś, że z odpowiednim jeźdźcem może startować na najwyższym poziomie. Teraz może — z tobą. — Zawahał się, uważnie obserwując jej twarz. — Będziesz miała dwa konie Grand Prix, Kate. Jak inni topowi zawodnicy. Jak na to zasługujesz.

Kate oparła się o blat, potrzebując jego oparcia, gdy próbowała objąć skalę tego, co zrobił Ben. — Kupiłeś mi ogiera Grand Prix — powiedziała, a słowa brzmiały nierealnie nawet dla niej samej.

— No, będzie nim, kiedy go tam doprowadzisz — doprecyzował Ben. — I nowy kamień węgielny programu hodowlanego Ridgewater. Wszystkie twoje klacze to córki albo wnuczki Legend, więc musisz płacić za zewnętrzne ogiery. Ogier klasy Cavaliera, z jego liniami i wynikami... mógłby odmienić to, co jesteście w stanie zaoferować.

Ta myśl przyprawiała o zawrót głowy. McKenziemu zawsze ostrożnie gospodarowali finansami Ridgewater, wprowadzając drobne ulepszenia, gdy tylko pozwalały na to środki, hodując własne konie najwyższej klasy, bo kupno takiej klasy było poza zasięgiem. Wizja nagłego dostępu do ogiera pokroju Cavaliera, nie tylko do jazdy, ale także do stanówki, otwierała możliwości, o których Kate ledwie ośmielała się marzyć.

— Jego linie świetnie uzupełniają i Duchess, i Misty — powiedziała powoli, już kalkulując potencjalne przychówki.

Ben uśmiechnął się, wyraźnie z ulgą, że rozważa korzyści, zamiast odrzucać prezent. — Dokładnie. Nie chodzi tylko o natychmiastowy potencjał sportowy. To kwestia kolejnych pokoleń koni Ridgewater.

Kate pokręciła głową, wciąż próbując w pełni to objąć. — Ben, to jest... to za dużo. Willa już mnie przytłoczyła, ale to...

— Jest jeszcze coś — powiedział, sięgając do kieszeni po pęk kluczy. — Kupiłem też tę ładną czarno-złotą ciężarówkę do koni od rodziców Vanessy. Ta, z której korzystasz, jest zupełnie w porządku, ale robi się leciwa. Emma odkłada na samochód do wożenia Phoenixa na zawody, prawda? Pomyślałem, że mogłaby przejąć twoją, a ty używałabyś nowej do jeżdżenia z Misty i Cavalierem na starty.

Kate wpatrywała się w kluczyki zwisające z jego palców, czując się, jakby wstąpiła do alternatywnej rzeczywistości, w której jej najśmielsze marzenia właśnie materializują się na jej oczach. — Kupiłeś też ciężarówkę — powtórzyła słabo.

— Kupiłem — potwierdził Ben, a na jego twarzy znów pojawiła się niepewność. — Kate, jeśli to za dużo, jeśli przekroczyłem granicę...

— Nie — przerwała mu Kate, sama zaskoczona pewnością w swoim głosie. — Nie o to chodzi. Po prostu... — Miała problem, by ubrać w słowa burzę emocji wirującą w środku. — Nie jestem do tego przyzwyczajona. Do tego, że ktoś robi dla mnie coś takiego. Całe życie pracowałam, odkładałam i rozciągałam każdy dolar, żeby gonić marzenia, bo tak robimy, tak jest po McKenzie'emu. A ty teraz po prostu... sprawiasz, że się spełniają.

Ramiona Bena nieco się rozluźniły. — Nie sprawiam, że się spełniają — poprawił łagodnie. — Wspieram je. Talent, umiejętności, determinacja — to wszystko twoje, Kate. Zawsze były. Ja tylko usuwam kilka finansowych przeszkód.

— Kiedy ty to wszystko w ogóle zdążyłeś zorganizować?

— Wykonałem parę telefonów po tym, jak wczoraj zasnęłaś — przyznał Ben. — Po naszej rozmowie w siodlarni wiedziałem, że zostaję w Ridgewater. Te decyzje po prostu... miały sens.

Kate wpatrywała się w jego twarz, szukając choćby śladu ukrytego motywu czy oczekiwań, ale znalazła tylko szczerą czułość i odrobinę nerwowości. Nie chodziło o kontrolę ani o popisy bogactwem. To był Ben, na swój sposób deklarujący zaangażowanie w ich wspólną przyszłość, w przyszłość Ridgewater.

— Dziękuję — powiedziała w końcu, głosem ściśniętym emocjami. — Nie wiem nawet, co jeszcze powiedzieć.

— Możesz powiedzieć, że pójdziemy zobaczyć twojego nowego konia — zaproponował Ben z nadzieją w uśmiechu.

Mimo wiru emocji Kate poczuła, że odwzajemnia uśmiech. — Tak — zgodziła się. — Chodźmy zobaczyć Cavaliera. Mojego Cavaliera.

Te słowa brzmiały jednocześnie obco i cudownie, namacalny symbol tego, jak dramatycznie zmieniło się jej życie od chwili, gdy Ben Crossley do niego wkroczył.

Dzienny skwar wreszcie odpuszczał, ustępując łagodniejszemu ciepłu wczesnego wieczoru, gdy Kate i Ben szli w stronę wysokiego padoku dla ogierów. Kate czuła się dziwnie spokojna, kilka godzin po szoku wywołanym rewelacjami Bena. Początkowa dezorientacja ustąpiła czemuś cichszemu, głębokiemu nurtowi wdzięczności i zachwytu, płynącemu pod jej praktyczną powierzchnią. Zerknęła na Bena obok, jego wysoka sylwetka była rozluźniona, gdy szli znajomą ścieżką, i zadziwiło ją, jak całkowicie wplótł się już w tkankę jej życia.

— Wypuściliśmy go pierwszy raz dopiero przed paroma dniami — odezwała się, przerywając komfortowe milczenie. — Vanessa nigdy na to nie pozwalała, upierała się, żeby był stale w boksie, w razie gdyby miał się urazić.

Ben skinął, wsuwając ręce do kieszeni. — Szkoda trzymać coś tak wspaniałego pod kluczem.

— Taka jest Vanessa — odparła Kate. — Wszystko na pokaz, nic dla dobra konia. — Uśmiechnęła się krzywo. — Już nigdy nie będzie mieć konia. To był warunek zgody na przyznanie się przez nią do winy w sprawie o znęcanie się nad zwierzętami.

Dotarli do padoku, którego solidne słupy i wysokie przęsła zaprojektowano specjalnie tak, by bezpiecznie utrzymać ogiery. W środku Cavalier pasł się na drugim końcu, a jego kasztanowa sierść mieniła się miedzią w popołudniowym słońcu. Na ich widok uniósł łeb, stawiając uszy czujnie do przodu.

— Już wygląda inaczej — zauważyła Kate, opierając się o ogrodzenie. — Bardziej rozluźniony.

— On wie — powiedział Ben prosto. — Konie zawsze wiedzą, kiedy coś się zmienia.

Kate patrzyła, jak Cavalier ocenia ich z dystansu, z chrapami lekko się rozszerzającymi, gdy podchwycił ich zapach na wietrze. Po chwili namysłu ogier ruszył w ich stronę równym krokiem, płynny i pełen gracji mimo solidnej budowy.

— Cześć, przystojniaku — zawołała łagodnie Kate, a serce zabiło jej szybciej, gdy się zbliżał.

Cavalier zatrzymał się kilka metrów od ogrodzenia, studiując ich inteligentnym wzrokiem. Kate prowadziła go niezliczoną ilość razy podczas lekcji z Vanessą, ale to było inne. To był pierwszy raz, kiedy widziała go jako swojego konia, przedłużenie jej sportowych marzeń i przyszłości Ridgewater.

Wspięła się ostrożnie na najniższą belkę ogrodzenia i wyciągnęła dłoń, wnętrzem do góry. — Spokojnie — wyszeptała. — Teraz wszystko będzie inne.

Ogier zrobił jeszcze ostrożny krok, potem następny, aż jego aksamitny pysk mógł dosięgnąć jej palców. Kate pozostała nieruchoma, pozwalając mu na nowo oswoić się z jej zapachem. Po chwili obwąchiwania Cavalier zbliżył się, pozwalając jej przesunąć dłonią po lśniącej szyi.

— Właśnie tak — wyszeptała, czując pod palcami potężne mięśnie. — Jesteś już w domu.

Ten prosty dotyk miał taką wagę, że w gardle Kate utworzyła się gula. To nie był byle jaki koń. To był nowy partner, który miał nieść jej marzenia na najwyższy poziom rywalizacji, ogier, którego genetyka mogła kształtować program hodowlany Ridgewater przez pokolenia.

— Nigdy nie myślałam, że będę mieć dwa konie na najwyższym poziomie — przyznała cicho, wciąż głaszcząc szyję Cavaliera. — Zawsze musiałam radzić sobie z jednym naraz.

Ben oparł się o ogrodzenie obok niej. — Teraz masz opcje. Misty na najbliższe starty, a Cavaliera będziesz prowadzić bardziej stopniowo.

Kate skinęła, wciąż zachwycona możliwościami, które nagle się przed nią otworzyły. — Misty jest teraz u szczytu formy, ale on jest o cztery lata młodszy. Kiedy Misty skończy karierę, on wciąż będzie w najlepszym wieku. A do tego będziemy mieć już młodziaki po nim, które będziemy wprowadzać przez kolejne klasy.

— Strategiczne myślenie — uśmiechnął się Ben. — Moja Kate.

To mimochodne czułe słowo rozgrzało ją w środku. — Dziękuję — powiedziała, wreszcie odwracając się do niego całkiem. — Nie tylko za Cavaliera, ale za to, że we mnie wierzysz. W przyszłość Ridgewater.

— *Naszą* przyszłość — odparł po prostu Ben.

Cavalier szturchnął lekko ramię Kate, po czym odszedł parę kroków, by obejrzeć szczególnie apetyczną kępkę trawy. Kate patrzyła za nim, nagle uświadamiając sobie, jak bardzo zmieniła się jej perspektywa w ostatnich miesiącach. Przed Benem jej świat definiowała pojedyncza koncentracja: jej jazda, jej konie, jej cele. Partnerstwo rozumiała jedynie w kontekście sportu — delikatną równowagę między koniem a jeźdźcem.

Teraz uczyła się innego rodzaju partnerstwa, takiego, które wzmacniało, a nie umniejszało jej ambicjom. Ben nie prosił jej, by była mniej skupiona czy mniej zdeterminowana. Oferował wsparcie, które zwielokrotniało to, co mogła osiągnąć.

— Duchess niedługo znów wejdzie w ruję — powiedziała, jak to miała w zwyczaju, przechodząc do spraw praktycznych. — Ona i Cavalier byliby idealną parą.

Ben słuchał z autentycznym zainteresowaniem, przez czas spędzony w Ridgewater chłonąc wystarczająco dużo wiedzy jeździeckiej, by nadążać za jej tokiem rozumowania. — A wpuściłabyś do rozrodu także Misty?

Kate pokręciła głową. — Nie, dopóki startuje. Ale możemy zrobić ICSI — to metoda, w której pobiera się komórkę jajową i zapładnia w laboratorium, a potem wszczepia klaczy-surogatce. Dzięki temu Misty mogłaby kontynuować karierę, a my wciąż mielibyśmy po niej źrebięta.

— Klacze-surogatki — powtórzył Ben, wyraźnie odkładając informację „na później". — Coś jak końska wersja in vitro?

— Dokładnie — potwierdziła Kate. — Drogo, ale warto przy klaczy klasy Misty, a my mamy wręcz niewyczerpane źródło surogatek dzięki pełnej krwi po karierze wyścigowej, którymi opiekuje się Emma.

Moglibyśmy nawet mrozić zarodki na przyszłość. Może zresztą zróbmy ICSI także z Duchess, wtedy nie ograniczamy jej do jednego źrebaka rocznie... — urwała, nagle uświadamiając sobie, jak daleko wybiegła w planach. — Przepraszam, ponosi mnie.

— Nie przepraszaj — powiedział Ben, sięgając po jej dłoń. — Uwielbiam patrzeć, jak planujesz. To jedna z rzeczy, które najbardziej w tobie podziwiam — że widzisz pięć kroków naprzód.

— Nie zawsze taka byłam — przyznała Kate. — Ale z tobą łapię się na tym, że myślę o przyszłym roku, za pięć lat, jeszcze dalej.

— Cieszę się — powiedział miękko Ben. — Bo ja myślę tak samo.

Stali w zgodnym milczeniu, patrząc, jak Cavalier oswaja się ze swoim nowym padokiem. Z każdą minutą zdawał się coraz swobodniejszy, ruchy miał coraz bardziej rozluźnione. Nagle ugiął przednie nogi, przewrócił się na bok i wytarzał w gęstej trawie, rozkoszując się prostą przyjemnością, której tak długo mu odmawiano.

Kate roześmiała się na widok drogiego konia sportowego zachowującego się jak zwykły padokowy gagatek. — Patrz. Już czuje się jak u siebie.

— Mądry koń — skomentował Ben, obejmując ją w talii.

Gdy słońce zachodziło nad Ridgewater, Kate wtuliła się w jego objęcie, czując zadowolenie wykraczające daleko poza niezwykłe wydarzenia dnia. Willa, koń, ciężarówka — oczywiście, to były znaczące gesty. Ale prawdziwym darem był mężczyzna stojący u jej boku, który rozumiał jej ambicje i wspierał je bez zastrzeżeń. Który widział w Ridgewater nie tylko miejsce, w którym się zatrzymał, ale dom, który pomagał budować.

Cavalier podniósł się, energicznie się otrzepał, potem kłusem zrobił kilka radosnych kroków, po czym wrócił do skubania trawy. W gęstniejącym zmierzchu jego sylwetka była obietnicą możliwości, które dopiero miały się odsłonić — podobnie jak związek, który odmienił życie Kate, kiedy najmniej się tego spodziewała.

— Wracamy? — zapytał miękko Ben. — Za chwilę będzie ciemno.

Kate skinęła głową, rzucając ostatnie spojrzenie na swojego nowego konia. — Tak — zgodziła się. — Chodźmy do domu.

To słowo brzmiało teraz inaczej, jakby pełniejsze. Domem nie było już tylko Ridgewater. Dom był tam, gdzie ona i Ben razem zbudują swoją przyszłość.

Rozdział osiemnasty

Kate zakreśliła kolejny termin w kalendarzu zawodów, zatrzymując długopis nad Mistrzostwami Krajowymi na początku kwietnia. Sześć miesięcy na przygotowania. Sześć miesięcy, by doprowadzić Misty do szczytowej formy i zbudować porządne partnerskie zgranie startowe z Cavalierem. Sześć miesięcy, by odbudować reputację. Na samą myśl żołądek ścisnął jej znajomy niepokój, ale odepchnęła go na bok. Skup się na planie treningowym, a nie na szeptach, które mogą za tobą pójść na czworobok.

Kuchnia The Shack wypełniła się porannym słońcem, ogrzewając wysłużony, drewniany stół, na którym daty zawodów i harmonogramy treningów rozłożyły się niczym taktyczna mapa. Kate, jak zawsze, wstała o świcie, popracowała z Misty i Cavalierem, a teraz siedziała i planowała swój powrót. Dobrze było znów planować, patrzeć w przyszłość zamiast bez końca bronić przeszłości.

— Kawa — oznajmił Ben, stawiając parujący kubek przy jej łokciu. Włosy wciąż miał wilgotne po prysznicu, a jego znajomy zapach mydła i kawy otulił ją jak wygodny koc.

— Dzięki — mruknęła, zerkając na niego z uśmiechem. — Myślę, żeby z Misty celować w Mistrzostwa Krajowe w przyszłym kwietniu. Do tego czasu zawody są co dwa, trzy tygodnie.

Ben pochylił się nad jej ramieniem, zerkając na papiery. — Rozsądne podejście. A co z Cavalierem?

— Dłuższa perspektywa — odparła Kate. — Potrzebuje co najmniej trzech miesięcy porządnego reedukowania, zanim w ogóle rozważę wyjazd z nim na zawody. Vanessa narobiła tyle luk w jego szkoleniu; to jak dom z piękną fasadą, ale lichymi fundamentami. Był bardzo zablokowany, a teraz, kiedy wreszcie się otwiera, boi się niemal wszystkiego. Muszę zbudować jego pewność siebie i na pewno zacznę od mniejszych zawodów.

— Dobrze, że dokładnie wiesz, czego mu potrzeba — powiedział Ben, a cicha pewność w jego głosie rozgrzała ją bardziej niż kawa. Uścisnął delikatnie jej ramię i usiadł naprzeciwko, obejmując swój kubek dużymi dłońmi.

Telefon Kate zapiszczał z przychodzącą wiadomością, potem kolejną i następną. Ten stały strumień powiadomień zaczął się poprzedniego wieczoru, po tym jak federacja wydała oficjalne oświadczenie, oczyszczając ją z zarzutów, wskazując Vanessę jako sabotażystkę i dożywotnio zakazując jej startów. Kate sięgnęła po urządzenie ostrożnie, wciąż w połowie spodziewając się, że każda wiadomość będzie zawierała oskarżenia albo wątpliwości.

Pierwsza była od znajomej zawodniczki, którą znała od lat: — *Tak się cieszę, że wracasz na czworobok. Bez ciebie to nie było to samo.*

Następna przyszła od jej specjalistki od dopasowania siodeł: — *Właśnie usłyszałam wiadomości! Kiedy mogę przyjechać sprawdzić dopasowanie siodła na Cavaliera? Założę się, że ten cudny chłopak potrzebuje porządnego ustawienia, skoro ma wreszcie właściwą amazonkę.*

Kate przewijała wiadomości, a w środku kotłowała się skomplikowana mieszanka wdzięczności i wciąż tlącej się urazy. Gdzie było to wsparcie, kiedy po raz pierwszy ją oskarżono? Ilu z tych ludzi cicho się odsunęło, przyglądając się z boku, jak jej reputacja się sypie?

— Kolejni życzliwi? — zapytał Ben, uważnie obserwując jej twarz.

— Tak — odparła Kate, odkładając telefon. — Nagle wszyscy sobie przypomnieli, że są po mojej stronie.

Wyraz twarzy Bena pozostał neutralny, ale w oczach pojawiło się zrozumienie. — Ludzie są skomplikowani. Idą za tłumem, dopóki nie zrozumieją, że tłum się mylił, a wtedy pędzą, żeby skorygować kurs.

— Wiem — westchnęła Kate. — I powinnam być wdzięczna. Tylko że...

— Tylko że miło by było mieć część tego wsparcia wtedy, gdy naprawdę go potrzebowałaś — dokończył za nią Ben. — Nie musisz udawać, że to nie boli.

Telefon Kate znów zawibrował, tym razem z powiadomieniem o e-mailu. Stuknęła, by otworzyć, i uniosła brwi, czytając. — Vitality Plus chce odnowić nasz sponsoring. Pełen pakiet wsparcia, w tym sprzęt startowy, suplementy i dwukrotność stawki za wystąpienia, którą proponowali wcześniej.

— Dwa razy tyle? — Ben odstawił kubek z lekkim stukiem. — Niezła forma przeprosin.

— To nawet nie są przeprosiny — stwierdziła Kate, przeglądając resztę maila. — Sformułowali to tak, jakby nasza współpraca była tylko wstrzymana na czas dochodzenia. Jakby nie porzucili mnie całkowicie w chwili, gdy pojawiły się oskarżenia.

Usta Bena wykrzywiły się w krzywy uśmiech. — Pamięć korporacyjna bywa wygodnie wybiórcza.

Kate miała już odpowiedzieć, gdy przez otwarte okno dobiegł odgłos opon na żwirze. Pojazd zbliżał się, powoli wspinając się długim podjazdem do The Shack. Poczuła, jak napinają jej się ramiona — pozostałość tygodni spędzonych w strachu przed niespodziewanymi gośćmi z kamerami i dociekliwymi pytaniami.

— To będzie ten dziennikarz — powiedział Ben, podnosząc się i zerkając przez okno. — Czarny sedan, jeden pasażer.

Kate wzięła głęboki oddech, odruchowo wygładzając koński ogon. — Nadal nie wiem, czy to dobry pomysł. Co jeśli przekręci wszystko, co powiem?

Ben przeszedł na jej stronę stołu i położył dłoń na jej ramieniu. — Danny Wareham taki nie jest. Jake za niego ręczy, Pip też, co o czymś świadczy, biorąc pod uwagę, że przy pierwszym spotkaniu prawie mu przyłożyła.

— Prawda — przyznała Kate, a na jej ustach pojawił się niechętny uśmiech. — Pip ma jeszcze niższe standardy wobec dziennikarzy niż ja.

— Poza tym — dodał Ben łagodniej — robimy to razem. Będę tuż obok ciebie.

Kate przykryła jego dłoń swoją, czerpiąc siłę z tego prostego kontaktu. — Razem, więc.

Wyszli na frontową werandę The Shack, gdy samochód się zatrzymał. Drzwi się otworzyły i wysiadł mężczyzna, który wyglądał zupełnie inaczej niż drapieżny reporter brukowców, jakiego Kate się po cichu spodziewała. Danny Wareham był nieco powyżej średniego wzrostu, o atletycznej sylwetce, z krótko przyciętymi brązowymi włosami i twarzą bardziej przywykłą do zamyślonej koncentracji niż do sensacyjnego tryumfu. Miał na sobie prostą koszulę i dżinsy, na ramieniu wisiała profesjonalna kamera, a pod pachą trzymał skórzany notes.

— Kate McKenzie? — zawołał, podchodząc z ciepłym uśmiechem i wyciągniętą ręką. — Danny Wareham. Dziękuję, że zgodziła się Pani na ten wywiad.

Kate przyjęła uścisk dłoni, zauważając, że był stanowczy, ale nienachalny. — Panie Wareham.

— Danny, proszę — nalegał, zwracając się do Bena. — A Pan musi być Ben Crossley. Miło mi Pana poznać. Przeczytałem wszystkie Pana książki. Rozwój postaci w *Red Dirt Radicals* był wyjątkowo przekonujący.

Brwi Bena lekko się uniosły, gdy ściskali dłonie. — Naprawdę je Pan czytał?

— Zawodowe skrzywienie — odparł Danny z autoironicznym uśmiechem. — Dziennikarze, którzy nie czytają powieści, tracą połowę ludzkiego doświadczenia. A Pana fabuły są naprawdę uzależniające.

Mimo wciąż utrzymującej się ostrożności Kate złapała się na tym, że koryguje swój mentalny obraz mężczyzny. Sprawiał wrażenie naprawdę profesjonalnego, bez agresywnej energii, którą zaczęła kojarzyć z mediami.

— Usiądziemy? — zaproponował Ben, wskazując wygodne fotele ustawione na werandzie. — Kate przygotowała kilka notatek z chronologią wydarzeń, jeśli to pomoże.

— Byłoby świetnie — powiedział Danny, odkładając torbę obok fotela. — Chcę mieć absolutną jasność co do kolejności. Moim celem jest rzetelność, nie sensacja.

Kate wymieniła spojrzenie z Benem, gdy zajęli miejsca. Jego ledwie dostrzegalny skinieniem głowy dodał jej otuchy i napięcie odpuściło odrobinę. Może tym razem ktoś wreszcie opowie jej historię tak, jak naprawdę się wydarzyła.

Danny ułożył notes, postawił dyktafon na małym stoliku między nimi i spojrzał w górę jasnym wzrokiem, w którym widać było szczere zainteresowanie, nie głodną sensacji ciekawość. — Czy mogę nagrywać naszą rozmowę? — zapytał, zawieszając palec nad urządzeniem. — Wolę to od robienia notatek; pozwala mi być bardziej obecnym i gwarantuje, że zacytuję Państwa dokładnie.

— W porządku — zgodziła się Kate, zaskoczona tą troską.

Ben usiadł na tyle blisko, że jego kolano co jakiś czas muskało jej kolano — subtelne przypomnienie o jego obecności. Ustawił fotel nieco skośnie w jej stronę, tworząc z nią jednolity front, który Kate odbierała jako wspierający, a nie ostentacyjny.

— Zacznijmy od osi czasu — zaproponował Danny. — Zawody, na których Misty miała wynik pozytywny, to były Stanowe Mistrzostwa Jeździeckie, prawda?

Kate skinęła głową, wchodząc w rzeczową relację, którą przećwiczyła. — Tak, startowałyśmy z Misty w Grand Prix Special. Pojechałyśmy poniżej naszego standardu, bo wydawała się ospała i zmęczona, co — jak teraz rozumiem — było skutkiem fenylbutazonu w jej organizmie. Po naszym przejeździe oficjalni wybrali ją do losowego badania antydopingowego, to standardowa procedura, do której jestem przyzwyczajona. Trzy dni później otrzymałam zawiadomienie o wyniku pozytywnym.

— A Pani początkowa reakcja? — zapytał Danny, obserwując jej twarz.

Palce Kate niedostrzegalnie się zacisnęły na kolanach. — Niedowierzanie. Kompletnie nie mogłam w to uwierzyć. Całą karierę oparłam na czystej rywalizacji. Myśl, że Misty miała w organizmie substancję zakazaną, była... nie do pojęcia.

— A jednak federacja szybko zawiesiła Panią — zauważył Danny, zerkając w notatki.

— Standardowa procedura — przyznała Kate, głosem spokojnym mimo wspominanego bólu. — Gdy koń ma pozytywny wynik, jeździec zostaje tymczasowo zawieszony do czasu wyjaśnienia. Niestandardowe było natomiast natychmiastowe założenie winy w oczach opinii publicznej.

Dłoń Bena spoczęła lekko na jej przedramieniu — krótki gest solidarności. Kate zaczerpnęła siły z tego dotyku i mówiła dalej z większą emocją, niż planowała. — Sponsorzy zniknęli z dnia na dzień. Zawodnicy, których znałam od lat, nagle nie mieli czasu, by ze mną porozmawiać. Telefony, maile, żądania wyjaśnień albo po prostu wiadomości, jak bardzo są rozczarowani. To było... — Urwała, szukając słowa.

— Osamotnienie — podpowiedział cicho Ben.

— Tak — zgodziła się Kate, na moment spotykając jego spojrzenie. — Osamotnienie.

Wzrok Danny'ego przesuwał się między nimi, uważny, ale nienachlany. — Kiedy zaczęła Pani podejrzewać sabotaż, a nie zanieczyszczenie czy przypadek?

— Prawie od razu — odparła Kate. — Znam nasze procedury. Jesteśmy drobiazgowi w kwestii paszy, suplementów, leków. Ale udowodnienie tego to zupełnie inna sprawa, a ja naprawdę nie miałam podejrzeń co do tego, kto mógł to zrobić. Bez dowodów to było tylko moje słowo przeciwko wynikom testu.

— A potem Ben odkrył nagranie — podsunął Danny.

Wyraz Kate nieco złagodniał. — Tak. Ben nagrywał materiały w tle do nowej serii książek, w której planuje eksplorować zbrodnie osadzone w świecie wysokich stawek w sporcie jeździeckim. — Urwała, spoglądając na Bena z nagłym przestrachem. — Czekaj. Mogę to powiedzieć?

Ben się uśmiechnął. — Zapowiedź umowy wydawniczej na serię będzie w *Publisher's Weekly* w przyszły poniedziałek, więc chyba że Danny planuje ich ubiec? — Spojrzał pytająco na dziennikarza.

— Kuszące, ale obiecuję, że nie — odparł Danny ze śmiechem. — Mój redaktor celuje z tym w tekst okładkowy w magazynie za tydzień w niedzielę, więc jesteście bezpieczni.

— Uff — Kate położyła dłoń na piersi. — W każdym razie — podjęła — nagranie Bena zupełnie przypadkiem uchwyciło Vanessę Hughes wchodzącą do boksu Misty z saszetkami bute, czyli fenylbutazonu.

— Przypadkiem, że nagrywałem — doprecyzował Ben. — Ale na pewno nie jako celowe udokumentowanie przestępstwa. Nawet nie obejrzeliśmy materiału aż do kilku tygodni później.

Danny zwrócił się do Bena. — Jaka była Pana reakcja, gdy zorientował się Pan, co Pan uchwycił?

— Mdłości — odpowiedział Ben bez wahania. — Fizyczne mdłości. Pomyśleć, że przez cały czas miałem dowód, podczas gdy Kate przechodziła przez ten koszmar... — Pokręcił głową, wspomnienie wciąż było wyraźnie bolesne.

Kate odruchowo sięgnęła po jego dłoń. — Znaleźliśmy to wtedy, kiedy mieliśmy to znaleźć.

Danny odnotował tę interakcję, zadumany. — Porozmawiajmy o Vanessie Hughes. Była Pani uczennicą, prawda? Jak Pani zdaniem motywowała ją do tego własna decyzja?

Kate westchnęła, dobierając słowa ostrożnie. — Vanessa pochodzi z ogromnych pieniędzy. Przez całe życie problemy rozwiązywały za nią pieniądze. Ale w ujeżdżeniu nie ma drogi na skróty do doskonałości. Można kupić najdroższego konia na świecie, ale jeśli nie włożysz pracy, nie osiągniesz sukcesu. Myślę, że frustrowało ją, iż Cavalier, mimo rodowodu i ceny, nie dawał jej wyników, jakich oczekiwała, podczas gdy Misty, koń z mojej hodowli, wygrywała ze mną na poziomie Grand Prix.

— Nie potrafiła zaakceptować, że talent i ciężka praca przebijają przewagę finansową — podsumował Danny, robiąc krótki dopisek.

— Dokładnie — przytaknęła Kate. — Choć ironia polega na tym, że przy odpowiednim zaangażowaniu ona i Cavalier mogliby być wyjątkowi. To niezwykły koń.

— Którego jest Pani teraz właścicielką — zauważył Danny.

Kate lekko się uśmiechnęła. — Tak. Kolejny nieoczekiwany zwrot w tej historii.

Danny pochylił się nieznacznie, łagodniejąc na twarzy. — To może być bardziej osobiste pytanie, ale myślę, że istotne dla pełnego obrazu. Jak oboje — tu wskazał gestem na Kate i Bena — przeszliście przez ten kryzys razem? Z tego, co rozumiem, wasz związek był dość świeży, kiedy wybuchł skandal.

Kate spojrzała na Bena, a między nimi przemknęła bezsłowna wymiana. Jak wyjaśnić, kim byli dla siebie w tamtych ciemnych tygodniach? Że stał przy niej, gdy inni odchodzili; że nie zachwiał się w wierze w jej niewinność; że dawał przestrzeń na jej złość i żal, nie próbując ich naprawiać ani pomniejszać.

— Ben był moją stałą — powiedziała po prostu. — Kiedy wszystko inne w moim życiu stało się niepewne, on pozostał niewzruszony.

— Kate stawiła czoła temu koszmarowi z niezwykłą odwagą — dodał Ben, jego głęboki głos brzmiał ciepłą admiracją. — Większość ludzi załamałaby się pod takim naciskiem i publicznym osądem. Ona się nie załamała.

— Prawie się załamałam — poprawiła łagodnie Kate. — Były momenty...

— Ale się nie załamałaś — upierał się Ben. — I to jest sedno. Szłaś dalej, walczyłaś, bo miałaś absolutną pewność, że jesteś niewinna.

Danny obserwował ich wymianę z autentycznym zainteresowaniem. — Brzmi, jakbyście się równoważyli. Ben dawał wsparcie emocjonalne, a Kate utrzymywała koncentrację na oczyszczeniu swojego imienia.

— To dość przenikliwa uwaga — przyznał Ben, zaskoczony i szczerze pod wrażeniem.

Kate przyjrzała się Danny'emu na nowo, dostrzegając inteligencję stojącą za jego pytaniami i brak drapieżnego błysku, którego nauczyła się oczekiwać po dziennikarzach. Wyglądało na to, że naprawdę chce zrozumieć ludzki wymiar tej historii, a nie tylko skandal.

— Jeśli wolno — podjął Danny — jaki wpływ to doświadczenie wywarło na Pani podejście do kariery na przyszłość? Czy zmieniło Pani perspektywę?

Kate rozważyła pytanie, doceniając jego wagę. — Na pewno stałam się ostrożniejsza. Wprowadziliśmy dodatkowe środki bezpieczeństwa tutaj na miejscu i moje konie już nigdy nie zostaną bez nadzoru poza naszą stajnią. — Zawahała się, myśląc dalej. — Ale też wyraźniej widzę, co naprawdę się liczy. Zanim to się wydarzyło, niemal całkowicie skupiałam się na wynikach, rankingach, normach kwalifikacyjnych. Teraz wciąż mi na tym zależy, ale rozumiem ich kruchość. Reputacja, relacje, prosta radość z pracy z końmi — to stało się cenniejsze.

Danny skinął głową, robiąc krótki zapis. — To potężna zmiana perspektywy. Przerzucił notes na świeżą stronę, a jego ton się zmienił. — Dużo się mówi o przyszłości Ridgewater; nie tylko po skandalu, ale też w związku z projektem obwodnicy. Jak to na państwa wpływa?

Szczęka Kate się napięła. — To wciąż nad nami wisi, jak cień na wszystkim, co robimy. Jeśli rada zatwierdzi wariant wschodni, grozi nam przymusowe wywłaszczenie całej posiadłości. Jakoś musielibyśmy zaczynać od zera, gdzieś indziej.

— To nie tylko kwestia ziemi — dodał Ben. — To by rozdarło wspólnotę. Są tu gospodarstwa od pokoleń. Wpływ na środowisko byłby ogromny.

Danny nabazgrał notatkę, marszcząc brwi. — Czy Departament Transportu i Dróg Głównych wsłuchał się w państwa obawy?

Kate pokręciła głową. — Byliśmy na każdym spotkaniu, składaliśmy opinie, prowadziliśmy petycje. Nikt nie chce rozmawiać o tym, dlaczego wariant wschodni jest tak forsowany, skoro są alternatywy. Czasem mam wrażenie, że decyzję podjęto, zanim w ogóle dano nam głos.

Danny zamyślił się. — Brzmi jak temat, w który warto się wgryźć.

Kate uśmiechnęła się krzywo. — Powodzenia. Jeśli dowie się Pan, kto naprawdę pociąga za sznurki, proszę dać nam znać.

W miarę trwania rozmowy Kate czuła, jak stopniowo się rozluźnia, a jej odpowiedzi stają się mniej zachowawcze. Danny zadawał przemyślane pytania doprecyzowujące, czasem zaglądał do notatek, ale przede wszystkim utrzymywał kontakt wzrokowy, prowadząc prawdziwą rozmowę, a nie wyciągając informacje jak w przesłuchaniu.

— Doceniam Pani szczerość — powiedział wreszcie, sprawdzając dyktafon. — Dzięki temu powstanie znacznie bardziej wyważony artykuł niż te sensacyjne teksty, które dotąd dominowały.

— Dziękuję, że poświęcił Pan czas, by poznać całą historię — odparła Kate, zaskoczona, że mówi to szczerze.

Danny uśmiechnął się, wyłączył dyktafon i schował go. — Właściwie, jeśli Pani nie ma nic przeciwko, mam bardziej osobiste pytanie, poza nagraniem. — Wyraz jego twarzy stał się nieco niepewny. — Moja córka, Lucy, od dawna błaga o lekcje jazdy. Ma osiem lat, jest absolutnie zakręcona na punkcie koni, pochłania każdą książkę o kucykach, jaka wpadnie jej w ręce. Szukam opcji w okolicy, odkąd się tu przeprowadziliśmy i, cóż... — zawahał się. — Czy Ridgewater przyjmuje zupełnych początkujących? Wiem, że koncentrujecie się na treningu na wysokim poziomie.

Pytanie zaskoczyło Kate, ten nagły przeskok do obrazu Danny'ego jako ojca, a nie dziennikarza. — Prowadzimy zajęcia dla dzieci — potwierdziła. — Moja szwagierka, Pip, trenuje i sprzedaje kucyki oraz prowadzi nasz program dla młodszych jeźdźców. Z początkującymi radzi sobie wyjątkowo.

Twarz Danny'ego rozjaśniła się. — Wspaniała wiadomość. Lucy będzie w siódmym niebie.

— Chciałby Pan zobaczyć nasze zaplecze? — zaproponowała Kate. — Mogę Pana oprowadzić, żeby miał Pan lepsze wyobrażenie tego, co oferujemy.

— Byłbym bardzo wdzięczny — powiedział Danny z autentycznym entuzjazmem w głosie. — Jeśli ma Pani czas.

Kate wymieniła spojrzenie z Benem, który zachęcająco skinął głową. — Oczywiście — rzekła, wstając z krzesła. — Przejdziemy się po posiadłości, zyska Pan pełniejszy obraz Ridgewater.

Gdy szykowali się do zejścia z werandy, Kate poczuła subtelną zmianę w swoim postrzeganiu dziennikarza. Danny Wareham nie był tylko autorem, który szuka historii; był ojcem troszczącym się o szczęście córki, profesjonalistą, któremu zależy na rzetelności, człowiekiem o wymiarach wykraczających poza zawód. W gruncie rzeczy podobnym do niej. To uświadomienie rozluźniło coś w jej piersi, napięte od czasu wybuchu skandalu, przypominając, że nie każdy patrzy na nią przez wąski pryzmat oskarżeń i ocen.

Słońce ogrzewało ramiona Kate, gdy szli żwirową ścieżką od The Shack w stronę głównych obszarów treningowych. Przed nimi rozciągało się Ridgewater — znajomy krajobraz, który nabrał nowości w ciekawskim spojrzeniu Danny'ego. Złapała się na tym, że wskazuje elementy, które zwykle brała za oczywistość: starannie zaprojektowany drenaż placów, subtelne ukształtowanie spadków, dzięki któremu woda podczas gwałtownych, letnich burz w Queensland odpływa ze stajni. Dziwnie było oglądać dom oczami kogoś z zewnątrz, ale wcale nie nieprzyjemnie.

— Moi rodzice to wszystko zaprojektowali i wybudowali — wyjaśniła, gestem obejmując układ posiadłości.

— Robi wrażenie — zauważył Danny, zatrzymując się, by sfotografować okrągły lonżownik, w którym Emma lonżowała młodego kasztana. — Ile koni zazwyczaj macie w treningu?

— To bywa różnie — odparła Kate. — Obecnie na terenie mamy około sześćdziesięciu koni, ale część to młodziaki, które nie są jeszcze pod siodłem, albo klacze-matki ze źrebiętami u boku. Kilka nie należy do nas — stoją u nas w pensjonacie: na pełnym, to znaczy my się nimi w pełni zajmujemy, albo na częściowym, czyli właściciele przychodzą codziennie, żeby je karmić i jeździć. Cavalier, nawiasem mówiąc, był tu na pełnym pensjonacie.

Po tygodniach bronienia się przed oskarżeniami i podejrzeniami było w tym coś odświeżająco prostego — po prostu dzielenie się światem, który kochała. Jeśli artykuł Danny'ego odda choć ułamek realiów Ridgewater, będzie uczciwszy niż wszystko, co o niej publikowano od miesięcy.

Minęli stanowiska do mycia, gdzie Sarah spłukiwała wężem ubłoconego roczniaka, a Kate pomachała siostrze.
— Sezon wyźrebień właściwie dobiega końca — wyjaśniła Danny'emu, gdy doszli do ogrodzenia padoku, w którym młode źrebaki pasły się z matkami. — Została jeszcze jedna klacz do wyźrebienia, w ciągu najbliższych kilku dni.

— Hodujecie, a nie tylko trenujecie? — zapytał Danny, po uzyskaniu zgody Kate robiąc zdjęcia rozbrykanemu źrebakowi.

— To integralna część naszego podejścia — wtrącił Ben.
— Ridgewater to pełen cykl jeździecki: hodowla, odchów,

trening, starty. McKenzie wierzą w rozwijanie koni od urodzenia, a nie w kupowanie gotowych sportowców.

Kate zerknęła na niego, mile zaskoczona, jak trafnie uchwycił filozofię McKenzie. Czasem Ben rozumiał istotę Ridgewater wyraźniej niż ci, którzy w nim dorastali.

— To dłuższe zobowiązanie, niż większość jest gotowa podjąć — zauważył Danny. — Jak wygląda wasza codzienność?

Kate opisała rytm dni w Ridgewater: poranne treningi latem, zanim uderzy upał, staranne planowanie pracy każdego konia, wieczorne obchody i karmienie. Danny słuchał uważnie, od czasu do czasu fotografując coś, co przyciągało jego wzrok: równy rząd ogłowi wiszących w siodlarni, Emmę siodłającą Phoenixa do skoków, Pip czeszącą kudłatego szetlanda, który spod gęstej grzywki zerkał na nich z dołu.

— Najważniejsza jest konsekwencja — wyjaśniła, gdy zbliżali się do głównego bloku stajni. — Konie kwitną w rutynie i przy jasnych oczekiwaniach. Podobnie jak dobre dziennikarstwo, jak sądzę: struktura i standardy tworzą ramy dla doskonałości.

Danny uśmiechnął się na tę analogię. — Bardziej podobne, niż mogłaby Pani przypuszczać. Choć moi bohaterowie rzadko wymagają aż tyle wybierania obornika.

Kate odwzajemniła uśmiech, a wcześniejsza ostrożność wciąż się rozpływała. — Nasze podejście jest zupełnie inne niż Vanessy — powiedziała, korzystając z okazji, by nazwać różnice wprost. — Wierzyła w skróty: najdroższy sprzęt, najbardziej wyszukane linie krwi, ale minimalna liczba rzeczywistych godzin w siodle. Gdy wyniki nie przychodziły natychmiast, szukała winnych.

— A wasza rodzina wierzy w powolny, właściwy rozwój zarówno konia, jak i jeźdźca — podsumował Danny.

— Dokładnie — kiwnęła Kate. — W prawdziwym jeździectwie nie ma dróg na skróty. Dlatego oskarżenie o doping było tak... — Sprzeczne z wszystkim, za czym stoicie — podsunął Ben. — Tak — przyznała cicho Kate. — Uderzyło w samo serce naszej filozofii.

Gdy zbliżali się do stajni ogierów, dobiegł ich cichy, mruczany głos — słów nie dało się rozróżnić, ale ton był kojący, niemal hipnotyczny. Kate przystanęła, rozpoznając rytm głosu Zoe przy pracy.

— Brzmi, jakby Zoe była przy którymś z koni — powiedziała, a ciekawość pociągnęła ją w stronę narożnego boksu.

Podeszli cicho, nie chcąc przeszkadzać. Widok, który ukazał się, gdy zajrzeli do boksu Cavaliera, sprawił, że Kate stanęła jak wryta.

Zoe stała obok kasztanowatego ogiera, jej dłonie poruszały się wolnymi, zamierzonymi okręgami po jego potylicy i w dół szyi. Cavalier, zwykle czujny i często spięty, stał z opuszczoną głową, z lekko drżącą dolną wargą i przymkniętymi powiekami — obraz zupełnego rozluźnienia. Kiedy patrzyli, wypuścił z siebie głęboki westchnieniowy pomruk, jakby z samego rdzenia, a całe ciało jeszcze wyraźniej zmiękło.

Danny zatrzymał się obok Kate, z aparatem w połowie drogi do oka, zastygły w odruchu pełnego szacunku podziwu. — Co ona robi? — wyszeptał, ledwie słyszalnie.

— To Zoe — wyjaśnił łagodnie Ben. — Jest terapeutką manualną; używa metody, która według jednych jest pół na pół nauką i magią.

— Metoda Mastersona — dodała Kate, ściszając głos, by nie zakłócać sesji. — Pracuje z układem nerwowym konia, żeby uwolnić głębokie napięcia. Vanessa nigdy mu na to nie pozwalała; był strasznie spięty, gdy do niej należał. Proszę na niego spojrzeć teraz.

Patrzyli w milczeniu, gdy Zoe kontynuowała pracę, jej dłonie odnajdywały subtelne punkty napięcia w szyi i żuchwie ogiera. Reakcja Cavaliera była głęboka — mięśnie widocznie odpuszczały, oddech się pogłębiał, a całe usposobienie przechodziło od zwykłego spokoju do stanu głębokiego, fundamentalnego rozluźnienia.

Danny uniósł aparat z pytającym spojrzeniem, a Kate skinęła, dając pozwolenie. Zrobił kilka ostrożnych zdjęć, a migawka szeptała niemal bezszelestnie.

Zoe uniosła wzrok na ten dźwięk, po raz pierwszy zauważając ich obecność. Wyraz twarzy przeszedł od głębokiej koncentracji do lekkiej irytacji przerwą. — Nie spodziewałam się publiczności — rzuciła żwawo, a jej brytyjski akcent zabrzmiał wyraźniej niż zwykle. — Już prawie kończę.

— Przepraszam, że przeszkadzamy — powiedział Danny, opuszczając aparat. — Nigdy czegoś takiego nie widziałem. To niezwykłe.

Brwi Zoe uniosły się lekko na dźwięk szczerego zainteresowania. — Większość ludzi nie dostrzega tej subtelnej pracy — odparła, ton nieco złagodniał. — Oczekują spektakularnych rozciągnięć i oczywistych manipulacji. A tu chodzi o rozmowę z układem nerwowym konia, nie o wymuszanie zmian.

— To koń wskazuje, gdzie jest napięcie? — zapytał Danny, szczerze zaciekawiony.

— Dokładnie — przytaknęła Zoe, jakby zaskoczona i w pewien sposób ucieszona jego zrozumieniem. — Ja tylko słucham dłońmi. Jego ciało samo uwalnia napięcia, kiedy poczuje się wystarczająco bezpiecznie.

— Vanessa wierzyła w kontrolowanie koni, a nie w komunikację z nimi — wyjaśniła Kate, patrząc, jak ogier mruga powoli z zadowoleniem. — Efekty mówią same za siebie. Wygląda jak inny koń.

— Dzień do nocy — przyznał Ben. — Przy Vanessie był kłębkiem nerwów: głowa w górze, mięśnie jak struny, białka oczu na wierzchu przy byle bodźcu.

— Biedak dźwigał lata nagromadzonego napięcia — powiedziała Zoe, sunąc delikatną dłonią po już rozluźnionej szyi Cavaliera. — Fizycznego i emocjonalnego. Konie trzymają to wszystko w ciele, tak jak ludzie. Tylko że gdy dostaną szansę, są szczerzejsze w jego uwalnianiu.

Danny zrobił notatkę, po czym zapytał: — Czy mogłaby Pani wyjaśnić nieco więcej, jak działa ta technika? Bardzo mnie to ciekawi.

Zoe zawahała się, wyraźnie oceniając, czy zainteresowanie dziennikarza jest prawdziwe, czy tylko na pokaz. Cokolwiek dostrzegła w jego wyrazie twarzy, musiało ją przekonać, bo skinęła i podjęła: — Punktem wyjścia jest zrozumienie, że rozluźnienia nie da się wymusić. Układ nerwowy konia musi poczuć się na tyle bezpiecznie, by puścić wzorce napięcia, które często są nawykowymi, ochronnymi reakcjami.

Gdy Zoe tłumaczyła podstawy swojego podejścia, Kate obserwowała, jak stopniowo zmienia się jej sposób bycia. Początkowa rzeczowość ustępowała ożywionej pasji, gdy Danny zadawał przemyślane pytania o konkretne techniki i reakcje. To był ten sam schemat, którego Kate doświadczyła podczas ich rozmowy — autentyczna ciekawość Danny'ego wywoływała bardziej otwartą, zaangażowaną odpowiedź, niż się spodziewała.

— Większość ludzi sądzi, że praca z końmi polega na dominacji — podsumowała, muskając Cavaliera jeszcze jednym delikatnym gestem. — A to tak naprawdę partnerstwo: stworzenie takiego poczucia bezpieczeństwa i zaufania, by koń mógł wyrazić swoją prawdziwą naturę, a nie wyuczone, obronne wzorce. Vanessa nigdy tego nie rozumiała.

— Większość dziennikarzy opisujących sprawę Kate też tego nie rozumiała — wtrącił dobitnie Ben.

Danny skinął ze zrozumieniem. — Zauważam tę paralelę — powiedział, zerkając na Kate. — Fałszywe oskarżenia wywołują w ludziach dokładnie taki sam rodzaj napięcia i postawy obronnej, jaki złe obchodzenie się wywołuje u koni.

— Właśnie tak — zgodziła się Kate, zaskoczona i poruszona tą trafną uwagą. — A odbudowa wymaga tak samo cierpliwego odzyskiwania zaufania.

W tym momencie Cavalier otrzepał się energicznie, jakby fizycznie strząsał z siebie resztki dawnego życia. Gest był tak idealnie w punkt, że wszyscy wybuchnęli śmiechem.

— Dziękuję — powiedział, gdy szykowali się, by kontynuować zwiedzanie. — Wam wszystkim. Przyjechałem po rzetelną relację tego, co się wydarzyło, a wyjadę z dużo głębszym zrozumieniem, dlaczego to wszystko tak bardzo się liczyło; nie tylko fałszywe oskarżenie, ale podstawowe wartości, które ono podważyło. I myślę, że mojej córce ogromnie spodobają się lekcje tutaj. To takie jeździectwo chcę, by poznała.

— Proszę przyprowadzić ją, kiedy tylko Pan zechce — zaproponowała Kate, zaskoczona, jak szczerze to mówi. — Pip jest świetna z początkującymi. A mówił Pan, że ma osiem lat? Tyle samo, co moja siostrzenica Jemima. Jem z radością ją oprowadzi.

— A ja popytam, co się dzieje z decyzjami w sprawie obwodnicy. — Danny znacząco dotknął palcem boku nosa. — Mam źródła wszędzie. Dam znać, jeśli czegoś się dowiem.

Kiedy kilka minut później pomachali Danny'emu na pożegnanie, Kate pozwoliła sobie na ostrożne westchnienie ulgi.

— Poszło lepiej, niż się spodziewałem — mruknął Ben, muskając jej dłoń.

— Znacznie lepiej — zgodziła się Kate, splatając palce z jego palcami. — Myślę, że naprawdę opowie prawdziwą historię.

— A jeśli tak — dodał Ben z łagodnym uśmiechem — to kolejny kawałek twojego świata wróci na swoje miejsce.

Kate ścisnęła jego dłoń delikatnie, czując, jak w piersi osiada cicha pewność. Niezależnie od tego, co napisze Danny i co będzie szeptała społeczność jeździecka, wiedziała, kim jest i za czym stoi. A mając u boku Bena, Cavaliera w programie treningowym i Misty gotową wrócić do startów, przyszłość rysowała się przed nią z o wiele większą obietnicą, niż śmiała mieć jeszcze kilka tygodni temu.

Rozdział
dziewiętnasty

Świt zapowiadał taki upał, że w połowie poranka będzie już bezlitośnie. Na razie jednak świat tonął w bladej mgle, pachniał jakarandą, a po piasku krytej ujeżdżalni rozlegały się równomierne kroki Misty, która krążyła po czworoboku, niosąc Kate lekko i w równowadze. Słońce cięło się pasami przez żelazny dach, pył wirował w złotych słupach. Na najwyższej żerdzi zaszczebiotała sroka. Na drugim końcu czworoboku Ben stał oparty łokciem o ogrodzenie, w drugiej dłoni ściskał wyszczerbiony emaliowany kubek, z którego co jakiś czas pociągał parujący łyk, mrużąc oczy w świetle.

Złapali rytm. Kate lubiła zaczynać dzień treningiem, czasem jeszcze przed śniadaniem. Ben, zdecydowanie nie skowronek, dzielnie wypełzał z łóżka w T-shircie i dresach, a kiedy udawało mu się dobrać właściwą sekwencję kawa–tosty–delikatne docinki, potrafił dopasować się intensywnością do jej świtu. Taki porządek im służył.

Poprosiła Misty o trawers w lewo, potem o przejście do galopu na krótkiej ścianie, nasłuchując, czy nie ma gdzieś tej charakterystycznej sztywności po dawnych urazach. Dziś nic; klacz szła mocno naprzód, szczęśliwa w pracy, jej płynny wykrok był powodem zazdrości każdego sędziego i większości rywali. Zakończyły rozluźniającym kłusem, potem długa wodza i klepnięcie. Kate zerknęła na ogrodzenie, zobaczyła krzywy uśmiech Bena i odpowiedziała mu krótkim, nieświadomie promiennym uśmiechem.

— Czy to możliwe — zawołał Ben — że wyhodowałaś jakiegoś genetycznego dziwaka? Jestem przekonany, że ona jest w połowie poduszkowcem.

— Poduszkowce nie płoszą się na widok srok — odparła Kate, zeskakując z siodła z oszczędnością ruchów wyrobioną latami. Misty opuściła uszy i wetknęła chrapy do kubka Bena, żeby lepiej obejrzeć zawartość. On uprzejmie podał jej do obwąchania kawę.

— Wybacz, dziewczyno — powiedział do klaczy — kofeina hamuje wzrost.

— Gdyby tylko działało to na ludzi — powiedziała Kate, przerzuciła wodze przez szyję Misty i wyprowadziła ją z ujeżdżalni. Ben zrównał z nimi krok, a gdy obchodzili obrzeże placu konkursowego, osiadła między nimi towarzyska cisza, Misty parskała odprężona. Wczesne słońce obrysowało konie na wybiegu brązem, a kurz we włosach Kate połyskiwał złotem. Ben zerknął na nią spod oka.

— To jak — powiedział — gdzie się zaciął harmonogram? Zauważyłem wczoraj, że znowu pokolorowałaś tablicę. Fiolet oznacza poziom najwyższej dramy, czy to przypadek?

— Fiolet jest dla potwierdzonych kryć — odparła Kate, śmiertelnie poważna. — Czerwony oznacza, że czekamy na wzrost poziomu progesteronu. Zielony — że można startować.

Ben skinął głową, oczy rozbłysły rozbawieniem. — Jasne. I zgaduję, że Cavalier jest na niebiesko?

— Cavalier jest na niebiesko — potwierdziła Kate, wyłapawszy suchą nutę jego głosu. — Czyli ma tylko obowiązki stanówkowe, przynajmniej do przyszłotygodniowego dopasowania siodła. Dwa krycia w kolejce, plus skok na fantom dla bardzo bystrego hodowcy z Warwick, który chce mieć kilka słomek zamrożonych, zanim Cavalier wejdzie na poziom Grand Prix i podniesiemy mu cenę.

Twarz Bena pozostała godnie neutralna, choć kącik ust drgnął mu w uśmiechu. — A dla mnie też jest jakaś tabelka, czy mam po prostu pojawiać się na posiłki i liczyć, że nie będę zdublowany z koniem?

Kate się uśmiechnęła. — Gdybym miała dla ciebie tabelkę, byłoby tam tylko: Ben; nie próbować wsiadać, skłonny do spontanicznych zsiadek.

Minęli ogrodzenie, przy którym pasła się spokojnie Duchess, ukochana emerytka Kate. Duchess podniosła łeb na powitanie, pociągając nosem powietrze w ich stronę.

Kate przystanęła, pozwoliła Misty skubnąć trawę i oparła dłoń o płot. — Mam plan na przyszły rok — powiedziała, ściszając głos o pół tonu.

Ben pochylił się, dając znak, że jest gotów na jedną z długoterminowych rozkmin Kate — takich, przy których większości ludzi zamglają się oczy, a które jemu często wędrują prosto do notesu, który nosił w tylnej kieszeni dżinsów.

— Dawaj — powiedział, układając twarz w uważną beznamiętność zarezerwowaną dla jej naukowych tyrad.

— W przyszłym sezonie rozpłodowym zrobimy ICSI u Misty i Duchess — powiedziała Kate, jej ekscytacja była powściągnięta, ale widoczna. — Odszkodowanie z pozwu w zupełności to sfinansuje. Plemniki Cavaliera, oczywiście. Zarodki wszczepimy surogatkom, klaczom-biorczyniom. To znaczy, że za rok będziemy mieć pełną kohortę źrebiąt hodowli Ridgewater z topowymi rodowodami.

— Konie z probówki?

— W gruncie rzeczy — odparła Kate. — Iniekcja plemnika do cytoplazmy komórki jajowej. Pobierają komórki jajowe, zapładniają je w laboratorium, a potem wszczepiają zarodki do klaczy-biorczyń. Dzięki temu Misty może dalej trenować, Duchess może mieć więcej niż jednego źrebaka rocznie i nie musi ich sama nosić, jeśli potrzebuje przerwy, a jeśli cokolwiek by się którejś z nich stało, ich linia będzie trwała.

Ben patrzył na nią z przechyloną głową, pełen podziwu. — I to jest normalne w końskim świecie?

— W wyścigach nie. Tam wciąż musi być krycie naturalne i klacze same donoszą źrebięta. Ale w topowych stajniach sportowych to już norma — odparła Kate — choć kiedyś było poza zasięgiem wszystkich, którzy nie kąpali się w pieniądzach. Technologia poszła do przodu, a odszkodowanie w sprawie Hughesów pozwala nam przeskoczyć dekadę powolnego postępu hodowlanego.

Pogładziła nos Duchess, na moment zamyślona, potem odwróciła się do niego. — Chcesz usłyszeć mój prawdziwy cel?

— Zawsze.

— Chcę, żeby Ridgewater było najlepszą stadniną koni sportowych w Queensland — powiedziała, cicho, ale z ogniem. — Nie tylko miejscem, gdzie ludzie wysyłają dzieci na jazdy, ale marką. Konie McKenzie na każdych poważnych zawodach, w kraju i za granicą. Konie z nazwami, które coś znaczą — nie tylko dla nas, ale dla całej branży. Chcę, żeby dziewczyny, które teraz szkolimy, wracały tu za pięć lat i kupowały konie hodowli Ridgewater dla siebie.

Ben skinął głową i wyjątkowo nie zażartował ani nie rozbroił jej intensywności. — To dopiero spuścizna.

— Po to jesteśmy — powiedziała Kate. — Tata to wie, choć udaje, że go to nie obchodzi. Mama śni o tym od czasu, gdy wyjechała ze Szwecji, ale na to naprawdę potrzeba pokoleń hodowli i treningu. — Rzuciła mu krótkie, ostre spojrzenie. — Tu nie chodzi o pieniądze. Chodzi o...

— ... udowodnienie, że sposób, w jaki to robisz, ma znaczenie — dokończył Ben.

— No — zgodziła się Kate, rzadko odsłaniając taką nutę wrażliwości. Dała Duchess ostatnie poklepanie, potem cmoknęła na Misty, która ruszyła w stronę głównej stajni, jakby słuchała przez cały czas.

Znów zrównali się krokiem, Kate szła żwawo, Ben dłużej i leniwiej, ale idealnie do niej dopasowany. Z dalekiego końca padoku wzbiło się stado korelli, skrzecząc i miotając powietrzem, gdy siadały na drzewach nad jeziorem.

— Powiem ci jedno, McKenzie — odezwał się Ben swobodnym tonem — jeszcze zrobisz ze mnie jeźdźca.

— Nie bądź śmieszny — powiedziała Kate. — Wciąż jesteś kompletnym żółtodziobem. Nawet nie wiesz, gdzie jest staw skokowy.

— Z wiarygodnego źródła wiem, że to ta spiczasta część na tylnej nodze — odparł Ben z kamienną twarzą.

— Zawsze coś — przyznała Kate z uśmiechem.

Dotarli na podwórze stajenne, Misty przystanęła, czekając aż założą jej kantar. Kate to zrobiła, po czym podała uwiąz Benowi, a sama poszła po zgrzebło i czysty ręcznik do siodlarni. Kiedy wróciła, Ben drapał Misty po potylicy i mruczał do niej bzdurki; klacz była w pół śnie z błogości.

Kate sprawnie wytarła Misty. Ben patrzył, popijając stygnącą herbatę, po czym zapytał: — A co będzie, gdy będziesz mieć tuzin źrebiąt do zajeżdżenia? Wszystkie musisz szkolić sama?

Kate wytarła czoło. — Nikt nie udźwignie tego sam. Ale Emma i Sarah wciąż są, i Pip, i wciąż znajdujemy zajęcie dla Zoe, chociaż udaje, że tego nie cierpi, a ludzie od programu prac rolnych przysyłają nam backpackerów z doświadczeniem przy koniach, żeby odrobili część wizową na farmie. — Zawahała się, po czym spojrzała na niego. — Zawsze znajdujemy ludzi, którym zależy na koniach. To nigdy nie tylko ja.

Ben uśmiechnął się rzadkim, nieosłoniętym uśmiechem. — Brzmi znajomo — powiedział. — Ty robisz cały plan i terminarz, ale na końcu to społeczność sprawia, że to działa.

— Dokładnie — powiedziała Kate. — Pojmujesz to.

Przeciągnęła ręcznikiem po szyi Misty, po czym spojrzała na klacz z głęboką miłością w oczach. — Jest niesamowita — powiedziała cicho. — Następne pokolenie będzie jeszcze lepsze.

Ben przysunął się bliżej, uważny, by jej nie osaczyć. — Myślałem o tym, co mówiłaś tamtego wieczoru, o sposobie McKenzich. Sądzę, że to dotyczy ludzi tak samo jak koni.

Kate uniosła brew. — To znaczy: uparci i nie do ogarnięcia?

— To znaczy: hodujesz potencjał, ale kształtujesz go miłością — powiedział Ben, zaskakując ich oboje. — To trzyma Ridgewater w wyjątkowej formie. Nie nazwa, nie rodowody, tylko to, jak o siebie dbacie.

Kate spojrzała na niego, znów zdumiona jego przenikliwością. — Dzięki — powiedziała i naprawdę tak myślała.

Skończyli pielęgnację Misty, odprowadzili ją na wybieg, gdzie wytarzała się dokładnie w trawie, po czym zerwała się z nowymi, zielonymi plamami na siwej sierści. Ben oparł się o bramę, demonstracyjnie prostując plecy.

— To co — powiedział — nazwiemy to Renesansem Ridgewater, czy to zbyt pretensjonalne do newslettera?

— Zbyt pretensjonalne — stwierdziła Kate, ale jej oczy błyszczały. — Ale mogę to ukraść do następnego posta na Instagramie.

Uśmiechnął się, zadowolony, że dołożył swoją cegiełkę.

Słońce stało już wysoko, padoki płonęły światłem, a dzień toczył się naprzód, czy byli gotowi, czy nie. Kate wciągnęła głęboko powietrze, poczuła chłód w płucach i powoli wypuściła. To był jej dom, jej przyszłość.

Wrócili w stronę domu, ramię w ramię, ich cienie wydłużały się na rosie.

Do połowy popołudnia wczesnoletni skwar gęsto i lepko naciskał na okna The Shack, ale w środku było chłodno i cicho. Ben zaanektował biurko przy największym oknie — strategiczny punkt z panoramicznym widokiem na dolne padoki i, co ważniejsze, nieustanną rozrywką w postaci obserwowania Kate przy pracy. Samo biurko było pomnikiem twórczej entropii: otwarte książki ustawione jak miniaturowe wieżowce, sfatygowany notes „krwawiący" luzem karteczkami, w połowie wypity kubek ziołowej herbaty, już zimnej. Kate, siedząca przy kuchennym stole, rozłożyła formularze zgłoszeniowe w równych kolumnach; długopisy i zakreślacze były dobrane kolorystycznie i ułożone pod kątem prostym. Ten kontrast bawił ich oboje.

Ben pisał z intensywnością kogoś, kto próbuje wyprzedzić deadline, choć jedyną realną presją była jego własna. Co kilka akapitów zerkał znad laptopa, by sprawdzić, czy Kate zauważyła jego wzmożoną pracowitość. Udawała, że nie, ale on wiedział, że ten ukradkowy błysk oka znaczy, iż liczy.

— Chcesz jeszcze herbaty? — zapytał, już podnosząc się z krzesła.

— Dziękuję, mam — odparła Kate, nie odrywając wzroku od wypełnianego formularza. — Ale jeśli chcesz się zamienić, zrobię pierwszą rundę poprawek ortograficznych i gramatycznych w twoim szkicu, jeśli zechcesz dokończyć za mnie te zgłoszenia.

Ben zadrżał z teatralnym przerażeniem. — Prędzej zgłoszę się do konkursu piękności, niż przejdę przez portal internetowy Federacji Jeździeckiej.

— Słusznie — powiedziała Kate, opukując ołówek o papier. — Wygląda, jakby aktywnie chcieli, żebyś stracił nadzieję.

I tak nalał sobie jeszcze herbaty i odniósł ją na biurko, gdzie telefon natychmiast zawibrował z przychodzącym połączeniem. Rozpoznał nazwisko i rzucił Kate spojrzenie.

— Verity — wyszeptał bezgłośnie, kładąc telefon na blacie. Stuknął „odbierz" i włączył głośnik, żeby Kate usłyszała pełen impet entuzjazmu jego agentki.

— Crossley! — głos Verity aż buzował energią, mimo lekko trefnego połączenia. — Proszę powiedzieć, że Pan siedzi.

Ben wyprostował się, tłumiąc uśmiech. — Siedzę, ale w razie czego mogę się zaprzeć.

— Dopiero co skończyłam rozmowę z Amerykanami — weszła od razu w temat Verity. — Są absolutnie zajarani. Pana konspekt nowej serii nazywają najautentyczniejszą wiejską prozą kryminalną z Australii od... no, kiedykolwiek. I proszę posłuchać: wojna licytacyjna o prawa do serialu już ruszyła. Może Pan w to uwierzyć? Netflix właśnie dołączył do gry, ha!

Kate podniosła wzrok znad papierów, oczy jej się rozszerzyły. Pokazała mu przesadzone podwójne kciuki w górę, potem bezgłośnie ułożyła wargi w: „Netflix?", z uniesioną brwią.

Benowi udało się zachować spokój w głosie. — To... fantastycznie, Pani Verity. Kiedy chcą ruszyć?

— Potrzebuję, żeby przesłał mi Pan do piątku kolejne dwa rozdziały oraz bardziej szczegółowy konspekt tomu drugiego, i czy mógłby Pan zaktualizować swoją notkę biograficzną na stronie? Amerykanie chcą czegoś bardziej... osobistego. Niech Pan podkręci klimat „facet od koni na farmie w Queensland". Działa na markę.

Ben spojrzał na Kate, która uśmiechnęła się złośliwie i udawała, że dosiada wierzgającego bronco.

— Zrobię to — powiedział do telefonu, starając się brzmieć profesjonalnie mimo śmiechu, który cisnął mu się na usta. — Dziękuję za wieści, Pani Verity.

— Jest Pan gwiazdą, kochany — powiedziała Verity łagodniej. — Naprawdę. To najlepsza rzecz, jaką Pan napisał. — Zakończyła połączenie, jak zwykle, nie czekając na odpowiedź.

Pokręcił głową, lekko oszołomiony, i spojrzał przez pokój, znajdując wzrok Kate — uśmiechała się czule i odrobinkę z pobłażaniem.

— Mam nadzieję, że jesteś gotów na zbliżenia — powiedziała, odkładając ołówek. — Zanim się obejrzysz, wejdzie ci tu ekipa od dokumentu, będą chcieli przebitki, jak wyrzucasz obornik i udajesz starego wygi.

Ben parsknął. — Musiałbym się nauczyć robić to tak, żeby nie skończyć z końską kupą na koszulce. Albo we włosach.

— Mogę zorganizować lekcje — powiedziała Kate. — Ale najpierw podpiszesz oświadczenie, że na własne ryzyko.

Oboje się roześmiali; rytm ich przekomarzanek był znajomy i kojący. Ben odchylił się na krześle, przeciągając się, aż strzeliły mu barki.

— Wyobrażałaś sobie kiedyś to wszystko? — zapytał ciszej. — To całe. Mnie tutaj. Nas.

Kate zamyśliła się. — Ani trochę. Zawsze zakładałam, że skończę z jakimś koniarzem, albo zostanę sama, bo nikt nie wytrzyma mojego specyficznego, obsesyjnego ogarniania wszystkiego. Ty byłeś nieoczekiwaną zmienną. — Spotkała jego spojrzenie, pewna. — W najlepszym możliwym rodzaju.

Poczuł ciężar tych słów, ich prawdę, i pozwolił chwili wybrzmieć.

Wróciła do papierów, ale uśmiech nie schodził jej z twarzy. — Nie myśl, że nie zauważyłam, jak przemycasz wariację na temat mojego systemu kolorów długopisów żelowych do swoich notatek — powiedziała niby od niechcenia. — Wpływam na ciebie.

— Myślę, że to się nazywa psuciem mojego procesu twórczego — odparł Ben, wyciągając z kieszeni sfatygowany notes. Otworzył stronę, na której faktycznie próbował prymitywnego kodu kolorystycznego dla wątków fabularnych i łuków postaci. — Widzisz, niebieski długopis oznacza morderstwo, czerwony — przestępstwo związane z końmi, a zielony to...

— Sceny z jedzeniem? — zgadła Kate.

— Zgadza się — przytaknął Ben. — Zaskakująco dużo, jak na to, że piszę o wiejskim Queensland, a nie o piekarni. Zrzucam winę na twoje kulki z makadamii. A skoro o tym mowa — podaj słoik. Coś bym przekąsił.

Zapadła między nimi towarzyska cisza; słychać było tylko skrobanie ołówka, ciche buczenie lodówki i od czasu do czasu chrupnięcie, gdy Ben sięgał po kolejną kulkę z makadamii. Słońce kładło na podłodze długie prostokąty światła, kurz dryfował w leniwych prądach. To było takie popołudnie, które rok temu Kate wypełniłaby bezlitosnym treningiem, spotkaniami albo nadrabianiem papierów aż do zezowienia. Teraz potrafiła cieszyć się wymuszoną ciszą, powolnym narastaniem wspólnego życia.

W końcu Ben zamknął notes i równo go ułożył, po czym dołączył do niej przy stole.

— Co zostało na jutro? — zapytał, zerkając na jej poukładane kolumny.

— Tylko ostateczne zgłoszenie na przedsezonowe zawody w Toowoombie — odparła. — I to Misty, wiadomo, ale wezmę też Cavaliera dla oswojenia atmosfery.

— Powinnaś zabrać mnie dla rozgłosu — powiedział Ben, przyjmując wyniosłą pozę pisarza. — Skoro mam być nową twarzą wiejskiego noir, muszę zrobić research w terenie.

Sięgnęła przez stół i ścisnęła jego dłoń, rzadki spontaniczny gest. — Cieszę się, że tu jesteś — powiedziała nagle szczerze. — Już sobie nie wyobrażam, żeby robić to bez ciebie.

Ben odwzajemnił uścisk. — Jesteśmy zespołem, pamiętasz? Ja przynoszę chaos, ty — kodowanie kolorami. Zwycięskie combo.

Siedzieli razem w gasnącym popołudniowym świetle, wciąż trzymając się za ręce; poczucie domu było silniejsze, niż którekolwiek z nich kiedykolwiek spodziewało się znaleźć w tak nieoczywistym miejscu.

Zmierzch powoli wlewał się na padoki, nieuchronnie; od eukaliptusów ciągnęły się niebieskie cienie, a słońce zamieniało krawędzie chmur w płynny brąz. Kate i Ben siedzieli na werandzie z tyłu The Shack, między nimi otwarte wino i splądrowana deska serów oparta na skrzynce. Na starym stole ogrodowym świecił ekran laptopa Kate z dobrze znaną twarzą jej ojca, Jima

McKenziego, którego wąsy i skóra garbowana słońcem nadawały mu wygląd emerytowanego szeryfa z Outbacku nawet przez odrobinę glitche'ujące łącze wideo.

— Działa to? — głos Jima dudnił dwa razy za głośno. — Inga, widzisz ich?

Obok do kadru wpadła jasnowłosa głowa. Ingrid, opalona i w fuksjowym daszku, pomachała do kamery. — Cześć, kochani! Stoimy przed piekarnią w Tanundzie. Twój ojciec je strudla.

Jim rozpromienił się, po czym natychmiast przeszedł do rzeczy. — No dobrze, Katie, opowiadaj o Cavalierze. Dostałaś harmonogram pobrań, który wysłałem?

Kate uśmiechnęła się. — Tak, tato, i już nauczyłam go skakać na fantom, mądry chłopak z niego, a Marcus zaniósł pierwszą partię do kliniki, żeby obejrzeć pod mikroskopem. Marcus mówi, że ma świetną ruchliwość. W poniedziałek pokryje Duchess, a w środę dwie klacze po torach, jeśli pęcherzyki utrzymają obecne tempo wzrostu.

Ben, który nigdy by nie pomyślał, że kiedyś będzie w stanie śledzić taką rozmowę, przytaknął poważnie. — Liczymy na co najmniej trzy potwierdzone źrebności do Bożego Narodzenia — powiedział.

— Wspaniale! A co z Misty? — dopytała Ingrid.

— Myślę, że bez zawodów jest już trochę znudzona — przyznała Kate.

Oczy Jima błysnęły. — Jak ktoś jeszcze, kogo znam.

Zapadła krótka, rodzinna cisza — taka, która w innych domach mogłaby być niezręczna, a u nich po prostu znaczyła, że każdy myśli o tym samym. Przez lata to Kate popychała wszystkich, żeby wciąż iść naprzód, startować. Dopiero szok zawieszenia zmusił ją, by zatrzymać się na tyle długo, żeby zauważyć, czego naprawdę chce.

Ingrid pochyliła się bliżej ekranu, mrużąc oczy. — Ben, wyglądasz, jakbyś schudł od czasu, gdy widziałam cię w Perth. Czy Kate cię karmi?

— Karmi mnie bardzo sprawnie — powiedział Ben.
— Nawet podzieliła się ze mną przepisem na swoje kulki
z makadamii i chyba jem ich stanowczo za dużo, bo nie
umiem przestać, jak tylko zdejmę pokrywkę ze słoika.

Jim zachichotał. — Moja dziewczyna. A jak pisanie?

Ben zawahał się, zerkając na Kate jak po zgodę.
Przewróciła oczami z czułością i skinęła mu.

— Właściwie idzie dobrze — powiedział Ben. — Jest
wczesne zainteresowanie nową serią. Niewykluczone, że
będę pisał o Ridgewater przez długi czas.

Ingrid rozpromieniła się, łagodniejąc na twarzy. —
Jesteśmy z was bardzo dumni — powiedziała z delikatną
pewnością, od której coś w piersi Kate się rozluźniło.

— Ze wszystkich moich dziewczyn — dodał Jim.

W jego głosie zabrzmiało lekkie załamanie, rzadkie u
niego wzruszenie. Kate poczuła to jak pociągnięcie za
serce. Ridgewater zawsze było marzeniem jej rodziców
i oboje tyrali latami, z rzadkimi przerwami, żeby je
zbudować. Teraz, widząc ich zrelaksowanych i naprawdę
szczęśliwych na emeryckich wojażach, zrozumiała, że
najlepszą spuścizną, jaką z siostrami mogą dać, jest
podtrzymywać domowe ognisko tak jasno, by mogli
wracać, kiedy tylko zechcą.

Ingrid, zawsze pierwsza do wyczuwania, kiedy robi
się zbyt sentymentalnie, uniosła znów kieliszek. — Za
Ridgewater — oznajmiła. — Za nowe początki.

— Za Ridgewater — powtórzyli wszyscy chórem, a
dźwięk był zaskakująco spójny mimo tysięcy kilometrów
i trefnego wiejskiego Wi-Fi.

Rozmawiali jeszcze dwadzieścia minut, o pogodzie,
cenie diesla, o tym, czy Pip i Jake kiedykolwiek wyznaczą
datę ślubu, o szkolnym przedstawieniu Jemimy, o
dopiętych planach ich willi przy polu golfowym. W końcu
obraz się zawiesił na wyjątkowo niekorzystnym ujęciu Jima
wgryzającego się w strudla.

— Myślę, że to nasz sygnał — powiedział Ben z uśmiechem.

Kate zamknęła laptopa i odchyliła się na krześle, patrząc, jak ostatnia pomarańczowa smuga znika za granią. Świat zapadł w ciszę; dzienny chór cykad ustąpił miejsca pojedynczemu, dalekiemu zawołaniu mopoke i warkotowi pick-upa, gdy Emma objeżdżała padoki z wieczornymi karmieniami. Ben dolał wina Kate, potem sobie, i siedzieli, nasiąkając spokojem wieczoru.

— Wiesz — powiedział Ben — nigdy nie przypuszczałem, że poczuję się jak w domu na końskiej farmie. Myślałem, że będę tu odmieńcem, kiedy Ingrid zaproponowała mi The Shack. Miejski pisarz wśród kowbojów.

— Nadal nim jesteś — droczyła się Kate. — Ale wpasowujesz się lepiej, niż ci się wydaje.

Odwrócił się do niej, poważnie. — Mówię serio. Nigdy wcześniej nie czułem, że gdzieś przynależę. Tak naprawdę.

Kate zamilkła na moment. Pozwoliła sobie wyobrazić, jak wyglądałoby życie, gdyby wszystko potoczyło się inaczej — gdyby Vanessa jej nie podłożyła nogi, gdyby nie poznała Bena. Może odniosłaby sukces sportowy, ale nie miałaby tego. Żadnych śmiechów, żadnych drobnych przekomarzanek, żadnej dziwnej harmonii zderzenia ich dwóch światów. Nie chciała już myśleć o tamtej wersji siebie.

— Nie sądziłam, że kiedykolwiek będę chciała dzielić się Ridgewater — przyznała. — Tak naprawdę. To zawsze była moja ostoja. Ale ty nie czujesz się jak gość. Czujesz się jak... część tego miejsca.

Ben sięgnął po jej dłoń; palce splótł im się łatwo, odruchowo. — To dobrze — powiedział — bo nie zamierzam wyjeżdżać.

Patrzyli razem na padoki, jak zapadał mrok — gwałtownie, jak to w strefie podzwrotnikowej — źrebięta ganiały się w szarówce, starsze konie skupiły się przy poidłach po kolacji.

Po chwili Kate szturchnęła Bena stopą. — Idziemy do środka? Czy planujesz tu zacząć nocną zmianę?

Ben udał głębokie zamyślenie. — Będę potrzebował latarki, jeśli mam robić obchód o północy.

— Lepiej się przyzwyczajaj — uśmiechnęła się Kate. — Jutro będzie ostro. Trzy klacze do zbadania USG, Emma i Pip jadą na aukcję w Laidley i wrócą z ciężarówką pełną niewiadomych, które będą potrzebowały uwagi, a ja muszę dopiąć resztę zgłoszeń do południa.

Odchylił się, patrząc na rozsypane na niebie punkty gwiazd. — Będę pisał, kiedy będziesz rozprężać Misty i Cavaliera, a potem wyślij mi SMS-a, jak skończysz, i jestem twój aż do zmroku.

Kate rozważyła to, po czym skinęła głową. — Umowa stoi.

Siedzieli w zadowolonej ciszy — takiej, która przychodzi dopiero, gdy przestaniesz uciekać przed sobą. W Kate osiadła pewność aż do kości. Potrafiła teraz zobaczyć przyszłość, jasną i rozległą jak padoki za tarasem. Będą ciężkie dni i susze, i z pewnością nowe skandale i potknięcia. Ale będą też dni w siodle i takie wieczory jak ten, kiedy świat ma dokładnie właściwy rozmiar i kształt.

Telefon Kate zawibrował. Sięgnęła po niego, uśmiechając się na widok wiadomości od Sarah.

— *Marcus wraca z miasteczka z pizzą w ilości na armię. Dołączycie z Benem?*

— Pizza! — Ben, czytając przez jej ramię, nie zwlekał ani chwili i zerwał się na równe nogi, cały w długich, nieporadnych nogach, po czym ruszył do drzwi. — Zakładam buty!

Śmiejąc się, Kate tylko szybko wystukała Sarah odpowiedź na tak i pobiegła za nim.

Kulki energetyczne Kate

SKŁADNIKI

2 szklanki płatków owsianych górskich
1 szklanka orzechów makadamia, grubo posiekanych
¾ szklanki suszonego mango, pokrojonego
⅓ szklanki miodu
Szczypta soli
1 łyżeczka ekstraktu waniliowego

½ szklanki wiórków kokosowych

PRZYGOTOWANIE

Podgrzej miód w naczyniu żaroodpornym w mikrofalówce przez 30 sekund, aby stał się płynny.

W dużej misce wymieszaj wszystkie składniki oprócz wiórków kokosowych.

Nabieraj masę łyżeczką lub łyżką deserową (w zależności od preferowanej wielkości) i formuj kulki.

Obtocz kulki w wiórkach kokosowych i odłóż na wyłożoną papierem blachę, aby stężały.

Przechowuj w szczelnym szklanym słoiku lub pojemniku do 1 tygodnia w spiżarni albo do 2 tygodni w lodówce... jeśli dotrwają tak długo!

WARIANTY

Jeśli nie masz orzechów makadamia lub są zbyt drogie, użyj pekanów albo nerkowców.

Suszone mango możesz zastąpić morelami, żurawiną lub rodzynkami sułtankami.

*Obiecuję — przepis na magiczny chlebek bananowy Zoe też się pojawi... ale musisz czytać dalej serię **Amazonki z Ridgewater,** żeby go znaleźć! Następna książka to **Święta w Ridgewater**.*

Inne książki autorki Caitlyn Lynch

Oddział Ratunkowy

Ratunek Rangera
Powrót Rangera
Misja Rangera
Krew Rangera
Żar Rangera (tylko dla subskrybentów newslettera)

Amazonki z Ridgewater

Zaufaj procesowi
Przełamywać bariery
Wspólny grunt
Zapisane w gwiazdach
Święta w Ridgewater

Poznaj wszystkie publikacje Shenanigans Press, odwiedzając naszą stronę internetową, https://www.shenaniganspress.com/pl!

Możesz też obserwować nas w mediach społecznościowych – jesteśmy na Facebooku i Instagramie (@ShenanigansPressPolska)

I nie zapomnij zapisać się do naszego newslettera, aby otrzymywać informacje o nowościach, promocjach, konkursach i wiele więcej!

www.ingramcontent.com/pod-product-compliance
Lightning Source LLC
Chambersburg PA
CBHW030604170726
48283CB00002B/457